Toorbos

Dalene Matthee

Tafelberg

Ander romans deur Dalene Matthee:

Kringe in 'n bos (1984)
Fiela se kind (1985)
Moerbeibos (1987)
Brug van die esels (1992)
Susters van Eva (1995)
Pieternella van die Kaap (2000)

Tafelberg-Uitgewers,
Heerengracht 40, Kaapstad

Omslagontwerp deur Laura Oliver
Tipografie deur Etienne van Duyker
Geset in 11 op 13 pt Palatino deur ALINEA STUDIO Kaapstad
Gedruk en gebind deur Paarl Print,
Oosterlandstraat, Paarl, Suid-Afrika
Eerste hardebanduitgawe 2003
Eerste sagtebanduitgawe, vyfde druk 2005
Tweede sagtebanduitgawe 2005

ISBN 0 624 04366 5

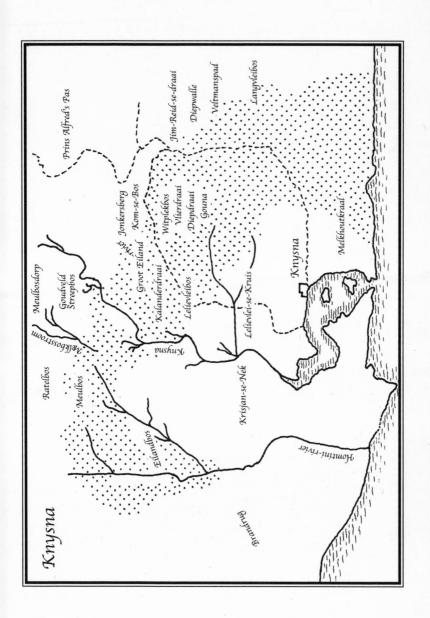

Knysna

1

In Oudebrandpad besef sy skielik daar is iewers 'n olifant in die ruigtes. Naby. Sy weet dit aan die loerie wat hoog in 'n boom begin sis en gorrel om die olifant te waarsku dat daar 'n mens met die sleeppad langs kom en hy homself roerloos moet versteek.

Miskien is daar meer as een. Maak nie saak nie, die wind is aan haar kant. Sy sal veilig verbykom.

'n Ent verder kom sy op die drie houtkappers af: die twee Van Huysteen-broers, Willem en Koos, en hulle ma se broer, Jan Zeelie. Die een so flenters en dik gelap van kleding soos die ander.

Hulle skrik en groet. "Karoliena!"

"Môre."

"Die dikbene gaan jou nog trap, meisiekind!" waarsku ou Jan Zeelie.

"Ja, oom." Sy hoor dit gereeld.

Tussen boomland en mensland is 'n brug waar jy soms sukkel om oor te kom – soos wakker word, maar jy wil nog nie jou oë oopmaak nie. Sy wou suutjies verby hulle geloop het voor sy in mensland kom, maar Koos spring voor haar in.

"Het die man jou gekry?" vra hy.

"Watse man?"

"Hy soek jou. Vername man in 'n strepiespak, sê hy soek graag dringend ontmoeting met Karoliena Kapp. Ry met 'n motorkar."

Ou Jan Zeelie lag leegbek. "Ek gooi hom van jou spoor af, ek sê vir hom beste sal wees as hy onder in Langvleibos by jou ma, Meliena Kapp, gaan verneem. Dalk het dié jou gesien."

"Watse man?"

"Hoe't hy nou weer gesê?" vra Koos vir Willem en breek 'n stuk droë brood af. 'n Bottel met koue swart koffie staan tussen hulle op die grond. Bladsakke aan 'n boomtak. Drie oorkapbyle en twee sae staangemaak teen 'n boekenhout.

"Naudé, dink ek. Een of ander gesant van die goewerment."

Naudé. Hy't 'n paar dae gelede bo by ou Bothatjie by Jim Reid-se-draai ook na haar kom verneem. Sy't hom goed deur die houtskreef in die voormuur van die plankhuisie betrag. Dikkerig, uitasem en besweet van die paar tree se klim onder van die hardepad af. Sy't gebid dat die ouman dit nie in die kop moes kry om Naudé binne te nooi nie. Hy het die gewoonte gehad om skroomloos geleentheid te soek saam met al wat in 'n motorkar ry en soms ure geneem om weer te voet by die huis te kom. Kinderlik gelukkig oor motorkar ry.

"Die man sê hy's vir groot sake in die bos, Karoliena."

"As julle hom weer raakloop, sê ek soek nie ontmoeting met hom nie." Sy wil wegkom, sy moet die houttreintjie haal om op die dorp te kom.

"Hy't ons uitgevra na jou," keer ou Jan Zeelie, vermakerig. "Gevra of ons jou ken."

"Toe skinder julle seker lekker."

"Hy't ons elkeen 'n borriegeel appel gegee," las Willem verskonend by. "Maar ons het nie gesê jy't weggeloop van jou man af nie." Met 'n rapsie spot. "Net gesê die weerlig het jou pa destyds in Gouna-se-bos doodgeslaan en dat 'n vonk jou ook moes getref het."

"Daar's 'n olifant agter julle in die ruigte, hy hou julle dop."

Die een gryp die brood, die ander een die koffie en die bladsakke.

"Jy lieg, jou klein wettertjie!" skree ou Jan en hink in die rigting van die naaste witels vir ingeval hulle moet klim.

Die houtkissie in haar hand is veilig teen haar lyf vasgedruk toe sy wegdraai en weer begin aanstap. Sy durf nie die treintjie mis nie, die motte moet op die dorp kom. Anna van Rooyen moet 'n kombers kry, die ouvrou rittel haar dood en dis nog nie eers winter nie. Die kerkverpleegster het wanneer al belowe om 'n plan te maak, maar kon nog nie. Daar is nie geld nie.

Vir watter belangrike sake was Naudé in die bos? Volgens mister Fourcade word daar glo rondgesnuffel agter die armblankes aan in die bos. 'n Kommissie van ondersoekers wat uit Amerika aangestel is om die houtkappers se verarming en ellende na te vors. Maria Rothmann van Swellendam is aangestel om met die vroue te kom praat. Wat te praat? Seker vrouesake.

Poor white. Sy haat die woord. Sy was nog op skool toe sy dit die eerste keer gehoor het. 'n Klap wat jou die modder instamp en jou skielik mindermens maak.

Omtrent 'n maand daarna het sy die spookding gesien. 'n Raaisel wat jou ewig andermens maak.

Dit was nie 'n verbeel nie.

Kort nadat die weerlig destyds haar pa doodgeslaan het, het haar ma haar dorp toe gestuur om by die kerkverpleegster se kamers te gaan skrikmedisyne vra. Haar ma kon nie weer op die voete kom ná die begrafnis nie. Groot begrafnis, baie mense agter die kis aan. Karel Kapp was 'n goeie man. Houtkapper soos sy pa en sy oupa gewees het. Haar ma sê: Vat sommer die houttreintjie tot op die dorp, vra slaapplek by nurse, en vat weer môreoggend die treintjie terug bos toe. Moenie te voet nie, dis Maart se maand en klam in die bos, die

9

olifante is woelig; my lyf sal nie nog 'n dood oorleef nie. Sy, Karoliena, is die enigste kind.

Lank voor daar spoor gebou is vir die groot trein van George tot op Knysna, is daar 'n smal spoor deur die dikbos gebou vir die houttreintjie van Knysna af tot bo in die bos by Diepwalle om die hout te kom laai sodat dit gouer by die saagmeul op die dorp kan kom. Ossewaens het te stadig geword. Tom Botha, die guard op die treintjie, laat nooit die houtkappers en hulle vrouens en kinders betaal solank hulle in die oop trokke op die vloer of op die hout sit nie. Maandae, Woensdae en Vrydae haak hulle so 'n bruinerige passasierswaentjie met 'n dakkie en venstergate en sitbankies aan die trein en moet jy 2/- betaal om in hom te ry. Daar't dikwels vreemdes in mooie klere kom saamry om te gaan kyk hoe lyk 'n bos. Piekniekmandjies in die hand. Mense van die skepies af wat by die dorp geanker het om te kom hout laai, mense wat met die groot trein tot op die dorp gekom het. Die klein trein het die hout gaan haal wat op die groot trein oorgelaai is. Die groot trein kon nie die bos in nie. Of mense het met motorkarre gekom. Vername mense. Dan't haar ma altyd gesê: Sit kleinlyf, kruip weg, moenie dat hulle ons so aankyk nie. Later het sy geleer om juis te sorg dat hulle haar aankyk ...

Sy het skrikmedisyne gaan vra, slaapplek by juffrou Crouse gekry, en vroeg die volgende môre klein stasie toe geloop om die houttreintjie te haal. Daar was 'n fyn reëntjie aan die uitsak, die passasierswaentjie was reg agter die enjin aangehaak, 'n klompie leë trokke agter hom, twee leë trokke vóór die enjin – die stoot-trokke. Want met die terugkom was die leë trokke bo in die bos afgehaak en die vol trokke, swaar gelaai van die hout, aangehaak. Teen Kraak-se-hoogte, dorpkant van Veldmanspad, kry die enjin selde die helse vrag uitgetrek tot bo. Dan haak hy die agterste trokke af, stoot die twee voorstes tot bo, haak af, ry agterstevoor terug ondertoe,

10

haak die agterstes aan en trek hulle tot bo, haak die voorste twee weer aan – en daar gaan hy! Hulle sê daar's nie 'n man in die bos wat 'n span osse slimmer kan dryf as Tom Kennet die houttreintjie nie.

Sy't op een van die leë trokke agter die passasierswaentjie geklim en vas teen die houtreling gaan sit vir 'n bietjie skuilte. Maar toe kom Tom Botha, die guard, langs die spoor afgeloop en sien haar.

"Gaan sit in die coach, Karoliena, jy gaan papnat aankom op Diepwalle!"

"Dis niks, oom."

"Luister as ek praat! Jy sien ons gaan met nommer 4 uit, ons gaan sukkel."

"Ek het nie twee sjielings nie, oom." Sy wou asseblief nie in die coach gaan sit nie, sy sou liewer natreën.

"Ek sal jou nie twee sjielings vra nie. Gaan klim in die coach!"

Tom Botha was 'n goeie man, maar hy was kwaai. Veral as hulle in natweer die dag met nommer 4 moes gaan hout haal in die bos. Daar was drie enjins wat die houttreintjie getrek het. Nommer 1 – hy was die Koffiepot en al 'n bietjie oud. Eintlik kon hy nog net trokke rondsleep op die stasiewerf, of goed oorvat na die ander kant van die dorp na die ander trein se stasie toe. Die groot trein, met groter wiele en 'n breër spoor. Vreemdes het soms van die houttreintjie se enjins kom kiekies neem, gesê hulle is mooi. Dan haal Tom Kennet sy skewe keppie af en staan kaalkop ewe trots langs die enjin. Nommer 2-enjin kon eintlik ook nie meer uitgaan Diepwalle toe nie, ook te oud. Maar kon darem nog swaarder op gelykgrond sleep as nommer 1; meestal om te gaan hout wegbring na Parkes se saagmeul in die middel van die dorp; of oor die laagwaterbrug na Thesen se saagmeul op die eiland in die meer. Nommer 3 was baie sterk. Die probleem was nommer 4, die sterkste van almal, die een wat die bosmense sommer ou Olifant genoem het omdat hy

11

in natweer altyd moeilikheid gemaak het. Glipvoete. As die spoor nat was, het sy wiele teen die hoogtes uit en om die draaie geglip soos 'n ding wat nie sy vastrap kon kry nie; dan moes die sandgooier op die eerste stoot-trok sy gooi ken om sand voor die enjin se wiele op die spoor te hou sodat ou Olifant weer kon vastrap. In natweer het hulle altyd 'n ekstra drommetjie sand opge-laai. Met die afkom, wanneer die trokke swaar gelaai was van die dooie boomlywe en boomarms, was daar gelukkig net twee hoogtes waar hy gewoonlik geglip het.

Soms het Tom Botha bygestaan vir die kiekies.

Sy wou nie in die coach gaan sit nie . . .

"Karoliena," dit was Tom Kennet, die drywer, wat verbygekom het, "het jy nie gehoor mister Botha praat met jou nie?"

"Ja, mister Kennet. 'Skuus, mister Kennet."

Sy't haar rokspante bymekaar gevat, haar been oor die reling gelig om een van die trok se ysterwiele voel-voel raak te trap. Mister Kennet het haar om die lyf ge-neem en afgetel. "Ek hoor jou pa het afgesterf, ek is jam-mer vir jou en jou ma."

"Ja, mister Kennet."

"Sy waenhout was altyd van die mooiste wat ons moes laai."

"Ja, mister Kennet." Sy wou nie in die coach ry nie. Sy wou nie oor haar pa praat nie. Sy was kwaad omdat hy dood is en 'n gat in haar agtergelaat het wat nie weer wou toegroei nie. Soos waar 'n groot boom afgekap is en die gat in die bosdak nie weer wil toegroei nie.

Haar pa was 'n grootboom. Eers nadat sy klaar oor hom gehuil het, het sy die aaklige gevoel gekry dat sy sonder skaduwee sou moes verder leef omdat sy nie meer 'n pa had nie. Dan huil sy in die nag. Wanneer haar ma vra waarom sy huil, sê sy haar maag is seer. Die diepseer oor haar pa wou nie woorde word nie.

Toe die seer nie wou weggaan nie, het sy vir haar 'n ander pa begin soek. Oom Gieljam van Gouna? Nee, sy voete was te skurf. Haar pa het altyd saans sy voete geskrop. Toe was oom Wiljam Stander van Veldmanspad vir 'n rukkie haar pa. Eendag staan sy en kyk hoe hy een van sy koeie melk, toe jaag hy haar weg, sê die koei wil nie sak nie, sy pla die koei. Haar pa sou haar nooit weggejaag het nie. Hy was kwaai, maar nooit ongeskik nie.

Drie rykmensvroue en twee rykmensmans met gesigte stralend van verwondering het reeds in die coach op van die bankies gesit. Piekniekmandjie ook. Een van die vername dorpsvroue was saam met hulle, maar sy was nie in verwondering nie.

Toe sy, Karoliena, op die verste bankie gaan sit, was die vreemdes se oë vraend op haar gerig; die een vrou het skuinskop en met haar hand oor haar mond iets vir die dorpsvrou gevra.

"One of the forest children," het die dorpsvrou neus in die lug geantwoord en kliphard bygevoeg: "Poor whites. Enormous problem."

"Shame," het die vreemdes jammerstem gesê.

Armblanke.

Daardie jare het sy by Veldmanspad skoolgegaan en die volgende môre vir meneer Heunis gevra wat dit beteken. Wit mense wat baie arm is, het hy gesê. Armblankes. Soos die meeste houtkappers is. Nie dat sy nie Engelse woorde kon verstaan nie, sy wou net seker gemaak het. Al wat sy nie kon verstaan nie, was waarom sy so platgetrap gevoel het. Dalk was dit omdat hulle haar tot bo in die bos so ánders bly aankyk het. Asof sy 'n snaaksheid was. Toe nommer 4 buite die dorp teen Nekkies-se-hoogte uit die eerste glippe begin gee, het een van die mans opgespring, sy kóp by 'n venstergat uitgesteek om te kyk wat aangaan. Toe hy sy kop intrek, was hy vol onrus en het vir die ander gesê dit lyk of die trein nie die opdraand kan uit nie! Vra ewe vir die dorpsvrou of sy reken hulle verkeer in gevaar? Nee, sê die vrou, sy dink nie so nie. Die houttreintjie was nog nooit in ernstige ongelukke betrokke nie – nie so ver sy weet nie.

Toe was al vyf die vreemdes met die koppe buite. Die mans druk hoede vas, die vroue hou kopsluiers wat om die hoede gebind is onder die kenne vas. Dan's hulle weer binne. Lekker nat. Dink skynbaar sy verstaan nie 'n woord wat hulle sê nie. Die een man vra waarom die enjin dan in die middel van die trein gekoppel is, waarom nie heel voor soos by ander treine nie? Onnosel. He will have a word with the driver, sê hy en draai om na háár toe. "Young girl," vra hy, "are you not scared?" Sy maak of sy hom nie verstaan nie, kyk net voor haar op die trokvloer vas. Die dorpsvrou sê: "They don't understand English, very backward."

Die motte moet op die dorp kom . . .

Toe sy by Ysterhoutrug uit die bos kom, staan die treintjie genadiglik nog by Diepwalle se stasie waar daar 'n gesukkel is om 'n helse kalanderblok op die agterste oop trok te kry. 'n Trok sonder kante. Die blok is massief en swaar, dit moes 'n reus van 'n boom gewees het toe hy nog geleef het; nie honderd van die sterkste houtkappers in die bos sou hom dáár opgerol kon kry nie. Hulle is besig om hom met twaalf osse teen oprolhoute te probeer uittrek. Osse is aan die een kant van die trok ingespan aan rieme wat oor die trok lê en om die blok aan die ander kant van die trok vasgewoel is. Freek Stander se span. Dis Freek wat self aan't aanpor is. "Stadig, my manne, stadig!" Die osse se lywe bult van die beur. Freek piets die agterstes netjies raak met die sweep. "Bring hom! Hou hom!" Die blok begin klim . . . "Vastrap!"

14

Freek is lank nie meer 'n armblanke nie. Hy verdien goed met sy wa en osse en groentetuine by Ouplaas teen die dorp. Huurplotte. Goeie huis. Hy het twee van sy kinders laat leer vir onderwysers.

"Hou, manne, hou! Mooi, hy klim!"

Sy wil nie meer kyk nie. Sy loop agter die blok om en gaan klim op een van die waens waar sy sitplek bo-op die vrag boomlyke kry. Geelhout, ysterhout, kershout, stinkhout. Sy draai haar gesig na die bosrand toe. Dis Dinsdag, hulle haak nie Dinsdae die passasierswa aan nie. Dan's dit net 'n houttrein.

'n Ou rooi-els staan vol in die blom op die bosrand met ritse lang wit blommetjies. Soos lag.

Bokant die dwarslêer-perron by die boswinkeltjie staan 'n vrou met 'n kind aan die hand en een op die arm teen die sinkmuur aangeleun. Sy lyk moeg. Houtkapper Jan Koen se vrou. Wag seker dat die trein moet vertrek voordat sy vir nog iets op die skuldboek by die winkel gaan vra. Winkel wat slaghuis en stasie en poskantoor alles onder een dak is. Houtkopers se winkel. Houtkopers se trein . . .

"Middag, Karoliena."

"Middag, mister Fransen." Diepwalle se stasiemeester, posmeester, winkelier, slagter – houtkoper se regterhand en spaai. Nie 'n splinter word uit daardie deel van Diepwalle se bos vervoer sonder sý wete nie. Brilletjie, boek in die hand.

"Daar was eergister 'n vreemde man by die winkel, hy soek na jou."

"Watse man?"

"'n Naudé-man. Hy sê hy is op 'n belangrike sending deur die bos, hy spreek môremiddag die houtkappers op Kleineiland toe, dat hy by die kerkverpleegster van jou verneem het en jou graag daar wil hê."

"Sê hy moet loop bars."

15

Mensland is 'n deurmekaar plek. Sy woon lankal nie meer daar nie.

Ses maande na haar pa se dood is haar ma met Freek van Rooyen getroud. 'n Ruk lank het sy gedink sy het 'n nuwe pa gekry. Toe kom sy agter hy's dom, hy kan nie eers lees nie. Haar pa was slim, hy kon lees. 'n Jaar nadat haar ma met Freek van Rooyen getroud is, het 'n olifant hom in Kom-se-bos doodgetrap. Ses maande later is haar ma weer met 'n Kapp getroud. Oom Cornelius. "As jou ma 'n ryk vrou was, was sy 'n mooi vrou, Karoliena. Mooie gesig, nes jy gelyk toe sy jonk was," het die bos-mense graag gesê. Toe het hulle Langvleibos toe getrek na die oom se drievertrek-plankhuis met 'n regte stoof in die kombuis. Maar haar ma het nie weer kinders gekry nie, altyd gesê God het die swaar vooruit gesien wat vir haar met één voorlê.

En oom Cornelius wou ook nie haar pa word nie. Hy was goed, maar nie soos 'n pa nie. Toe het sy besluit sy sal sonder 'n pa leef, al het dit altyd 'n seerding gebly . . .

Sy sit die kissie met die motte op die stinkhoutstomp langs haar neer om haar hand te laat rus. Sy kyk nooit weer in die kissie nadat sy die motte gevang het nie, hoop maar net altyd hulle versmoor gou. Soms leef hulle egter nog as mister Ferndale hulle uithaal. Dan druk hy hulle vinnig met sy voorvinger en duim agter die kop dood en sê sy in haar hart ekskuus vir die motte. Alles in die bos en op die aarde het 'n prys. 'n Pond vir 'n mot. Drie motte, drie pond. Soms vang sy meer. Hang net af. En amper elke keer sê mister Ferndale weer dieselfde ou storie: Jy't niemand van die motte gesê nie, het jy? Nee. Belowe jy sal nooit sê nie. Belowe.

Die motte is 'n geheim. Hy verkoop hulle oorsee en party stuur hy vir museums. Sê hy. Soms torring hy aan haar om meer te vang, dan sê sy nee, sy't 'n ooreenkoms

16

met die bome waar sy hulle vang: nie te veel op 'n slag nie. Dan lag hy en torring dat sy hom moet gaan wys waar sy hulle kry. Nee. Is sy séker hulle kom net tussen Februarie en April uit die bas? Ja.

Spookmot. Swift moth. *Leto venus.* Sy ken al die mot se name. Mister Fourcade het dit vir haar geleer. Slimste man van die bos, al woon hy nie meer in die bos nie maar iewers anderkant Plettenbergbaai. 'n Paar keer in die jaar kom hy plante versamel in Diepwallebos of agter by Gouna; sit hulle in sy plantkissies, skryf hulle name in sy boek. Dan spoeg van die houtkappers sywaarts en sê: Fourcade? Dis mos die blikskottel wat destyds vir die goewerment die bos in blokke kom uitmeet het! Plaas die olifante hom vrek getrap het!

2

Mensland.

Waar sy met die motte by juffrou Claassens, die nuwe kerkverpleegster, se kamers herberg kry. Soos altyd. Juffrou Crouse, die vorige verpleegster, het op 'n dag nie verder kans gesien om onder die houtkapper-gesinne te werk nie. "Dit neem my ses maande en langer om by die ergste gevalle uit te kom, ek loop my voete op. En vir wat?" Toe pak sy haar goed en gaan klim op die groot trein. Weg.

Amelia Claassens is nog moedig.

"Dis goed om jou te sien, Karoliena. Jy weet nie hoeveel nagte ek my troos aan die gedagte dat jy 'n ogie hou oor die mense daar bo in julle deel van die bos nie."

"Moenie te gerus raak nie, daar's menige nag wat ek my voorneem om nooit weer 'n voet op 'n bos-eiland te sit nie. Daar's nou nog tweehonderd ses-en-veertig houtkappers oor, ou Jan Tait is laas week dood. Kierts-regop langs 'n kershout gesit en sy asem uitgeblaas, hulle sê die byl was nog in sy hand. Hy en die twee oudste seuns het dwarslêers duskant Kalanderdraai gekap."

"Hoe gaan dit op Swart-eiland by Marta Barnard se huis?"

"Ellendig. Sy het my weggejaag, ek het gedreig om daardie klomp maergat katte te vang en in 'n sak te stop en in die rivier te gaan gooi."

"Mevrou Stopforth wat op Suurvlakte skoolhou, sê al meer kinders kom bedags sonder kos skool toe. Nie eers droë brood of patat nie. Sy gee waar sy kan, maar sy het nie altyd om te gee nie."

"Ja, die winkel wil nie meer skuld gee nie. Moet vir party tot die houtliksense se geld ook voorskiet."

"Daar's kinders by mevrou Stopforth in die skool wat van so ver as Millwood af kom. Dis ses myl heen-en-weer se stap, en dis amper al weer winter. Hulle kleding is so karig. As dit koud en nat is, kom hulle verkluim by die skool aan."

"Is daar nie iemand wat kan brei nie?"

"Waar moet hulle wol kry? Wat het van die Zeelie-dogter op Veldmanspad geword?"

"In huisdiens hier op die dorp. Die byverdienste help. Toon Barnard se oudste seun – die een wat uitsleper in Gouna-bos was – is weg Port Elizabeth toe. Hy werk in 'n fabriek wat motorbande maak."

"Van die ongeregistreerdes kry darem werk. Twee meisies van Suurvlakte is ook Port Elizabeth toe, na 'n klerefabriek. Jy sal hulle ken: twee van die Tait-susters. Dominee het baie moeite gedoen om vir hulle die werk te kry." Amelia laat sak haar kop tussen haar hande. "Ek weet nie wat gaan word nie, Karoliena. Armsorg het net nie die nodige fondse om oral te help nie. Daar kom nie lig nie."

"Dalk is lig op pad, ek hoor daar word rondgesnuffel in die bos agter die armblankes aan."

18

"Ja, dominee is 'n hele span verteenwoordigers te wagte. Hy sal van hulle na die blyplekke in die bos moet vergesel. Hy sê dit gaan nie maklik wees nie, hulle tyd in die bos gaan taamlik beperk wees."

"Mensliewers kom jaag al jare deur die bos, Amelia. Kom met ruim harte, hol haasvoet weg van skrik en loop sê dis die olifante wat hulle gejaag het."

"Haai, sies, Karoliena, jy spot – maar dit is tog goed om iemand 'n slag te hoor lag."

"Ek lag lankal." Sy sien die skok oor die goeie vrou se gesig kom en gaan luiters voort. "Ampie Stroebel en sy neef, Jakobus, is week voor laas saam met die groot trein weg na goewermentsgrond iewers bo in die land, Magaliesberg. Word glo van 'n kamer en 'n plotjie grond voorsien waarop hulle moet grondbone plant en oes."

"Die goewerment doen wat hy kan, Karoliena!"

"Ja, met die een hand broei die goewerment al die on- heil uit, met die ander hand paai hy waar hy nie anders kan nie."

"Hoe kan jy so iets sê?" vra Amelia geskok.

"Mister Fourcade sê so. Die land moet hout hê, baie hout. Hout groei in die bos, iemand moet dit kap en uit- sleep. Harde werk. Vir wie? Die houtkappers. Nie die hout*kopers* nie, hulle is te ryk en vernaam. En hoe bly die houtkappers aan die kap? Die kopers hou hulle arm. Goewerment traak nie regtig nie, hy wil net die hout hê. Paai so dan en wan die houtkapper met 'n ekstra boom om te kap, maar in werklikheid is die goewerment lank- al moeg van hulle gekla. Dis net dat die goewerment nog nie 'n plan kon bedink om die klompie wat oor is uit die bos te kry nie. Of 'n manier bedink kry om self die hout te laat kap nie. Staan jare lank al nie meer kap- liksens toe aan nuwe kappers nie. Maar die oues wil nie vinnig genoeg dood nie, hulle is te taai."

"Karoliena! Jy sê gevaarlike dinge. Dominee sê die kom- muniste is die adder wat besig is om onder ons in te seil."

19

"Dominee weet nie waarvan hy praat nie."

"Dis g'n wonder mense kla jy maak moeilikheid in die bos nie."

"Dis nie waar nie, dis my mond wat nie wil toe bly vandat my oë oopgegaan het nie."

"Ek het Johannes gister by die winkel gekry."

Sy't geweet Amelia Claassens wag kans af om by Johannes Stander uit te kom. 'n Klip te gooi. "Hoe gaan dit met hom?"

"Hoe dink jy gaan dit met 'n man wie se vrou bly wegloop? Hy's 'n goeie man, Karoliena. Ek dink nie jou oë het oopgegaan nie, hulle is eerder met blindheid geslaan!"

"Dis tyd dat jy weer by ou Elmina Vlok op Barnardseiland 'n draai maak en gaan kyk hoe eenvoudig 'n wonderwerk soms is. Sy hou nou selfs die huis beter aan die kant."

"Moenie die onderwerp verander nie."

"Daar is nie 'n onderwerp nie. Kom ons gaan slaap, ek moet vroeg op."

"Hoe oorleef jy in die bos, Karoliena? Mense praat."

Toe die houttreintjie die volgende môre uit die stasie trek, is daar sewe vreemdes in die coach. En sy. Ook Anna van Rooyen se kombers, 'n pak wol en breipenne, 'n sakkie tabak vir ou Bothatjie en £1.8s.6d in haar sak.

Die vreemdes in die coach is woelig soos losgelate kinders: een oomblik hang hulle deur die venstergate aan die meerkant, dan weer aan die boskant. Vra die gewone vrae wat vreemdes deur die jare vra: Wanneer kom ons by die koningskind, George Rex, se graf? Hulle sê dis net buite die dorp.

Nog 'n entjie.

Wanneer kom ons in die bos?

Die trein moet eers bo by Bracken Hill goed aflaai.

Is dit waar dat die trein soms 'n olifant doodtrap?

20

Nee.

Sal ons 'n olifant sien?

Nee.

Hoekom nie?

Olifante kruip weg as hulle die trein hoor kom.

Sal ons van die bosmense sien?

Miskien.

Is dit waar dat hulle wilde mense is?

Nee.

Soms gesels sy met die vreemdes, soms gee sy net die antwoorde.

Die beste pret was om in die vakansies, toe sy nog skoolgegaan het, aspris die treintjie by Diepwalle se stasie te gaan inwag. Met haar oudste rok aan, hare ongevleg sodat sy wilder kon lyk, kaalvoet. Trek haar gesig op die vriendelikste. Help met die piekniekmandjies, verseker hulle dat die trein ten minste twee uur gaan vertoef om die houttrokke aangehaak te kry. Engels en Afrikaans deurmekaar. Ja, daar is plek in die bos waar hulle sal kan piekniek maak. Is dit gevaarlik? Baie gevaarlik. Soms het van die vreemdes dan verskrik teruggespring in die trein en die hele twee uur daar bly sit. Die lekkerste kere was as hulle haar gevra het of sy saam met hulle die bos sal in en wys waar hulle in veiligheid kan gaan piekniek maak.

Dan het sy haar lyf krom gemaak en sulke lang stadige treë gegee om hulle met die voetpad langs die helse ruigte in te neem. Sy het gedurig bly rondkyk soos een wat gevaar te wagte was, en omgekyk om vas te stel hoe bang die gesigte agter haar al is. Sy het elke oomblik van die speletjie geniet. Lekkerste was die dae as 'n loerie na-by hulle met sy harde roep begin kok-kok-kok het en die groot skrik hulle ingejaag het.

"Wat maak so?"

"Toemaar, dis net 'n loerie, hy sal niks maak nie." Geluk was as 'n groenlyfloerie rooivlerk van boom tot boom

21

gesweef het sodat hulle hom boonop kon sien ook, en oopmond van verwondering vasgesteek het.

Dan loop sy met hulle dieper die bos in tot by die ou groot stinkhoutboom waar die twee stompe lê waarop hulle kon sit en die piekniekgoed uitpak. Die lekkerste snytjies brood met botter en konfyt op. Gekookte eiers. Frikkadelle, stukkies tamatie. Partykeer sulke lekker dik skywe vleis of 'n gebraaide hoender. Koekbroodjies. En van alles gee hulle haar ook te ete. 'n Fees. Vra haar uit na die bos, die olifante, die bosmense. Na haarself. How old are you, dear girl? Twelve, antie. Luister geskok hoe sy hulle belieg en sê sy is een van twaalf kinders, die enetjie gebreklik. Nie dat dit regtig lieg was nie, sy't sommer van die bosmense geleen wat oral in die ooptes in die bos gebly het om voor te stoot.

"Waarvan leef julle arme mense?"

"Meesal van brood en patats." Dan gee hulle haar al die orige kos. En dikwels nog 'n sjieling of twee ook.

Sy sê nie dat elke houtkapper se geluk vir 'n vleiskossie 'n bosbok in gister se strik is nie. Of 'n bloubokkie, of 'n wildevark en van die groentetuine vir huiskos nie.

Maar daar was ook dae wat sy banger was as die vreemdes. Soos die dag toe die twee Engeland-vroue en hulle mans – ewe 'n bediende ook by om die witgestyfde tafeldoek oop te gooi en te dek – "aansit" om te eet. Vra nie háár, Karoliena, om saam te eet nie. Pik met silwervurkies en opkrul-pinkies aan die heerlikhede asof dit niks is nie. Sit in bevreemding oor die bos; verkyk hulle aan die oranje swamme wat uit die dooihoute groei, 'n halfmaan rooiswam uit 'n boomstam, bruin en room streepswamme so groot soos borde aan die koeltekant van die bome; paddastoele op dun beentjies wat opstaan uit die blarevloer, die varings – sê dis magic, 'n fairyland . . .

Spatseltjies son val oral deur die blaredak oor hulle

lywe, oor die kos, oor die vroue se blink boste hare in bondels op hulle koppe vasgetoor en laat haar wonder hoe dit moontlik is dat 'n mens só mooi kan wees? Die fynste kantjieskraag-bloesies, pêrels om die halse . . .

Toe sien sy die groot swart kol agter hulle in die skemer ruigtes en haar hart begin te doef-doef. Olifant. Roerloos. Nee, twee olifante, want daar was nog 'n donkerder kol na die suidekant toe. Net die week tevore het ouvrou Perkes by die stasiewinkeltjie haar gewaarsku: "Karoliena, jy moenie die vreemdes so diep die bos in vat nie, dis gevaarlik! Die dikbene gaan hulle trap, hulle gaan verdwaal." Sy trek skewebek agter die ouvrou se rug en sê: "Aag, antie is net jaloers omdat antie te bang is om hulle bos-in te vat en nie van die lekkergeite kry nie."

"Ek het vir jou ma gesê jy's 'n onmanierlike maaksel!"

Daardie tyd was haar ma al met oom Cornelius Kapp getroud en woon hulle in Langvleibos, aan die oostekant van Diepwalle. Haar ma is te bly oor die vreemdes se kos waarmee sy soms by die huis kom. Vir die sjielings ook. Deel uit aan die ander houtkappers se huismense.

Sy sê vir die Engelanders hulle moet klaar eet, die trein gaan nie vir hulle wag nie. Die een man haal 'n horlosie aan 'n lang goue ketting uit sy sak, hy sê volgens sy berekening is dit nog 'n uur voordat die trein weer vertrek. Toe sis 'n loerie benoud bo hulle in die bome en begin gorrel. Sy skree vir die loerie om die olifante te gaan sê om asseblief nie moeilikheid te maak nie. Die vreemdes lag, hulle vra of sy miskien met die bome gepraat het? Ja, sê sy, die bome sê hulle moet uit die bos, daar's mis op pad.

Loerie sis, loerie gorrel.

Die Engelanders vra: Wat het daardie vreemde suisgeluid gemaak? Sy sê dis die voël daar bo in die boom,

23

hy sê ook hulle moet padgee. Kan sy voëltaal praat? Ja. Kan al die wilde mense van die bos voëltaal praat? Ja. Veral dáárdie voël se taal.

Die bediende in sy stywe wit pak begin "afdek" – alles terug in die groot rottangmandjie; gee haar nie 'n krummel nie. Net voor hulle op die trein klim, gee die een man haar darem 'n sikspens.

Toe sy by die huis kom, sit oorlede oom Freek van Rooyen se suster by haar ma in die voorvertrek en vee nuwe trane af oor haar broer wat die jaar tevore so dood-vermorsel is deur 'n beneukte olifant in Gouna-se-bos.

Sy klim by die voorlaaste stasie van die trein af; ry nie tot bo by Diepwalle nie. Tom Botha is ook op die grond.

"Hoe gaan dit, Karoliena?"

"Goed, mister Botha."

"Vir wie's die kombers?"

"Anna van Rooyen."

"Ek hoor sy staan nie meer uit die bed uit op nie."

"Nee, haar bene het nou heeltemal ingegee."

"Ek sê vir mister Kennet ek weet nie wat in hierdie bos gaan word van die mense nie, lyk my dit gaan net al meer agtertoe. Gaan jy saam tot by Diepwalle? Ons moet nog drie trokke haak."

"Nee, ek moet eers dinge hier op Veldmanspad doen. Anna se kombers gaan oorgooi."

"As daar net meer goeddoeners soos jy was, Karo-liena."

"Ek is niemand se goeddoener nie, mister Botha. Net my eie."

Woorde, woorde. Om nie te sê dat sy eintlik wou kort-pad vat Kleineiland toe om te gaan hoor wat daar ge-praat word nie. Sy moet net eers by Anna van Rooyen aangaan.

Boshuisie van plank en sink op die rand van die bos – soos baie ander boshuisies. Moeg van staan, moeg van

24

leef; met 'n eensaamheid wat soos mos aan hom kleef. Drie hoenders, 'n vark voor die deur, drie snotneuskindertjies, hulle ma wat lusteloos in die voorste vertrek in 'n ou stoel skeefgekantel sit. Anna se skoondogter, Fransina. Skaars dertig. Die man, Martiens, Anna se seun, is iewers in die bos.

"Klop jy nie?" vra die skoondogter nukkerig toe sy die voordeur oopmaak nadat sy die vark uit die pad geskop het.

"Nee. Ek het die kombers gebring." Grondvloer. Klam. Rofgemaakte katel in die hoek, bondels beddegoed, kleiner bondels in die venstergate gedruk om die lig en die lug buite te hou; 'n tafel, twee stoele, rommelgoed, kitaar aan 'n tou teen die muur. Armoede hang soos 'n slegte reuk in die lug. Sy kyk, maar sy sién nie.

"Ma slaap."

"Wanneer is hier laas aan die kant gemaak? Wanneer was daardie kooi laas opgemaak?"

"Luister hierso, Karoliena Kapp, moenie in my huis kom bek gooi nie!" Fransina spring uit die stoel uit op, vererg. "As jy iets te sê het, loop sê dit in die spieël vir jouself en loop soek liewerster jou man waar jy hom weggegooi het. Of is ou simpel Bothatjie beter as die ordentlike Johannes Stander?"

"Is dit jy, Liena?" roep die ouvrou uit die tweede vertrek.

"Ja, antie, ek kom." Die tweede vertrek is nie beter as die eerste een nie, net donkerder. Twee katels, Anna van Rooyen op die een, bondels op die ander een. "Ek het die kombers gebring."

"Die Here seën jou, kind. Dankie. Met my hele hart. Waar's Fransina?"

"Binne. Ek moet loop."

"Moenie. Sê Fransina moet jou 'n patat breek."

"Ek is haastig." Sy wil wegkom van mensland se agterstoep af.

25

Fransina wag haar uitdagend in die voorvertrek in. "Moenie dink jy kan hier . . ."

"Kan jy brei, Fransina?"

"Wat brei?"

"Ek vra of jy kan brei."

"Met wol wat ek waar moet kry?"

"Met wol wat ek jou gaan gee. Jy moet netjies brei!"

"Met penne wat ek waar moet kry?"

"Wat ek jou gaan gee. Twee sjielings 'n truitjie."

Sy sien die ongeloof in die vrou se oë kom. Die hoop . . .

Buite in die pad asem sy die klam boslug diep in haar lyf in.

Net waar sy moet wegdraai Kleineiland toe, staan nog 'n huisie teen die rand van die bos. Houtkapper Salie van Huysteen en sy vrou Martjie se drievertrekhuisie gemaak van bossies oor 'n paleraamwerk, oorgepleister met getrapte klei. Sinkstoepie aangelap. 'n Vriendelike huisie met 'n geil groentetuin aan die een kant, blommetuintjie voor die deur. En Martjie by die houthekkie, bly om haar te sien.

"Karoliena! Mens, jy's skaars! Hoe gaan dit?"

"Goed, ant Martjie. Waar's oom Salie?"

"Kleineiland toe, die bosmanne is opgeroep vir vergaar. Here sal weet wat dit nou weer is. Het jy gehoor van die melk?"

"Nee – wat van die melk?"

"Tyding het gekom dat die melk wat die goewerment die kinders by die skool vir versterking gee niks beteken nie. Knysna-melk het glo nie krag nie."

"Dit kan nie wees nie." Die bekertjie melk elke dag is immers vir baie kinders iets ekstra in die maag.

"Ek praat nie leuens nie. Moet glo nou liewerster kaas gegee word."

Beter as niks.

26

"Dan loop ek maar, ant Martjie."

"Oppas vir die dikbene, die goed is befoeterd. Weer al wat mylpaaltjie is langs die spoor uitgetrek, glo tot 'n telegraafpaal ook omgestoot, na Diepwalle se kant toe."

"Ek sal dophou. Antie se tuinery lyk goed."

"Sê ek ook."

Daar's twee soorte arm: goed-arm en sleg-arm. Genadiglik is daar meer goed in die bos, en as daar dalk vandag op Kleineiland aangekondig word dat daar uitkoms vir die houtkappers op pad is, sal dit nuwe moed vir almal beteken.

Toe sy duskant die Eiland in die sleeppad uitkom, lê motorkarspore diep ingetrap in die blarepad. Al meer sleeppaaie is aan't motorpaaie word. Al meer vreemdes in die bos. Veral Sondae.

En die vreemde man op die Eiland staan op 'n ysterhoutstomp, met 'n swart pak aan soos 'n prediker. Dieselfde man wat sy deur die skreef gesien het. Omgekrulde hempskraagpunte, vaalswart das. Om hom sit 'n stuk of twintig vertoiingde houtkappers, stroefgesig in afwagting; 'n paar op opvoustoeltjies, party op ander stompe, meeste op die grond. Jan Koen, Martiens van Rooyen, Salie van Huysteen. Koos en Willem van Huysteen. Salman Fransen van die stasiewinkel tussen hulle – moet altyd oral 'n oor gooi! Jan Zeelie. Heelparty ander.

"Middag, vriende," hef die vreemdeling vernaam aan. "Namens die Carnegie-kommissie van Ondersoek, heet ek u in besonder welkom."

"Wie?" vra Jan Zeelie, kortaf.

"Carnegie-kommissie. Kortom: u besorgde vriende in Amerika."

"Ken hulle nie." Die ander skud hulle koppe in beaming.

"Dis juis waarom ek hier is, oom. Om julle vroegtydig in te lig en voor te berei. Ek is meneer Naudé, assistent van een van die hoof-ondersoekers en afgevaardigdes van die Kerk – dominee Albertyn van Kimberley – wat spesiaal aangestel is om u belange aan die hart te druk."

"Dan staan hier vandag uiteindelik 'n wonderwerk voor ons, meneer!" Weer Jan Zeelie, hierdie keer met openlike spot in sy stem.

"Ek kan u die versekering gee dat die Kerk met groot erns na u probleme kyk."

"Die Kerk steur hom nie aan ons nie," snork Jan Koen. "Stuur so dan en wan een van die gesaligdes deur die bos om te kom kyk of hier dalk 'n siel te red is. Die kinders gaan kruip weg. Ons ook maar."

"Tyd vir wegkruip is verby, oom. As gevolg van druk deur die Kerk se armsorgraad, bring ek u juis die heuglike tyding dat die goewerment besig is om ernstig te kyk na die totstandkoming van 'n Departement van Welsyn."

"Gaan ons nou meer betaal word vir die hout?" kom dit hoopvol uit 'n paar monde gelyk.

"Dít is ek nie by magte om te sê nie."

"Ons is op van sloof, meneer." Toon Barnard. "Die hoop in ons harte is flenterdun soos die klere aan ons en ons kinders se lywe!"

"Daar sal nie 'n oplossing vir die armblanke se probleme kom as daar nie deeglike ondersoek plaasvind na die óórsake van die probleem nie," sê die man.

Dit laat Martiens van Rooyen op sy voete spring. "Ditsem, nou praat meneer 'n reguit waarheid! Want van óórsake sal meneer ons niks kan leer nie, ons sal hulle sommer in stringe vir meneer uitlê. Ons staan verarm omdat die houtkopers deur die jare kyk hóé min hulle ons kan betaal vir die hout! Hulle betaal ons sewe pennies 'n speek en gaan verkoop dit aan die wamakers vir amper drie sjielings! Hulle betaal ons 'n pennie vir 'n bylsteel en . . ."

"Net 'n oomblik . . ."

"Martiens praat waar, meneer." Weer ou Jan Zeelie. "Hierdie bos was al die jare Common Woods. Dit was so in ons pa's en oupas se tyd. G'n niemand het eers liksens hoef te betaal het om in hom te kap nie. 'n Man was houtkapper as jy 'n byl kon swaai, 'n saag kon trek en langdag kap en saag en sleep om die houtkopers se saagmeule op die dorp van hout voorsien te hou. Min is ons betaal, maar voorjare kon ons darem 'n bestaan maak. Nie soos dit nou gaan nie."

"As u my die geleentheid gun . . ." Naudé probeer hulle armswaaiend stilmaak. In haar hart kan sy, Karoliena, nie help om hom jammer te kry nie – die houtkappers sal dit nie vir hom maklik maak nie. Hulle is te bly oor die kans om 'n bietjie oor te kook.

"Op 'n dag is daar net aan ons laat weet dat dit nou goewermentsbos is," gooi Martiens van Rooyen verwytend vorentoe. "Bos wat die goewerment wáár gekoop het? By die Here? Alle hout hoort nou skielik aan die goewerment!"

"Goewerment met twee monde," help Jan Koen. "Met die een sê hulle julle kan nie meer kap soos julle wil nie, die bos moet bewaar word. Met die ander mond sê hulle julle sal baie meer moet kap, die land het hout nodig vir dwarslêers vir die treinspore en ossewaens wat moet Vrystaat toe agter die diamante aan wat ontdek is. Nie lank nie, toe kry hulle goud ook daar bo. Nog meer treinspore. Meneer kan my glo, in hierdie bos is honderde, duisende dwarslêers gekap en uitgesleep. Jy kan maar sê elke treinspoor in hierdie land lê oor hierdie bos se geelhout en stinkhout en boekenhout en essenhout en onse houtkappers se sweet en bloed! Betaal jou sikspens 'n dwarslêer, want hulle stry jou ewig op dis second quality wat jy gebring het – al weet jy voor jou siel dis lieg. Tussendeur stel die goewerment boswagters en bewaarders aan om te kyk dat ons nie kap soos ons al die jare gekap het nie, kom hang ons al meer restriksies

29

om die nek. Verkondig op 'n dag dat ons nou as hout-
kappers geregistreer moet word, anders mag ons nie
langer kap nie. Om geregistreer te kom, moet ons eers
bewys lewer dat ons boonvoet kappers is."

"Ekskuus?"

Sy tree vorentoe uit die bosrand. "Bona fide houtkap-
pers," sê sy en geniet heimlik die skok op Naudé se ge-
sig toe hy haar sien.

"Ons name word in 'n dun boek geskryf," gaan Jan
voort, "ons word duidelik gesê dat geen nuwe name by-
gesit sal word voordat daar nie genoeg van ons afgester-
we het nie. Daar's te veel van ons. Ons had nie praat nie,
ons moes net saamdraf. En toe? Toe ons klaar in die boek
is, sê hulle, nou moet julle liksens koop om te kan kap en
meneer sê die kommissie-besigheid kom soek oorsake?"

"Die doel van die kommissie is juis om na al julle
probleme te luister, vas te stel waarom julle so verarm
het."

"Wat het die goewerment vir meneer gesê om hierdie
keer vir ons te kom sê?" vra een van die ander kappers
agterdogtig.

"Ek is deur die kommissie gestuur, nie deur die
goewerment nie! Ons sal slegs die nodige verslae aan
die goewerment voorlê sodat daar oplossings gevind
kan word."

"Sodat dit 'n goewermentsaak kan word?" vra een.
Houtkappers is nie dom nie.

"Ja, uiteindelik sal die goewerment die nodige be-
sluite neem."

" 'n Bosslak, meneer, is nie 'n vinnige ding nie. Maar
teen goewermentsake is hy van groot spoed en meneer
gaan nog so staan en rondtrap, dan duiwel meneer
vandag van daardie stomp af."

"Ek verseker u dat dit nie sal gebeur nie. Ek vra slegs
van u 'n redelike kans om u in te lig oor die werk-
saamhede van die kommissie . . ."

"Ek dog meneer sê hulle kom hoor hoekom ons so verarm is," gooi Willem van Huysteen hom voor die kop. "Ons gee meneer die redes, maar miskien kan meneer nie so lekker hoor nie?"

Dit bring Jan Zeelie styfbeen op sy voete. "Of miskien soek meneer nog meer van die oorsake. Soos die dag toe die goewerment besluit het om die hele helse bos in blokke te laat uitmeet; elke blok ewe genommer en weer in vier gedeel, op elke boom wat volgens hulle kapbaar is, word 'n blerts geverf. Nou moet ons elke jaar op 'n bepaalde dag by die naaste bosstasie gaan lootjies trek vir 'n flentertjie bos en die blertse vat wat die lootjie jou gooi. Jaar lank daarmee tevrede wees. Mag nie 'n byl aan 'n boom sit wat ryp vruggies of sade aanhet nie! Ons sê vir die bewaarders: dis nie 'n vrugteboord nie, dis 'n bos! Help niks. Goewermentswet. Maar die goewerment bly skree hout, hout, hout. Uit party blokke mag ons nou nie eers meer 'n splinter verwyder nie, want dis konsuis *reserves* wat die goewerment in bewaring vir die nageslagte hou en vir die mense wat van oral kom om te kom kyk hoe lyk die bos."

Naudé se geduld is besig om op te raak, mens kan dit aan sy lyf sien. "As ek net tot u kan laat deurdring hoe belangrik die werksaamhede van die Carnegie-kommissie vir u gaan wees!"

"Ek dog meneer sê julle kom om na ons probleme te luister," herinner Salie van Huysteen hom en draai na die ander om hom. "Onthou julle nog die jaar toe die hele land oor waenhout gekerm het en ons dringend moes assegaai kap vir speke, maar die goewermentsbewaarder weier amper drie maande lank permissie omdat die assegaaie konsuis besig was om te blom?"

Toe beur Naudé vir hom 'n praatbeurt oop. "Die kommissie is nou amper twee jaar besig om hierdie land in haglike omstandighede te deurreis om oral onderhoude met die armblankes te voer! Met die trekboere,

die bywoners, diamantdelwers, gouddelwers, die bil-
tongboere van die Bosveld . . ."

"Meneer . . ."

"Dis 'n feitesending van enorme omvang wat der-
duisende ponde kos en deur besorgdes in Amerika be-
taal word! Ons kom binnekort, ten laaste, by die verarm-
des in hierdie bos om met hulle onderhoude te voer. Ons
móét u samewerking kry!"

"Meneer! Iemand het jou die verkeerde adres gegee.
Die gouddelwers wat voorjare in hierdie bos was, is lank-
al weg of dood. Al oorblyfsels is die uitgekapte dele agter
by Millwood."

Van die manne het begin opstaan om hulle bladsakke
te vat terwyl Naudé hulle met waardige ergerlikheid pro-
beer keer: "Die Carnegie-ondersoek is 'n kans tot red-
ding wat u nie durf laat verbygaan nie!"

"Klink my na 'n dokter wat kom voel en vat om vas
te stel wat jou makeer, maar sonder die medisyne wat jy
nodig het." Ou Salie.

"As u my nie so aanhoudend in die rede wou val
nie!"

Toe val hy van die stomp af.

En sy draai om en loop terug die bos in.

Sy kan nie sien hoedat Naudé veel met hulle uitgerig sal
kry nie. Houtkappers is houtkappers. Anderster mense.
Ongeheiligde tweebeen-osse met 'n ander soort slim in
die kop wanneer dit hulle pas. Geheimsinnig soos die
diepste boskloof waar weinig waag om 'n voet te sit, wat
met mekaar geheime taal praat sodat een kan spring om
die bosbok, wat verwurg lê in 'n onwettige strik, onder
die boswagter se neus te gaan wegsleep. Wat môre met
die openhartigheid van kinders hulle diepste vrese uit-
praat; 'n laaste stukkie brood of patat met mekaar deel;
'n swakke se byl by hom vat en sy houe vir hom kap. Die
hoogste krans aan die bergvoet uitklim om 'n heuning-

nes by te kom vir 'n soetigheidjie – of om heuningbier te brou vir vrolikheid.

Twee van hulle het eendag gedreig om haar magistraat toe te sleep oor 'n byenes.

"Om my waarvoor te laat aankla?"

"Poging tot verminking!"

Sy was die middag aan't wegkruip by 'n spruit in Gouna-se-bos om die skoenlappers af te loer wat middae kom sandmodder vreet langs die kant. Skielik hoor sy iewers byle inval en begin kap-kap-kap. Sy hoor dis twee man wat kap. Dit was 'n bietjie laat in die dag vir houtkappers om in te keep en te begin kap aan 'n boom. Sy steur haar eers nie. Hou haar oë op die strepie spoelsand aan die kant van die stroompie waar seker maklik honderd, tweehonderd groot skoenlappers vlerk teen vlerk besig was om modder op te slurp. Almal eners. As een opvlieg, kom 'n volgende in sy plek sit. Mooi skoenlappers. Sagbruin vlerke waarop geel kolletjies en blokkies al op die rante langs geverf is. Eers lank daarna, toe sy eendag 'n dooie optel, sien sy die blou en oranje kolle wat soos oë op die vlerke geverf is. Maar dáárdie dag het sy haar net aan hulle verkyk. Aan die dosyne wat oraloor die oopte bo die bosstroom bly sweef het asof hulle in die lug aan't speel was; aan die talle wat op 'n oorhangtak van 'n notsung gaan sit het om te rus en die tak vol spatsels kleur gemaak het.

Die byle kap-kap-kap. Sy hoor later nie net die gekap nie, sy hoor ook veraf stemme. Sy staan op, sy sê vir die skoenlappers sy sal weer die volgende dag kom, hulle moet tog asseblief ook weer daar wees.

Sy't nie ver geloop nie, toe kry sy hulle langs die voetpad wat van Diepdraai se kant af kom: twee manne besig om 'n jong witels te kap om die byenes bo in 'n mik te bekom. Sy word só kwaad, sy skree en vra of hulle gek is! Hulle los die byle, die een – sy dink hy was 'n Tait – skree terug en sê: Nee, daar's net een gek in die

33

bos en dit is Karoliena Kapp wat rondsluip waar 'n meisiekind nie hoort nie! Sy sê sy hoop die bye storm en steek hulle vrek, want vir wat die arme boom staan en afkap, loop soek heuning in die berg! Die ander een erg hom opnuut, hy gooi sy byl neer en sê: Gaan in jou maai, geen wonder die vreemdes dink ons is wilde mense nie, kyk hoe verwilder sien jy daar uit! Jou pa draai in sy graf! Sy buk, sy gryp die byl en swaai 'n kap na sy bene. Hy spring 'n hoë spring, die ander een ruk die byl uit haar hande. Hy skree: Is jy mal, jy kon hom gemink het!

Nee, die kommissie van vreemdes sou nie die hout-kappers verstaan nie.

Anderster mense. Wat 'n boom kan omkap en laat val waar húlle hom wil hê vir die opsaag en uitsleep. Wat 'n boom se binneste aan 'n knoppie op die bas kan uitken, weet dat daar êrens binne 'n probleem wag: wurms, rooi are, gom – dat die houtkoper hulle nie die hout sal laat aflaai op sy werf nie; hulle leeghand sal laat terugdraai bos toe.

Houtkappers is boomslim, houtslim. Wat met 'n links-byl 'n moot só gelyk kan kap dat jy sal stry dis met 'n skaaf gedoen; of met 'n dissel duisende speke in 'n leef-tyd uitkap vir honderde waens se wiele; honderde dis-selbome, honderde ander wa-parte; wat berge dwars-lêers uit geelhout en stinkhout gekap en gemoot het vir die treinspore – al het min van hulle idee gehad hoe 'n regte trein lyk. Ken net die houttreintjie. Telegraafpale. Pikstele, balke, planke. Houtkappers wat soms die mooi-ste huisgoed vir hulle plank- of kleihuise uit 'n stuk edelhout kon toor en nie dink om daarmee te spog nie.

Houtkapper wat lewenslank in 'n strik van armoede vasgewoel is omdat hy nie weet hoe om homself los te woel nie. Nie die goed-armes nie, ook nie die sleg-armes nie. Wat die wêreld buite die bos vrees. En die olifante wat hom soms ure in 'n boom opgejaag hou; of in 'n sleeppad staan sodat die osse nie kan verbykom met die sleepsel mote nie omdat olifante goed weet die osse is ook vir hulle bang. Duiwelsgoed, sê die houtkappers, wat jou sal fyntrap as hulle kan. Soos die hele wêreld jou fyntrap – maar steeds die hout wil hê wat jy kap!

"En as die bos die dag uitgekap is, oom?" vra sy eendag vir een van die oues.

"Dan's ek lankal dood."

"Dan beter oom vinnig doodraak, die bietjie van die bos wat oor is, gaan nou opgepas word, sê mister Fourcade."

"Sê vir hom ek sê sy gat. En joune ook. Kry jou loop, Karoliena!"

"Hulle sê die bos was voortyd maklik twintig keer so groot as wat hy nou is."

"Toe sou 'n man darem nog lekker voor die voet kon gekap het . . ."

"Wat's die snaaksste iets wat oom al in die bos gesien het?"

"Vir jou. Want vir wat sluip jy gedurig hier rond? Wat makeer jou om 'n goeie eerbare man net so te los en aan te loop?"

"Dis maande gelede, oom, maar julle wil dit nou eenmaal nie laat los nie!"

"Omdat ons nie kan verstaan hoe 'n mens kan uitkoms kry en dit dan sommer net so wegsmyt nie! Veral nie in hierdie bos nie."

"Oom sal nie verstaan nie." Sy't self nie altyd heeltemal verstaan nie. Daar's dinge wat raaisels bly. Al dink mens hoe hard.

Naudé sal ook nie verstaan nie.

Sy vat die sleeppad terug Diepwalle se kant toe. Terug boomland toe . . .

Tussen mensland en boomland is 'n brug waaroor jy maklik kom terwyl die vrede om jou opnuut in jou lyf intrek en jou optel tot in die hoogste boomtop waar pietmy-vrou sy wyfie roep en roep en roep. Waar die paddas op die bosvloer klik-praat met mekaar. En met jou. Jou vra waar jy was, jou sê dat tier laas nag sagvoet kom kos vang het. Willevark se kind opgevreet het. Kyk! Daar's sy spoor, en sy mis.

Waar jy opkyk en kroonarend teen die bloue lug bo die bosdak sien sweef, soek-soek na 'n opening waardeur hy geruisloos kan val om 'n aap of 'n bokkie te gryp en jy mooi in jou hart vra: Asseblief, net nie vandag 'n bloubokkie nie, hulle laat nog lammertjies suip.

Dan begin jy in jou eie vlug weer stadig afwaarts daal tot onder in die skemer bos om die voetpad te soek. Boom toe. Háár boom. Met die baie name waarmee sy hom al gedoop het, maar nie een wat wil pas nie. Kalander, Koning, Oudste, Mooiste, Hoogste.

Amper by Diepwalle loop sy uit die hardepad en stoot met haar lyf 'n pad deur die onderbos en bobbejaantou-gordyn waar die bosdou nog in die skadu's lê en aan haar lyf en hare afvee.

Dag, Boom, sê sy toe sy by hom kom en haar kop eerbiedig laat sak soos vir bid.

Vir niemand kan sy sê wat sy weet nie, want niemand sal haar glo nie. Miskien sal sy eendag vir mister Fourcade sê. Die enigste met wie sy eendag wel 'n stukkie daarvan vertrou het, was ou Abel Slinger . . .

Sy het die dag kortpad gekies met die voetpad langs van Barnardseiland af, Diepwallebos deur om by die huis te kom. So twee uur ver se stap. Sy en haar ma woon toe nog onderkant Diepwalle se bosboustasie. Haar ma het haar die oggend eiland toe gestuur om die rooi rok te gaan terugleen by haar suster Maria omdat haar ma daardie tyd begin tof en tooi het vir oom Cornelius Kapp van Langvleibos se kuiers. Saans sit hulle in die voorkamer en sy, Karoliena, lê in die agterkamer. Dan roep haar ma om te vra of sy al slaap, dan hou sy haar aan die slaap, dan blaas hulle die kers in die voorkamer dood, dan hoor sy hoe die kooi in die voorkamer al vinniger en vinniger kraak . . .

Dan wens sy sy kon diep die bos in loop en nooit weer terugkom nie. Dis net dat sy toe nog so bang was vir donkerbos.

Dit was warm dié dag – benoudwarm – die tweede bergwinddag na mekaar. Die sweet stroom haar later af; die bos was droog, die kleinste stokkie het onder haar voete geklap, selfs die bome het anders gekraak. Soos goed wat tande het. Die lug was anders, die lig was anders, alles was helderder, asof mens dieper as gewoonlik die bosruigtes in kon sien. En doodstil. Spokerig stil.

Toe die eerste blits die bos blink slaan, het sy so groot geskrik dat sy soos 'n verskrikte ding begin hardloop het. Toe die tweede bliksemstraal val, het sy hardop begin huil van bang dat die weer haar ook kom doodslaan het soos vir haar pa. Sy was amper by die ou groot kalanderboom 'n ent voor jy die hardepad by Diepwalle kry, toe dit haar byval dat jy nie in donderweer moet hardloop nie! Sy was in elk geval so moeg, sy't sommer die sloop met die rok in in die sleeppad neergegooi en van vrees met haar rug teen 'n lêboom gaan staan om te bedaar. Toe spat die derde blits. Toe sy opkyk, sien sy die beweging van die vreemde spookgedaante wat stadig besig was om uit die kroon van die kalander op te rys asof dit ver oor die bos wou uitkyk. Lang vaalgroen kleed, nie van rokslap nie, fyner en slapper; bene en arms onder die kleed se voue; 'n lyf. 'n Kop met slierte lang vaalgroen hare. Helder. Nie soos in droom nie. Helder. En iewers bo in haar kop sê woorde vanself: Dít, Karoliena, is die boom se geheim.

Agterna het sy onthou dat die boomspook nie tot by die voete uit die boom gekom het nie. Dat sy nie kon sê of dit 'n wyfie- of 'n mannetjiespook was nie.

Die aand toe sy haar ma hoor roep om te vra of sy al slaap, was sy reeds buite in die donker en die reën. Sy't vroegaand, toe die simpel oom kom, die houtluik in die agterkamer oopgemaak en suutjies deurgeklim om in die bosrand te gaan wegkruip.

Sy was nooit daarna weer bang vir donkerbos nie.

Lank, lank daarna het sy eendag vir ou Bothatjie gevra wat die snaaksste iets is wat hy al in die bos gesien het. Toe sê hy dokter Phillips se gesig toe hy hom die dag die drie stinkhoutjies wys.

Niemand ken die bos soos ou Bothatjie nie. Soms voel dit vir haar of hy nie soos ander mense gebore is nie, maar dat hy op 'n dag uit 'n boomsaad op die bosvloer begin groei het.

Rooi-els se klein bruin saad in die sagte doppie. Want selfs sy wilde bos witgrys hare is die kleur van 'n rooi-els se blom, en 'n lang, woeste baard. Soms vra vreemdes hom om teen die bosrand te staan sodat hulle van hom 'n kiekie kan neem.

Markus Josias Botha. Van Jim Reid-se-draai bokant Diepwalle. Ou Bothatjie, sê hulle vir hom. Oujongkêrel. Netjiese plankhuisie minder as 'n klipgooi van een van die olifante se hoofpaaie deur die bos. Nee, hy's nie bang vir die dikbene nie. Sê hy't afspraak met hulle: Hy hinder hulle nie, hulle hinder hom nie. Kom skuur partykeer lyf teen 'n hoek van die huisie dat sy paar stukkies bordegoed klingel, maar rig nie skade aan nie. Weet hy't 'n hoë man se permissie om daar te woon.

Hy vertel jou graag van die hoë man. Kom mos een oggend by my aan op 'n spoggerige perd, kom stel homself bekend, sê hy's dokter Phillips. Ek sê, aangenaam, ek het juis so pyn agter die blad. Nee, sê hy, nie daardie soort dokter nie, 'n plantdokter. Aangestel by Diepwalle deur die goewerment self om dringend bestudering van die bos te maak. Research. Dat ek nie langer hier by Jim Reid-se-draai kon huismaak nie, al die mense gaan uit die bos gehaal word. Ek skrik nie. Ek waarsku hom net dat ek met my eie oë gesien het dat 'n olifant 'n perd flou jaag in hierdie bos. Sodat misterdokter nie kan sê hy't nie geweet nie. Olifant is 'n slim man, voorjare het ons nie eers sy naam in hierdie bos genoem nie van banggeit hy hoor en kom jaag jou. En ongelukkig sal misterdokter my nie die bos kan uitsit nie, want ek is die eintlike een wat jou van bestudering sal moet leer.

'n Paar maande later sit die man op daardie einste boomstomp voor my deur. Te voet gekom om met my akkoord te kom maak. Goewerment wil al die ooptes waar dit uitgekap is, oorgeplant hê. Ek sê: Bos laat hom nie van mens plant nie. God het hom klaar geplant, vergange al. Slimgod. Gewag tot die bome halflyf hoog staan voor Hy bosbok kom injaag het, want anders was alles afgevreet. Waar dit uitgekap is, is dit uitgekap en neem die fyngoed oor. Soos die olifante wat hulle so aan't uitskiet is, en nie sal terugkom nie. Dood is dood. Misterdokter sê hy aanvaar dit nie, ons moet 'n proef maak. Ek, Bothatjie, moet 'n proef maak teen 'n sjieling 'n dag hier op Jim Reid-se-draai op die oop stuk wat voorjare 'n depot was vir die hout wat uit Kom-se-bos gesleep is en waar ek die stuk skoongemaak het vir my tuindery. Altyd iets wat in die pot gegooi kan word . . . saam met 'n stukkie vleis. Hy sê goed, maar dan werk dit van hier af só: een ry groente, een ry boompies. Veral stinkhout. Ek sê, misterdokter, ek weet nie so mooi nie; stinkhout laat hom nie plant nie. Maar ek sal try.

Goeie ou Bothatjie. Vra nie vrae nie. Gee jou net blyplek wanneer jy nie weet watter kant toe nie. En altyd so bly oor die sakkie tabak.

Toe sy die eerste keer van Johannes af weggeloop het, was dit al skuilte wat sy kon vind.

3

Bosmense trou met bosmense. Net af en toe gebeur dit anders. Soos met haar en Johannes.

As sy stip terugdink, kan sy helder onthou toe sy hom die eerste keer gesien het. Sy en haar ma het die dag die tien myl dorp toe gestap van Langvleibos af om vir haar, Karoliena, rokslap en skoene te gaan koop. Halfpad het die perdekar hulle van agter af ingery en stilgehou om te vra of hy hulle geleentheid kon gee. Haar ma sê ja dankie, mister Stander, ons moet vir 'n vername saak dorp toe. Haar ma was nie so erg sku soos die meeste bosvrouens nie. Hulle klim. Sy agter, haar ma voor langs hom. Hy is 'n lang man, sy kop raak amper die kar se kap. Die perde draf lekker, dit was afdraand. Haar ma sê ewe spoggerig vir die man hulle gaan dorp toe om te gaan klere koop vir die kind wat moet hoërskool toe op Wittedrift.

O, sê die man. Kyk ewe verbaas om na haar; seker nie daaraan gewoond om te hoor dat boskinders, veral bos-meisiekinders, hoërskool toe gestuur word nie. Daar was wel 'n paar seuns uit die bos in die ambagskool op Knysna, maar die probleem was dat hulle standerd ses moes hê om ingeneem te word en dié had weinig, want lank voor standerd ses het hulle al in die kapspanne ge-werk. Twee meisiekinders van Veldmanspad was in die huishoudkundeskool op die dorp; eintlik 'n skool vir armblanke kinders.

"Hoe oud is die dogter, mevrou?" vra die lang man.

"Veertien, sy's laat skool toe. Baie slim in die kop, dominee het so kom soebat . . ."

Haar ma sê nie die volle waarheid van die dag toe die dominee op Langvleibos by hulle huis opgedaag het nie.

Dit was 'n Saterdag. Hy sê vir haar ma hy is op besoek weens 'n ernstige versoek van die skoolhoof, meneer Heunis, by Veldmanspad. Gelukkig was die huis skoon en aan die kant. Dit was dominee Odendaal, hulle sê hy't sommer begin goed uitsmyt as dinge nie na sy sin was in 'n bosmens se huis nie. Luister, dominee, sê haar ma, as jy gestuur is om te kom vra waarom die kind so baie uit die skool is, kan jy self luister hoe fluit haar bors van ongesteldheid van die koue en klamte waaronder ons moet leef omdat daar nie genade kom vir ons bos-mense nie. Was dit nie vir die plankvloer wat Cornelius met sy eie hande ingeslaan het nie, had Karoliena lankal die tering, want net my gebede maak dat sy nog leef en sy's my enigste, die weerlig het mos haar pa geslaan en my alleen in ellende agtergelaat om klaar te kom, ek stuur haar elke dag skool toe, maar dan hyg sy so van die fleim dat sy langs die pad moet gaan sit . . .

Dit was nie waar nie. Skool was 'n simpel plek. Sy, Karoliena, is maar net party dae nie terug klas toe ná loopspeeltyd nie, sy't die skoolwerk in elk geval uit haar kop geken. Sy't sommer langs die treinspoortjie gaan speel en vir die mense in die coach gewaai, of vir mister Kennet en die stoker en vir mister Botha op een van die trokke. Of gekyk waar die olifante die vorige nag oor die spoor is. Slimvoet, nooit óp die spoor getrap nie. Seker geweet hulle sou geskiet word as hulle dáárdie spoor stukkend trap. Dit was die houtkopers se spoor; mister Thesen en mister Parkes was hoogrykes – hulle het niks en niemand op hulle goed laat trap nie!

Eendag het sy 'n entjie verder langs die spoor af ge-speel as gewoonlik. Dorpkant van die skool. Eers kom sy op die vars bol mis langs die spoor af, die wasem trek nog soos rook daaruit. Sy spring vinnig op die spoor, en dink 'n olifant sal haar nie dáár kom trap nie. Sy staan doodstil, sy luister. Sy bewe van bang, hulle sê olifant kan 'n mens doodklap met sy slurp. Sy wag, sy luister.

41

Die bos aan weerskante van die spoor is stil. Net hier en daar 'n voël en die wind in die toppe van die bome wat klink soos see. Dikbos, waar die vreemdes gewoonlik uit die coach hang om hulle nog beter te vergaap aan die bos en bly hoop om iewers in die ruigtes 'n olifant of een van die wilde bosmense te gewaar. Die volgende oomblik hoor sy 'n ent vorentoe hout kraak. So 'n stadige, lang kraak. Asof 'n boom iewers omgeval het. Maar 'n boom val nie sommer om nie en die wind was te swak om een om te waai. Sy wag, sy luister. Niks. Spoorlangs kon sy nie ver sien nie, want voor was 'n taamlike skerp draai. Sy wag, sy luister. Nie 'n geluid uit sy plek nie. Versigtig begin sy aanloop na die draai se kant toe, bly langtree tussen die spore al op die dwarsléers langs. Sien 'n witels waar sy sou kon klim as daar dalk 'n olifant was wat haar wou skraap . . .

Toe sy op die draai kom, sien sy dit. Die vlier wat vollyf oor die spoor omgestoot lê vir 'n hindernis wat mister Kennet nooit betyds sal sien as hy met die treintjie van Diepwalle af kom nie. Nie met die twee trokke wat hy heelpad vooruit stoot nie! Ergste was dat sy die treintjie oomblikke tevore bo by Veldmanspad hoor fluit het, dat daar nie meer baie tyd was voordat hy in die boom sou kom vasry nie! Sy spring om en begin terughardloop. Sy hoor die treintjie kom, sy gaan staan langs die spoor en waai met haar arms, sy skree, sy waai, maar die stoker is aan háár kant van die spoor, die simpel man waai net terug. Die coach is nie aangehaak nie, dis houttreindag. Mister Botha staan op een van die agterste trokke half tussen die hout. Sy waai, sy skree, sy spring op en af. Hy skree iets terug van die skool wat na haar soek . . .

Toe hardloop sy maar al agter die treintjie aan.

Toe stamp vlier die voorste stoot-trok dat hy skeef van die spoor af hang. Gelukkig nie om nie. Maar toe moes mister Kennet en mister Botha en die stoker eers saag en wegsleep, saag en wegsleep, om die pad oop te kry vir die trein. Hulle haal twee sware jacks weerskante van die enjin af en begin die trok met 'n lang ysterspar opjack; wikkel, wikkel tot die wiele terug is op die spoor. Harde werk. Amper tot donker. Mister Botha is kwaad, hy sê dis 'n ou ding van die vervloekste olifante, breek hom altyd op net die regte plek oor die spoor waar die drywer hom nie betyds kan sien en briek nie. En altyd is dit 'n vlier. Kon jy ons nie op 'n manier gewaarsku het nie, Karoliena?

Haar ma lieg die dag lekker vir die predikant. Hy sê: Ek is nie hier oor u dogter se afwesigheid nie, mevrou Kapp. Meneer Heunis het gevra dat ek met u oor haar moet kom praat. Ek verstaan dat sy 'n baie skrander leerling is, wat volgende jaar hoërskool toe behoort te gaan.

"Dan moet die skool haar maar stuur, ek het nie geld nie." Haar ma was dadelik opgeruk.

"Meneer Heunis verseker my dat sy skolasties baie sterk is."

"Wat weet hy?" Later het haar ma haar gevra wat die fênsie woord beteken wat die predikant gebruik het. Dit beteken ek is slim, Ma. O.

"Ons kom dus met 'n voorstel dat sy na die hoërskool op . . ."

"Ek stuur nie die stomme kind in tussen daardie klomp Engelse kinders op Knysna nie, ons ken in elk geval nie Engels nie en buitendien, sy kry genoeg spot van hulle in die straat as ons op die dorp kom."

"Jy's nou oorhaastig, mevrou Kapp!"

"Nee, dominee, en ek laat haar ook nie na die housecraft school op die dorp gaan waar hulle maar eintlik net leer om wit meide vir die rykes te word nie."

"Ons wil hê sy moet na Wittedrift se skool, duskant Plettenbergbaai, gaan."

Eers het haar ma se mond oopgeval. Toe kom die skok: "Wittedrift se skool? Met geld wat ek waar moet kry?

Dit beteken sy moet in die koshuis bly en klere en aller-hande goed kry waarvan 'n arme boswerker nie eers die helfte kan bekostig nie!"

"Sy sal 'n losiesbeurs gegee word om in die kerkkos-huis te kan bly en die Kerk is selfs bereid om haar met klere te help."

Toe spog haar ma lekker by die man van die perdekar met haar dogter wat hoërskool toe gaan.

Sy, Karoliena, het nie veel notisie geneem nie. Leef was toe nog baie soos slaap. Behalwe dat jy kon droom soos jy wou. Droom dat jy mooi en deftig was soos die meeste dorpsmeisiekinders, of soos die vreemdes wat saam met die houttreintjie na die bos kom kyk het. Droom, as jy voetpadlangs deur die bos loop, dat jy hak-skoene aanhet, jy hou net jou kop en jou skouers regop soos 'n regte mens. Nie soos 'n armblanke nie.

Die man met die perdekar het hulle voor Smith se winkel in Main Street afgelaai en sy hoed deftig gelig toe hy hulle groet. Toe hy wegry, sê haar ma: "Hou hom ver-niet so vernaam. Sy pa het ook maar op die bosrand grootgeword, nes ek."

Wittedrift was soos rusteloos insluimer. Jy weet jy moe-nie te wakker word nie, want dan gaan jy wegloop. Jy slaap in die kerkkoshuis op 'n vreemde ysterkateltjie tussen ander armblanke kinders en loop nag vir nag die twintig myl huis toe om vir jou ma te gaan sê jy wil nie in die hoërskool wees nie. Dat die bos beter is as die kloof agter die berg waarin die rooidakskool half wegge-steek staan soos iets wat skaam is; oral net plate gras waarop die skool se beeste wei en kromstert plat groen blopse mis. Niks hoë bome nie. Niks bos nie. Niks olifante nie. Geen houttreintjie wat bedags by die skool verbykom sodat jy vir die mense in die coach kan waai nie, of vir mister Kennet of mister Botha nie. Of by Diepwalle se stasie bietjie kon gaan ronddrentel vir ingeval die vreemdes in die bos wil in nie.

Die enigste goedding aan die skool was die boekerytjie in die skemer kamertjie waar jy in die boeke mag gelees het. Moeilike woorde, nie soos skoolwerk nie. Meneer Johnstone wat Engels gegee het, het haar altyd Vrydae 'n boek koshuis toe laat neem vir die naweek. Net leen. Dan draai sy die boek in 'n doek soos die geheim wat sy vir haarself aan't bêre was: Dat sy eendag 'n rykmens-mens sou wees.

Sy moes net eers wegkom uit die skool uit.

Boeke het gehelp om die tyd te laat verbygaan, die nimmereindigende kwartale.

Wanneer dit tyd geword het vir skoolvakansie, het die onderwysers gewoonlik begin verneem na 'n geleentheid wat haar kon huis toe neem – al was dit net tot op Knysna. Daarvandaan loop sy Langvleibos toe na haar ma. Die ander twee meisiekinders in die skool wat ook uit die bos gekom het, het sommer self huis toe gestap. Daglank. Agter die berg langs tot by die Uniondalepad wat oor Prins Alfredspas van die Langekloof af kom, dan oor die berg en van die agterkant af die bos in. Haar ma wou nooit hê sy moes saam met hulle stap nie, hulle was hierjy mense se kinders. Die onderwysers wou ook nie eintlik dat sy huis toe stap nie. As die vakansie amper verby was, het oom Cornelius begin verneem na 'n geleentheid terug Wittedrift toe vir haar.

Eenkeer laat roep die skoolhoof haar en sê sy moet haar goed vinnig bymekaarmaak, daar's 'n man wat haar geleentheid kan gee tot in die bos. Sy was baie bly. Sy hardloop koshuis toe, gooi haar klere in die soetkys wat die Kerk haar gegee het, vee haar gesig af, trek haar skoene aan, kam haar hare.

By die kantoor sê die hoof die man sal nou weer terug wees, hy het net gou met een van die ander onderwysers gaan praat oor 'n sekere wilde blommetjie wat glo in die koppe bokant die skool groei.

"Die man is 'n plantkundige – wat noem ons nou weer 'n plantkundige, Karoliena?" Soos skoolhou.

"Botanis, meneer."

"Korrek. Die skool sluit nou wel eers oormôre, maar aangesien hy bereid is om jou tot by Diepwalle te neem, het ek besluit om jou vandag reeds verlof te gee om huis toe te gaan."

"Dankie, meneer."

Meneer Kritsinger, hy was nie onaardig nie. Sy wou net nie in sy simpel ou skool wees nie. Die Kerk het gesê sy moet geleerd kom, die grootste probleem met die armblankes in die bos is hulle ongeletterdheid. Oom Cornelius sê dis 'n lieg. Diaken Van Zyl sê die houtkappers se grootste probleem is die feit dat hulle so 'n ongodsdienstige spul is. Sal dorp toe stap vir koffie en suiker, maar nie om in 'n kerk te kom nie! Toe sê een van die houtkappers vir hom, trek bietjie uit jou manel, dan sê jy dit weer. Ons gaan iedere Sondag kerk by Veld-manspad se skool, en Woensdagmiddae biduur wat die boswagter vir ons hou – as ons nie te ver van die huis af kap nie. So hou jou bek.

Skielik vra meneer Kritsinger dié dag: "Karoliena, is jy gelukkig hier in die skool?"

Nee, sê sy in haar hart. "Ja, meneer," sê sy met haar mond.

"Jy moet my belowe dat jy nie die skool sal verlaat nie."

Ek sal. "Nee, meneer." Waar's die man wat my geleentheid gaan gee?

Toe kom die man. Mens kon aan meneer Kritsinger se manier sien dat hy 'n vername man was; hulle het net Engels gepraat en meneer Kritsinger het saam buitetoe geloop en die man innig bedank vir sy ontferming oor die poor girl; sy het dit nie maklik nie, haar vader is 'n houtkapper.

In haar hart sê sy: Dis nie waar nie, my pa is lankal dood.

Wonderlikste was dat die man 'n motorkar had! 'n Motorkar met 'n afslaankap, baie soos 'n perdekar, maar met wiele in plaas van perde en die motor se letters was CCO 10. Sy het al 'n hele paar keer vantevore in 'n motor gery, dit was lekker gou. Oom Wiljam Stander bokant Veldmanspad het vier melkkoeie en 'n motorkar gehad wat £40 gekos het, maar die mense moes betaal as hulle wou saamry. Dan lag oom Wiljam en sê hy maak party maande meer uit mense oplaai as uit melk verkoop.

Toe loop meneer Kritsinger om die motor, maak die agterste deur oop en sê vir haar sy moet agter inklim. Die Engelsman sê: Nee, laat haar voor sit.

Toe sit sy voor.

Toe ry hulle. Tog te lekker! Ná 'n ruk begin sy wens die pad agter die berg langs moet nooit ophou nie, dat die vriendelike ou oom haar nooit weer moet aflaai nie. Hy praat Engels, sy praat Afrikaans, hulle verstaan mekaar goed. Sy bril se raam lyk van dieselfde stoffasie gemaak as haar kam. Die pak klere wat hy aanhad, was blougrys soos 'n bloubokkie se jas; om die waarheid te sê: hy't van die kant af kompleet soos 'n ou bloubok met 'n bril op gelyk! En hy praat met haar asof sy 'n gewone mens is wat hy opgelaai het, nie 'n armblanke nie. Sy vra: Hoeveel kinders het oom? Nee, hy het nie kinders nie. Sy vra: Waar is oom se vrou? Nee, hy het ook nie 'n vrou nie. Sy sê vir hom, dis geen wonder oom het nie kinders nie. Hy lag, en vra hoe lank sy al op Wittedrift skoolgaan. Amper twee jaar, sy's in standerd agt. Hy vra of sy skool geniet. Nee. Hy vra uit watter deel van die bos sy kom. Langvleibos. Is sy lief vir die bos? Sy vra: Hoe's mens lief vir 'n bos? Dis net 'n bos. Sy vra: Waar woon oom? Witelsbos, dis 'n hele ent anderkant Wittedrift. Hy vra of sy Diepwallebos ken. Sy sê meeste van die voetpaaie, ja. Hy vra of sy al 'n olifant gesien het. Sy

47

sê baie spore, baie mis, maar nog nie eintlik baie olifante nie. Hulle is baie gevaarlik; beste is om maar altyd 'n stinkhout of 'n witels in die oog te hou om in op te klim vir ingeval hulle jou jaag – die ander bome in die bos is te regop om te klim. Het oom al 'n olifant gesien? Ja. Hy't lank in die bos gewerk. Was oom 'n houtkapper? Nee, hy is die landmeter wat lank gelede die bos in seksies opgemeet het. Weet jy wat 'n seksie is? Ja, oom, dis 'n wêrrie. Die houtkappers moet lootjies trek om 'n wêrrie te bekom om in te kap, hulle is baie ontevrede omdat hulle nie meer mag kap soos hulle wil nie. Hy sê hy weet. Die mense in die bos word al meer armer, oom. Hy sê hy weet. Hy vra: Woon meneer Barnard nog by Jim Reid-se-draai? Ek weet nie, oom, daar woon baie Barnards in die bos; daar bo by Jim Reid-se-draai woon net so 'n snaakse wilde oom in 'n houthuisie. Dis hy, sê die man en glimlag sy gesig vol plooie.

"As jy hom weer sien, sê vir hom mister Fourcade stuur groete. Hy ken my."

Toe hulle by Buffelsnek om die varingdraai kom, hou hy stil en klim uit om ewe aandagtig na 'n boom langs die pad te gaan staan en kyk. Op en af. Op en af.

"Dis 'n rooihout, oom," sê sy toe hy omdraai en terugkom by die motor. Skielik kyk hy haar aan asof hy haar die eerste keer raaksien. "Ons noem hom sommer papierboom omdat sy bas so nes velle papier afskilfer, maar ou Abel Slinger, dis 'n baie ou man in die bos, noem hom kouhout omdat daardie boom selfs op die warmste bergwinddag ysig koud voel onder jou hand of agter jou rug as jy bietjie lafing soek." Sy wou nog bygevoeg het dat Abel se ou vrou altyd 'n stukkie rooihout aan 'n riempie om haar nek dra omdat dit glo alle booshede weghou. Of dat jy van die bas moet snuif as jou kop seer is.

"Ken jy al die bome in die bos, Karoliena?"

"Die meeste, nie almal nie."

"En die plante in die onderbos?"

"Nie almal nie. Maar meeste, dink ek."

"Waar woon Abel Slinger deesdae?"

"'n Ent met Ysterhoutrugpad in, amper by Dirk-se-eiland – as oom weet waar dit is . . ."

"Ek weet, ek het daar opmetings gedoen. Abel was vir my cooking boy."

"O. Wat is die snaaksste iets wat oom in die bos gesien het?" Dalk . . .

"'n Seldsame orgidee."

"Ek ken hulle nie. Net die wasblommetjies wat partykeer uit die geelhoute se bas groei."

"Dis orgideë."

4

Die tweede keer dat sy Johannes Stander gesien het, was hy 'n mooi lang man wat uit sy motorkar by Diepwalle se stasie geklim het.

Dit was skoolvakansie, mister Fransen het haar spesiaal die Woensdagoggend laat roep om saam met 'n man in die bos te kom loop – 'n man wat vir 'n koerant of 'n tydskrif oor die houttreintjie wou kom skryf. Meneer Speight. Wat kort ná twaalf die dag ligvoet van die trein spring by Diepwalle: sak oor die skouer, boek in die hand, kamera om die nek. Jonk. Kam se tandpaaie lê deur sy dikgeoliede hare. Toe mister Fransen hom aan haar bekendstel, druk hy haar vingers amper inmekaar en sê hy is van die South African Railways and Harbours se magazine, kan hulle asseblief onmiddellik begin stap? Sy tyd was ietwat beperk, die geleentheid wat hom terug dorp toe kom haal, sal teen eenuur se kant daar wees. Vir mister Fransen sê hy ewe ongeskik-reguit dat dit jammer is

49

dat daar nie 'n *gentleman* was om hom te vergesel nie, hy't ver gekom om die nodige inligting te kry.

Die stomme Salman Fransen staan en rondtrap om die koerantman te verseker dat Karoliena Kapp 'n boskind is wat al vir baie mense die bos gaan wys het, dat hy geen twyfel oor haar bevoegdheid hoef te hê nie.

In haar hart het sy stilletjies gehoop dat die drie olifantkoeie wat die oggend vlak in die bos gewei het, nie haastig was nie . . .

Die koeie was weg. Ongelukkig. Die enigste teken dat hulle daar was, is die afgevrete boomvaringtoppe anderkant die eerste bosstroompie; nie 'n misbol waarmee sy die man kon beïndruk nie. Al wat hom bly verstom het, was die digtheid van die bos en dat daar vroeg-eeu gewaag kon gewees het om 'n spoorlyn deur só 'n woesteny te bou.

"Het jy enige idee hoe hulle dit vermag het, girly?"

Sy het nie gedink dis regtig 'n vraag nie, maar het hom nogtans geantwoord. "Hulle het 'n Sweedse ingenieur gekry om hulle te kom wys."

"Weet jy miskien wat sy naam was?" het hy gevra en haar verbaas aangekyk.

"Nee." Dit was iets soos Westfeldt, maar sy was nie seker nie. Buitendien, die koerantman het nie moeite gedoen om háár naam te onthou nie, sy was sommer net *girly* – iets waarvan die stert afgekap is, iets iewers benede hom.

"Dit moes 'n enorme taak gewees het!"

"Ja." Die man het haar nukkerig gemaak.

"Asook uiters gevaarlik vir die konstruksiewerkers, neem ek aan. Wat van die olifante?"

"Meeste olifante het agter in Gouna-se-bos gaan wegkruip, eers agterna kom inspeksie doen."

"Ek is nie hier om 'n storie te skryf nie, girly. Ek soek feite."

Jy kon bly wees die koeie het anderpad gewei. "Die

50

werkspanne moes dikwels in reënweer werk. Opvul, uitgraaf, dwarsleers op hulle plekke kry, die swaar yster- stawe daaraan vasspyker . . ." Van die ou houtkappers het as jongelinge by die spoor se maak gewerk en vertel dikwels hoe hulle met die spoortjie tot bo by Diepwalle gekom het. "Nie gewone spykers nie, haakspykers. Nie gewone hamers nie . . ."

"Los die konstruksie, girly, ek kan gaan oplees oor hoe 'n spoorlyn gelê word. Ek sou liewer meer wou weet van die gevolge van die spoorlyn. Byvoorbeeld, wat die skade is wat deur bosbrande aangerig word. Lokomo- tiewe gooi lewendige kole uit."

"Nie hierdie nie. Elke enjin het 'n grootbek-vonk- keerder op die neus om die kole wat uitval te vang. Dis goewermentswet. Sodat daar nie 'n brand kan ontstaan nie. Dis goewermentsbos. Die land is baie verleë oor dié hout. Daarom het die wet ook bepaal dat daar aan weers- kante van die spoor 'n tien voet breë strook kaal ge- stroop word van alle bome en onderbos. 'n Strook, 22 myl lank, van die dorp tot by Diepwalle. Een span het twee jaar lank net skoongekap. Wind het die res van die bome langs die kante omgewaai."

"Wat bedoel jy?"

"Kom, laat ek die helfte van jou voete afkap, dan kyk ons hoe waai die wind *jou* om."

"Daar's nie tyd vir grappe nie, girly. Ek het gereël om by Diepwalle gehaal te word."

Die volgende oomblik het hulle in 'n oop kol ingestap waar 'n stuk of twintig knielende boswerkers en hout- kappers soos groot flentermolle aan't rondkruip was. Troffels in die hand. "En dít?" het die Speight-man ver- baas vasgesteek.

"Planters."

"Watse planters?"

"Goewerment laat die oop kolle herplant waar dit uitgekap is."

51

"Herplant met wat?"

"Pampoene." Sy kon haarself nie keer nie.

"Wie's die mense? Waarom lyk hulle so bedremmeld?"

"Dis maar hoe hulle lyk."

"Dagsê, Karoliena!" het een ná die ander haar gewaar en gegroet. Uit die eerste omgevoude natsak het die toppies van klein stinkhoutboompies gesteek. Witpeerboompies uit die tweede sak, geelhoutjies uit die derde sak.

"Gaan hierdie goed groei, oom?" het sy vir die naaste man gevra. Sy't hom aan sy gesig geken, houtkapper uit Gouna-se-bos. Oud. "Is hulle nie te klein nie?"

"Kan nie my traak nie, betaal my sjieling 'n dag om te plant."

"Hoekom het julle nie grawe of pikke om deur al die boomwortels te kom nie? Vir wat die gesukkel met troffels?"

"Voorman sê dis goedkoopste manier."

Die Speight-man was skielik haastig. "Kom, ek is nie hier om oor 'n plantery en poor whites te skryf nie."

"Natuurlik nie." Simpel ding.

Die houttreintjie was besig om uit Diepwalle se stasie te trek toe hulle uit die bosrand kom. Stadig, moeisaam – 'n donker monster sluipend die groen dieptes in met stapels dooie bome op sy rug.

"Ek verstaan die houtbedryf vorm die basis van die dorp se voorspoed," het die Speight-man gesê. "Dat die saagmeule die grootste werkverskaffers hier rond is."

"Ja. Maar jy kan spyt wees jy't nie die treintjie terug dorp toe gehaal nie. Nommer 3 gaan nie vandag daardie vrag op een slag uitkry nie."

"Kom, ek dink dis my geleentheid wat daar aankom. Ek sal die res van die inligting vir die artikel op die dorp kry."

'n Motor het in die pad wat by die stasie verbykom, stilgehou en Johannes Stander het uitgeklim.

"Is jy nie . . ." sê hy vraend toe hy by haar kom en sy hand uitsteek om te groet.

"Ja, ek is."

" . . . Meliena Kapp se dogter nie?"

"Ja."

"Ek het eenkeer jou en jou ma opgelaai."

"Ja."

"Jy't grootgeword, is jy toe hoërskool toe?"

"Ja. Jy onthou goed. Meneer Speight is haastig om op die dorp te kom, en ek moet huis toe."

"Langvleibos?"

"Ja."

"Ry saam, ek sal jou gaan aflaai." Die manier waarop hy na haar gekyk het, die onverskuilde verbasing in sy oë, het haar die gevoel laat kry dat hy haar 'n bietjie langer by hom wou hou . . .

"Die pad is te sleg tot by die huis, maar ek sal bly wees vir 'n geleentheid tot by Petrus Brandpad."

Toe hulle by die sleeppad se afdraai kom, wou hy haar nog steeds nie laat gaan nie en het haar voor die huis gaan aflaai – terwyl meneer Speight al harder agter in die motor gesteun het van die geskud en die oponthoud.

Toe hulle wegry, het haar ma met 'n ander soort blink in die oë bly staan en waai.

"Toe ek die kar sien kom, toe weet ek hier kom 'n ding. Maar ek het nooit kon dink dis dié ding nie . . ."

"Moenie spoke sien nie, Ma."

"Ek sien die kar, ek spring, ek gaan maak myself presentabel – toe julle stilhou, toe's ek reg. Johannes Stander sal nie kan sê hy't jou voor hierjy se deur kom aflaai nie. Nou glad al 'n motorkar? Lyk my hy's besig om 'n ryk man te word uit daardie ou winkeltjie van hom. Goed jy't jouselwers vanoggend deeglik gewas en jou blou rok aangetrek, die man het jou behoorlik bly betrag. Nie die ander een nie, het jy gesien hoe trek hy neus op?"

53

"Moenie so oorborrel nie, Ma! Hy't my bloot uit jammerte kom aflaai."

"Jammerte lyk nie só nie, Karoliena. Hoor wat ek vandag vir jou sê. Vat daardie stukkie lap daar in die voorkamer se kas, loop na ant Martjie Salie toe by Veldmanspad en kyk laat sy vir jou iets nuuts aanmekaarnaai. Sê ek gee haar 'n goeie kooksel patats en die bosbok se boud. Johannes hou voor Sondag weer voor my deur stil, hoor wat ek jou sê."

Hy het die Sondagmiddag gekom.

Maar Donderdag en Vrydag was eers twee bergwinddae wat soos 'n angstigheid in haar kom kriewel het. Toe die donderwolke die Saterdag oor die bos begin bol, kon niks haar keer nie. Sy't in die pad geval Diepwalle toe – vir ingeval dit die dag was waarop die boomspook weer uit die kalander sou klim . . .

Drie keer tevore het sy gaan kyk op dae toe die weer gewees het soos daardie eerste keer. Bang dit sal weer gebeur. Bang dit sal nié weer gebeur nie. Dat dit destyds net verbeel was – al het sy geweet dit was nie.

Die vorige keer, toe die weer ook reg was, was dit gedurende die kort vakansie in April en amper tyd dat sy weer moes terug Wittedrift toe. Sy het die dag op haar hurke by die boom gaan sit terwyl die blitse die bos groenblink om haar bly slaan het. Toe die weer begin verbytrek, het sy kliphard en ergerlik in die kalander in geroep na bó: Word wakker! Ek weet jy's daar binne! Word wakker!

Niks.

Behalwe die gevoel dat 'n boom besig was om van haar 'n swaap te maak – en die groot druppels om haar begin neerplof het. Die twee houtkappers wat onder van Gouna se kant af met die sleeppad langs gekom het, het met vraende oë by haar kom vassteek.

"Is daar fout, Karoliena?" het een gevra.

"Nee." Oom Gieljam Botha en oom Daantjie Zeelie. In hulle beste klere soos vir kerk, nie in toiings soos vir gaan houtkap nie. Nie byle of sae by hulle nie. "Hoe's oom-hulle dan so in die Sondag in plaas van in werksdag?"

"Moenie nog praat nie, Karoliena. Ons staan voor jou in moeilikheid waarvan ons nog nie eers die diepte weet nie."

"Wat het oom-hulle gedoen?"

"Dis wat ons op pad is om te gaan hoor," sê Gieljam Botha. "Die grootman oor die bos, mister Keet, het ons by name Diepwalle se bosboustasie toe laat roep om hom dringend te kom sien. Ek loop met 'n knoop in die maag wat nie wil skietgee nie. Dis meer as 'n maand van ek die ou bloubokkkie onwettig in die strik gevang het. Vir wat nou eers?"

"Sê ek ook," sit oom Daantjie by. "As dit nou een van die houtkopers was oor die vrag waenhout wat ek stilletjies van Gouna se kant af dorp toe gevat het om treingeld te spaar, kan 'n man verklaring kry."

"Miskien is dit niks ernstigs nie, oom."

"Keet laat roep nie as dit nie vir groot sake is nie, Karoliena. Dalk het die Voorsienigheid jou vandag oor ons pad gestuur; ons hoor jy's nou geleerd, jy skryf tot vir die manne magistraat toe as dit moet."

"Ek kan ongelukkig nie namens oom-hulle vir meneer Keet skryf nie."

"Maar jy kan saamstap bosstasie toe en gaan help uitluister . . ." Hulle was skaamteloos benoud.

"Meneer Keet sal vra wat ek daar kom soek, ek's nie geroep nie."

"Ek sal sê jou ma is my eie bloedniggie."

Sy't eintlik uit nuuskierigheid met hulle saamgestap.

Keet het die twee ou verskriktes buite voor die deur van die klipgebou ontvang. Hulle nie binnegenooi nie, hom weinig aan haar gesteur.

"Ek verstaan dat julle twee manne is wat hout kén," sê Keet toe hy van die boonste trappie af met hulle kom staan en praat. Hy kon netsowel gevra het of hulle kan asemhaal. "Ek verstaan dat julle van die oudste houtkappers in die bos is."

"Soos meneer sê."

"Dan hoef ek julle nie vandag te vertel hoe belangrik die hout uit hierdie bos vir die staat is nie . . ."

"Nee, meneer." Hulle was steeds onrustig oor iets; het gestaan en rondtrap soos kinders wat vir straf wag. Vir haar het dit meer geklink of meneer Keet draaie praat – dat hy maar nog net by die inleiding was.

"En watter hout, soos ons almal weet, is die koningshout in hierdie bos?"

"Stinkhout, meneer."

"Presies. Stinkhout wat nie net ons sierlikste nasionale geboue verfraai nie, maar ook hoeveel vername geboue oorsee! Hoekom? Omdat dit van die uniekste houtsoorte op die hele aarde is en slegs in Suid-Afrika voorkom! Een van die allerduurstes."

"Hoekom word ons wat hom kap en uitsleep dan so min vir hom betaal?" het oom Gieljam 'n bietjie durf herwin.

"Julle kry nog steeds 'n goeie prys vir eersteklas stinkhout."

"Wat 'n man waar kry? Volgens die houtkopers kap ons net second quality – dis nou as die geluk ons die jaar help met 'n ou stinkhoutjie in 'n wêrrie."

"Julle sal altyd iets kry om oor te kla, oom. Wat ek egter vandag aan julle wil openbaar, kan groot rampspoed vir ons houtbedryf wees, want dit het nou aan die lig gekom dat sogenaamde *stinkhout* by die tonne uit Brasilië ingevoer word vir meubels wat ten duurste op die mark gestoot word – wat direk met ons hout kompeteer."

"Hoe nou?"

Toe draai meneer Keet om en gee een harde roep na binne: "Sampie, die hout!"

En Sampie die klerk kom met 'n moot hout onder die arm en lê dit op die onderste trappie neer. Mooi ligte-donkerige hout. Die twee ou houtkappers staan nader, bekyk die moot asof hulle eers wil seker maak dis nie 'n slang nie . . .

"Toe?" vra meneer Keet. "Watse hout sê julle is dit hierdie?"

"Nou't meneer ons vas. As daar 'n bassie aan was dat 'n man hom aan die lyf kon probeer uitken . . ."

"Is dit stinkhout?"

"Nee, nie stinkhout nie, daarvoor sal ons meneer 'n tjap gee."

"Presies. Dít is van die sogenaamde stinkhout wat nou uit Brasilië ingevoer word."

"Ag nee wat," sê oom Daantjie met duidelike minagting, "dan't hulle nog sleg gestain ook. Ons sou dit met muishondbostreksel baie beter gedoen het. As die houtkoper sê die stinkhout wat jy gebring het, is te lig van kleur, hy kan jou net 'n ligte prys daarvoor gee, kom lê ons hom net bietjie in die muishondbostreksel – ander week koop dieselle houtkoper dieselle hout vir donker stinkhout. En beter prys."

Toe draai Keet na háár toe. "Juffrou, ek weet nie waaroor jy daar staan en lag nie, ek vind dit uiters steurend!"

"Ekskuus, meneer."

Op pad terug huis toe sien sy mister Fourcade se motor van ver af aankom. Van die dorp se kant af. Sy waai sodat hy haar moet sien, want die blyste bly is altyd mister Fourcade.

En hy lag dat sy kop agteroor buig toe sy hom van die muishondbostreksel en die stinkhout vertel. Sien tot in sy keel, sy mooi geel tandjies; hy vee die lagtrane met 'n groot wit sakdoek uit sy oë wat nes 'n bloubok se ogies blink.

"Houtkappers? They're brilliant people!"

Hy vra of sy haastig is om by die huis te kom? Nee. In haar hart sê sy: Moenie weggaan nie, bly eers 'n rukkie in die bos. Hy vra of haar ma nie onrustig sal word oor haar nie. Nee. Haar ma weet sy kom weer huis toe. Hy sê: You're a very special child. Sy sê: En oom's 'n baie special oom. Maar ek's nie meer 'n child nie; as ek nou weer verjaar, is ek sewentien. Ek's mos laat eers skool toe.

Altyd as hy kom takkies en blare en blommetjies en goed pluk om in sy plantkissie te bewaar, loop sy die dag saam met hom. Hy skryf hulle name in sy boek, maak soms 'n tekening, en sê hulle wérk. Hy leer haar. Sy's slim. Anderdag raas hy weer met haar, sê sy let nie regtig op nie! Dan sê sy reguit sy traak nie regtig oor die bosgroeisels nie, sy traak net oor mister Fourcade. Dan gee hy haar hand 'n drukkie.

Hy ry die dag terug Diepwalle toe, verby Kalander, skud-skud in die sleeppad van Gouna se kant waarlangs oom Gieljam en oom Daantjie die oggend gekom het.

Sy vra vir hom wat van die houtkappers gaan word. Hy sê hy weet nie, maar hy is dikwels bekommerd oor hulle. Sy vra vir hom waarom hulle nie maar net meer betaal kan word vir die hout wat hulle kap nie. Hy sê: Karoliena, die lewe is oraloor die wêreld dieselfde. Omdat mense oraloor die wêreld dieselfde is. Glo my. As ek iets het wat jy graag wil hê, kyk jy vir hoe min geld jy dit by my kan kry, sodat jy die volgende man wat dit weer by jou wil koop, heelwat meer kan vra. So hou dit aan.

"Eintlik sê oom die houtkappers gaan nie meer geld gegee word nie."

"Nee, daar sal 'n ander plan bedink moet word om hulle tegemoet te kom."

"Wat sou oom met hulle gemaak het? Oom is slim, oom moet iets dínk!" Sy wou regtig weet.

"Moenie jou oor grootmensdinge kommer nie, Karoliena. Kommer oor jouself. Goewerment het groot sê, mense het klein sê. Die beste is om na jou eie hart se sê te luister."

"Waar's oom se sê?"

"Witelsbos."

"Die houtkappers het nie sêplek nie."

"Ek weet."

"Jissus, oom!"

"Dis nie nodig om te vloek nie, Karoliena."

"Oom Cornelius het ook by die planters gaan inval. 'n Sjieling 'n dag. As ek net die koshuisgeld wat die Kerk my gee vir my ma kan vat, sal dit beter gaan met hulle. Dan hoef ek nie weer Wittedrift toe te gaan nie."

"Bly in die skool."

"Een van Gouna se houtkappers het laas maand skelm 'n stinkhout in die goewerment se reserve by Lelievlei gekap, toe vat die boswagter die hout en sleep die oom na die magistraat. Toe kry hy tien pond boete, toe het hy dit nie, nou moet hy vir 'n maand padklippe kap. Ander gee sy huismense kos. Hoekom lag oom?"

"Sommer weer vir die muishondbostreksel. As die goewerment nie jare gelede die deure so dig gesluit het vir die houtkappers om te keer dat hulle sakemanne word nie – liewers die bos in klein stukkies aan hulle verkoop het sodat hulle self kon leer om nie die bos onder hulle eie voete uit te kap nie, en self die hout behoorlik te bemark – sou dinge anders verloop het. Selfs vir die bos. Die goewerment bekommer hulle nie werklik oor die bewaring van die bos nie, alleen oor hoeveel hulle daaruit vir die staatskas kan maak. Hulle sal vinnig hierdie ingevoerde kamma-stinkhout laat uitroei, en sorg dat die egte stinkhout van die bos koningshout bly."

"En die houtkappers?"

"Ek dink nie die goewerment is heeltemal sonder plan

59

nie, Karoliena. Daar word nou gedink om 'n ouderdoms-
pensioen in te stel . . ."

"Aag! Baie van hulle is al so oud, hulle weet nie eers
meer wanneer hulle gebore is nie. Die goewerment wil
bewys hê. Oom Cornelius sê die goewerment bly maar
hoop hulle slaan dood neer van moeg."

"Genoeg, Karoliena!" Asof hy haar mond toedruk.

Toe stop hy die motor om die ander mister Fourcade
te word: slu ou bosbok met 'n menskop.

"En wat soek ons vandag?" vra sy toe hulle uitklim.
Soos om saam met hom te begin speel, deur 'n hek te
glip waar geen houtkapper of goewerment of Wittedrift
of armblanke kan agterna nie!

"Ons hoop om vandag iewers aan 'n geel- of 'n kers-
hout 'n paar orgideë te vind, want hulle behoort te begin
blom het. Boomorgideë. Hulle neem niks van die boom
waarop hulle groei nie, net vashouplek."

"Dan's ek mister Fourcade se orgidee, want ek vat
niks van oom nie. Net soms vashouplek."

"Almal het vashouplek nodig, Karoliena." Het sy haar
verbeel, of het die ouman hartseer geklink? Seker nie,
want hy het weer die orgideë bygesleep. "Oral deur die
bos leef hierdie blomtuine in die lug – klein en perfekte
orgideetjies, meesal hoog in die bome waar ons hulle nie
van naby kan sien nie. Soms tot twintig aan 'n stringe-
tjie. Ons noem hulle epifiete."

"Ek het nie vandag lus vir hoë woorde leer nie." 'n
Ander ding het skielik in haar kop begin inval . . .

"Moenie luikop wees nie, Karoliena."

Sy het skielik geweet sy kom nie deur die hek nie, die
houtkappers staan in die pad. "Oom, ek is deurmekaar!"

"Hoekom?"

Sy was te bang om dit te sê. Dat sy nie geweet het dat
sy eintlik lankal 'n ander pa gekry het nie. Mister Four-
cade was haar pa, sy het dit nog net nie besef nie! Toe sê
sy sommer 'n ander ding: "Die houtkappers kap die bos

60

dood, die bos maak die houtkappers dood. Nou begin hulle die ooptes in die bos herplant sodat hulle dit weer eendag kan doodkap."

"Liewe kind, moenie jou vasdink in mure nie. Hou jou oë oop vir jou eie uitkoms in die lewe. Daar sal vir die houtkappers uitkoms wees. Vir die bos ook."

"Hoe? Wat?"

"Wanneer dit amper te laat is, begin mense altyd wakker word. Ek verneem dat hier reeds voorlopers van die Carnegie-kommissie in die bos beweeg."

Simpel antwoord. "Wat is die snaaksste iets wat oom al in die bos gesien het?" Sy had weer 'n pa, daar was weer skaduwee oor haar kop.

"Jy het my die vraag vantevore al gevra, Karoliena."

"Ek weet. Iets snaakser as 'n orgidee."

"Nee, nie iets snaaks nie. Net iets mooi en perfek soos *Mystacidium capensa*."

"Ek het nie lus vir hoë name nie!"

"Jy is koppig vandag, Karoliena. Wat pla jou?"

"Ek wil nie terug skool toe gaan nie! Ek wil nie meer 'n armblanke wees nie!" Sy wóú dit vir hom sê. Sy moes die woorde uit haar lyf uit kry.

"As jy nie meer 'n armblanke wil wees nie, moet jy teruggaan skool toe."

"Almal wil my met 'n ketting aan die skoolhek vasmaak!"

Hy't hom nie regtig gesteur nie. Net sy hand uitgesteek na die kwar voor hom en liggies geraak aan die lang stringerige vetplant wat uit die bas rank. *Mystacidium capensa*, sê hy saggies – kompleet asof hy die simpel ding met sy vingerpunte doop.

Daar was nie eers 'n enkele blommetjie aan nie.

Net in haar hart het dit geblom. Mens moet 'n pa hê . . .

5

Die Sondagmiddag het Johannes Stander weer voor oom Cornelius se huis in Langvleibos stilgehou.

Skemeraand het sy 'n vreemde gevoel gekry dat die lewe skielik opwaarts begin val het. Geweet hoe dit moet wees om van modder skoongewas te word; hoe dit is wanneer 'n strepie lig skielik in die donker begin glim . . .

As haar ma net nie so orig was nie! Strik in die hare en twee rooikol wange. Opgedollie in oom Cornelius se enigste wit hemp by die aaklige pers romp en die paar groen skoene wat Krismis in die kerkverpleegster se genade-pakkie was. Drie nommers te groot. Sy't sonder ophou gespog dat die Kerk mos nou bly neul oor die kind – dis nou sy, Karoliena – wat moet Oudtshoorn toe gestuur word om vir teacher te gaan leer. Waar moes die geld vandaan kom? Andries Koen wat bokant Soutrivier kap, sê dit het hom £32 vir die eerste jaar gekos om sy meisiekind Oudtshoorn toe te stuur; £64 vir die tweede jaar. Ons is nie almal Andries Koens wat kan grond byhuur en vee aanhou nie, ek hoor hy't al weer bygehuur. Terwyl hy kap, pas die stomme vrou vee op soos 'n meid. Die ander dogter is goed getroud in Johannesburg.

"Ma . . ."

"Gooi vir Johannes nog 'n bietjie koffie in, Karoliena, en trek reg jou rok – die ding hang met 'n punt."

Die enigste uitweg was om Johannes te sê hulle moet 'n entjie gaan stap.

Die loeries was al besig om bome toe te kom vir gaan slaap, maar dit was nog lig genoeg. 'n Ent die bos in met die voetpad het Johannes skielik haar hand gevat, haar reguit in die oë gekyk en half ongeduldig uitgeroep: "Karoliena, jy moet uitkom uit die bos uit. Dringend!" Amper asof hy haar aan die hand wou vat en uit die bos trék.

"Ek weet nie hoe nie," was al wat sy kon sê. Hy had die mooiste blou oë . . .

"Jy's 'n pragtige meisiekind, jy hoort nie hier nie!" Droomwoorde. Afwassing. Sy wou nie hê hy moes ophou nie. Die mooiste gesig . . .

"Ek moet terug Wittedrift toe, hulle wil nie hê ek moet uit die skool uit nie."

"Tot die einde van volgende jaar. Standerd tien is genoeg. Parkes stel al meer meisies in hulle kantore aan, ek het goeie kontak. Jy moet uit die bos kom."

"Waar kry ek blyplek op die dorp?"

"Daar loseer gawe jongmense by miss Ann Macmaster se losieshuis. Jy sal gou leer om Engels te praat."

"Ek kan Engels praat. Mister Fourcade praat net Engels met my."

"Jy moet wegbly van daardie ou Kommunis af. Vir wat peuter die ouman met jou? Ek is seker dis vir jou wat ek eendag in sy motor gesien het."

"Hy gee my soms geleentheid Wittedrift toe. Of huis toe." Hy is eintlik my pa, maar niemand weet dit nie.

"Ek hou niks daarvan dat jy saam met hom ry nie."

Die lewe het opwaarts begin val . . .

Terwyl jy eintlik steeds in jou slaap geloop het en die mooiste drome deur jou kop laat speel het.

Behalwe dat die duiwel eers 'n laaste pluk kom gee het! Want vieruur een oggend, toe oom Cornelius die voordeur oopmaak om te begin aanstap na waar die planters ligdag moet inval, sit Hestertjie Vermaak van bokant Diepwalle buite inmekaargekrimp in die lampskynsel. Sy huil bitterlik.

Oom Cornelius sê hy't nie tyd vir meisiekindgeneuk nie, die voorman laat nie inval as jy nie betyds is nie. Haar ma kom met 'n kombers om die lyf en help Hestertjie die

63

huis in, sy kan skaars op haar voete bly. Sy, Karoliena, kom staan in die middeldeur om te kyk wat aangaan.

"Ant Meliena," huil Hestertjie, "ek's in die andertyd."

"Jissus!" skree haar ma en stamp Hestertjie dat sy op die voorhuiskatel val. "Kan julle nie julle gatte toespelle nie, is hier nie genoeg swaar in die bos nie? Karoliena, breek vir haar 'n patat!"

Sy staan. Die aakligste pikswart donkerte kom stoot die drome in haar kop weg, en los net vir Hestertjie in 'n bondel op die katel.

"Karoliena!"

"Ja, Ma."

Sy en Hestertjie was saam in dieselfde klas. Hoewel Hestertjie twee jaar jonger is omdat sy op ouderdom skool toe is. Hulle was elf kinders en haar pa was ook 'n houtkapper. Dan sê meneer hy wens hy kon die twee van hulle deel: helfte van die een vir die ander een; helfte van Hestertjie se soet vir Karoliena, helfte van Karoliena se verstand vir Hestertjie. Af en toe loop sy ná skool saam met Hestertjie huis toe, sommer van nuuskierig om bietjie na Hestertjie se ma te gaan aap. Dik. Ou swart hoed op die kop, die kinders sê haar hare is gekoek, sy't nie 'n kam nie. Ná 'n ruk – altyd sodat die antie sal hoor – vra sy vir Hestertjie wat so stink? Dan word die antie kwaad. Skree sy: Maaifoelie, jy moet in my huis kom staan en snuif! Vandat jou blerrie ma man gevat het met plankvloere en 'n stoof verbeel sy haar sy's die blerrie queen! Plaas sy liewers haar maaksel maniere leer. Ek's 'n geleerde vrou.

Hestertjie se ma had 'n boek. 'n Rooi boek. Flenterig. Maar dit moes altyd op die rak in die voorkamer lê, want as die kerkverpleegster of predikant kom, het die antie die boek op haar skoot oopgeslaan en aandagtig daarin begin lees. Toe sê Hestertjie eendag haar ma kan nie eers lees nie. Toe sien sy, Karoliena, dis 'n skoolgeskiedenisboek. Immers kon háár ma darem lees.

Laat die middag, toe haar ma terugkom van Diep-walle af nadat sy saam met Hestertjie geloop het om te gaan sê, het sy met sulke snaakse stil-oë op die rusbank kom sit. Ná 'n ruk sê sy: "Jy moet klaarkry met skool, Karoliena. Jy moet Johannes Stander vat."

"Ja, Ma."

Sy sou dorp toe gehardloop het na Johannes toe as sy kon.

Sy moes uitkom uit die bos.

Maar toe sê Johannes sy moet eers standerd tien klaar-maak.

'n Lang jaar, 'n bitter jaar. Aan die een kant het haar ma bly pluk om haar uit die skool te kry; aan die ander kant het Johannes bly stoot om haar in die skool te hou.

"Geleerdheid, Karoliena, is besig om 'n vereiste vir van-dag se meisies te word. Jy sal my nog dankbaar wees."

Haar ma het tot by dominee loop moles maak oor die Kerk nie wou toelaat dat haar meisiekind om toekoms-redes uit die skool gehaal word nie. As sy Johannes Stander as skoonseun kwyt is, vat sy die hele Kerk met preekstoel en al hof toe. Wag maar. Skoolvakansies, wan-neer sy, Karoliena, soms saam met mister Fourcade bos toe is, het haar ma tekere gegaan soos 'n kloekhen wat in elke skaduwee 'n valk sien verbyvlieg het.

Die laaste dag van die laaste skooljaar van haar lewe het Johannes haar en haar soetkys self by Wittedrift se koshuis kom haal. Agter die berg, amper by Uniondale se kruis, het hy stilgehou en haar gesig tussen sy hande gevat. Godswonderlik. Sy oë het skroomloos gesê hy vat haar nou vir hom.

"Van hier af loop ons saam, Karoliena. Ek gaan na jou omsien, ek gaan jou uit die bos haal en onder my eie sorg plaas. Verstaan jy wat ek sê?"

"Ja." Nie heeltemal nie. Maar sy't geweet as die engele haar op daardie oomblik hemel toe wou kom haal, sou

65

sy gesê het hulle kan maar verbyhou – sy's klaar in die hemel.

"Ek het met jou ma gaan praat en konsent by haar gekry om van hier af na jou om te sien. Van volgende Maandag af sal jy by miss Ann loseer, sy sal jou onder hande neem, sy het 'n hart van goud vir armes en is 'n welopgevoede dame. Mevrou Cuthbert – haar huis is ook in Main Street – sal begin om vir jou paslike uitrustings te maak. Ek is besig om die woning langs my winkel te laat verbreek en mooi op te knap; hulle slaan môre die vloere."

"Gaan ek nie huis toe nie? Langvleibos toe nie?"

"Ja, jy gaan vir 'n bietjie meer as 'n week na jou ma en oom Cornelius toe."

"Ek dog jy't gesê jy gaan vir my werk kry by die saagmeulfabriek."

"Ek het daarteen besluit. My vrou hoef nie te werk nie – behalwe as ek jou in die winkel mag nodig kry."

"Hoe oud is jy, Johannes?" Dit het gelyk of daar al grys hare tussen sy mooi swart hare was . . .

"Ek word vier-en-dertig. Jou ma sê jy word die 18de Januarie negentien, ek wil vir jou vra om op daardie dag my bruid te word."

Die lewe het begin om opwaarts te bollemakiesie. Een oomblik was sy toegespyker in 'n kas waaroor ARM-BLANKE in groot letters geverf was, die volgende oomblik het Johannes Stander haar met sy kaal hande begin uitbreek.

Toe sy by die huis kom, was 'n stippeltjie lig ook besig om oor die bos te breek.

Haar ma was anders. Oom Cornelius was anders.

"Die wiel draai, Karoliena. Die wiel draai."

"Dis waar, Ma."

"Gedra jou stigtelik, bly in die huis. Ek het Johannes belowe om agter jou te kyk."

Daar was 'n vreemde vroomheid aan haar ma. 'n Soort saligheid. Aan oom Cornelius ook – miskien minder salig, meer soos 'n verblydheid. Haar ma het 'n skottel groenbone gesit en afhaar; oom Cornelius was besig om net buite die voordeur se drumpel 'n kapmes met 'n platvyl skerp te maak.

"Goeie tyding het die bos ingekom," sê hy.

"Wat?"

"Bosbou gaan ons werk gee teen 'n vaste loon."

"Hoe so?"

"Daar gaan plantasies aangeplant word so ver jy kan sien. Goewerment het opdrag gegee. Mister Keet sê dis werkskaffing aan die armes. Staatsplantasies. Ons moet pynbome aanplant."

"Dennebome," het haar ma met die regte woord gehelp.

"Wat dan van die aanplantings waarmee oom-hulle besig was? Die oop kolle in die bos?"

"Bosbokke het als opgevreet. Jan Westraad sê my daar's nie 'n blaar oor van die lotte wat ons in Diepwalle se bos geplant het nie. Als verniet."

"Hestertjie het toe 'n seunskind," sê haar ma.

"Het sy al uitgebring wie s'n dit is?"

"Nee. Jy moet jou stigtelik gedra, Johannes moenie 'n klad op jou vind nie. Wat's jy so rusteloos?"

"Ek gaan nou dorpenaar word, Ma."

"Hy't gesê, ja. En hy't gesê ek kan vir my lap vir 'n nuwe rok in sy winkel gaan uitsoek, hy reken jy sal handig wees in die winkel. Ek sê hom hy vat vir hom 'n flukse vrou, sy help in die tuin en in die huis. Maar ek sê vandag vir jou, ek wil van daardie oranje sweets in die glaspotte op sy winkelrak hê. En van die blikkies sardiens. Oom Cornelius moet 'n nuwe broek ook kry."

"Ma! Ek kan nie sommer Johannes se goed gaan staan vat nie!"

"En hoekom nie? Wat syne is, is joune. Dis wet. Die

67

predikant was weer hier, Wittedrift het hom gestuur om te kom pleit dat jy vir teacher moet gaan leer. Ek sê vir hom: Dominee, jy kan kom praat tot jy pers is, Karoliena staan op trou met 'n ryke man. Ek en oom Cornelius is laas week met die houttreintjie in dorp toe om te gaan oog gooi waar Johannes huis regmaak. Hy bou kamer aan. Ek sê vir myself, ek sal meer as een lap moet kry, ek kan nie jou laat kop sak oorlat jou mense bosmense is nie. Die een ou vroumens wat in sy winkel agter die toonbank staan, vra ewe vir my of sy van assistance kan wees. Ek sê: No thank you, I just see around, mister Stander is as good as my cleanson."

"Nie dat almal sal kan oorskuif plantasies toe nie," praat oom Cornelius weer van die deur af, vermakerig. "Hans Stroebel sê my die manne op Veldmanspad wat in Parkes se bos kap, is vas. Meeste van die huise op Veldmanspad is destyds vir hulle deur Parkes gebou. Dis so goed soos kontrak."

"O? Ek dink dis eerder Parkes wat bang is die houtkappers loop almal plantasies toe, goewermentswet sê net geregistreerde houtkappers mag kap – selfs in Parkes se bos. Goewerment registreer lank nie meer nuwe kappers nie.

"Tom Botha, die guard, het gevra na jou, Karoliena. Tom Kennet, die drywer, ook. Hulle sê hulle mis jou op die treintjie, daar's nie op die oomblik een wat die vreemdes kan bos toe neem en gaan bangmaak nie. Ek sê vir Tom Botha jy's nou uitgegroei en geleerd, jy staan op troue met Johannes Stander, hy sê jy was altyd 'n mooie meisiekind. Nes ek gewees het."

Oom Cornelius se kop was skynbaar klaar in die plantasie. "Hier kom baie paaie in die bos, die sleeppaaie gaan gegruis word, nuwes gaan gemaak word; Hans Stroebel sê daar's in die twintig van die jong ongeregistreerdes en uitslepers uit Gouna-se-bos wat volgende week by die paaie inval. Vaste loon. Die vreemdes kla al meer oor die paaie in die bos, hulle karre breek. Een se wiel het in Kom-se-bos uitgeval. Die man kon doodverongeluk gewees het. Kom jaag hier deur die bos, te verskriklik. Diepwalle se wagter sê my vir heilige waarheid dat twee man laas maand in $3^1/_2$-uur se tyd van George af tot op Knysna gejaag het. Ek sê vir hom, waar's die dae wat dit ons 7 dae van George tot op Knysna geneem het met die wa . . ."

"My pa het altyd gesê dis veertien uur te perd as jy 'n goeie perd onder jou het," las haar ma by. "Pa had 'n goeie perd, ons was nie altyd so arm nie. En daardie uit- landerman was laas week met sy kar hier voor die deur om te kom verneem of jy wel is, Karoliena," voeg sy vieserig by. "Ek het hom nie ingenooi nie."

"Mister Fourcade?"

"Ja. Ek het jou gesê jy moet wegbly van daardie ou hings af, jy moet ophou die bos infoeter agter hom aan."

Mister Fourcade. "Wat sê hy, wanneer kom hy weer?" Die blyste bly.

"Om wat te kom maak?"

"Sies, Ma. Ek verlang na hom."

"Jissus!"

Sy't opgestaan en buitetoe geloop omdat sy benoud begin voel het in die huis. Bang vir iets; geskrik vir 'n vreemde gedagte wat by haar opgekom het, dat 'n mens eintlik twee harte het: 'n naghart en 'n daghart. In die nag loop jou hart na Johannes toe en in die dag na mis- ter Fourcade toe vir skaduwee oor jou kop.

"Karoliena, waar gaan jy nou?" roep haar ma ontsteld agterna.

"Los my."

6

Toe het dit volgende Maandag geword.

Een van die dinge wat sy van haar pa kan onthou, is dat hy altyd met haar geraas het as sy in 'n boom wóú op. Dan't hy gewaarsku: Karoliena, kom af daar, jy gaan jouself stukkend val!

Miss Ann se losieshuis was 'n boom wat sy móés klim. Wóú klim. Omdat Johannes haar daar wou hê. Sy't daarom nie vir 'n oomblik gehuiwer toe hy haar die middag daar gaan aflaai het nie. Nee – haar daar gaan *afgee* het nie. Soos om 'n klein katjie in goeie sorg te laat.

Miss Ann was 'n dierbare vroutjie met 'n bollatjie op die kop; klein voetjies, klein handjies en wakker ogies wat ráákkyk. Wat haar vriendelik ontvang en die stoepkamer gaan wys het wat vir haar gereed gemaak was. Houtkateltjie met 'n spierwit deken oor, bobbeltjie-matjie vir haar voete, 'n glaspotjie met kappertjies op die laaikas en die mooiste uitgewerkte kleedjie. Wastafeltjie met 'n marmerblad; porseleinwaskom, -beker en -kamerpot; donkerrooi gordyne, mooi ou stinkhoutstoel, stink-en-geelhoutklerekas. Porseleinseepbakkie. Wat nog? Geelhouttafeltjie in die hoek, stinkhoutlaaitjie, stinkhoutstoel, kers in die blaker. Groot spieël in 'n raam op pote. Jy kon jouself lewensgroot aanskou.

Die eerste paar dae was gewoondworddae; honderd keer beter as toe sy aan die koshuis gewoond moes raak. Eerste raak 'n mens die geluide gewoond, leer elkeen se plek ken, elke vloerplank se kraak. Mensgeluide. Dorpsgeluide – dorpsgejil as die straatligte saans aangesteek word en die bruin kinders onder die ligte kom speel. Baie motte. Immers het die motorkarre dan nie meer

70

gery en stof opgejaag nie. Miskien die dokter se kar. Perde was in die stalle, en die meeste mense in die huise agter toe luike.

Johannes het elke middag laat op die stoep by haar kom sit en gesels. Haar vertel watse skip die dag miskien aangekom het deur die twee Koppe van die see af; watse winkelgoed vir hom saamgekom en by die vasmeerplek afgelaai is. Vasmeerplek in die meer by 'n houtkaai waar die skepe eintlik gekom het om die berge hout uit die bos te kom oplaai. Houtkapperhout. Hout wat die treintjie in die bos gaan haal het. Dooistukke van bome.

"Is jy gelukkig hier op die dorp, Karoliena?"

"Baie." Leef het soos 'n kis vol geskenke geword; elke dag was die oopmaak van 'n nuwe een.

"Miss Ann sê jou hare gaan môre gekap word."

"Ja, ek sien uit daarna."

"Hunker jy terug bos toe?"

"Nee."

"Mevrou Cuthbert gaan teen volgende Maandag met jou uitrustings begin."

Iewers in haar wou sy liewers *klere* in plaas van uitrustings gehad het. "Miss Ann sê sy sal saamgaan om die materiaal uit te soek."

"Dit sal goed wees."

Hy het vir haar 'n boksie met die mooiste sakdoekies gebring, 'n borsspeldjie, 'n nuwe kam en 'n borsel, 'n nuwe tandeborsel in die plek van die oue wat die Kerk haar gegee het toe sy koshuis toe is.

"Hoekom het jy my hier na miss Ann toe gebring, Johannes? Was jy skaam vir my?"

"Glad nie. Jy het maar net nooit die kanse gehad wat gewone dorpsdogters kry nie; hulle word met die skepies skool toe gestuur in die Kaap; na afrondingskole – selfs oorsee. Miss Ann se plek is soos 'n afrondingskool wat ek jou gee sodat jy gemaklik in jou nuwe omgewing sal

71

aanpas as my vrou. Ons trou oor sewe weke. Besef jy dit?"

"Ja." Dit was gelukkig nog lank. Mens spring nie in 'n boom in op nie . . .

"Miss Ann sê daar is in werklikheid verbasend min afronding aan jou te doen. Sy sê daar is van die ander loseerders wat verstom is om te hoor dat jy eintlik 'n bosmens is."

"Sy sê so, ja." Hulle gatte.

"Daar is wel 'n paar kleinighede wat ek graag van die begin af in my huis ingestel wil hê."

"Soos wat?"

"Absolute netheid. Die gebruik van gestyfde servette tydens elke ete."

"Dan beter jy sorg dat daar servette en stysel in die huis is." Het hy gedink sy weet nie van servette nie?

"Daar sal wees."

Sy mag miskien nie in die bos van servette geleer het nie, maar daar is nie 'n piekniekmandjie by Diepwalle oopgemaak waarin daar nie gestyfde servette was nie. Ook in die kosmandjie wat mister Fourcade soms saamgebring het.

"Nog iets, Karoliena."

"Wat?"

"Ek wil my vrou ten alle tye deftig gekleed sien."

"Voor die stoof ook?" Dit het 'n bietjie bitsig uit haar mond gekom.

"Verkieslik, ja. In geval van onverwagte gaste."

Hoeveel honderd rokke moet 'n mens hê om elke dag deftig te wees? Sy het dit nie gevra nie, net gedink. En hoe sou "uitrustings" in 'n kombuis lyk? Kry 'n mens spesiale voorskote om aan te sit?

Die enigste haakplek tussen haar en miss Ann was oor wegloop dorp toe. Miss Ann het bly sê dis nie betaamlik vir 'n meisiekind om alleen te loop nie. Dan sê sy vir miss Ann sy's gewoond aan alleen loop. Dan sê miss Ann, hierdie is dorp, nie bush nie. Dan sê sy vir miss Ann, in die bush is olifante. Dan sê miss Ann, mister Stander het gevra dat sy haar in die oog moet hou. Dan sê sy vir miss Ann sy kan nie heeldag net op 'n stoel sit nie. Buitendien, as jy in die bos bly, beter jy die bos ken; as jy in die dorp wil bly, beter jy die dorp leer ken.

Dan loop sy.

Verby die ou klipkerkie onder in Main Street, verby die magistraatskantoor. Vinnig verby die groot saagmeul in die middel van die dorp waar die sae in jou ore skree en met gemak die helse stompe opvreet en uitspoeg as planke en die hope afvalhout weggesleep word om in die vuurmaakplek gegooi te kom wat die water moes kook om die stoom te maak wat die sae moes laat loop om die volgende boomlyf op te vreet. Soos 'n tou vleg om jouself mee op te hang. Loop, loop, loop tot waar 'n mens die volgende saagmeul se sae begin hoor. Af in 'n straat, op in 'n straat. Die mooiste tuine. Netjiese witgepleisterde huisies met rietdakke. Tweeverdiepinghuise. Beeste langs die strate, besig om iemand se blomme op te vreet. 'n Vername vrou kom ergerlik by 'n voordeur uit en probeer twee osse verwilder. Die goed steur hulle nie, vreet net. Sy, Karoliena, tel klippe op en gooi eers die een en toe die ander een; hulle skrik en laat spat. Die vrou kyk haar verbaas aan, sê dankie, en verdwyn haastig in die huis in. Sy't tog seker nie gedink sy gaan háár ook met 'n klip gooi nie?

Rykmensdorp; mense in mooi klere, motorkarre. Net die bome aan weerskante van Main Street wat so ellendig daar uitsien. Kompleet nes gebreklike goed. Oral is een uit, of af, of net 'n stompie van oor. Nes meeste bosmense se tande.

"Hoekom lyk die bome langs die straat so bedremmeld?" vra sy die aand vir Johannes. "Watse bome is dit?"

"Akkerbome. 'n Dorp moet verfraai word, dit lok mense."

"Hulle is allesbehalwe fraai."

"Daar is 'n Raadsbesluit geneem om ander te plant. Daar was vandag mense uit Engeland in die winkel, hulle wil hier eiendom koop, dis hemels hier. Die probleem is dat uitbreiding 'n al groter probleem word. Die Raad kan nie die dorpsgrense uitbrei nie; eienaars van grond buite die dorp wil nie afverkoop nie, hulle betaal nie huidiglik belasting nie, gevolglik bly staan hulle in die pad van vooruitgang vir die dorp. Bewoonbare dele word skaars."

Dit kon haar nie traak nie, sy was nog by die dorpsbome. "Ek dink nie in die hemel sal sulke simpel bome geduld word soos dié langs Main Street nie."

"Jy moet nog baie leer, Karoliena. Dis die prys van vooruitgang. Toe daardie bome aangeplant is, was dit 'n pad vir ossewaens om die hout die dorp in te bring uit die bos – nie 'n straat vir motorkarre en straatlampe nie."

"Miss Ann sê die stof kry haar onder."

"Nie meer vir lank nie, die straat gaan volgende jaar herbou en geteer word. Probleem is om te besluit of die hoofpad deur die dorp moet gaan of nie. Daar's al meer verkeer op die paaie. Miss Ann sê jy is 'n bietjie cheeky – parmantig."

"Ek moet ook 'n sê hê."

"Ek verstaan."

Die volgende dag het mevrou Cuthbert haar lyf gemeet en vir haar tekeninge van rokke gewys waaruit sy moes kies. Hoë skouers, uitgeknipte blomme voor langs die bors af. Sy sê vir miss Ann dit lyk bietjie oumensrig. Miss Ann sê dis die nuutste mode.

Die dag daarna het hulle die lapgoed gaan koop. By Johannes se winkel. Die twee vroue agter die toonbank het haar deeglik beloer terwyl hulle besig was om rye kardoesies af te weeg met die gebruiklike trippens se sout en sikspens se suiker – gereed vir wanneer die bos- en saagmeulwerkers Saterdagmiddae met die week se

74

loongeld kom koop. Sy het die sakkies goed geken. Daar was altyd baie in Diepwalle se winkel op die rakke . . .

'n Paar dae later het Johannes spesiaal vir haar en miss Ann die huis langs die winkel gaan wys. Ruim en mooi, maar nog leeg en hol. Twee slaapkamers. 'n Groot stinkhoutbed van die hemelsoort. Stoof in die kombuis. Hulle was besig om 'n lang kas teen die agterste muur in die kombuis te maak. Die kraan vir water was reg vir oopdraai. In die badkamer 'n ysterbad op hoenderpote. Buite, twee watertenks.

"Johannes," sê sy die aand toe hulle op die stoep sit, "ek raak bang vir al die geld wat alles jou moet kos!"

"Niks is te veel vir jou nie, Karoliena. Ek kan nie my oë van jou afhou nie, jy lyk so pragtig: jou hare, die blos op jou wange, daardie fraaie tabberd."

"Ek's bang om in die spieël te kyk; dit voel of ek nie hare het nie, of my nek te kaal is. Weet jy, Johannes, die akkerboom wat hulle laas week aan die bokant van die Bank langs die straat uitgepik het, was mooitjies om plek te maak vir 'n petrolpomp. Hulle het hom vandag geplant. 'n Rooie."

"Ek weet. Miss Ann sê mevrou Cuthbert het reeds met jou trourok begin?"

"Ja. Dit gaan baie mooi wees." Die kleur van 'n olifant se tand. 'n Droom wat besig was om waar te word. Al probleem was die skoene wat miss Ann haar maak dra het! Sy sê vir miss Ann haar voete groei nie met sulke spits punte nie! Miss Ann sê hulle sal daaraan gewoond raak.

Sy sit die aand op haar bed, sy buk en tel die matjie van die bobbeltjie-lappies op en voel weer die vreemde bang oor haar kom. Dat iets nie regtig was nie. Dat sy gaan wakker word . . .

Altyd, toe sy nog by Veldmanspad skoolgegaan het, het ant Anna van Rooyen voor haar huisie gesit en sulke bobbeltjie-lappies geknip en aanmekaargewerk. Oral al-

75

tyd ou lappe gebedel; ou klere opgeknip. Stapels ronde lappies. Dag na dag. Week na week. Jaar na jaar. Eendag vra sy vir die ouvrou: Hoeveel duisende van die lappies gaan antie nog aanmekaarwerk? Toe sê sy sy weet nie. Dis beter as om net so te sit.

Miskien was dit van al die sit wat haar bene uiteindelik nie meer wou regop bly nie.

Oral deur die bos was van die bobbeltjie-lappiesgoed in die huise. Matjies. Kussingslope. Bedlappe, vloerlappe, tafellappe.

Bobbeltjie-lappies was armblanke-lappies. Johannes moet nooit so 'n matjie in die huis gooi nie.

Die volgende dag het sy tot onder by die klein stasie gestap waar mister Wilson, die eintlike baas oor die houttreintjie, verheug en verras was om haar te sien.

"Karoliena!" Mister Wilson het die treintjie se boeke gedoen, alles opgeskryf, prys gemaak met die houtkappers vir nuwe dwarslêers wanneer daar van die oues in die spoorlyn vervang moes word. Dan sê die houtkappers ou Wilson is al net so skelm soos die houtkopers. Plek-plek net so onnooslik ook. Besluit toe mos op 'n dag hy gaan nie meer laat dwarslêers kook in die teer teen die peste nie, dis te duur. Ons moet *insect-resistant* hout gaan kap. Ons vra, wat's dit? Hy sê witpeer en hardepeer. Ons vra, is jy seker daarvan, mister Wilson? Hy sê, ja. Hy soek 'n duisend van elk. Ons sê niks. Witpeer en hardepeer was wurms en kewers se kos. Ons bly stil. Ons gaan kap in Kom-se-bos, mooie hout, saag elke boom sekuur in sewevoet-slippermootlengtes waaruit ons die dwarslêers kap en uitsleep tot op Diepwalle, die treintjie kom laai. Maar toe dit by betaal kom, toe's mister Wilson skielik hangkop, want toe's dit kastig second quality. Hans Stroebel sê, mister, jy't nog nie vrot quality gesien nie – wag maar tot die wurms daardie witpeer, en die kewers die hardepeer begin vreet.

"Ek het gehoor jy woon nou op die dorp, Karoliena. Hoe gaan dit?"

"Baie goed. En met mister Wilson?"

"Hoe sal ek dit nou stel? Tussen burgemeester wees van hierdie dorp, en die bestuur van South Western Railway, is daar min tyd oor vir enige iets anders."

Hulle het op die bankie voor die stasiekantoortjie se deur gaan sit. "Watse affêre maak hulle daar oor die spoor?" vra sy vir hom. Lyk soos 'n afdak, met snaakse ysterpale weerskante van die spoor ingeplant.

"Dít, Karoliena, is 'n weegbrug. Sodat ons uiteindelik die skelm houtkappers kan leer dat dit hulle nie meer sal baat om ons te probeer kul nie. Hiervandaan moet elke trok hout wat uit die bos kom eers oor daardie skaal om geweeg te word. Die houtkappers word spoorvrag per tonmyl vir die hout gevra, maar hulle skattings is gedurig kort. Wat beteken dat ons verloor en hulle wen."

"Die houtkappers sê weer die spoorvrag is die laaste wurm wat hulle opvreet."

"Houtkappers, Karoliena, moet altyd iets hê om oor te kla. Jy behoort te weet."

"Hulle kry swaar."

"Almal kry swaar, Karoliena. Die goewerment is besig om die houttreintjie met belastings te ontspoor! Ons moes al hoeveel werkers afdank. As ons durf wegkyk, sal die houtkappers môre osse inspan en weer begin hout uitry met die waens, hulle het geen benul van vooruitgang nie. Die grootste ergernis wat ons egter nou begin voorlê, is die lorries wat al meer die bos binnesluip om hout uit te ry. Hoe moet ons kompeteer? Dan praat ek nie eers van die skade wat die breë spoor van George af besig is om aan te rig nie. Die voortbestaan van ons hawe is in gedrang, die meeste hout word nie meer op die skepies gelaai nie, maar op die groot trein. Die skepe vervoer nou hoofsaaklik suiker en dromme

77

petrol – vir solank die goewerment dit nog mag toelaat, natuurlik. Ons is besig om vertoë te rig."

"Laas wat ek gehoor het, was die houtkappers in Gouna-se-bos in groot ontevredenheid omdat twee van die saagmeule op die dorp nie 'n moot koop wat nie met die houttreintjie ingebring is dorp toe nie."

"Ons het nie 'n keuse nie. Vra maar vir Johannes Stander, hy't self 'n verbasende goeie kop vir besigheid – en om die regte vrou uit te kies."

Hy het dus geweet van haar en Johannes.

Sy loop die middag terug na miss Ann se plek toe, en kry Hestertjie Vermaak en twee van haar sustertjies duskant die Royal Hotel langs die straat. Een van die sustertjies dra die baby. Sy wil omdraai, of terugloop oor die straat, maar Hestertjie se oë het klaar geskrik toe hulle sien dis sy, Karoliena.

"Ek sal jou ma sê ons het jou gesien. Die kind bly knies, ons het hom by die kerkverpleegster se kamers gehad."

Hoe het mister Fourcade eendag gesê? Moenie as iemand sonder 'n been is, joune ook afkap om te wys hoe jammer jy vir hom is nie – dan't nie een van julle twee bene nie. Sy wou die klere van haar lyf afstroop en vir Hestertjie gee. Die borsspeld vir een van die sustertjies. Enige iets. Sy wou net beter voel.

"Pa-hulle kap in Kom-se-bos," sê die een sustertjie. "Olifante het hulle gister gejaag."

"Is dit lekker om op die dorp te woon?" vra die ander sustertjie.

"Jou ma sê jy en Johannes Stander gaan trou," sê Hestertjie. Sy kyk net skrams op. "Sy sê sy en oom Cornelius kom dan by julle op die dorp bly, want dan hoef oom Cornelius nie langer te help plantasies plant nie."

Sy lê die nag, sy kan nie slaap nie. Sy wil huil, maar sy kan nie huil nie, want sy weet nie of die huil in haar keel

78

sit omdat sy jammer is vir Hestertjie nie, of oor die bly omdat sy uit die bos weggekom het nie. In haar verbeelding begin sy Hestertjie se hare kam, vir haar ander klere aantrek, skoene. Maar Hestertjie wil nie opkyk nie.

Die volgende dag vra sy Johannes reguit hoeveel hy vir miss Ann moet betaal om haar daar te laat bly.

"Drie pond 'n maand."

"Ek sal vir jou in die winkel kom werk."

"Nadat ons getroud is, sal daar tye wees wanneer dit dalk nodig sal wees, Karoliena. Maar nie nou al nie. Waarom klink jy so bedruk?"

"Ek het gister van die bosmense langs die pad gekry."

"Jy's klaar met die bos, Karoliena. Loop volgende keer verby." Kortaf.

"Wat gaan van my ma word?"

"Ons kan een keer per maand uitry Langvleibos toe. Miskien vir haar 'n stukkie vleis neem."

"Ek is bang my ma sal wil saam terugkom."

"Ek sal sorg dat dit nie gebeur nie."

Maar dit het bly kriewel in haar. Oor Hestertjie. Oor die klere wat miss Ann vir haar laat maak en wat te styf aan haar gesit het. Oor die mense wat haar Sondae in die kerk openlik aangestaar het wanneer sy en Johannes hulle plekke inneem. Oor die slegvoel wat nie wou weggaan omdat sy miss Ann teleurgestel het die dag by die agtermekaar vrou se teeparty in die deftige huis teen die bult toe sy nie geweet het sy moes nie haar koppie kombuis toe vat en gaan was nie. Toe boonop by die agterdeur uitgeglip het en buite in die tuin by Moos gaan gesels het. Sy ken Moos, hy't lank by Veldmanspad gekap. Miss Ann se wangetjies was rooi van kwaaiheid, agterna. Sy sê: Gaste gesels nie met die gasvrou se bedientes nie! En gaste sê nie vir die gasvrou die tee is te flou nie!

"Dit was pisflou."

"'n Dame gebruik nie sulke woorde nie!"

Dit was seer in haar. Soos toe sy die keer uit die stink-houtboom geval het en sy dae lank moes maak of dit nie seer is nie, sodat haar pa nie moes agterkom nie.

Johannes sit die Maandagaand by haar op die stoep, sy sê vir hom sy's jammer, sy dink sy is besig om hom te faal. Hy sê sy verbeel haar; so ver hy gaan, word hy ge-lukgewens met sy pragtige fiancée. Sy voel nie beter nie, sy sê vir hom sy wil asseblief Langvleibos toe gaan, na haar ma toe. Hy sê hy sal haar die Sondagmiddag neem. Sy sê sy moet alleen gaan. Hy vra, hoekom? Sy sê daar's iets wat sy vir haar ma moet gaan vra. Dringend. Sy wil met die treintjie gaan. Alleen. Hy stem in op voorwaarde dat sy tot die Woensdag wag wanneer die coach aange-haak word, en weer dieselfde middag terugkom. Sal hy asseblief vir miss Ann gaan verduidelik? Ja.

Toe hy loop, gee hy haar vyf sjielings.

Twee sjielings het sy vir haar treingeld gehou; van een sjieling het sy vir oom Cornelius dertig piesangs ge-koop; vir een sjieling het sy vir haar ma 'n kardoes vol van die oranje lekkers wat soos appelkose lyk, gekoop. Die ander sjieling het sy gebêre. Vir ingeval.

Daar was vyf vreemdes in die coach. Van Engeland af, om weg te kom van die winter oorkant die water. Dit moet wonderlik wees om altyd op Knysna te kan bly. Woon sy al lank hier? Dink sy hulle sal van die *wild people of the forest* te siene kry? Sal sy vir hulle wys as hulle by George Rex se graf verbygaan? Hulle dink nie hy was regtig die koning se kind nie, daar's nie bewyse daarvoor nie. Is daar nog van sy familie hier rond? Ja. Een van sy kleinseuns was vroeër stasiemeester bo by Diepwalle in die bos, daar's nog ander Rexse ook. Party wit, party bruin. Dink sy hulle sal 'n olifant sien?

Die gewone.

En die eerste *wild people of the forest* wat sy teenkom, is bokant Veldmanspad net nadat sy die voetpad Lang-

80

vleibos toe gevat het. Org Bouwer van Dirk-se-eiland en Neels Barnard van Swarteiland, man van Marta Barnard, vroeër van Gouna. Elkeen met 'n bladsak oor die skouer, haastigheid in die lyf en onrustigheid op die gesigte. In haar hart was sy, Karoliena, bly die Engelse op die trein het hulle nie gesien nie, want dan sou hulle ewig agterna kon sê hulle het van die *wild people* gesien. In vodde.

"Dagsê, Karoliena. Jou ma is by die huis, ons is netnou daar verby."

"Waarheen is julle op pad?"

"Diepwalle toe om te gaan hoor of dit 'n lieg is wat nou hier in die bos rondgestrooi word om 'n man se laaste moed uit jou te skrik."

"Wat word rondgestrooi?"

"Hans Stroebel sê die goewerment het die bome in die bos laat tel en laat uitwerk hoe lank daar nog gekap sal kan word. Die sommemakers sê nie meer lank nie. Wat moet word, Karoliena? Ons het vroue, ons het kinders . . ."

"Hoe gaan dit met ant Marta, oom Neels?"

"Ellendig. Jou ma sê háár genade is darem uiteindelik op pad, jy trou met Johannes Stander. Ek het sy oorlede moeder goed geken toe hulle nog arm mense was, voor sy pa begin varke slag en vorentoe gegaan het."

"Hoe gaan dit by oom Org se huis?"

"As dit nie vir die kos in die tuin was nie, en 'n bosvark af en toe nie . . ."

"Ek moet loop, ek moet nog weer die trein kom haal terug dorp toe. Julle het nog nie gesê wat julle op Diepwalle wil gaan uithoor nie."

"Hulle sê ons gaan van hier af net 300 kubieke voet in 'n jaar kry om te kap. Nie meer 700 kubieke voet nie. Dis doodstraf, Karoliena."

"Dis waar, oom Org."

Dit kon nie waar wees nie. Hulle sou nie daarop kon

oorleef nie. Die goewerment sou dit nie toelaat nie. Wanneer kom die Carnegie-mense? Of was dit ook 'n lieg . . .

Haar ma skrik groot toe sy by die deur inkom.

"Karoliena? Jissus, my hart!"

"Moenie skrik nie, Ma. Ek het net kom kuier." Die huis is deurmekaar. Dis lank nie gevee nie. "Hoe gaan dit, Ma?"

"Sleg. Oom Cornelius is op die plantasie bokant Buffelsnek, soggens voordag moet hulle begin stap, kom saans amper donker in die huis."

"Ek sien daar's amper niks in die tuin nie."

"Wanneer dink jy moet hy tyd kry om 'n sooi om te spit? Sondag? Dis al dag wat hy het om te rus."

"Ma kan mos spit." Sy en haar ma het altyd vroeër saam gespit.

Toe word haar ma kwaad. "Wat sê jy daar? Sit met jou gat in 'n bottervat en kom gee vir mý graaf aan?"

"Ek het vir Ma lekkers gebring. Piesangs vir oom Cornelius."

"Hier's nie 'n kriesel vleis in die huis nie. Johannes het kamtig beloof om vir my lapgoed te gee vir 'n rok, maar so gaan dit. Die oomblik wat hulle jou het, word jy opgehang soos 'n stuk biltong om te droog! Maar ek sien jy't darem al 'n stukkie nuut aan jou lyf."

"Ek kan nie lank bly nie, ek moet weer die treintjie terughaal dorp toe."

"O. Wanneer kom jy weer?"

"Ek weet nie."

"Bring volgende keer 'n stukkie vleis. Lekker skaapvleis. Ribbetjie."

"Was mister Fourcade nie miskien weer hier nie, Ma?" As sy net geweet het dat hy haar nie sommer vergeet het nie . . .

"Wat sukkel jy nog oor die ouman?"

"Was hy hier?"

"Nee."

82

"Moenie vir my jok nie, Ma."

"Kyk dat jy by die trein kom. Moenie Johannes onrus gee nie."

"Was mister Fourcade hier?"

"As jy eers begin torring!"

"Was hy, Ma?"

"Ja. 'n Ou stringetjie wit wasblommetjies hier aangebring, gesê ek moet dit vir jou gee. Ek het dit sommer weggesmyt."

Toe sy by Veldmanspad by die spoor kom, fluit die trein net mooi bo by Diepwalle se stasie. En ant Martjie van oom Salie trek wortels uit langs die huis.

"Mens, Karolienatjie! Jy's nou heeltemal 'n dorpenaar, kyk hoe aangetrek is jy! Jou ma spog so met jou, sy sê jy's op trou met 'n ryke man. Ek sê ditsem!"

"Ek trou die 18de van aanstaande maand. Ant Martjie se tuin is geil. Groete vir oom Salie."

"Hy kap vir Parkes, hulle wil hom nie los nie. Here weet wat gaan word, gerugte wil dit hê dat hulle minder as die helfte gaan kry om te kap."

Die vyf vreemdes in die coach is moeg en bosvuil, almal praat gelyk. Sê haar sy weet nie wat sy gemis het nie: *It was so beautiful*! Maar baie *scary*. Mens kan nie in die bos in nie, dis te dig. En daar was van die *wild people* en hulle kinders by die stasie. *They look terrible. Real wild.*

7

Toe was daar nog twee weke oor na haar en Johannes se troue.

Miss Ann het dié vraag in haar kamer kom vra, dié vraag wat almal te bang was om reguit te vra. Selfs Johannes. Of dit raadsaam sou wees om haar ma en oom Cornelius te nooi? Nee. Haar ma sou 'n soutribbetjie verkies. Die enigste een wat sy graag wou nooi, was mister Fourcade, maar sy het nie sy adres gehad nie en Johannes het hom nie eintlik geken nie.

Miss Ann en drie van haar vriendinne het onderneem om klaar te maak vir die onthaal.

Mevrou Cuthbert het die hele huis se gordyne gemaak en gehang. Sy, Karoliena, het gehelp. Die meubels het begin aankom, party saam met van die skepies. Die huis het al mooier en mooier geraak. Johannes ook. Haar trourok, wat in miss Ann se kamer teen die kas gehang het, ook.

Veel later, toe sy helderder kon dink, het sy geweet dat sy vas aan die slaap was en net die droom gedroom het. Al hoër in die boom opgeklim het, al vaster aan die takke geklou het.

Al minder dae waarop sy nie vir tee genooi is nie, selfs deur die Engelse vroue van die dorp, asof dit dorpsmode geword het om Johannes Stander se fiancée te onthaal. Wat hulle nie geweet het nie, was dat die fiancée by aankoms in hulle huise kon sien en aanvoel wie haar uit nuuskierigheid genooi het – om te sien hoe 'n poor white in dorpsgewaad lyk – of uit gewone vriendelikheid.

Sy't nie geweet dat sy eintlik besig was om haar wasgoed in die dam te gooi nie . . .

Soos Kristiena Botha gemaak het nadat sy wewenaar Jakob Niemand met die vier wesies getrou het en die wasgoed te baie gevind het om te was. As mens jou wasgoed in die dam gaan gooi, is dit weg en hoef jy dit nie te was nie. Solank jy nie dink aan die wasgoed in die dam nie, kom die son in elk geval elke oggend op en ander sal vir jou afknyp om die kinders mee te klee . . .

Die dag nadat sy van Langvleibos af teruggekom het, het Johannes haar reguit gevra waarom sy so bedruk lyk.

"Nie bedruk nie. Net skaam – vir my mense." Altyd, wanneer sy vir mister Fourcade gesê het sy skaam haar vir die houtkappers, het hy gelag en gesê dan skaam sy haar vir *the most beautiful people he knows*.

"Ek is bang dat jy jou vir my ook sal skaam."

"Daarvoor hoef jy nie bang te wees nie, Karoliena. Jy is besig om my hele lewe te word en jy hoef jou nie 'n oomblik vir jouself te skaam nie. Jy's klaar met die bos en die mense van die bos. Jy het bó hulle uitgestyg."

Soos die boomspook . . . wat sy so graag net een keer weer uit die boom wou sien opstyg het. Net een keer weer saam met mister Fourcade in die bos gewérk het . . .

"Wat gaan van die houtkappers word, Johannes?"

"Alexander Wilson het ons Sondag vir ete genooi. Meneer Werdt, ons verteenwoordiger in die parlement, sal ook daar wees. Ek sal by hom verneem wat die regering se plan met hulle is. Terloops, ek dink nie die stinkhouttafeltjie moet onder die venster in die sitkamer staan nie. Liefs net binne die deur in die gang."

"Ek sal dit verskuif." Sy't gedink dit lyk mooi onder die venster.

Die parlementsman was baie vernaam. 'n Mooierige man met 'n harde stem en groot sekerheid aan die lyf.

Horlosieketting oor 'n boepmaag. Almal het om hom saamgedrom, vrae gevra en aan sy antwoorde gehang. Die ding wat háár nuuskierig na die kring laat beweeg het, was toe dit klink of hy iets van die armblankes sê. Teen die tyd dat sy oorkant hom staanplek kry, was hy besig om met groot armswaaie 'n waarskuwing na almal te gooi.

"Die Tweede Groot Trek, liewe vriende, het begin – die trek na die stede! Die armes is besig om in hulle hordes daarheen te strompel weens droogtes en peste en geldnood en in 'n poging om 'n lewe te maak!" In haar hart het sy geweet die houtkappers sou immers nie begin aanstrompel na die stede toe nie, hulle wou skaars dorp toe. "Die volk moet dringend uit die agterbuurtes gered word!" voeg hy by. En uit die bos, het sy in haar hart bygevoeg. "Die grootste gevaar wat die armes in die stede inwag, is die vakverenigings van die Kommuniste wat hulle inpalm en nuwe waardes leer: haat teen ons wit leiers op elke gebied aanwakker; haat teen die Kerk aanvuur; ons volk se morele waardes en gesinsbewaring bespotlik maak! Weet u hoeveel duisende van ons seuns vlug uit nood myne toe, hoeveel duisende van ons jong dogters vlug na die klerefabrieke toe . . ." Dit was of 'n ysige windjie haar tref; twee bosmeisiekinders, Maria en Anna Tait, het in 'n klerefabriek gaan werk . . . "Die vakverenigings is besig om geweldige groot unies te word waarvan meer as die helfte onder Kommunistiese beheer staan – waarvan regeringsdeskundiges aan u bewyse kan lewer! Die doel van die Kommuniste, liewe vriende, is niks minder as wêreldbeheer nie. Ons plig is om ons oë oop te maak."

Johannes het reg langs die Werdt-man gestaan. Sy het hom reguit in die oë gekyk en gesê hy moet vrá.

Hy het haar gehoor. "Meneer Werdt," sê hy, "u het melding gemaak van die armes in die agterbuurtes van die stede. Wat van die houtkappers in die bosse rondom

86

hierdie dorp wat besig is om 'n al groter probleem te word?"

"Die Kerk, meneer Stander, is besig om 'n kommissie van ondersoek, in samewerking met die Carnegie-korporasie van Amerika, saam te stel om na die armblanke-kwessie in die land te kyk. Die boswerkers is daarby ingesluit."

Saterdag, die 18de Januarie van 1930, is hulle getroud.

Voordag, Sondag van die 19de, het sy wakker geword met die snaakse gevoel dat sy doodstil moes bly lê; as sy roer, sou Johannes wakker word en agterkom hy's verkul omdat dit eintlik nog steeds net Karoliena Kapp van die bos was wat langs hom gelê het. Sy't uit die boom geval. Die ander Karoliena het in die kerk gestaan in die mooiste rok met skoene van satyn wat besig was om haar hakke en tone vol blase te druk . . .

Iewers, iewers was iets verskriklik verkeerd. Sy't nie geweet wat nie. Sy het dit net gevoel, diep in haar. Soos wanneer jy deur dikbos loop, napad steel en loop en loop, jy weet later nie waar jy gaan uitkom nie. Jy hou net aan. Die oumense se woorde kom koggel in jou kop om jou nog banger te kry: "Gouste verdwaal is om te dink jy kan nie verdwaal nie."

Nee, dit was nie die oumense se woorde wat haar bly koggel het nie. Dit was die parlementsman se woorde dat die armes na die stede toe aan die strompel was op soek na uitkoms. Sy't bly aanstrompel na Johannes toe om uit die bos te kom, uit haar armblanke-vel te klim; sewe weke lank aanhou loop tot verby die plek waar sy moes omgedraai het!

Toe was dit te laat.

Die bang het haar eers werklik oorval toe sy aangetrek vir haar troue voor die groot spieël gestaan het en besef het dis nie sy wat in die spieël was nie. Dit was iemand wat miss Ann en mevrou Cuthbert se handewerk was;

twee vreemde vroue wat soos trotse henne om haar bly skrop het om hier te trek en daar te pluk.

"Absoluut wondermooi!" het hulle uitgeroep en mekaar omhels.

'n Speelding wat hulle heelgemaak en aangetrek het.

Sy het sonder sê gestaan. Vir alles ja gesê toe sy nee moes gesê het.

Eintlik wou sy in 'n blommerok getrou het. 'n Witolienrok.

Toe sy klein was, het sy altyd Oktobermaande in die bos vir haarself die mooiste troues gemaak as die witolien op sy weligste blom. Elke jaar met 'n mooier man. 'n Beter man. 'n Ryker man. Nooit met 'n houtkapper nie. Elke jaar in 'n mooier rok; die witolien se blomme was roomwit kant. Dan pluk sy arms vol en speld dit met kopspelde aan 'n ou laken vas en hang dit om haar. Steek haar hare daarvan vol. Ruik die soet heuninggeur so ver sy loop. Kom by die huis, sê vir haar ma: Ek is nou 'n trouvrou. Dan sê haar ma: Kyk hoe mors jy die huis vol afvalsels, loop speel en kyk dat elke speld terugkom in die blik!

Een jaar het sy in die winter getrou en byna verkluim. Omdat sy 'n slag in 'n ander rok wou trou. 'n Vlierrok. Maar vliere dra net in die winter hulle trosse roomwit, kantagtige blomme. Mooier nog as die witolien s'n en met gom aan sodat jy hulle aan jou kon vasplak. Jy't nie spelde nodig gehad nie. Jy moes net stadig en versigtig loop en jou broek aanhou sodat jou skaamte nie wys nie. Sy kom by die huis; haar ma skel, en vra: Wil jy jou dood hê? Loop trek jou aan, tyd vir kaalgat sal daar genoeg wees as jy die dag regtig trou!

Daar was baie mense in die kerk en agterna is daar kiekies geneem. Johannes was 'n spoggerige bruidegom, hoogkop en reguitrug. Almal het gesê sy is 'n pragtige bruid. Sy't net aanhou glimlag sodat niemand moes agterkom dat sy aan 'n tak gehang het wat begin kraak het vir die breek nie. Droom en werklikheid was besig om deurmekaar te maal, al vinniger en vinniger totdat sy hulle nie meer uitmekaar kon kry nie.

Daar was 'n ouvrou by Wittedrift wat altyd gehelp het om die skool se vloere en banke te skrop, hulle sê sy het jare gelede op haar troudag voor die kansel omgedraai.

Net 'n vreeslose mens kon so iets doen.

Die onthaal was in die kerk se saal. Baie eetgoed, baie blomme. Johannes het die vorige dag vir haar ma-hulle 'n geslagte skaap saam met die houttreintjie uit bos toe gestuur en met oom Salie van Huysteen van Veldmanspad gereël om dit te gaan aflewer.

Dit moes al naby dagbreek gewees het. Sy moes opstaan en die vuur gaan opmaak, Johannes wou tee drink in die oggend. Sy was gelukkig nie kaal nie, sy't gisteraand gewag tot hy slaap, opgestaan en haar nagrok weer stilletjies aangetrek. Hestertjie Vermaak was in die andertyd toe sy opstaan . . .

Dit was seer toe hy homself in haar ingesukkel het, hy't haar neus met sy nek toegedruk – sy't gedink sy gaan versmoor – toe maak hy gelukkig sulke snaakse geluide, en rol later van haar af. Was dít soos dit was om getroud te wees? Moenie dink nie, moenie onthou nie! sê sy vir haarself.

Daar was iets verskriklik verkeerd met haar. Iewers in haar kop, want die vreemdste dinkgoed het vir haar bly sê sy moet opstaan, by die deur uit loop en loop totdat sy terug was in die bos en gaan wegkruip sodat niemand haar ooit weer sien nie. Sy was in 'n droom wat klaar gedroom was, 'n speletjie wat klaar gespeel was. Alles was 'n leuen. Sy was 'n leuen – sý het die leuen gemaak!

Eintlik wou sy haar oë toemaak en net stilletjies doodgaan.

Sy lê in die groot hemelbed, sy hoor Johannes asemhaal in sy slaap. Die dink sê sy moet wegkom voor hy wakker word. Die dink is vreesloos – soos 'n krag wat diep uit haar verrys. Wat sê haar ou skoene is in die pakkamer agter die kombuis, een van haar ou koshuisrokke ook. Sy keer die vreemde dink wat al sterker deur haar kom woed. Hulle sê 'n mens kan jouself mal *dink*. Sy skree in haar hart: Here, help my!

Oom Salie van Huysteen sweer tot vandag toe die Here het hom hoor skree toe die olifantkoei hom die dag in Loeriebos gejaag het.

Toe die groot donderweerdruppels op die sink bó hulle koppe begin plof, was dit soos hulp wat uit die hemel val. Sy sou nie in die reën kon terug bos toe nie. Sy moes opstaan en haar nuwe lewe begin leef. Johannes het gesê hy wil hê hulle moet kerk toe, gevra dat sy die mooi hoedjie met die netjie oor die oë opsit wat hy met die vorige skip vir haar laat kom het.

Johannes was nie 'n man wat hom sommer sou laat teengaan nie. Een vrou in die winkel het 'n paar oggende gelede met hom verskil oor die prys van 'n besending konfytblikke, toe word hy rooikwaad, sê vir haar hý besluit oor pryse, niemand anders nie!

Miss Ann het al 'n paar keer gesê mister Stander is gelukkig 'n man wat by sy beginsels staan – sy het dit altyd na 'n waarskuwing laat klink.

Sy moes opstaan. Hy't gesê hy wil soggens sy tee voor dagbreek hê.

Dis net dat sy skielik so bang, bang, bang was . . .

Ná kerk het die mense begin aankom om te kom gelukwens en tee te drink. Daar was nog baie eetgoed oor. Hulle het geskenke op die stinkhouttafeltjie in die gang neergesit. 'n Hele paar koeverte waarin vermoedelik geld was.

Sy weet nie waarom sy dit gedoen het nie, maar sy't

drie van die koeverte stilletjies agter in die tafel se laai geprop. Seker van skelm. Hulle sê bosmense is skelm.

Die dink in haar kop het erger en erger geword en was later haar hele lyf vol terwyl sy net al vriendeliker met die mense was.

Agterna het miss Ann gesê sy het reeds gesien Karoliena lyk nie wel voor die preekstoel nie. Nog later het sy gesê sy't geweet sy gaan sukkel om die bos uit die meisiekind te kry wat Johannes Stander by haar kom aflaai het. 'n Dierbare man. Hy het nie besef dat die kloof tussen bos en beskawing só onoorbrugbaar was nie.

8

Die dink het soos opstandigheid in haar geword. Die bang in haar kop al meer totdat sy teen die Dinsdag gevoel het sy gaan omval. Toe kon sy nie meer nie. Die Here mag oom Salie hoor roep en die olifantkoei laat wegswenk het, maar Hy het beslis nie vir háár gehoor nie.

Die Woensdag, toe die dag begin breek, het sy die kortpad gevat deur Dam-se-bos se punt net buite die dorp. Die losbreek uit 'n strik wat besig was om haar te verwurg, verlossing wat haar skielik weer laat asemhaal het . . .

Die eerste voël wat wakker geword het, was pietjie-kanarie wat met sy skrilbek geskel het soos 'n ding wat skree "Wie's-jy, wie's-jy!"

Traak jou nie! het sy in haar hart teruggeskel.

Ver agter haar het die dorpshonde begin wakker word. Sy kon nog nie vinnig loop nie, al wou haar voete hardloop, want sy moes fyn kyk om in die voetpad te bly. Dit was nog donker in die bos. As sy net eers die kloof by Dam-se-bos deur was tot bo in die hardepad, as sy net eers op die kortpad deur Kruisfontein-se-bos was. As sy net eers iewers diep in die bos was waar sy kon gaan wegkruip.

"Wie's-jy, wie's-jy!"

Toe sy klein was, het sy soms dié raasbekvoël daglank gekoggel. Dié bruingroen piepgatvoëltjie wat sorg dat jy hom nooit sien nie. Het hom net altyd in die bos gehóór. Op 'n dag besluit jy jy sál hom sien en gaan sit stokstil in die onderbos tot jy hom kry. Hy wou nooit eerste ophou koggel nie. Nes jy dink jy't gewen en vinnig 'n hap brood vat, val hy weer weg en moet jy haastig die brood in jou hand uitspoeg om te kan fluit-fluit sodat hy nie dink hy't gewen nie.

Maar dis nie pietjiekanarie wat haar bly koggel het nie. Dit was die woorde in haar kop: wat-vang-jy-aan-wat-vang-jy-aan-wat-vang-jy-aan . . .

Sy't nie geweet nie. Net geweet dit kon nie anders nie. Miskien het 'n mens 'n mensspook soos 'n boom 'n boomspook het, een wat diep in jou die dink gemaak het wat die woorde geword het wat sê jy moes terugkom in die bos. 'n Honger wat in jou is, en jou sal doodmaak as jy nie eet nie! Die volgende oomblik spring die bang voor jou in en sê: *Jy moet omdraai!*

Nee. Sodra sy in die hardepad kom, sou sy besluit of sy moes.

Dit het begin ligter word.

Sy moes heeltyd stywebeen loop om te keer dat sy nie gly nie. Die aarde was nat, want dit het die vorige dag ook die hele tyd gereën. Hulle het in die skool geleer helfte van die jaar se dae was reëndae in die bos.

Immers het dit toe nie meer gereën nie. Net kort-kort 'n skoot boomreën as daar 'n vlagie wind getrek het.

Sy sou in die hardepad besluit wat sy moet doen. As sy eers in Kruisfontein-se-bos was, sou dit te laat wees.

"Wie's-jy, wie's-jy!"

Teen die bosloerie het sy altyd gewen. Sy't gesorg dat sy agt keer toot en haar deeglik in die onderbos wegsteek. Bosloerie is te nuuskierig, sal altyd nader kom om te kyk waar jy is. Lekker dom, sal altyd weer toot om te hoor of jy antwoord gee. Soek-soek. Toot-toot. Tot hy sien jy's 'n mens, dan speel hy nie verder nie.

Asseblief, asseblief, sy moet net nie in die andertyd wees nie . . .

Sy het nie een van die nuwe rokke wat Johannes vir haar laat maak het in die sloop gesit nie. Ook nie een van die mooi slope gevat om haar paar stukkies goed in te sit nie, sy't een van die spaarkamer se slope sonder die kant gevat. "Vir as jou ma-hulle dalk op 'n keer wil oorslaap," het Johannes die bruinerige beddegoed verduidelik. Miss Ann het gesê hy't dit spesiaal deur een van die winkelvroue laat maak.

Sy gaan nie sleg voel oor die drie koeverte nie. Drie ghienies en drie ghienies en vyf pond. Sy het dit voordag stilletjies in die badkamer getel. Dit was nie steel nie, dit was vat wat eintlik hare ook was. Waarvan moes sy leef solank sy besluit het hoe om te leef? Mens kan net 'n paar dae van bosdruiwe of wilde-olywe of kruisbessies leef, dan word jy swak. Jy's nie 'n voël nie.

Sy't die ander vyf koeverte nie aangeraak nie. Sy weet in elk geval nie waar hy dit gesit het nie, want dit was weg toe sy skelmpies nog een in die laaitjie wou gaan wegsteek het.

Johannes gaan woedend wees. Sy't geweet.

Maar sy wou nie omdraai nie. Ook nie Langvleibos toe gaan nie, haar ma hoef nie te weet nie. Eers oor lank.

Bo in die hardepad moes sy 'n rukkie rus. Die bewe in haar lyf kans gee om te bedaar; die deurmekaar gemaal van reg en verkeerd, van voortgaan of omdraai, van loop of bly, wat soos maalwater dae lank in haar gekolk het en nie wou stil word nie!

93

Miskien was daar 'n siekte in haar kop. Soos ant Betta op Ouplaas buite die dorp na die meer se kant toe. Hulle sê sy was vyf jaar uit haar verstand uit van 'n "stryd" wat in haar gewoed het. Dan sê haar ma: Maar ou Betta had nie genoeg stryd in haar om te keer dat sy dertien kleintjies gekry het nie!

Asseblief, sy moet net nie in die andertyd wees nie.

Sy't eendag die mooiste sin in een van die boeke in die boekerytjie op Wittedrift gelees. Toe skryf sy dit voor in haar Bybel sodat sy dit altyd kan hê: Alle wilde goed moet waaksaam leef om te kan leef. Engelse woorde wat sy Afrikaans gemaak het. Sy't gedink die een wat dit geskryf het, het met "wilde goed" die bosmense bedoel.

Nou's sy die Bybel ook kwyt, daar was nie plek in die sloop nie. Dit was in elk geval die Kerk se Bybel.

Sy sal waaksaam leef.

Johannes was 'n droom wat nie waar gekom het nie. Dit was nie sy skuld nie, dis sý wat nie geweet het hoe om reg te droom nie. Sy't vir hom 'n briefie op die stinkhouttafeltjie in die gang gelos, hy moes daar verby om die winkel te gaan oopsluit. Sy't geskryf: *Ek is terug bos toe. Karoliena.*

Sy was al amper by die agterdeur uit toe sy omdraai en *Dankie Vir Alles* gaan byskryf het en haar troupand daarby neersit.

"Wie's-jy, wie's-jy!"

Hou jou bek!

Bokant Witfontein en onderkant die gronddam moes sy twee keer haastig uit die pad uit loop sodat twee motorkarre eers kon verby. Vreemdes, boskykers. Voetjie vir voetjie teen die steilte uit. Gelukkig het sy hulle ver hoor aankom en in die onderbos gaan wegkruip. Sy wou nie geleentheid aangebied word nie. Sy wou loop, sy wou dink; sy was besig om banger en banger te word vir die verskriklike ding wat sy besig was om aan te vang! Wat

94

het haar besiel? Sy wou vir Johannes 'n goeie vrou gewees het, sy wou 'n goeie dorpsvrou geword het, geleer het om haar nie te steur aan die hoogvernames wat haar altyd met afkeur-oë aangekyk het nie. As jy in die bos grootgeword het, was jy gewoond aan daardie kyk wanneer jy op die dorp kom. Of aan mense wat vir jou lag.

Sy was in die moeilikheid. Allerhande moeilikheid. Haar skoene was die ene modderkoeksels, dit het nie gehelp sy vee hulle teen die bossies af nie. 'n Paar tree later was hulle weer net so gekoek, want die pad was nat en modderig. Haar voete wou kort-kort onder haar uitgly.

Dan't die werklikheid haar weer ingehaal: Dit was die domste dom ding om van Johannes af weg te loop, want dit is soos wegloop van jou redding af! Mens het nie 'n "stryd" nodig gehad om dít uit te dink nie! Sy moes omdraai en om vergiffenis by hom gaan pleit! Mooipraat. Sy't een Sondagmiddag laat op Wittedrift ook weggeloop. Na haar ma toe. Toe die son begin sak, het sy al ver geloop gehad. Al vinniger. Toe het die bang agter haar kom loop, nog vinniger. En toe die bang weerskante van haar kom loop, het sy omgedraai en begin terughardloop.

Die bang was nou ook besig om weerskante van haar te kom loop. As sy nou sou omdraai, was dit afdraand tot in die dorp. Hy sou nog nie te kwaad wees nie. Sy kon gaan pleit soos sy die Sondagaand by meneer Kritsinger gaan pleit het. Asseblief, meneer, ek sal nooit weer nie; my ma sal my doodmaak, die Kerk sal my doodmaak, hulle het gesê ek moet soet wees en mooi leer, ek kos die Kerk baie geld. Ek wou net 'n bietjie na my ma toe gegaan het. Ek sal nie weer wegloop nie, ek sal soet wees en mooi leer. Asseblief, Johannes, ek sal jou gehoorsaam; die huis mooi skoon hou, die servette styf, die kos beter gaarmaak, nooit weer waterpatats kook nie, nie bly keer as jy my broek wil uittrek nie, nie bly

95

keer om daardie simpel hoed met die netjie oor die oë op te sit nie – al het ek Sondag in die kerk kompleet soos 'n kuiken agter ogiesdraad gevoel! Ek sal jou gehoorsaam en die hoed dra omdat jy gesê het 'n deftige vrou moet haar hoof waardig bedek. Ek sal nie so vriendelik wees met die mense wat in jou winkel werk nie.

Asseblief, asseblief . . .

Iewers was iets baie verkeerd. Iewers in haar was 'n spikkeltjie lief vir Johannes wat nie wou dood nie. Wat net flouer en flouer begin word het vandat sy op die dorp gaan woon het. Daar was 'n holheid in hom soos in die lappop wat haar ma eendag vir haar gemaak het, en toe nie genoeg saagsels had om dit behoorlik mee op te stop nie. Toe was dit 'n slappop. Sy weet nie waarom Johannes haar so aan die pop begin herinner het nie. Hy was nie slap nie, meer 'n dooipop. 'n Slim dooipop.

Kort duskant Grootkop, waar die bos 'n bietjie oopmaak, het sy skielik die twee motorkarre sien staan wat vroeër langs die pad by haar verby is. Daar was iets verkeerd. Al die insittendes was agter die motors in die pad, hulle was duidelik ontsteld oor iets. Toe een van die mans omkyk en haar sien aankom, het hy haar met haas en blydskap tegemoetgekom. Twee van die vroue het hom agterna gesit; die ander man en vrou het húlle agterna gesit. Almal het gelyk kom praat en beduie toe hulle by haar kom, maar sy't klaar geweet wat aan die gang was. Olifante.

Die eerste man sê hy't amper in die olifant vasgery. Dié lê in die pad, die hele pad vol! Gelukkig was daar kans om agteruit te ry. Toe kom die tweede motorkar en gelukkig was daar kans om betyds te rem. 'n Verskriklike groot olifant; hulle weet nie of hy dalk beseer is nie. Die probleem was die pad wat so nou is, daar is nie plek vir die motors om om te draai nie!

Dit het gevoel of sy skielik regtig terug was in die bos. Soos by die huis kom. Sy het gevoel hoe die mensbang stadig uit haar sypel, en dit geniet om te sien hoe vol modderaanpaksel die vreemdes se skoene ook was; hoe wild hulle oë van skrik. Die een vrou se hoed het oor haar voorkop afgesak, die ander een se groot, blink hoedspeld was aan die uitval.

"Is u een van die bosmense?" vra die voorste man.

"Ja."

"Wat staan ons te doen? Kan jy nie iemand gaan roep om ons te kom help nie?"

Die vrou van die hoedspeld het begin huil.

"Hulle sal nie kom nie. U sal maar net geduldig moet wees, die olifant kan moontlik nog lank in die pad lê."

"Ekskuus?"

"Dit het gereën; die bos is nat, hulle kom lê in die pad om bietjie son te kry. Mevrou se hoedspeld gaan uitval."

Drie uur lank.

Daar het later nog 'n motorkar gekom, nog vier mense om te kom saam staan en ritteltit kry. Die bang wat uit háár gewyk het, het skynbaar as olifantvrees in húlle gaan saamklont. Elf mense. Van Kaapstad, van Port Elizabeth; mense van die Langekloof agter die berg wat op pad huis toe was en dikwels oor die berg ry. Hulle het al vantevore olifantmis en afbreeksels van takke in die pad gekry, maar nog nooit 'n *olifant* nie. Is sy seker hulle moet nie die ding met klippe probeer gooi sodat hy kan opstaan en aanloop nie? Sy sê vir die man: Meneer kan dit probeer, maar as die olifant hom erg, is meneer in die moeilikheid.

'n Olifant het eendag oom Hans Stroebel met een haal van die slurp in 'n boom op gegooi. Agter in Spruitbos. Oom Hans sê hy kom sonder gedagte of waarskuwing op die olifant af: olifant staan lekker, slurp uitgerek, pluk vruggies van 'n stinkhout af en stop in sy bek. Hulle skrik gelyk. Olifant swaai om, klap my wragtag dat ek halfpad op in 'n kershout land en verdwyn in 'n oogwink, kyk nie eers of ek my doodgeval het nie.

Die olifant in die pad was nie haastig nie.

Sy het die mans gewys om kooigoedbos langs die pad te pluk en hoop te pak op die klamte, reisdekens uit die motorkarre oor te gooi vir sitplek. In twee van die motorkarre was piekniekmandjies, die Langekloof-mense had padkos. Sy het die beste gekry om te eet, want hulle oë het heeltyd in die rigting van die olifant gebly; was hom elke oomblik om die draai te wagte. Vir elke tak wat kraak, het hulle geskrik. Vir elke loerie wat kok. Sy't hulle nie reggehelp nie, nie gesê dat hulle eintlik heeltemal veilig was omdat die wind uit die rigting van die olifant gekom het nie. Hy sou nie hulle reuk kry nie.

Net vir ingeval het sy egter vir haarself die witels vlak op die bosrand gemerk.

Nou en dan het twee van die mans al sluipend geloop om te gaan kyk of die olifant nog in die pad lê. Haastig teruggekom om te sê hy's nog daar!

Die vroue het mekaar later begin uitvra. Die een se man was 'n onderwyser. Die ander een se man het met skepe te doen gehad, hulle was juis op Knysna in verband met 'n ondersoek na die hawe wat op hoë vlak deur die regering gedoen word. Die Langekloof-man was 'n vrugteboer.

Hulle vra háár uit. Waar woon sy? Langvleibos. Is sy in die bos gebore? Ja. Mens sou dit nooit sê nie. Het sy in die bos skoolgegaan ook? Ja. Wie't haar hare so mooi geknip? 'n Vrou op die dorp. Wat's haar naam? Hestertjie Vermaak.

Hulle gesigte het openlik verraai dat sy nie vir hulle heeltemal met die bos gerym het nie. Die Langekloof-vrou het sommer reguit gesê sy was onder die indruk dat daar net armblankes in die bos oor was.

Elke keer as een van hulle wou pie, moes sy saamgaan om wag te staan en uit te kyk vir die olifant. Sy sê nie vir hulle dat sy lankal om die olifant sou gewees het as sy alleen was nie; dat daar 'n entjie van die voorste motorkar af 'n voetpad weswaarts wegswaai en kort onderkant Veldmanspad weer in die hardepad uitkom nie. 'n Ou napad van die houtkappers as hulle te voet moes dorp toe. Sy wag maar ewe saam met die vreemdes; heimlik bly oor die hindernis wat immers die tyd tot stilstand gebring het. *Haar tyd gegee het om te besin oor wat sy besig was om te doen!*

Vir haar part kon die olifant ewig in die pad bly lê en die lewe net daar ophou. Sodat sy nie hoef te besluit waarheen sy op pad was nie!

Uiteindelik het sy self gaan kyk na die olifant in die pad. Sê nou dit was wel 'n dooi een? Nee, die oumense sê olifante het 'n geheime plek in die bos vir doodgaan.

Toe sy die bosrand inloop, was die vreemdes onmiddellik onrustig. "Waar gaan jy heen?"

"Ek kom nou weer."

Dit was dikbos, sy moes haar pad oopbeur deur die onderbos en kophou om haar merke te maak vir die terugkom, te sorg dat sy nie aan die verkeerde kant van die wind op die olifant afkom nie . . .

Sy en haar ma moes eendag ompad om twee olifante in Kom-se-bos in 'n sleeppad loop om by die huis te kom. Twee bulle. Hulle lê lekker, tande in die lug, op hulle sye in die son. Dit was winter, die bos was koud en nat. Dit was nie lank nadat die olifant oom Freek doodgetrap het nie, haar ma was nog die ene bevreesdheid; sê dis haar doodsdag, sy voel lankal haar tyd is aan die aankom. Sy sê: Moenie so praat nie, Ma. Kom! Sy loop voor, haar ma agterna. Haar ma vra later: Karoliena, waar gaan jy met ons? Sy sê: Ma, kom! Hulle gaan deur riviertjies, hulle gaan deur klofies, hulle gaan deur 'n laagtetjie oorgroei met bosvarings. Haar ma hyg, en vra: Karoliena, waar gaan jy met ons heen? Sy sê: Ma, kom! Sy sê nie sy weet self nie waar hulle is nie, dat sy maar bly hoop hulle kom iewers uit – hulle was immers in 'n ou voetpad.

Hulle het in die hardepad by Buffelsnek uitgekom. Haar ma sê: Jissus, Karoliena, jy't ons amper in die Langekloof gehad!

Toe die bos voor haar begin oopmaak, sien sy die ding wat soos 'n groot grys rots in die pad lê. Maar daar lê nie net een olifant in die pad nie, daar lê drie.

Paniek oorval die vroue toe sy dit by die motorkarre gaan sê. Hulle huil, hulle byt lippe vas, hulle trap rond, hou hulle koppe vas, hulle vra of daar dan nie iemand is wat hulle kan kom help nie?

"Om die olifante uit die pad te kom sleep?" het sy aspris gevra – eintlik vir die een wat gesê het sy't gedog daar is net armblankes in die bos oor. Lekkerste was om te sien dat deftige vroue ook uit bome kan val. Hoede skeef, poeierwange afgewas, hare wild, en skaamteloos agter 'n bos groot plasse gaan pie.

Die Kaapse man sê later hy was onder die indruk dat die olifante lankal uitgewis is. Het die goewerment dan nie 'n klompie jare gelede 'n man aangestel om hulle te kom uitskiet nie? Ene Pretorius, as hy reg onthou. Nee, sê die Langekloof-man, hy dink dit was 'n Potgieter. Dis egter duidelik dat die jagter 'n paar gemis het!

"Dit was 'n Pretorius," help sy hulle reg. Haar ma sê altyd: As jy tien woorde uit die bos hoor, kan jy nege doodvee vir lieg. "Hy had verlof van die goewerment om een te skiet vir 'n museum. Toe skiet hy so lekker, toe skiet hy sommer vyf."

"Hoeveel van die goed is nog oor in die bos?" vra die Kaapse man, geskok.

"Niemand kan met sekerheid sê nie. Oom Adam Barnard se pa het laas jaar een-en-dertig onderkant Diepwalle by die syferdam getel waar party van hulle gebaai het. Was 'n erge bergwinddag."

"Werklik?"

"Ja. Maar hulle mag nie nou meer geskiet word nie, hulle is kroonwild verklaar."

"Wat's dit?" vra die Kaapse vrou.

"Net die koning en sy familie mag hulle kom skiet."

Die bang was besig om haar weer te bekruip. Sy sou verby Veldmanspad se nuuskierige oë moes kom en iewers slaapplek kry vir die nag. Asof die vreemdes haar gedagtes kon sien, vra die Port Elizabeth-man: "Moet jy nog ver loop om by die huis te kom, juffroutjie?"

"Nie te ver nie." Sy kon nie besluit of sy vir hom moes oom of meneer sê nie. Miss Ann het haar belet om oom of antie te sê; gesê dis 'n regte bosmanier wat sy moes afleer as sy op die dorp wou bly.

Sy wil nie op die dorp bly nie. Die volgende oomblik kom 'n plan skielik by haar op. "As meneer my geleentheid kan gee tot bo by Diepwalle . . ." het sy vir die Langekloof-man gesê. "Tot so min of meer oorkant die bosboustasie."

"Met graagte."

"Is jou pappie aan Bosbou verbonde?" vra sy vrou.

"Nee. 'n Olifant het hom doodgetrap."

Sy kon die lieg nie keer nie. Dit het vanself by haar mond uitgeval.

Kort ná die middag het hulle haar by Diepwalle afgelaai.

En 'n vreemde hartseer-bly oorval haar toe sy by die Boom kom. Mister Fourcade het eendag gesê hy dink berge praat met mekaar. As berge met mekaar praat, kan bome seker ook met bome praat?

"Boom," sê sy vir die ou kalander toe sy met haar lyf teen hom aanleun en die hartseer keer om nie trane te word nie, "sê asseblief vir die ander bome ek is terug in die bos, sê vir hulle ek het die bespotlikste ding aangevang, ek weet nie hoekom nie."

Sy kon sweer iets het 'n arm om haar gesit. As dit haar verbeel was, het dit immers gehelp. Vir die hartseer. En haar die moed gegee om die voetpad noordwaarts te vat na Kom-se-bos sonder om die hardepad te

101

loop waar vreemdes haar weer geleentheid kon aanbied. Dit was Woensdag, nuuskieriges in motorkarre het gewoonlik Sondae gekom . . .

As sy in Kom-se-bos kon kom, het sy besluit, kon sy tot by Faan Mankvoet se eilandjie loop en by hom en Susanna herberg kry tot die volgende dag. Hulle het haar geskuld. Sy't soms gedurende skoolvakansies hulle oudste enetjie, Willempie, gaan help om slim te raak met somme maak. Faan het altyd begeer dat die kind verder as Veldmanspad se standerd ses moes leer. Nie hout kap nie, Karoliena, het hy altyd gesê, net nie hout kap nie – dit breek 'n man se lyf én sy moed.

Sy was 'n hele ent ver met die voetpad langs toe sy skielik geweet het daar is nog iemand in die ruigte. Iewers. Sy't 'n voetpad geneem wat na regs uitswaai en toe sy haar weer kry, was sy by 'n draad. Maar daar was nie drade in die bos nie. Die volgende oomblik het sy in verbaasdheid vasgesteek: dit was 'n *kampie* met ogiesdraad omhein, amper op die rand van die bos, omtrent ses boshuisies se tuine groot en in die middel van die kampie het iemand op sy knieë gesit soos een wat bid. Nee. Mompel. Oopoog praat met iets voor hom wat sy nie kan sien nie. Ou Bothatjie, die eienaardige ouman wat bokant Jim Reid-se-draai in die plankhuisie woon. Hare wild, baard wild, klere toiings. Ernstig aan die praat met dié iets voor hom. Dalk 'n gekweste bokkie? Tog seker nie 'n muis nie; hy is eienaardig, maar nie mal nie. Hy het nooit met 'n mens gepraat as jy hom af en toe by Diepwalle se stasie by die winkel gekry het nie, jou darem gegroet.

"Oom?" Sy roep saggies, bang hy sal skrik. Hy skrik, kom op sy hurke orent en kyk haar lank en deurdringend aan soos een wat besluit of dit waar is wat hy sien.

"Ja?" vra hy kortaf.

"Ek is op pad na Faan Mankvoet se plek toe, ek groet maar sommer."

"O."

Rye kopkoolplantjies. Wortels. Pampoen. Patats . . .

"Ek sien oom het lekker tuin gemaak hier in die bos."

"Ja. Ek sien jy's Meliena Kapp se dogter."

"Ja." Dit was nie juis 'n vraag nie.

"Faan is nie by die huis nie. Hy kap in Loeriebos."
Asof hy eintlik wou sê sy kan maar omdraai.

"Dan loop ek maar tot by Susanna."

"Sy's verby na jou ma toe."

"Hoe weet oom?"

"Ek weet alles."

"Wat maak oom?"

"Niks met jou te doen nie. Mister Fourcade het na jou
verneem."

Mister Fourcade het na haar verneem. Mister Four-
cade het na haar verneem! Tyding wat soos lafenis diep
in haar in val. "Wanneer?"

"Kan nie onthou nie. Het hom gesê jy't gaan trou.
Moet jy 'n kleintjie kry?"

"Nee, oom." Asseblief nie!

"Watse getrouery is dit dan met jou?"

"Oom het nie miskien vir my slaapplek vir die nag
nie?" Sy had dit nie beplan nie, weet net skielik sy moet
dit vra. Aan hom vashou sodat sy nie alleen sal wees
wanneer sy omval nie. Iewers tussen die baard en die
hare en die ruie oogbanke kyk twee swart valkogies haar
skerp aan. Sy sal op haar eie knieë afsak om hom vir
plek te soebat. "Asseblief, oom."

"Ek moet nog wortels uittrek." Was dit 'n ja?

"Ek sal oom help."

"Kom langs die draad af, die hek is daar anderkant."
Daar is 'n lendelam hekkie aan die oorkant. Dit was 'n
ja!

En dit was nie 'n bokkie of 'n muis nie, dit was 'n klein
stinkhoutboompie.

"Wil mos staan en vrek. Ek sê hom hy kan nie vrek

103

nie, ek moet blyplek hê. Kyk daar in die onderste ry, kyk my boekenhoutjies, en my rooi-elsies, en my ysterhoutjies. Ek maak proef vir die grootman by Diepwalle. Maar hy bly neul oor stinkhout. Sê die bos moet oorgeplant word met stinkhout waar dit uitgekap is. Goewerment wil dit so hê."

"Oom . . ."

"By die twintig stinkhoutjies geplant. Moeite gedoen, net ses deurgehaal. Bosbou het my die draad gegee, gesien die bosbokke vreet al my proef op. Nou leef nog net drie van die boompies en hierdie een lyk my ook na opgee."

"Het mister Fourcade gesê hy sal weer kom?"

"Hy kom mos altyd weer. Ek wil Lelievleibos toe gaan en 'n klomp stinkhoutjies gaan uithaal, want ek het 'n slimme plan gedink. Wag maar. Bietjie stinkhoutsaad ook optel, en in die kissies kom plant. Misterdokter gaan nog woorde soek om my mee genoeg te prys. Hierdie bos gaan vorentoe weer vol stinkhout staan soos voorjare toe elke tiende boom in die bos 'n stinkhout was, verseker die misterdokter my. Maar hy's 'n dom man. Ek sê hom stinkhout wil genoeg plek hê vir sy voete; wil nie op ander se tone trap nie. Hy hoor nie wat ek sê nie, laat haal 'n klomp boomvarings agter in Gouna-se-bos uit, sê dis duidelik van die geilste grond in die bos, anders sou die goed nie so welig daar gegroei het nie. Hoogste boomvarings wat hy in sy lewe gesien het. Ek sê hom, Gouna se boomvarings was maar nog altyd hoogste in die bos. Maar nee, glo my nie. Laat plant stinkhoutboompies. Die boompies vrek. Ek sê vir hom: Kyk waar muishondbos groei, dís waar stinkhout sal vat – ek moet hulle net eers 'n entjie vir jou grootmaak in my kamp."

"Wat het mister Fourcade gesê toe hy hoor ek het gaan trou?"

"Net sy kop geskud. Solank ek die wortels uittrek,

kan jy met die stinkhoutjie praat. Sê hy moet deeglik asem!"

"Ja, oom."

Sy sou op haar knieë gegaan en die ou boompie gesoen het ook.

9

Ou Bothatjie se plankhuisie het haar aan die hand gevat en binnegelei. Na veiligheid, soos 'n deur wat agter jou toemaak terwyl die storm buite woed. Een ruim vertrek, 'n tuisgemaakte kateltjie met 'n strooimatras in die hoek vir haar om op te slaap. "As 'n man langs die hardepad bly, moet jy herberg hê vir 'n verdwaalde wat aan jou deur kom klop," het die ouman gesê.

"Ek is nie verdwaal nie, oom. Net deurmekaar."

"Die hele bos is deurmekaar. Kyk maar dat jy aan die kant kom."

"Kan ek môre ook by oom bly? Asseblief."

"Jy kan bly so lank jy wil. Loop praat net weer vir my met die stinkhoutjie, ons moet hom deurhaal."

Eerste word jy weer aan die geluide gewoond. Die uile, die paddas. Die bome se gekraak. Die ouman se gesnork. Voete wat verbyloop in die pad en jou laat regop skrik.

"Ek het my lam geskrik vannag, oom! Daar't mense iewers in die pad verby die huis geloop."

"Manne wat bo by Buffelsnek gaan inval by die plantasies."

"Voordag is 'n lorrie verby."

"Bosbou se lorrie. Ry gruis vir die paaie. Mag nie die plantasiewerkers oplaai nie, al loop hy leeg. Dis die goewerment se lorrie, die goewerment se orders. Jy moet jou ma loop sê waar jy is."

"Ja, oom."

Die volgende dag, kort voor halfdag, hou 'n perdekar voor die huisie stil. 'n Ouman by die leisels, die kerkverpleegster langs hom. Sy, Karoliena, en ou Bothatjie is onder van die kamp af op pad. Sy't met die boompie gaan praat, hy't gaan skoffel.

Ou Bothatjie en die kerkverpleegster is bly om mekaar te sien. Ken mekaar skynbaar goed.

"Hoe gaan dit, nursie? Kom jy darem al reg met die bosmense?"

"Hier en daar, maar dit bly steeds uitdagende werk. En wie is dié vreemdeling vandag hier by oom?"

"Dis Karoliena. Karoliena, dis ons nuwe kerkverpleegster, juffrou Claassens."

"Noem my Amelia. Karoliena wie?"

"Karoliena Kapp," sê sy – en sy kon netsowel die vrou omgestamp het.

"Meliena Kapp se dogter?" vra sy in onverskuilde skok en verbasing.

"Ja." Die vrou weet iets. Haar groot bruin oë vra die vrae wat haar mond nie die moed het om te vra nie.

"Ek dog . . ." Sy sê nie die res wat sy gedog het nie, net die vraag bly onklaar hang oor haar gesig.

Toe vra ou Bothatjie: "Waarheen is nursie op pad?"

"Barnardseiland, oom. Ek kon nie verlede maand daar uitkom nie."

"Lê Elmina nog steeds?"

"Ja, oom."

"Ek verstaan nie daardie besigheid nie, nursie. Ek verstaan in elk geval nie vroumensbesigheid nie."

Die volgende oomblik draai die verpleegster na háár toe. "Jy't nie dalk lus om saam te gaan nie, Karoliena?"

"Ek ken nie eintlik Barnardseiland se mense nie. My ma se oorlede suster het daar gebly."

"Kom saam." Dit was meer soos 'n bevel.

"Ja, ry saam," por ou Bothatjie, "as nursie 'n motor-kar had, het ek self ook saamgery."

Sy weet nie of sy moet ja of nee sê nie. Toe staan sy maar net.

"Kom," sê die verpleegster, "dis 'n interessante geval."

Maar niks het vir haar interessant gelyk toe hulle voor die alleraardigste kleihuisie aan die kant van die eiland staan nie. Sy wou nie ingaan nie, sy wou nie sien wat binne is nie. Sy wou terughardloop met die voetpad tot waar ou Lewies vir hulle in die hardepad by die kar wag. Sy wou nie die vrou sien wat Amelia Claassens moes besoek nie. Sy wou nie die nuuskieriges sien wat van die ander huisies af geloer het nie. 'n Stuk of sewe huisies. Party is van plank, party van klei. 'n Paar is beter as die ander, met groentetuine, blommetuintjies. Flenter kinders, skroppende hoenders.

"Kom," sê die verpleegster, en stoot die deur oop.

Die volgende oomblik staan sy langs die katel waar-op die vrou lê – die mooiste vrou met die heiligste glim-lag oor haar gesig. Onder 'n spierwit deken, maar om haar is dit die vuilste en deurmekaarste wat mens jou kan bedink!

Elmina Vlok. Ten minste sestig jaar oud, het die ver-pleegster langs die pad gesê, maar die skemerte in die huisie het baie jare van haar afgevee.

"Hoe gaan dit, Elmina?" vra die verpleegster streng.

"Goed, nurse. Ek hoop dis 'n ou dogtertjie. Die wag-tyd is amper verby."

Volgens Amelia Claassens is die vrou al amper 'n jaar lank in die bed, staan selde op van bang dat die kindjie wat sy "verwag" by haar fondament sal uitval. By die veertig jaar getroud met houtkapper Vlok, kinderloos, totdat sy haarself swanger verklaar het. Die bruin vrou wat langs haar woon, en wie se man ook houtkapper is,

107

doen vir haar die nodigste genadetakies. Die res is die man se plig as hy saans by die huis kom. Maak darem 'n beter lewe vandat hy plantasiewerk gekry het: twee pond vyf sjielings in die maand. Maar hy verloor gereeld 'n dag se loon as hy vir Elmina moet dorp toe om vir die baba iets te gaan koop. Alles in 'n kas gepak: luiers, doekspelde, fopspeen, kombersie, kousies.

"Kan jy onthou waaroor ons laas gepraat het, Elmina?" vra die verpleegster en gaan sit by die vrou op die bed.

"Nursie het gesê ek sal moet mooi let dat die ou boudjies nie seer word nie. Ek het laat Samuel Vaseline koop. Dis in die kas."

"Ek het gesê jy moet elke dag 'n rukkie opstaan, Elmina! Jy kan nie net so lê nie, jy gaan al swakker word!"

"Ek staan op om die pot te gebruik. Samuel kom gooi die pot elke aand uit, hy bring vir my waswater in die kom."

Toe staan die verpleegster op. "Kom, Karoliena," sê sy, "hier's nie salf te smeer nie. Solank daar nog verstand is, kan 'n mens probeer, maar as dit eers só gaan, mors jy jou tyd en geduld! Kom!"

"Gaan sy só lê tot sy doodgaan?" fluister-vra sy toe hulle buite kom.

"Seker."

Dis 'n eiland omring met mooibos. 'n Groot ou kalander op die bosrand staan met sy kop hoog bo die bosdak uit asof hy lankal nie meer afkyk nie.

By die kar hou ou Lewies die perde vas sodat hulle kan opklim.

"Jy sê sy lê al 'n jáár lank?"

"Kan langer ook wees. Dit help nie mens praat nie. Dominee het al kom praat, almal probeer haar uit die bed kry, maar sy wil nie op nie. Sy wag vir die baba."

"Daar's raaisels wat mens nie opgelos kan kry nie."

"Kan jy weer sê."

Hulle is amper aan die einde van Kom-se-pad toe die

verpleegster haar lyf skuins draai en haar reguit in die oë kyk. "Ontraaisel jy nou eers vir my 'n ding voor ons jou aflaai."

Sy weet wat die vrou haar gaan vra. "Wat?"

"Volgens jou ma is jy baie onlangs met Johannes Stander getroud en woon jy op die dorp. Sy spog daarmee so ver sy gaan."

"Moenie my daarna vra nie."

"Ek moet, of anders moet ek my môre en oormôre op allerhande stories verlaat."

"Doen wat jy wil. Glo wat jy wil." Bid net dat ék nie 'n kind verwag nie!

Sy kon nie slaap dié nag nie. Die storm wou nie buite bly nie, nog minder die bang wat bly pluk het aan haar. Ou Bothatjie het haar later uit sy hoek uit aangepraat om op te hou met vroetel. Dit was Elmina Vlok wat nie tot stilstand wou kom in haar kop nie. Elmina moes ook eens jonk en mooi gewees het, 'n man liefgehad het, in blyheid met hom getrou het. Toe gaan sy dood. Hoekom? Hoe's lief? Hoe's lief *regtig*? Sy't nie een antwoord geken nie. Sy't net geweet sy wou weer weghardloop, sy't net nie geweet waarheen nie! Miskien was sy 'n weghardloper soos Elmina, net op 'n ander manier? 'n Klip wat rol en rol, en later sommer net bly lê. Sy wou opstaan en Barnardseiland toe loop en Elmina uit die kooi uit gaan ruk en wakker skud.

Sodat sy self kon wakker word?

Soek Johannes haar? Hoe kwaad is hy? Sê nou sy is swanger?

Asseblief nie!

Wanneer word dit lig? Die plantasieplanters se voete het lankal verbygegirts. Die lorrie moet nog kom . . .

Toe sy wakker word, is ou Bothatjie besig om die vuur op te maak.

Sy staan op en begin aan die kant maak, uitvee, die wateremmer buite by die tenk volmaak . . .

Sy weet sy moet Langvleibos toe. En dorp toe. Twee berge wat sy moet oor voordat sy die dae begin afleef totdat sy weet of sy swanger is of nie. As sy is, moet sy by Johannes gaan pleit. As sy nie is nie, sal sy die bos moet in loop en loop en loop totdat dit tot ruste kom in haar.

Haar ma sit op die rusbank, arms gevou, ingedut met haar kop slap vooroor. Die ou groen skoene aan haar voete, hare in twee vlegseltjies vol uitpluisels wat sê hulle was lanklaas uitgekam. Nie 'n vars sooi in die tuin gespit nie, die huis is deurmekaar. Moet sy haar ma laat slaap en stilletjies omdraai? Nee. Dit sal nie die berg laat weggaan nie.

"Môre, Ma."

Haar kop skrik orent, haar slaapoë skrik verdwaas oop, helder op van blyheid – skiet die volgende oomblik vol onrus. "Karoliena?"

"Môre, Ma."

"Hoe staan jy dan so onverwags?"

Johannes het haar dus nie kom soek nie . . .

"Hoe gaan dit met Ma?"

"Soos dit met 'n arme gaan, net wolke oor die hoof." Oë al meer vol agterdog. "Hoe's jy dan so in jou ou goed? Waar's die mooie rok en skoene wat jy laas aanhad?" Al meer wantrouig. "Waar's Johannes?"

"Ma . . ."

"Jissus, Karoliena, moenie laat ek skrik nie!"

"Ek's jammer, Ma."

"Jammer vir wat?"

Vir Ma, vir Elmina Vlok, vir myself. "Ek het weggeloop van Johannes af."

Eerste gil haar ma die groot vloek uit. Toe het sy opgespring, 'n tree vorentoe gegee, die tweede vloek gegil en 'n tree agteruit gegee om weer op die bank neer te sak. "Is jy jou verstand kwyt?"

"Ek het nie op die dorp reggekom nie."

Toe begin die vloeke in stringe by haar ma se mond uitval. Uit haar oë. Uit haar lyf. Haar hande, selfs haar voete toe een van die groen skoene rakelings by haar kop verbytrek. Soos in besete, onkeerbaar. Asof die woede te groot is vir haar lyf.

"Asseblief, Ma." Sy't nie geweet daar's soveel vloeke in haar ma nie . . .

"Asseblief-Ma se gat! Jy kyk dat jy op die dorp kom en Johannes om sy voete gaan val, of ek gaan pluk 'n lat en slaat jou tot voor sy stoep!"

"Asseblief, Ma."

"Die Here gaan vir jou swaar straf, Karoliena! Hoor jy my? Swaar!"

"Asseblief, Ma."

"Bliksemskind! Die skande! Die klad oor my huis!"

"Ek is jammer dat ek Ma so kom ontstel het, maar dis beter dat Ma dit uit my eie mond hoor."

"Het hy jou geslaan?" gryp sy na 'n flenter hoop.

"Nee, Ma." Sy loop kombuis toe om vir haar ma te gaan suikerwater aanmaak, want sy het die aakligste geluide begin maak, soos huil en kerm gelyk. "Drink, Ma. Kom oom Cornelius huis toe vanaand?" Toe klap haar ma die koppie met die suikerwater uit haar hand.

"Ek sal weer 'n ander dag kom."

"Jy sit nie weer 'n voet van jou in my huis nie! Hoor jy my? Ondankbare wetter!"

Sy't geweet dis die skok en teleurstelling wat haar ma so laat skree het. Onder by die sleeppad, waar die voetpad wegdraai Veldmanspad toe, kon sy haar nog steeds hoor. Dit was vreeslik.

Maar sy was die eerste berg oor.

Die tweede was anders.

Niemand wat skel nie. Maar dieselfde skrik wat in die oë kom sit die oomblik wat hulle sien dis sy wat in die straat af loop. Halfpad wou haar bene onder haar padgee terwyl die vreemdste kalmte haar terselfdertyd regop gehou het. 'n Koppigheid sodat sy niemand gegroet het nie, nie eers met 'n kopknik nie.

Verby die eerste saagmeul. Verby die tweede saagmeul waar een van Gouna se waens besig was om by die werf in te draai. Moeë osse met hangkoppe, vier flenterige houtkappers, drie ewe flenterige halfgroot seuns. 'n Vrag mooigewerkte geelhoutbalke. Weke en weke se swoeg.

Op die volgende straathoek was mense besig om 'n gat te graaf. Skynbaar vir die paal wat eenkant gelê het; 'n paal met 'n groot plat rooigeverfde kop waarop SLOW in wit letters staan. Op die volgende straathoek was 'n soortgelyke paal reeds ingeplant – met STOP daarop.

Motorkarre jaag stofwolke op in die straat.

Moenie regs kyk nie, moenie links kyk nie. Loop net.

Verby miss Ann se losieshuis. Verby Johannes se winkel terwyl haar hart al harder doef. Twee deftige dorpsvroue klim met spitspuntskoene van die trappies af, steek vas – skynbaar van die skrik – toe sy reg voor hulle verbyloop. Skewe akkerboom. Nog een, sonder kop. Moenie omkyk nie. Hou net aan met loop.

Tot by Smit se winkel.

Waar sy die pop koop. Vir agt sjielings.

Sy vat die kortpad deur Dam-se-bos se punt uit die dorp uit.

"Wie's-jy, wie's-jy!" koggel pietjiekanarie.

Ek weet nie, koggel sy terug in haar hart.

Die enigste sekerheid is die wete dat sy nie wil omdraai nie.

Johannes het haar nie gaan soek nie.

"Ek het gekommer oor jou, Karoliena!" raas ou Botha-tjie toe sy skemer by die huis aankom.

"Ek moes twee berge oor, oom."

"Jy lyk gedaan genoeg."

"Ek is."

"Wat's in die bruin papier?"

" 'n Ander saak."

"Lyk my ons gaan die stinkhoutjie deurhaal."

"Ek sal weer môreoggend met hom gaan praat."

Sy moet net eers slaap. Die berge agter haar wegvee en môre s'n bedink . . .

Toe sy wakker word, is dit lig en ou Bothatjie is reeds weg tuin toe. Sy was haar en trek aan, maak haar bed op, vee die huis uit, was die vorige aand se borde en bekers. Loop oor die pad en gaan kniel by die stinkhoutjie. Die ouman is besig om in die boonste hoek te spit.

Die boompie lyk beter. Dis net sy wat nie die moede-loosheid in haar kan weggekeer kry nie.

"Oom," gaan vra sy bo in die hoek toe sy ná 'n ruk verbyloop terug huis toe, "hoe lank voor hierdie stink-houtjie eendag 'n bóóm gaan wees?"

"Op tagtig sal hy al mooi wees."

"Dan doen oom mos moeite vir iets wat oom nie gaan sien nie."

"As God moeite kon doen om 'n hele bos te plant, kan ek seker moeite doen vir 'n stukkie se herplant ook. Jaar voor laas moes ek eendag saam met die misterdokter agter in Streepbos in 'n kloof in af. Só dig, die son was bo onse koppe, maar nagdag om onse voete."

"Wat het oom-hulle daar loop maak?"

" 'n Ou stinkhout gaan soek wat ek as 'n kind saam met my pa gaan kyk het. Pa sê, geen mens sal hom daar uitgesleep kry nie, nie met honderd osse nie – maar ons sou darem 'n hele paar pond vir hom kon gekry het! Dit vat my 'n volle dag om misterdokter daar te kry, ek sê vir hom ons sal in die bos moet slaap. Gelukkig was dit somer en had hy vir ons padkos. Ons kom by die boom, nog dieselfde ou reus as toe ek 'n kind was, kon nie agterkom of hy 'n duim gegroei had nie. Misterdokter staan stom, hy's te aangedaan om te praat. Sê die boom moet by 'n duisend jaar oud wees. Meet hom, skryf sy mate neer, bevoel hom, bekyk hom. Staan seker vandag nog daar, dié boom. Tensy hy omgeval het. Staan met sy een voet in 'n watertjie, lekker geskep en gedrink deur die jare. Ons bly 'n ekstra dag, misterdokter be- meet en bevoel nog 'n paar ander groot stinkhoute ook in dieselfde kloof. Ons het later nie 'n krummel kos oor nie . . ."

"Hoe dink oom is dit om 'n boom te wees?"

"Seker soos boom. Snaakse vraag wat jy vra."

"Ek gaan Barnardseiland toe, oom."

"Vir wat?"

"Ek weet nie. Seker maar soos oom gaan probeer om 'n stinkhoutjie te plant."

"Stinkhout om Barnardseiland is lankal uitgekap. Daar staan wel nog 'n mooie ou kalander."

Sy haal die pop uit die harde papier, draai dit in 'n trui van haar toe en val in die pad. Mens kan maar net probeer.

Sy is skaars in Kom-se-pad, toe's pietjiekanarie daar. "Wie's-jy, wie's-jy?" skril hy. Sy sê niks. Laat net die ou lekkerte om in Kom-se-bos te wees stadig oor haar neer- daal. Dit was altyd haar beste bos, haar beste speelplek. Sy wou nie saam Langvleibos toe getrek het toe haar ma weer trou nie . . .

Janfrederik gorrel in die ruie onderbos langs die pad. Pietjiekanarie probeer haar uitlok. Loerie kok-kok naby, loerie kok-kok ver na Oudebrand se kant toe. Iewers in die bosdak wat bokant die pad bymekaarkom en jou laat

voel jy loop deur 'n groot groen tonnel, hyg-koer 'n geel-
bekduif met sy asmastem.

"Goeiemôre, goeiemôre," groet sy soos sy loop; yster-
hout, kershout, ysterhout, ysterhout, geelhout, ysterhout,
witels, vlier, perdepram, ysterhout, witpeer . . .

Toe sy klein was en by die huis gekom het uit die bos,
vra haar ma: Wat het jy heeldag in die bos gemaak? Dan
sê sy: Ek het vir my 'n speel gemaak.

Sy't jare laas vir haar 'n speel gemaak. "Goeiemôre,
goeiemôre." *Goeiemôre, goeiemôre,* groet die bome terug,
suisend soos wind. "Ek hoor my vriend, Kalander, het
julle laat weet ek's weer in die bos!" Ysterhout, kamas-
sie, stinkhout, ysterhout.

Baie ysterhout, maar te swaar om te werk. Wanneer
die bosbase houtsaers nodig had, het hulle van die on-
geregistreerdes gekry vir die werk. Pennie 'n voet vir
saag. Dan kla die manne as hulle moet ysterhout saag, sê
dis die goedkoopste hel toe wat daar is.

Johannes het 'n vrag ysterhout laat aflaai vir die kag-
gel in die sitkamer, hy't gesê daar is nie 'n beter vuur as
'n ysterhoutvuur nie.

Johannes het haar nie gaan soek nie.

Hoe lank sal sy by ou Bothatjie kan bly?

Sy sien nie kans om weer by haar ma te gaan bly nie.
'n Ou bosvrou het eendag gesê 'n olifantkoei se meisie-
kindkalf bly ewig by die ma; dis net die bulkalwers wat
hulle wegvat van die ma af.

Waar gaan sy geld kry om van te leef as die trougeld
op is?

Wat gaan sy maak as sy swanger is?

Moenie daaraan dink nie!

Môre, geelhout; môre, rooi-els; môre, boekenhout . . .

Kort voor die voetpad wegdraai Barnardseiland toe, sit
sy die pop neer, trap 'n kooigoedbos plat en gaan sit
self om 'n bietjie te rus. Nee, om Elmina nog 'n rukkie

uit te stel en 'n bietjie langer aan die bosvrede vas te hou ...

Mister Fourcade het gereeld gekla omdat sy nie wou stilsit op een plek nie. Altyd gesê as jy lank genoeg op een plek sit, kom die bos na jóú toe. Dan sê sy: Aag, die bos het g'n voete nie!

Wanneer kom die Carnegie-redders?

As sy mister Fourcade ooit weer sien, sal sy ure lank doodstil by hom sit. Hy sal verstaan. Mens se pa verstaan altyd.

Twee bloubekkies kom met hulle lang rooi sterte verby gehop-hop deur die lug – kompleet asof hulle gesien het sy sit met mister Fourcade in die kop! Sy lag. Altyd, as hulle die dag bloubekkies teengekom het, het hy haar aangespreek om die voël se régte naam te gebruik. "Dis nie bloubekkies nie, Karoliena! Dis paradysvlieëvangers. Jy is met een naam gedoop, die voël ook."

"Dan's hy verkeerd gedoop. Sy bek is blou."

Iewers na die eiland se kant toe toot 'n bosloerie. Haar sjielingvoël, maar sy sou nooit dié naam voor mister Fourcade genoem het nie. Eendag – sy het nog by Veldmanspad skoolgegaan – klim daar 'n man en vrou by Diepwalle se stasie af. Sulke snaakse, enerse hoedjiekeppies op, enerse baadjies. Boeke in 'n platriem vasgegespe, verkykers aan platrieme om die nek. Blink kosblik in 'n platriem gegespe. Hulle staan, hulle kyk bevreemd rond. Sy trek haar rok reg, sit haar dierbare gesig op, staan vriendelik nader en vra met Engelse woorde of sy hulle miskien kan help?

Hulle was nie boskykers nie, hulle was voëlkykers. Nog beter, hulle het spesiaal gekom in die hoop om 'n spesifieke bosvoël te soek en waar te neem. Asof 'n geskenk uit die lug uit val. Watse voël? 'n Narina Trogon. Die geskenk val flenters. Daar's nie so 'n voël in die bos nie, sê sy. Hulle stry haar op, sê daar is! Sy sê vir hulle sy ken die bos se voëls, sy woon in die bos. Hulle maak die

116

riem om die boeke los, haal een uit en blaai en blaai, kry die voël en draai die boek na haar toe soos wê, wat sê jy nou? Mooitjies 'n tekening – ewe ingekleur – van 'n gewone simpel bosloerie. Sy sê vir hulle die ding se naam is bosloerie. Hulle juig, hulle vra of sy al een van hulle in die bos gesien het?

Ryk mense ruik anders as arm mense. Sy ruik hulle is ryk. Ja, sê sy. Baie. Dit lyk of hulle van opgewondenheid aan die trippel gaan. Weet sy miskien waar hulle 'n goeie kans mag hê om een te sien? Ja, maar dan sou sy saam met hulle die bos moes in. Sal sy? Ja. In haar hart sê sy: Bosloerie, vandag moet jy jou praat práát en jy moet saamspeel! Vir die voëlkykers sê sy: Ongelukkig sal ons eers kontrak moet maak. 'n Sjieling vir elke bosloerie wat ek vir julle kry. Hulle oë rek. Sy sê vir haarself: Nou't jy jou prys te hoog gemaak, sak na 'n sikspens toe. Die man vra of sy dit bedoel. Ja . . . Die vrou skud haar kop en vra of sy besef dat dit 'n baie moeilike voël is om gesien te kry. Sy weet. Hoe't antie nou weer gesê is die voël se ander naam? Narina Trogon; 'n baie vername man het lank gelede die voël ontdek en hom só mooi gevind dat hy hom na 'n Hottentotvrou van die bos vernoem het. Nee, sê sy, daar kon nie so 'n Hottentotvrou in die bos gewees het nie, hulle is te lelik. Bosloerie is mooi. Enigste Hottentotvrou in die bos is Abel Slinger se ouvrou en sy's allesbehalwe voëlmooi.

Wag-wag! sê hulle toe sy maak of sy wil wegloop, hulle wil baie graag 'n bosloerie sien. Hulle stem in: 'n Sjieling 'n voël, mits dit natuurlik die regte voël is.

Sy loop met hulle dikbos in. Anderkant die eerste stroompie bak sy haar hande om haar mond en toot agt keer deur haar lippe. Hulle monde val oop. Wat maak jy nou? Ek roep die voël. Hulle gaan staan stokstil in verbasing. Sy wag. Niks. Loop 'n ent verder, gaan staan weer om te toot. Niks. Kok-kok-kok, praat 'n gewone loerie iewers. Nee, hulle ken daardie een. 'n Rukkie later

117

begin 'n vleiloerie 'n entjie agter hulle doo-doo-doo. Nee, hulle ken daardie loerie ook.

Toe, uiteindelik, hoor sy 'n bosloerie. Ver. Sy toot. Wag, luister, hoop. Toot weer. Presies agt keer, bosloerie kan tel.

Toe begin hy nader kom . . .

Sy maak die dag vier sjielings uit bosloeries uit. Maar die voëlkykers waai nie vir haar uit die coach toe die trein weer vertrek nie. Hulle was te hartseer. Oor die voël. *Too terrible.* En dit omdat sy vir hulle gesê het dat ses bosloeries saam in die pot met 'n paar patats baie lekker kos is. Éét die bosmense die ongelooflike mooi voël? Ja, koggel hulle nader en skiet hulle; oom Gieljam Botha, houtkapper van Gouna, kon só slim skuil, hy gooi hulle sommer met 'n klip dood.

Too terrible.

Sy kan Elmina Vlok nie langer uitstel nie.

Sy klop nie, sluip net binne. Elmina lê rustig en slaap, haar maer lyf bulterig onder die wit deken. Sy haal die pop uit die trui. Dis 'n vet pop, so groot soos 'n baba, min of meer. 'n Hardelyfpop. Mens kan maar net probeer . . .

"Elmina?" Eers gaan net haar een oog oop, toe die ander een. Toe kom sy orent. Die mooiste dik bos geelgrys hare. "Jou kindjie het gekom, Elmina."

"Wanneer?" vra die eienaardige mens en steek haar arms uit na die pop terwyl die ongelooflikste blyheid uit haar begin straal. Sy gee die pop versigtig vir haar aan. Elmina vat die pop en steek haar vinnig onder die deken in. "Sy kry koud! Jy't haar laat koud kry!" roep sy verwytend uit.

Sy is al by die deur toe Elmina agter haar vra: "Was dit 'n maklike geboorte, nursie?"

"Nee."

118

10

Die Sondagoggend sê ou Bothatjie sy moet buite gaan sit sodra sy klaar haar koffie gedrink en haar patat geëet het. Hy wil sy lyf was, hy moet Veldmanspad toe vir kerk. Sy kan saamstap as sy wil.

"Ek wil liewer by die huis bly, oom. Ek sal gaan kyk hoe dit met die stinkhoutjie gaan."

"Nee. Boompie rus vandag, dis Sabbat. En jy raak nie aan die skoffel nie, skoffel rus ook."

"Ja, oom." Sy't hom die vorige dag help skoffel in die tuinkamp.

"Waarvoor maak oom die nuwe grond reg?"

"'n Geheim."

Nadat hy weg is kerk toe, was sy haarself ook en maak die huis aan die kant. Kort ná halfdag is hy terug, en sê dit was 'n mooie prediking. Diepwalle se boswagter het gepreek van die verlore seun, en die kerk was vol tot op die drumpel. Volgende Sondag is Nagmaal, die predikant kom net vier keer in die jaar om self te preek, hy kom self die Nagmaal hou. Haar ma en oom Cornelius was ook in die kerk, haar ma het laat weet dat sy, Karoliena, haar dringend moet kom sien. Sy't goeie nuus.

Hoe't haar ma geweet waar sy is? Beteken dit Johannes weet ook waar sy is?

"Ek gaan môreoggend winkel toe by Diepwalle se stasie, ek kan nie oom se koffie en suiker bly opdrink nie. Ons moet meel ook kry, ek het die laaste meel vir die roosterkoeke gebruik. Ek sal by my ma langs loop."

"Ek sal plan maak vir 'n stukkie vleis."

Sy't agter die huis, na die oostekant toe, met die ou olifantpad die bos in geloop. Tot in Diepwallebos se bo-

119

punt waar sy dikwels as kind gespeel het toe hulle onderkant die bosboustasie gewoon het. Toe haar ma nog met oom Freek van Rooyen getroud was.

Sy loop. Maar kom nie weg van die onrus wat in haar binneste bly woed soos 'n skaduwee waarvan jy nie kan wegkom nie. As sy swanger is, sal sy moet teruggaan na Johannes toe. Of na haar ma toe. Daar is nie plek by ou Bothatjie vir haar en 'n baba nie! Waarom wil haar ma haar so dringend sien? Watse goeie nuus? As sy swanger is, en Johannes wil haar nie terughê nie, loop sy alleen met die baba op die arm. Sy't nie sustertjies soos Hestertjie Vermaak om haar te help dra nie! Wat gaan sy maak?

Sy draai uit na 'n voetpad wat suidwaarts wegdraai. Sy wil nie, dit was nie haar plan nie, maar dis of sy haarself vooruit wil kasty sodat sy kan weet . . .

Sy hoor die baba huil nog voor sy by die huis kom. Hestertjie se ma sit voor die deur, die baba huil agter haar in die kamer, kinders skree op kinders, daar's woeligheid in die drievertrekhuisie. Die kookplek is onder 'n sinkskerm langs die huis; 'n rokie trek uit die vaalwit as. Iemand het vuur gemaak en patats onder die as gesit, 'n roetswart pot staan eenkant. Hestertjie se pa sit langbeen op die grond voor die huis met sy rug teen die uitgedroogde plankmuur. 'n Houtkapper se Sondag-sit: moeg en verflenter, lewend-dood.

Sy moes nie gekom het nie, sy moet omdraai voor hulle haar gewaar . . .

"Karoliena?" Dis te laat, Hestertjie het in die deur kom staan. Haar gesig vertrek van verbasing, en iets soos openlike vyandigheid. Haar rok is te groot, sy's kaalvoet, vuil. "Karoliena?"

"Middag, Hestertjie."

Hestertjie se ma het haar ook gewaar. "Aits!" sê sy met 'n spotlag. "Kyk wie staan in onse midde. As dit nie Meliena se dogter is wat so vernaam getrou het nie, eet ek my hoed op!"

120

Sy loop nader, sy wil naar word. Nog dieselfde ou swart hoed oor die gekoekte hare, nog dieselfde dik lyf, nog dieselfde ongeskikte kyk in die oë. "Miskien moet antie 'n slag daardie ou hoed afhaal en antie se kop was." Sy kon haarself nie keer nie. Die oom kyk verslae op. Hestertjie se ma steun woedend orent.

"Wat sê jy daar?"

"Ek sê . . ."

"Geen wonder hy't jou geslaan nie, jou klein maaifoelie! Om hier op my werf te kom staan en bekrek! Kyk na jouself, blêrrie skande, dit lê bosvol dat hy jou weggejaag het. Hoekom het jy jouself nie liewerste vir hóm gewas nie?"

"Stadig, vrou." Die ouman het ook opgestaan. Sy skurwe voete peul aan weerskante van die stukkende skoene uit. "Ons het gehoor jy's terug, Karoliena. Hestertjie, bring 'n sitding!"

"Dankie, oom, ek wil nie sit nie." Ek wil wegkom! Dieselfde twee sustertjies wat sy op die dorp saam met Hestertjie gekry het, kom loer verskrik om die hoek. "Is julle nog in die skool?"

Die ouvrou gee 'n snork deur haar neus. "As ek sien wat skool aan jóú gedoen het, Karoliena Kapp, is ek dankbaar dat ek myne uitgehaal het!"

"Hoekom is dit so deurmekaar op die werf? Ek gaan die kerkverpleegster bring om te kom kyk hoe dit hier lyk."

"Sy was laas week hier," snip die oudste sustertjie.

"Ons het haar sien kom, toe kruip ons weg," snip die ander een. Hestertjie staan net.

"Kry jou loop!" skree die ouvrou. "Daar's niks van jou hier nie."

"Ek sal loop, antie. Maar ek kom weer. Ek belowe. Dan kom maak ek vuur met al die gemors op die werf – met antie se hoed ook."

"Jissus! Anneries, hoor jy wat sy sê?"

121

"Karolienatjie," sê die ouman vermanend, "ek dink jy moet maar liewerster loop."

Toe sy by ou Bothatjie se huis kom, staan Johannes se motorkar onder in die pad en hy sit voor die deur op die stomp. Haar hart klop só woes, sy kan nie 'n woord uitkry nie. Johannes, deftig in dieselfde pak klere waarin hy met haar getrou het. Afkeer gloei in sy oë, uit sy hele lyf. Dis in sy hande wat tussen sy knieë wit kneukels maak, só styf het hy hulle saamgewring.

Hy staan op. "Karoliena." Dis nie 'n groet nie, meer soos 'n dier se knor.

"Johannes." Twee diere, gevaarlik naby mekaar. Hy sak terug op die stomp.

"Waar's oom Bothatjie?" vra sy en voel snaaks in haar kop.

"Jonkersbergeiland toe, na sy broer." Kortaf. "En ek is hier om jou een enkele vraag te kom vra, Karoliena." Hy sê die woorde stadig en nadruklik asof hy jou tydsaam met klippe gooi.

"Watse vraag?"

"Hoekom?" Net dit. Maar die woord kom diep uit die dier uit. Yskoud. "Antwoord my. Hóékom?"

"Ek weet nie."

"Karoliena, ek het genoeg tyd vir ontnugtering gehad, genoeg tyd om my voor te neem dat ek nie my humeur sal kom verloor nie. Hóékom?" Hy't haar reguit in die oë gekyk. "Ek wag vir die antwoord."

"Ek is jammer."

"Waaroor?"

"Oor alles wat jy vir my gedoen het."

"Maar dit was duidelik nie genoeg nie!" Hy is kwaad. Erg kwaad.

"Dit was te veel, Johannes." Die woorde het hulleself iewers bo in haar kop gesê. Soos die dag met die boomspook . . .

122

"Ekskuus?"

"Ek is jammer, Johannes. Jy's 'n goeie man."

"Maar nie goed genoeg nie. Dis geen wonder julle bosmense bly op die afdraande nie! Dis g'n wonder dat geen opheffing by julle inslag vind nie!"

"Ja, Johannes."

"Kyk hoe lyk jy! Ek het vir jou ordentlike klere laat maak, jou die beste kans gegee wat jy ooit gehad het!" Die sweet slaan op sy voorkop uit. Dis warm, sy wil vir hom sê om sy baadjie uit te trek. Hy spring op en kom staan reg voor haar, druk sy vinger amper teen haar neus. "Ek het met my laaste pennie gesorg dat jy alles het!" Sy is nie bang vir hom nie. Niks. Net skuldig. Weet hy van die geld?

"Ek is jammer, Johannes."

"Julle bosmense weet nie wat die woord beteken nie!" skree hy. "Julle wil 'n sorglose bestaan voer van hout kap en hout saag, 'n paar osse aanhou, bietjie patats en mielies plant, heuning uithaal, bakhand voor die staat se deur gaan staan as julle nie voor die Kerk se deur gehelp kom nie!"

"Ek dink nie almal is so nie."

"Verder wil julle wetteloos soos rondlopers in die bos bly omdat die houtkappers dink as hulle houtliksens koop, kan hulle maak soos hulle wil! Bly waar hulle wil. Die goewerment moet julle almal uit die bos boender! Hoe gouer hoe beter. Solank daar toegelaat word dat julle maak soos julle wil, sien ek geen hoop vir julle nie, en dit sluit jou in!"

"Ja, Johannes."

"Besef jy in watse verleentheid jy my gedompel het?"

"Ek is jammer."

"As jy dit nog een keer sê . . . !"

"Ek is regtig jammer." Sy wóú dit nog een keer sê! Om hom te treiter omdat sy gedink het hy't haar kom vra om terug te kom na hom toe – ten spyte van alles. Omdat sy

123

nou weet sy kan nie na hom toe teruggaan as sy dalk swanger is nie; sy weet sy is in die verskriklikste moeilikheid. "Johannes, ek het te laat agtergekom dat ek nie ék was op die dorp nie. Dat ek iets was wat miss Ann en mevrou Cuthbert aanmekaargeslaan het."

"Dan's jy nog vermetel en ondankbaar ook!"

"Jy't self gesê jy sien geen hoop vir ons nie."

"En parmantig!"

"Ja, Johannes."

"Die dag sal kom dat jy op jou knieë voor my sal kom staan, Karoliena!" Hy was briesend, die are bult oor sy voorkop. "Jy sal voor my kom krúíp om jou terug te vat, maar ek sal nie. Dít verseker ek jou."

"Ek weet, Johannes."

Toe draai hy om en struikel-loop tot by sy motorkar. Klim in, klap die deur toe, trek weg, draai by Kom-se-pad se indraai om en kom met 'n stofwolk verby.

Later, toe ou Bothatjie by die huis kom, sê hy reguit hy't gewonder of hy haar nog daar sou kry. Of sy dalk saam met Johannes terug is dorp toe.

"Hy't my nie kom haal nie, oom."

"Gesien hy was 'n bietjie viesbek toe hy hier aankom. Ewe by my huis ingespaai soos een wat wou seker maak hy sien wat hy wil sien."

"Ek's jammer. Dit beteken ek sal nog 'n rukkie by oom moet bly." Asseblief.

"Dit sal goed wees. Ek het jou gesê ek wil Lelievleibos toe om te gaan stinkhoutjies uithaal. Lyk my ek sal jou kan gebruik om hulle te help deurhaal."

"Ek was by die Vermaaks bokant Diepwalle. Dit gaan sleg daar, oom."

"Ou Anneries Vermaak is 'n flukse kapper, dis net sy ouvrou wat so ellendig is."

"Wat gaan van hulle word, oom?"

"Niks. Dis maar soos die lewe jou uitkeer: sleg word

124

nie goed nie, en goed word nie sleg nie. Jou aard is jou aard."

"Ek kan dit nie glo nie."

"Glo soos jy wil."

11

Dagbreek Maandagoggend gaan hurk sy by die stink-houtjie terwyl die ouman 'n entjie onderkant haar inval om te spit.

"Ken jy Lelievleibos?" vra hy haar toe sy vir hom gaan sê dat sy klaar met die boompie gepraat het.

"Ek was al in die onderpunt van die bos. Maar nie by die vleitjie self nie. My pa het altyd gesê hy sal my een-dag vat wanneer die lelies blom, maar hy't nooit die kans gehad nie."

"Is jy bang vir donkerbos?"

"Nee. Hoekom vra oom?"

"Ek het jou gesê ek wil Lelievleibos toe, maar ons sal in die nag moet terugloop. Sodat my plan kan werk."

"Watse plan?"

"'n Geheime plan. Om mee te proef vir misterdokter. Ons sal die lantern vat. As ons voor donker daar aan-kom, kan jy sommer die lelies ook sien. Hulle blom Februarie."

"Dis vandag die eerste dag van Februarie."

"Ek weet."

Swanger of nié, is rondom 10 Februarie, het sy uit-gewerk gehad. Soos om jou eie doodsdag vooruit te be-dink. "Dan loop ek maar eers na my ma toe, oom."

"Dis reg. Boompie lyk elke dag sterker. Jy't goeie praat."

Toe sy bo by die huis kom, sit Faan Mankvoet voor

die deur met 'n stuk papier in die hand. Daar moet plan gemaak word om Faan op die dorp by die kerkverpleegster se kamers te kry sodat die dokter na daardie voet kan kyk. Hy loop al swaarder. Glo kleintyd deur 'n bosvark gebyt. Een van die goed-armes, maar hy en die vrou en die twee kinders woon in Kom-se-bos op 'n eilandjie waar te min sonligdae deur die jaar kom vir behoorlike tuinmaak. Die twee luisige kinders, in Veldmanspad se skool, is altyd hongerig . . .

"Faan?"

"Môre, Karoliena."

"Hoekom lyk jy so belas?"

"Ek kom vra of jy vir my na die brief sal kyk, asseblief. Willempie het geskryf, ek het voorgesê. As jy net sal kyk dat hy reg gespelle het. Ek het mos nie geleer nie."

"Gee."

Dis 'n brief wat Faan aan die magistraat op Knysna laat skryf het. Op 'n blaai wat netjies uit 'n klaswerkboek van Willempie geskeur is. Om te sê dat die gerug wat deur die bos loop – dat die houtkappers nou net tien in plaas van twintig bome 'n jaar sal kry om te kap – hom onder die grond het van kommer, want hoe sal hulle daaruit kan leef? Het die boswagter dan nie 'n hart vir 'n arme nie?

"Ek sal 'n koevert en 'n pennieseël by Diepwalle se stasie gaan koop en sommer daar pos. Maar ek's verleë dat jy net eers moet kyk of dit reg geskryf is."

"Ek sal. Maar ek dink dit sal beter wees as ek die brief oorskryf, oom Faan." Sy het nie die hart om vir hom te sê dat 'n mens nie so 'n brief aan die magistraat skryf nie. Dat daar te veel woorde verkeerd gespel is, dat 'n mens nie skryf jy's jammer omdat jy met 'n letpensel skryf omdat jy nie geld het vir ink nie, dat jy nie 'n brief afeindig met "ek groet u in constipation" nie. Sy weet bosmense is lief vir hoë Engelse woorde, dis net dat

126

hulle dit dikwels so verkeerd herkou voordat hulle dit gebruik.

"Ek sal jou dankbaar wees, Karoliena. Sê my net wanneer ek dit kan kom haal om te gaan pos." Openlik verleë.

"Ek is op pad na my ma toe, daar's papier en koeverte uit my skooldae by die huis. Ek sal sommer daarvan gebruik en die brief by die stasie pos met die terugkom."

Hy het opgestaan en sy hand in sy sak gesteek om 'n pennie uit te haal. "Plak die seël sekuur op, Karoliena, die brief is dringend."

Sy vat die pennie, weet sy moet sodat hy gerus kan wees. "Moenie kommer nie, die brief sal met môre se houttreintjie dorp toe gaan as ek vandag te laat is."

"Dankie."

Haar ma is nie by die huis toe sy daar kom nie. En 'n kwaadheid stoot in haar op toe sy sien die kooi is nie opgemaak nie, dat die huis lanklaas uitgevee is en oor die vuil skottelgoed in die kombuis. Alles is in verval.

Hoekom?

Haar ma was altyd 'n netjiese bosvrou toe die vryers nog kom kuier het. Selfs toe sy, Karoliena, nog op skool was. Wat is dit wat mens laat anders word? Die beste dak ooit oor haar ma se kop is oom Cornelius se huis in Langvleibos – nou is dit 'n regte armblankeplek. Hoekom? Gee 'n mens op as jy te swaar kry? Moet sy inspring en die plek aan die kant maak? Nee. Sy wil nie.

Miskien was ou Bothatjie reg: *Goed word nie sleg nie, sleg word nie goed nie.* Sy kan dit nie aanvaar nie. Haar ma is nie sleg nie.

Volgens mister Fourcade kom daar 'n vrou saam met die Carnegie-mense om met die bosvroue te kom praat. Dalk is iemand nodig om die omgee terug in hulle koppe

127

in te praat, die vraag is net: Wanneer kom die Carnegie-mense?

Faan se brief. Sy kry die skryfblok en 'n paar koeverte tussen haar ou skoolgoed,'n lekseltjie ink in 'n potjie en 'n slappuntpen. Sy maak plek op die kombuistafel en skryf die brief netjies oor. Iewers tussen die gedagtes in haar kop kom 'n vraag tussen die lyne staan. Was die grootste kans wat sy weggegooi het nie dalk die een om te kon gaan leer vir onderwyseres nie? Hoe sal sy ooit weet?

Haar ma is nie sleg nie. Miskien gee 'n mens se traak maar net op as daar niks meer is om oor te traak nie . . .

"En as jy hier by die tafel sit?"

"Dag, Ma. Hoe lyk Ma dan so van ver af?"

"Ek kom bo van Swarteiland, van die sterfhuis af. Die engele het Neels Barnard laas nag kom vat, gesien sy swaar is te groot. Godweet wanneer dit ons ander se beurt is, niemand het meer moed nie."

"Kom nou, Ma."

"Vir wie't jy geskryf?"

"Faan Mankvoet se brief aan die magistraat vir hom oorgeskryf."

"Skryf sommer vir my ook een. Sê vir die magistraat hy moet sy baadjie uittrek en bietjie plantasiewerk gaan doen vir 'n hongerloon, dan praat ons weer. Cornelius is tot niet."

"Wat gaan van ant Marta word noudat oom Neels af is?"

"Aanhou asemhaal, wat anders?"

"Mens kan mos nie so vir niks leef nie, Ma! Mens kan immers kyk dat dit aan die kant is om jou."

"Wil jy my in die gesig kom vat?" vlam haar ma vinnig op. "Jy wat nie eers die verskil tussen 'n bottervat en 'n moddergat kon sien nie? Wat hoor jy van Johannes? Sal hy jou terugvat?"

"Nee, Ma."

128

"Ek neem hom nie kwalik nie. Die man is vergif. Jy moet kyk dat jy terugkom op die dorp by hom en die gif uit hom gaan trek."

"Watse twak praat Ma vanmôre?"

"Dis nie twak nie, Karoliena! Dis jou redding. Ek het dit met my eie oë in die koerant by Martjie Salie gelees. Sy bloed is vergif. Hulle sê 'n man is veral soggens vergiftig. Al wat hy nodig het, is elke oggend 'n goeie *dose* Eno's. Staan in die koerant, jy kan self gaan kyk. Hulle sê dis elke vrou se redding as die man onmoontlik raak. Spoel al die beneuktheid uit hom uit."

"Johannes is nie beneuk nie, Ma."

"Dan's jy die een wat dit moet drink! Wat de swernoot is dit met jou?"

"Ek het gedog Ma het goeie tyding . . ."

"Dan's jy nog onnooslik ook! Ek gee jou die beste tyding van hoe om die gif uit Johannes te kry, maar jy wil nie hoor nie! Jy sal dit op die dorp te koop kry by enige van die winkels."

"Ma, asseblief."

"Asseblief se maai! Jy's met 'n drafstap op pad hel toe!"

"Ek moet loop en Faan se brief gaan pos. Ma moet 'n slag aan die kant maak."

"Ek laat my nie van 'n onnooslike maaksel voorsê nie!"

Sy het die skryfpapier en koeverte saamgevat, die pen en die ink ook.

Dis buitengewoon bedrywig by Diepwalle se stasie toe sy daar aankom. Baie vreemdes. Dwalend en angstig op die houtperron; in die winkel in, uit die winkel uit – asof daar iewers iets verkeerd is. Die eerste andersheid wat sy opmerk, is dat daar nie 'n coach aangehaak is vir die klomp passasiers nie, wel drie stoot-trokke voor die nommer 4-enjin en op die derde stoot-trok, heel voor, is

129

rye stoele gepak waarop 'n paar vreemdes reeds hulle plekke ingeneem had. Kompleet 'n piekniektrok.

"Karoliena!" Iewers tussen al die vreemde gesigte herken sy Salman Fransen se stem. Nie 'n groet nie, meer soos 'n hulproep. Die volgende oomblik staan hy by haar.

"Middag, mister Fransen."

"Mens, is ek bly om jou te sien!"

"Wat's aan die gang?"

"Hulle het spesiaal 'n oop trok ingerig vir die sestien vreemdes uit Engeland wat die bos wou kom besoek, nou's drie van hulle weg! Nie teruggekom uit die bos nie. Ek sê net vanoggend vir Tom Botha, waar's die dae toe Karoliena die vreemdes die bos gaan wys het, nooit een laat verdwaal nie."

"Het iemand na hulle gaan soek?"

"Waar gaan soek 'n mens?"

"Het iemand na hulle gaan roep?"

"Waar gaan roep 'n mens? Die probleem is dat die drywer nie veel langer vir hulle kan wag nie. Wat gaan ons maak?"

"Los hulle."

"Karoliena!"

"Sal hulle leer wat bos is."

"Dis vername mense. Ons kan hulle nie sommer net los nie!"

"Gaan sê vir mister Kennet hy moet kort-kort die trein se fluit blaas sodat hulle kan hoor watter rigting hulle moet loop. Dis te sê as hulle verstand het om in 'n voetpad te bly, anders sal hulle nie deur die ruigte kom nie."

"Hy het al 'n paar keer geblaas."

"Sê hy moet aanhou. Ek moet winkel toe vir 'n posseël."

"Jy kan nie maak of dit niks is nie, Karoliena!"

"Dit is." Sy is nie van plan om na verdwaaldes te gaan soek nie.

In die winkel is dit net so 'n gerondtrap van onrustiges. En ou mevrou Parkes agter die toonbank is deurmekaar van skok. Vra of sy, Karoliena, dan nie 'n plan kan maak om die mense uit die bos te kry nie? Watse plan?

"Jy's tog gewoond aan wegraak!" Ongeskik en verwytend. "As mister Parkes en mister Thesen hoor daar't van die trein se mense weggeraak, is daar yslike moeilikheid!"

"Is die possak al toegemaak?"

"Lankal."

"Ek wil baie graag hierdie brief op die dorp kry."

"Het jy geld vir die stêmp?"

"Ja. En ek moet meel en suiker ook hê, en 'n pakkie twak."

"Pruim jy nou?"

"Nee, dis vir oom Bothatjie."

"G'n wonder Johannes het jou weggejaag nie. 'n Jonge meisiekind . . ." Aan die gejuig wat skielik buite opklink, is dit duidelik dat die verdwaaldes uit die bos gekom het.

Twee mans en 'n vrou met die groot skrik oor hulle gesigte. Die vrou se kouse in flarde om haar bene; hare hang slierte langs haar gesig. Die een man stut haar om haar op die voete te hou. Die ander man gooi sy baadjie oor die kant van die trok waarop hulle moet klim, en sak op sy hurke af soos een wat van naarte oorval is.

Salman Fransen kom staan langs haar toe die trein begin trek. Nommer 4 sal hulle ten minste sonder glipvoete op die dorp kry. Dis droog in die bos.

"Karoliena," sê Fransen toe die laaste trok vol hout voor hulle verbybeweeg, "ons kry al meer mense wat wil kom boskyk, sien jy nie dalk weer kans om hulle te begelei soos vroeër nie? Ek sal jou laat roep – ek hoor jy't by ou Bothatjie ingetrek. Ek sê 'n mens moenie oordeel nie . . ."

"Moenie moeite doen om my te laat roep nie, ek sal nie kom nie."

12

Toe sy by Diepwalle by die kalander staan, kom die ge-
dagte die eerste keer by haar op dat daar eintlik twee
wêrelde is: 'n menswêreld en 'n boomwêreld. Nee. Mens-
land en boomland. In mensland woon beslommernisse.
In boomland vredigheid en olifante en bosbokke en blou-
bokkies en voëls – en nie een traak of sy weggeloop het
van Johannes af nie.

Sy sit die winkelgoed neer en gaan sit op een van die
boom se groot, dik wortels wat bo die grond uitsteek.
"Boom," sê sy hardop, "ek wens ek kon iewers diep in
die bos gaan bly totdat dit lig word om my, want die
donker maak dat ek op plekke skaars 'n tree voor my
kan sien. Hoor jy wat ek sê?" Dit voel nie regtig vreemd
om met die boom te praat nie. Net goed. Om al die
woorde wat in haar bly opdam het, netjies in rye uit te
pak – al is dit om 'n boom. Boom is nie net 'n boom nie.
"Ek weet nie of jy kan sien hoe deurmekaar dit in mens-
land is nie. Ek dink jy kan. Jy's hoog en oud, jou voete
staan iewers onder die grond en drink vir jou water en
binne-in jou bly 'n spook. Ek weet. Ek het hom gesien. Jy
weet dit. Ek verstaan nie van leef nie, nie eers regtig van
goed en sleg nie, my oë en ore sien die verskil, maar ek
weet nie waar dit vandaan kom nie. Ek wonder of albei
saam binne-in 'n mens bly en jy dit maar moet uit-
mekaar rafel soos 'n bol gekoekte tou? Ek wens ek het
geweet hoe dit is om 'n boom te wees."

Die eerste wat sy hoor, is 'n geluid soos klippies wat
teen mekaar rol – iewers in die ruie onderbos. Toe woerts!
'n voëltjie só naby aan haar gesig verby dat sy die wind
van sy vlerkies oor haar wange voel. Hy kom terug en

woerts weer voor haar gesig verby, en blitsvinnig terug in die onderbos. 'n Bontrokkie. Toe sy klein was, het sy eendag 'n bontrokkienes met drie pienkspikkel-eiertjies in 'n boommik gekry en een van die eiertjies huis toe gevat en dit oopgebreek. Maar daar was 'n lelike kaalgatkuiken in met bultoë. Toe sing sy vir die ding 'n kerklied om beter te voel. Toe voel sy nie beter nie.

Skielik kom die bontrokkie weer uit die onderbos gewirrr, hierdie keer só naby dat sy koes van die skrik. "Wat's dit met jou?" roep sy agterna en waai in sy rigting met haar arm. Die volgende oomblik kom sit hy op haar hand! Sy kan dit nie glo nie! 'n Wilde voëltjie wat op haar hand sit – swart koppie, wit vlek teen die nek, rooibruin borsie. Vreesloos. Gitswart ogies soos twee blinke kraletjies. Sy is bang om te roer, bang hy kom agter hy sit op 'n mens se hand en skrik.

Boom, sê sy in haar hart, kyk, daar sit 'n voëltjie op my hand! Sy wil haar ander hand uitsteek en aan hom raak . . . stadig . . . versigtig . . . Moenie skrik nie, voëltjie, ek sal jou nie vang nie . . . *alle wilde goed moet waaksaam leef om te kan leef* . . .

Toe hop hy op haar ander hand op. Niks bang nie.

Ou Bothatjie sit op die stomp voor die deur toe sy by die huis kom. 'n Natgeswete toiing, amper te moeg om sy kop op te lig. Sê hy't heeldag gespit. Vat die sakkie twak wat sy vir hom gee met 'n kind se bly.

Sy maak die vuur op, skep die wateremmer vol, hang patats oor die vuur, meng 'n kommetjie deeg vir roosterkoek.

"Die snaaksste iets het duskant Diepwalle gebeur. 'n Voëltjie het op my hand kom sit."

"Seker 'n bontrokkie." Die ouman weet ook alles.

"Hoe weet oom?"

"Hulle is baie mak as hulle broei. Maar hulle is klaar gebroei – seker maar een wat deurmekaar geraak het."

133

"Dit was nogtans steeds snaaks om 'n wilde voëltjie op jou hand te hê. Toe ek loop, het hy lank om my bly vlieg."

"Hoe gaan dit by jou ma?"

"Agtertoe. Oom moet my wakker maak as die plantasieplanters vannag verbykom. Ek wil saam met hulle gaan, ek wil gaan kyk wat hulle doen."

"Vir wat?" Hy suig diep suie aan sy pyp, behaaglik.

"Sommer. Oom Cornelius plant ook."

"Plantasie is anders as bos. Die een is mens, die ander God: een is naalde, die ander blare, een in rye, die ander 'n plek waar elkeen sy eie staan het. Misterdokter het my die plantasies belet, ek moet nog steeds vir hom proef in die bos."

"Plantasiemanne kry 'n sjieling en 'n sikspens op 'n dag, wat kry oom?"

"'n Sjieling, maar hulle sal moet opstoot vir die stinkhoute. Wag maar. En jy sal moet kos saamvat vir die plantasiedag."

Toe ou Bothatjie haar kom wakker maak, is die manne reeds verby en moet sy vinnig klaarmaak om hulle in te haal. Eers is sy spyt omdat sy nie die lantern gevat het soos ou Bothatjie gesê het sy moet nie. Dis 'n blindedonker nag. Die hardepad se ligter skynsel is die enigste waaraan haar voete kan klou solank haar oë gewoond raak aan die donkerte. Die bosrand aan weerskante van die pad is hoë swart mure. 'n Uil hierdie kant, 'n uil daardie kant. Bangbos. Paddas. Honderde. Duisende. Vir elke ritsel moet haar kop vinnig 'n rede vind: muise, bosbok, bosvark. Terwyl sy haar voete bly aanjaag om nog vinniger te loop, gryp die volgende onrus aan haar: 'n tak wat iewers diep in die bos skeur. Olifante? Hoe sien 'n olifant in die nag? Dan is daar weer 'n stukkie oopte waar sy oor haar eie voete struikel van opkyk na die sterre.

134

Uiteindelik is daar 'n laagtetjie waar sy ver voor haar 'n oomblik lank die skynsel van die planters se lantern kan sien. Sy weet lankal nie meer waar sy is nie, of hoe ver van die varingdraai . . . dalk is sy al verby? Volgens oom Bothatjie is die meeste planters aan daardie kant van die bos, ten minste vier uur se stap van die boonste plantasie af.

Die pad is meestal opdraand. Weer 'n uil. Naby. Nog 'n uil, ver. Stippeltjies lewe in die slapende bos. Alles wat bedags slaap, staan op om stilletjies die bosnag te bewoon. Bosvarke snuif-snuif met hulle snoete agter wortels aan om kos uit te dolwe. Allerhande vreemde geluide jaag rillings teen haar rug af, verbeeldings wat haar kop ingevaar het om te kom saamloop! In watter mik lê tier en wag? Waar sluip hy rond?

Die opdraand daal geleidelik in 'n klofie af sodat sy 'n hele entjie makliker loop. Vinniger. Tot onder in 'n waterlopie waar sy natskoene moet deur sonder keuse. Paddas, paddas, paddas. Hoeveel paddas bly daar in 'n bos? Dagpaddas, nagpaddas – elkeen se stem sê wie hy is, waar hy hom versteek. Die naastes aan die pad bly stil as sy nader kom. Bos se wegsteekgoed. Spookpaddas; klik-klik-paddas – blaargroen geverf en bruin gespikkel vir bedags se wegkruip. Reënpaddas in hulle tonnels onder die blarevloer.

Waar lê die nagadders en wag vir 'n padda? Sê nou sy trap op een?

Sy moet by die planters kom!

Die pad begin stadig onder haar voete klim vir die volgende steilte. Steiler en steiler.

Eendag, sy was nog op Wittedrift in die skool, het sy geleentheid tot by die klein stasie op Knysna gekry. Sy gaan sit 'n rukkie op die bankie voor die stasiegebou om 'n bietjie bly te wees omdat sy amper by die huis was. Iemand klop aan die venster agter haar. Mister Wilson in sy kantoor wink dat sy moet inkom. Vra haar hoe dit

135

gaan. Sê sy word groot. 'n Stuk stywe papier lê op sy tafel oopgerol, die punte vasgepak met 'n inkpot, 'n koppie, 'n pot vol penne.

Mister Wilson sê dis die planne vir die spoorlyn oor die berg. Watter berg? Die berg tussen Diepwalle en die Langekloof. Dis nie een berg nie, sê sy, dis berg op berg op berg. Goed, erken hy, dis seker hoe 'n mens daarna kan kyk. Maar besef sy dat daar binnekort begin gaan word om die houttreintjie se spoor te verleng tot agter die berg by Avontuur waar dit by die smal spoor van Port Elizabeth gaan aansluit? 'n Verlenging van 38 myl! Besef sy watter vooruitgang dit vir die houtbedryf kan beteken? Direkte verbinding met 'n groot hawestad waar groot skepe sal kom anker om die hout te laai. Sy sê vir hom sy dink nie nommer 4 gaan dit met daardie glipvoete van hom oor die berg maak nie. Hy sê hulle gaan sterker loko- motiewe uit Hongarye laat kom. Baie meer trokke. Dis nie net hout uit die bos wat vervoer sal word nie – wil sy 'n geheim weet? Ja. Die toekoms lê in *dennehout*! Plantasies!

Sy sien die lantern se lig twee keer kort na mekaar; sy is besig om die planters in te haal. Planters wat gaan denne plant vir die nuwe treintjie oor die berg. Sy vertel een aand vir ou Bothatjie van die treintjie, hy sê hy eet die trein wat oor dáárdie berg kom met vuur en al op. Dis sommer houtkopers se droompraatjies.

Sy kan nou die swaaiende lantern meeste van die tyd 'n ent voor haar sien; soms verbeel sy haar sy kan die planters se stemme hoor. Dan is dit weer stil. Maar dit voel darem nie meer so alleen in nagbos nie . . .

Daar is vuurvliegies aan weerskante van die pad in die onderbos. Honderde, elkeen met 'n eie groen skyn- seltjie om die kleine wurmlyfie. Iewers hoor sy 'n droe- wige uil. Paddas, paddas. Nog geen teken dat die dag wil breek nie. Waar sou al die voëls slaap? Meeste se nes- tyd is verby. Ou Bothatjie sê bome word nie soggens wakker voor die voëls nie begin roep nie.

136

Sy sien die lantern se lig; dan is die lig weg. Het die planters dalk met 'n napad-voetpad uitgedraai? Hoe sal sy weet? Sy kan nie bekostig om per ongeluk verby te hou nie!

Die volgende oomblik roep 'n stem dreigend uit die donker.

"Ons weet jy's daar! As jy lewend is, wag ons jou in; as jy gees is, roep ons jou in die naam van die Kruis tot ruste!"

Sy moet keer om nie hardop aan die lag te gaan nie. Hulle moes háár voetstappe agter hulle in die donker gehoor het! Bosmense het nou eenmaal 'n ingebore respek en angstigheid vir goete. Vra vir hulle watse "goete" en hulle gee jou nie antwoord nie. Behalwe ant Anna van Rooyen by Veldmanspad – mits jy die regte oomblik kies om haar te vra. Beste was laatmiddag as sy in die laaste sonnetjie sit en bobbeltjie-lappies aanmekaarwerk. Jy vra: Antie, vertel my weer van die spookkind, asseblief. Die ouvrou kyk eers ver, dan sê sy: My mooiste kind gewees. Net sewe jaar oud toe witseerkeel die slag deur die bos kom trek en ek haar moet dorp toe dra toe die brandkoors haar slaan – Wiljam Stander had nog nie daardie tyd 'n kar nie. Ek loop, sy's swaar, ek bid 'n harde bid, my bene pyn. Dis laat in die dag, as ek haar net tot by die dokter op die dorp kan kry. Ek steel napad bokant Grootkop langs. Net toe ek deur Kwarbos se punt kom, voel ek die kind raak ligter in my arms. Ek sweer. Die volgende oomblik huppel sy voor my uit. Twee skrikke gelyk, want ek loop met haar in die arms, maar ek sien haar helder voor my in die bos in verdwyn. Rokkie swaai-swaai om die ou beentjies. Ek kyk, ek sien ek loop met 'n dooikind in die arms.

Daar's mense wat sê hulle vat nie napad Grootkop om nie, laatmiddag huppel 'n spookkind deur die bos.

"Steek aan die lantern, dis ek!" roep sy vooruit. "Karoliena."

137

Ses planters. Oom Cornelius tussen hulle, ses flenter-spoke met geel gesigte van die lantern se skynsel. Vies. Verleë.

"Ons het geweet dis een van vlees!"

"Jy kan bly wees ons het jou nie met 'n kapmes in-gewag nie!"

"Wat de hel soek jy agter ons aan?"

"My bliksems laat beefbroek skrik!"

"Wat staan lag jy nog?"

"Ek het nie gemeen om oom-hulle te laat skrik nie, ek wil maar net gaan kyk hoe word plantasie gemaak."

"Die voorman gaan jou jaag, dis nie 'n plek vir vrou-mense nie."

"Ek sal vir myself keer."

By die varingdraai sluit nog vyf uit 'n dwarspad by hulle sewe stuks aan; nog nege kort anderkant Buffels-nek se afdraai en toe is dit al sterk lig en die voëls bedry-wig. Het die bome begin opstaan?

Die lorrie waarop die slypsteen is, ry kort daarna by hulle verby. Dis nie meer bos nie. Net kaal koppe en klowe waar rye boompies in reguit rye soos harekroesies oraloor die bergvoetkoppe staan. Die lorrie wag duskant 'n klipkoppie, daar is nie verder pad vir hom nie. Toe die voorman uitklim, kyk hy haar met 'n frons aan, kyk weer . . .

"En jý?" vra hy.

Sy ken hom, hy was vroeër houtkapper in Diepwalle se bos. "Ek is saam met my ma se man, Cornelius Kapp. Om sommer te kom kyk."

"Wat te kyk?" Kwaai.

"Hoe plantasie gemaak word."

"Hier's nie plek vir kykers nie."

"Ek sal werk ook, as ek moet."

"Moenie slimpraatjies maak nie, hier's nie plek vir meisiekinders nie! Kry jou loop."

"Ek is te bang vir die olifante om alleen terug te loop.

138

Asseblief, ek sal niemand uit die werk hou nie. Net kyk."

"As hier vandag 'n inspekter kom . . ."

"Ek sal wegkruip."

"Hier's nie wegkruipplek nie. Staan uit die pad uit."

Van die manne het op die lorrie geklim en begin om die kissies met die boompies af te laai. Die slypsteen aan twee ystersparre word afgetel. Daar is bondels gereedskap: byle, platkoppikke, kapmesse. Twee man val by die slypsteen in en begin slyp. 'n Groot ronde klipsteen met 'n gat in die middel vir die slinger, en 'n blikbak vir die water waardeur die steen moet draai. Een draai die slinger, een slyp. Ysterklanke, slypsteenklanke. Niemand praat eintlik nie – behalwe die voorman wat bevele gee en met 'n potlood in 'n vuilerige boek skryf.

'n Klompie van die manne trek met die geslypte handbyle en oorkapbyle en kapmesse teen die skuinste af, die fynruigte in. Elkeen met 'n bladsak. Hulle moet gaan skoonkap, verduidelik oom Cornelius. Die tweede klomp, die grootste lot, begin in die rigting van die voorste kop klim. Twee dra die slypsteen soos 'n draagbaar, die ander het elkeen twee kissies met boompies, bladsakke en platkoppikke oor die skouers. Een het 'n swaar ysterketting oor die skouer, dubbelgevou. Die voorman bly hulle aanjaag. Oom Cornelius is in die tweede span, sy't agter hom ingeval.

'n Ent teen die kop uit besef sy hulle is in 'n skoongekapte stuk bergveld. Klippe, klipbanke, oorblyfsels van bossies met hier en daar nog 'n bergblommetjie wat probeer oorleef. Niemand praat nie. Elkeen weet skynbaar presies wat hy moet doen. Die een wat die ketting moes dra, is die moegste. Die twee met die slypsteen het kort-kort gerus. Toe hulle by die eerste ry boompies kom, word die bladsakke op 'n hoop gepak. Die voorman kom meet met 'n meetstok waar die punt van die ketting moet kom, die ketting word in sy lengte neergelê – 'n lang ketting, elke soveelste skakel is rooi geverf – die eerste planters pik gaatjies by die gemerkte skakels, die tweede lot kom agterna met die kissies, pik die gaatjies dieper en plant die boompies. As die ry klaar is, word die ketting vir die merk van die volgende ry verskuif en neergelê . . . gaatjiemakers . . . planters . . . die son klim . . . al warmer . . . skuif die ketting . . . gaatjiemakers . . . planters . . . voorman skree vir planters om nie agter te raak nie . . . ver onder lê die bos dig en groen . . . nog verder terug die Koppe waar die see begin . . . streep bloue see . . . skuif ketting . . . gaatjiemakers . . . planters raak agter, voorman praat . . . skewe voete in opkrulskoene trap al vaster teen die skuinste . . . baadjies uit, hemde uit, almal hou hoede op die koppe. Twee-twee by die slypsteen wanneer daar geslyp moet word. Voorman skree bevele, uitasem.

Voorman roep: Halt!

Kwartdag.

Tyd vir eet en rus.

'n Paar gaan haal die bladsakke, almal in 'n kring onderkant die ketting se laaste neerlê. Min praat. Sy kry langs oom Cornelius sitplek en eet van haar roosterkoek. Meeste van die ander het bottels met koue swart koffie, patats en hompe droë brood. Hoog uit die lug uit sal hulle lyk soos 'n klomp verplukte aasvoëls wat gaan sit het om aan 'n karkas te vreet.

"Hoe gaan dit met my ma?" fluister-vra sy vir oom Cornelius.

"Haar binneste lewe het ingegee. Ek het nie meer raad nie. Nou nog jy ook."

Sy wil nie namens haarself met die ouman stry nie. "Wat gebeur as dit reën op 'n dag soos vandag?" vra sy maar.

"Maak vir ons kappies van streepsakke, kry nie betaling as jy uitsit vir reën nie."

Voorman roep: Inval!

Plantasiedag gaan voort. Dis 'n kaal dag, boompies groei alleen teen die berghang. Vreemde boompies –

140

groen naaldestokkies. Twee bergadders se koppe word verbrysel met die platkant van 'n pik. Skerpioene met angels omhoog probeer wegskarrel voor die pikke. Sweet loop in strome langs gesigte af . . .

Sy wil huis toe gaan. Sy is naar.

Dis nie planters nie, dis ou ysterhoute sonder bas wat nuwe boompies plant om groot te word en in te staan vir al die duisende en duisende wat sonder omkyk uit die bos gekap is.

Afbetalers?

Sy verstaan nie die lewe nie, behalwe toe sy klein was. Miskien. Nog voor sy skool toe gegaan het, het sy op 'n dag die wonderlikste ontdekking gemaak: sy kon tel! Alles was een, twee, drie. Dan vier. 'n Os had vier pote. Tel, tel, tel totdat alles in rye staan. Veertien osse voor haar pa se wa.

Abel Slinger kon nie tel nie. Hy tel twee, twee, twee plus een. As dit meer as sewe was, was dit baie. Na sewe het *baie* gekom, nie agt nie. Hulle kom eendag met 'n sleepsel hout deur die bos. Abel lei die osse. Sy bly onder almal se voete. Sy tel, tel, tel.

"Wat kom na veertien?"

"Vyftien," roep haar pa.

"Wat kom na twintig?"

"Karoliena, gee pad daar by die osse se pote!" verskree Abel haar.

"Wat kom na twintig?"

"Een-en-twintig," antwoord haar pa.

Probleem was om die bome getel te kry. "Abel, hoeveel bome is daar in die bos?"

"Twee, twee, twee, baie. Karel, Karoliena is lastig!"

Dit het haar dae gevat om die osse se pote getel te kry. Maar toe sy hulle het, toe's daar nie een met 'n afpoot nie! Tel kon nie lieg nie. Tel was al wat nie kon lieg nie . . .

Sy loop na die voorman toe. "Voorman, hoeveel denneboompies is al hier geplant?"

141

"Hoe moet ek weet?

Halfdag.

Koffie, brood, patats. Meeste planters gaan lê op die harde aarde as hulle klaar geëet het.

Voorman roep: Inval!

Ysterhoute kom styfweg orent.

Verskuif die ketting, gaatjiemakers, planters . . .

Driekwartdag.

'n Hele paar het nie meer iets oor om te eet nie. Sy sien een van die planters na haar kant toe aansukkel teen die skuinste af.

"Jy's Karoliena." Hy's van die oudstes. Alles aan hom is gedaan. Veral sy oë.

"Ja, ek is."

"Ek's Samuel. Elmina se man."

Die kerkverpleegster het nie gesê hy's só oud nie! "Hoe gaan dit met Elmina?" Weet hy dis sy wat die pop gegee het?

"Gaan goed met haar. Net die baby wat die masels het."

"O." Ergste is die kommer op sy gesig oor die "baby".

"Voorman het my gister afgegee om by die verpleegster te gaan medisyne haal. Lyk of die uitslag wil binnetoe slaan."

En iets slaan binnetoe in haar toe die klomp planters en skoonkappers die gereedskap, die leë kissies en die slypsteen terug op die lorrie laai. Een, twee, drie is nie een, twee, drie nie. Daar is te veel afpote.

Die voorman kom omgestap na haar toe, sê hy kan haar geleentheid gee tot by Kom-se-pad.

"Ek sal loop. Laai die manne op."

"Moenie weer probeer slim raak nie, meisiekind. Ek het jou 'n guns aangebied, dis goewermentslorrie en staan onder goewermentswette, ek het nie sê oor een van die twee nie. Net my orders."

142

"Klim dan in jou goewermentslorrie en kry jou ry."

"Moenie met my praat of ek jou jong is nie! Ek het jou heeldag dopgehou, jy't nie kom kyk hoe word plantasie geplant nie, jy't kom moeilikheid soek! Ek gaan jou rapport."

"Karoliena!" roep oom Cornelius waarskuwend uit die bondel.

Eers by die huis huil sy die trane wat dié dag haar lyf vol gedam het. Dis trane van verligting, genadetrane. Sy is nie in die andertyd nie, daar was bloed aan haar broek toe sy agter die klipkoppie moes gaan pie.

"Dit sal nie help om te huil nie, Karoliena. Ek het jou gesê jy moet by die huis bly," raas ou Bothatjie met haar toe sy by die huis kom.

"Ek is bly ek het gegaan, bos en plantasie is soos menskind en popkind."

"Mens praat soms vreemd as jy moeg is. Ek het 'n geluk gehad, daar's lekker bosboklewer en aartappels op die vuur."

"Ek moet dringend op die dorp by Johannes kom. Môre."

"Vat die treintjie, jy't genoeg geloop vandag."

"Ek sal."

Maar meer as 'n week gaan verby voordat sy by Johannes op die dorp kan kom.

Voordag, die oggend ná die plantasie, was daar 'n versigtige kloppie aan ou Bothatjie se deur wat die ouman haastig laat opstaan het. Voordag se klop, sê hy terwyl hy die kers opsteek, bring nie goeie tyding nie.

Sy trek haar kop toe, sy wil nie opstaan nie, haar lyf is nog te moeg.

Maar toe raas ou Bothatjie met iemand buite, hy sê: "Wat soek jy hierdie tyd voor my deur? Die dikbene kon jou getrap het!"

"Die naastes wei Gouna se kant toe, oom. Ekskuus, oom. Ek moes by Karoliena kom, oom."

Sy staan op en draai die kombers om haar. Dis Hestertjie se oudste sustertjie voor die deur met 'n lantern in die hand en grootmens-kommer op die gelaat. Die ander sustertjie staan 'n entjie agter haar soos 'n verskrikte dier in die skuilte van die bosrand.

"Wat's fout?"

"Die baby wil doodgaan."

"Wat?" Agter haar steek ou Bothatjie die lamp op en blaas die kers dood.

Die jonger sustertjie kom nader. "Ons weet nie meer nie. Ma sê dis van honger, Hestertjie is opgedroog, nou huil die baby net. Ma het meelwater probeer."

"Laat hulle inkom, gee hulle iets te ete," roep ou Bothatjie, besorg.

"Nee, sit buite op die stomp, ek sal iets bring." Sy wil hulle nie in die huis laat inkom nie, sy moet geld uit die laaikas haal, sy wil nie hê hulle moet sien nie. Sy moet 'n slag die geld tel, dit kan nie vir ewig uitkom nie . . .

Ou Bothatjie het die as uit die vuurherd gekrap en die vuur aangepak. Sy gaan haal water buite by die tenk in die kommetjie om haar in die donkerste hoek van die huis te was en aan te trek. Hoekom het hulle na háár toe gekom?

"Hoekom het julle hiernatoe gekom?" vra sy toe sy die twee bakkies kos vir hulle neem. Twee flenterige, verskrikte kinders styf teen mekaar op die stomp terwyl die eerste janfrederik agter die huis begin roep.

"Ons het nie geweet waar anders nie. Hestertjie huil, sy wil nie hê die baby moet doodraak nie."

"Het julle geld?"

"Ma sê jy sal hê, Johannes is 'n ryk man."

Dit sal nie help om kwaad te word, of te gaan terugklim in die kooi en haar kop toe te trek nie – al is dit wat sy die graagste wil doen! Sy is nie die kerkverpleegster nie, maar hulle kom aan háár deur klop en die baby voor háár neerlê! Vir hoeveel keer se klop gaan die trougeld hou?

"Eet klaar, ons moet Veldmanspad toe."

"Ma het gesê ons moet reguit terugkom huis toe."

"Sien julle iewers 'n koei wat ek kan melk? Julle kan van Veldmanspad af kortpad terugvat huis toe."

Veldmanspad is die enigste uitkoms waaraan sy kan dink.

Toe sy en die twee sustertjies onderkant Diepwalle verbyloop, kla die jongste een dat sy hulle te vinnig laat loop. By die treinstasie vra hulle of sy nie geld het vir sweets nie.

"Nee. Het julle al die werf aan die kant gemaak?"

"Net 'n bietjie. Ons moet die baby sus."

"Moenie dat ek daar kom en dit lyk nog soos dit ge-lyk het nie."

"Jy moenie my ma se hoed in die vuur gooi nie, my ma is kwaad vir jou."

"Sy kan maar wees. Waar's julle pa?"

"Hy kap agter in Kom-se-bos vir mister Van Reenen. Hy gaan vir die boswagter vra om ook oor te skuif na die plantasies toe. Is beter."

"Hestertjie moet vir haar gaan werk soek op die dorp."

"Ma sê ons is nie meide nie."

"Wat ís julle?"

"Sy't nie gesê nie."

En sy, Karoliena, sê nie sy sou hulle net daar in die pad gelos het as dit nie vir die baba was nie. Sy byt die woorde vas en vra wanneer hulle laas die kind by die kerkverpleegster gehad het.

"Die kerkverpleegster is ongeskik met ons. Nes jy. Sy sê Hestertjie moenie weer die kind daar aanbring as hy nie ordentlik skoon is nie. Ma sê, haar gat."

145

Goed word nie sleg nie en sleg word nie goed nie – en gierig word nie goedgeefs nie.

Want eers vergis Wiljam Stander hom oor hoekom hulle daar aankom, neem sommer aan hulle kom soek geleentheid dorp toe. Sê daar's nie petrol in sy kar nie.

"Gelukkig is dit meeste van die pad dorp toe afdraand," sê sy. "Oom sal nie te baie hoef te stoot nie."

Toe sy sê dat sy eintlik kom melk soek het en dat sy daarvoor sal betaal, begin hy uitwei oor hoeveel dit hom kos om die koeie aan te hou, hy weet nie of hy sal kan voorsien nie. Daar is sprake dat die skool weer die kinders gaan begin melk gee . . .

"Asseblief, oom. Hestertjie se baba moet melk hê. Ek sal 'n pond gee, hierdie twee meisiekinders sal elke tweede dag die melk kom haal."

"Soos ek die spul Vermaaks ken, suip hulle self die melk uit."

"Dis vir die baba."

"Hulle beter volgende keer 'n bottel saambring. 'n Skoon een. Nie leëhand hier aankom nie. Waar's die pond?"

"Ek wil 'n maand en 'n half se melk daarvoor hê."

"Wragtag?"

"Ja. Of ek loop na dominee toe en gaan vra wat anders gedoen moet word." Daar is lankal gerug dat Wiljam Stander begeer om vir ouderling gekies te word . . .

"Wragtag?" erg die ouman hom nog verder. "Las sommer by dat jy van jou man af weggeloop het soos 'n sleg hond!"

"Hy weet." Toe sy die pond na hom uithou, vat hy dit gretig, roep agtertoe na sy vrou om 'n bottel melk te bring.

13

Eers by Diepwalle, op pad terug, toe sy by die kalander se voete gaan sit, laat sy opnuut die verligting toe om soos vreugde deur haar lyf te juig. Dankie, dankie, dankie! Sy is nie in die andertyd nie. Sy voel soos een wat net betyds voor 'n afgrond weggeruk is.

Toe sy die yskoue voetjies en skerp naeltjies op haar arm voel en haar oë oopmaak, sit die bontrokkie op haar arm. Kompleet soos 'n stukkie blydskap.

Toe sy opstaan en begin loop, bly die voëltjie by haar – om haar; op haar kop, op haar skouer. Hy bly by haar tot amper weer terug op Diepwalle se stasie waar die hout-treintjie besig is om van die dwarsspoor af terug te stoot uit die bos uit sodat die enjin weer dorp se kant toe staan. Nommer 3-enjin. 'n Bondel vreemdes klim uit die coach met piekniekmandjies en komberse, maar sy hou verby. Maak of sy hulle nie sien nie. Maak of sy nie Salman Fransen vir haar sien wink en wink nie . . .

Sy moet by Ysterhoutrug se pad kom; daar is 'n ander draai wat haar roep – lankal roep. Dirk-se-eiland. Om 'n stukkie verstaan by ou Abel Slinger te gaan soek.

Oral in die bos skuil ou dinge, ou wysheid. Mister Fourcade het altyd gesê Abel en sy ouvrou is stukkies oorblyfsels van 'n ander menstyd. Elke witels en rooi-els in die bos is oorblyfsel van 'n baie ouer bos wat dui-sende jare gelede hier gestaan het. Dan sê sy vir hom haar ore hoor, maar haar kop wil dit nie verstaan nie. Toemaar, sê hy, daar's baie wat ons nie verstaan nie. Dan hou sy haar aspris koppig en sê: En wat het miskien van die óú bos geword? Daar was g'n duisende jare gelede houtkappers nie, ons leer in die skool die houtkappers

147

kap maar iets soos 150 jaar in die bos. Hy sê: Wel, as hulle kap soos hulle nou kap, sal daar nie eers 'n enkele witels of rooi-els oor wees nie. Dan sê sy: Al die armblankes sal ook sommer dood wees. Miskien, sê hy. Maar dan lê die grootste berg voor: die poor blacks. En sy sê: Swart mense gee nie om om arm te wees nie, hulle's gewoond daaraan. Dan steek mister Fourcade vas en kyk haar aan soos een wat skrik en sê: Karoliena, jy's 'n dom kind! Dan sê sy: Mister Fourcade het net gister gesê ek's 'n slim kind!

Abel Slinger en sy vrou is nie *black* nie. Hulle is donker geel. Met peperkorrelhare en Bella, Abel se ouvrou, het die grootste paar stêre in die bos.

Hulle kleikrotjie van 'n huis staan op die ooptetjie duskant Dirk-se-eiland teen die bosrand. 'n Wilde dier se wegsteekplek.

Toe sy klein was, het Abel en Bella bokant Grootdraai in die Gounabos in net so 'n kleihuisie gewoon. Eendag vra sy vir ou Abel of hulle molle is. Die ouman erg hom, vra wat haar so 'n ding laat dink? Sy sê as molle se grondhuise sinkplaatdeure had, sou hulle bosmense gewees het. Toe sê Abel vir haar pa: Karel, dis 'n snaakse kind dié van jou.

Kort duskant die mol-huis in die sleeppad na Dirk-se-eiland kom die twee vreemdste vreemdes van die eiland se kant af aangestap. Hulle het snaakse velbroeke en stewels aan. Die een het 'n streepsak oor die skouer, die ander een 'n leersak met handvatsels in die hand. Hulle skrik toe hulle haar sien.

"Wie's julle?" vra sy. Sy't self geskrik, maar nie so groot soos hulle nie.

"Wie's jy?" vra die ouer een, in Engels. Die jonger een, die een met die streepsak, staan haar in verstomming en aankyk. Sy vra of hulle verdwaal is. Nee. Hulle kom van mister Slienger af, hy werk vir hulle. Sy't nie geweet Abel Slinger werk vir iemand nie; hy was maar nog al die jare handlanger in die houtkappers se spanne. Veral waar daar hout uit dikbos gesleep moes word. Dan sê die ou kappers Abel kan om 'n draai sien, want geen sleepsel hout haak vas wat hý met 'n span osse in 'n sleeppad moes help kry nie. Hy't in elk geval osse beter as mense verstaan; geen os kon vir hóm gaan wegkruip nie. Hy't hulle uitgeruik! Osse is slim. Soms, as hulle moes ingespan word, het hulle in die bos gaan wegkruip en baie moeite gegee. Maar nooit vir ou Abel nie.

"Waar kom julle vandaan?" vra sy vir die vreemdes.

Engeland. Hulle is argeoloë op besoek aan die ongelooflike Knysna en omgewing. Hulle kry ongelukkig nie veel samewerking van die *poor woodcutters* nie, maar mister Slienger is vir hulle van groot hulp. Waar kom sý vandaan? Uit die bos. Hulle oë rek. Kan sy miskien vir hulle iets vertel van die *incredibly strange bird* met die groen lyf en die rooi vlerke wat die geluid van 'n slang naboots? Ja, dis 'n loerie. Wanneer hy soos 'n slang sis, sê hy vir die olifante waar hulle is. Toemaar, sê die ouer een, mister Slienger het hulle die versekering gegee dat die olifante baie ver na die westekant van die bos toe bly, dat hulle met veiligheid by Deep Walls se stasie sou uitkom.

Skaars 'n minuut nadat hulle gegroet en sy weer begin aanstap het, kry sy die vars olifantmis in die sleeppad lê.

En by die mol-huis is die sinkplaatdeur stewig toegetrek. Sy moet twee keer klop voordat ou Bella die deur kom oopskuiwe.

"Middag, Bella. Jy sal my nie meer onthou nie . . ."

"Jou ma het gesê jy't weggeloop van die dorpenaar af."

"Is Abel hier?"

"Hy wil nie hier wees nie. Loop."

"Asseblief, Bella . . ."

Agter uit die huisie vra Abel wie by die deur is. Karel Kapp se meisiekind, antwoord Bella.

149

"Laat haar inkom."

Binne is dit skemer, en dit ruik na boegoe en roet. In die ligskref wat by die deur inval, hang oral velle, rieme en bossies uit die latjies van die dak. En twee dik, vierkantige stukke swart vel – amper soos olifantvel. Op die grondvloer lê 'n uitgepluisde biesiemat; die ouman sit kruisbeen daarop teen die agterste muur. Hy is 'n krom, verrimpelde flenterbondel. 'n Dier wat diep in 'n gat skuil.

"Sit." Dis 'n bevel. "Ek het jou sien aankom."

"Waar?" Sy gaan voor hom sit. 'n Afgebaste onder-bosstok lê voor hom, glad gevat van die hande wat hom as loopstok gebruik. "Hoe't oom my sien aankom?" Daar is mense in die bos wat glo Abel Slinger het die *sien*. As hy sê die reën val oor drie dae, het die reën oor drie dae geval. As hy gesê het die godsiekte sit op die berg en uitkyk vir pad om in die bos te kom maai, het masels en kinkhoes en al wat kindersiekte is onder die kinders uit-gebreek.

Miss Ann het eendag die blare in haar teekoppie ge-lees. Sy't gesê sy sien drie kinders vir haar en Johannes en 'n lang, gelukkige huwelik . . .

"Ek het jou gister sien kom."

"Hoe?"

"Met die binne-oog."

"Ek's deurmekaar, oom." Sy kan nie langer die trane terughou nie. Verligtrane en blytrane. Kommertrane en hartseertrane. Sy kry die eienaardigste gevoel dat sy self diep in 'n skuilte kom inkruip het soos diep onder die aarde in.

"Ek sien dit is so," sê die ouman.

"Ek verstaan nie van leef nie. Ek het herberg by ou Bothatjie, ek weet nie wat van my gaan word nie."

"Steek op die kers, Bella."

"Ek moet loop, dit word laat."

"Mens loop nie as jy deurmekaar is nie, jy sit."

150

"Het oom al ooit 'n spook uit 'n boom sien klim?" Die vraag het bo-oor al die ander vrae in haar kop gespring en by haar mond uitgeval. Die ouman kyk stip na haar. "Het oom?"

"As jy vra, het jy gesien wat jy gesien het."

"Antwoord my reguit. Asseblief, oom." Sy oë het twee kersvlammetjies geword toe Bella die kers opsteek. Ou oë, toegevou in skrefie-plooie. Duisende jare lê in sy oë. "Het oom?"

"Boom blaas sy asem uit as hy val. Nes 'n mens. Spook is sy asem. Party bome het nie asem nie, want hulle is die droë bome vir ons vuurmaakhout."

"Niks is reg in die bos nie."

"Dis soos dit is."

"Wat gaan van die houtkappers word? Hulle gaan al meer agteruit."

"Mens begeer ander mense se goed. Arm mense werk vir ryk mense. Dis hoe dit is, en dis hoe dit altyd was."

"Ek raak al meer opstandig oor alles, maar my hande is afgekap. Ek skop net hier en daar met my voete. Ek gaan koop vir Hestertjie se kind melk, maar ek is kwaad vir Hestertjie, ek weet nie hoekom nie."

"Jong os skud sy juk af, jong os wil nie wa trek nie."

"Ek is nie 'n os nie!"

"Dogter van Karel, mens ís nes 'n os. As jy eers ingespan is, trek jy soos jy moet – of die sweep kom jou by."

Die vorige kerkverpleegster het eendag die predikant by Abel Slinger gehad omdat sy bang was die arme ouman kom iets oor sonder dat iemand moeite gedoen het om sy siel te red. Die predikant het vir hom gelees en gebid. Toe vra hy vir Abel of hy in God glo. Abel sê vir die predikant: Kyk op, en kyk af, en kyk al om jou rond – dan kom maak jy weer opinie.

Toe sê die kerkverpleegster hulle kon niks vir Abel doen nie.

151

"Mister Fourcade sê oom en Bella is splinters van die oudste mense van die bos."

"Dis soos dit is."

"Watse mense?"

Die ouman laat sy kop stadig sak. Laag. 'n Oomblik dink sy hy het aan die slaap geraak, maar toe ruk hy skielik op en sê half verwilderd: "Mense wat ek vir vier sjielings aan die vreemdes verkoop het! My oupa. My ouma."

"Hoe meen oom?"

Hy antwoord haar nie, laat net weer sy kop sak. Bella is die een wat antwoord – bitter en verwytend. "Karoliena van Karel Kapp, jy kom sit hier, jy sien nie Abel huil nie. Jy sien nie hy's gebreek nie! Jy kom sit en torring!"

"Gebreek waaroor?" Sy skrik; sien die ouman is nie inmekaar van ouderdom nie, maar van verdriet! Daar is iewers iets verkeerd. Dis in die haat in Bella se oë waarmee sy haar aankyk. "Gebreek waaroor?"

"Oor sy oupa en sy ouma wat hy aan die vreemdes van Ingeland verkoop het. Agter by die see is hulle in die grot uitgegraaf. Kraletjies nog om die ouma se nek."

Dis skemer toe sy weer in die sleeppad is, en donker toe sy by die huis kom.

"Ek het gekommer oor jou!" raas ou Bothatjie.

"Ek het nie woorde nie, ek wil net slaap."

"Jy moet eers iets eet."

"Ek het nie honger nie."

"Was jy by Johannes?"

"Nee."

Sy't gehoor daar is vername mense van oorsee wat angstig is om kopbene en geraamtes van Boesmans en Hottentotte te koop en tussen die boeke in hulle boekerye te sit. Allerhande klip- of beengereedskap ook. En krale. Dat daar in die grotte – weerskante van die Koppe waar

152

die see deurbreek tot in die meer – van die goed gevind kan word. Die probleem was om teen die kranse af te klouter na die grotte om te gaan graaf. In die streepsak wat die vreemde oor die skouer had, was 'n hele geraamte. En in die kleiner sak 'n ekstra kopbeen en ander goed wat Abel gaan uitgraaf en vir vier sjielings verkoop het.

En waarvoor ou Bella sommer vir haar, Karoliena, verkwalik het. "Julle dink julle is wit, julle kan kom wette doodtrap soos julle wil!"

"Dis nie waar nie."

"Wat weet jy? Ou wette sê troubreek en steel is die gruwelikste van euwels, die oortreders moet met klippe doodgegooi word! Ek het jou ma dit gesê."

"Bella . . ."

"Stil. Jy't gevra. Nou sê ék. Abel sit in verdriet omdat hy die wet gebreek het wat sê jy moet jou dooies eer."

Ou Bothatjie kom vra by die kooi of sy 'n bietjie koffie wil hê. Nee dankie, oom. Hy sê hy't vir haar gewag om met die boompie te kom praat. Toe sy nie uitkom nie, het hy self gegaan.

Ek's jammer, oom.

Sy het trou gebreek én van die trougeld gesteel . . .

Aardigste was ou Abel se huil. Soos die klein tiertjie onderkant Jonkersberg wat die keer sy ma gesoek het. Sulke fyn, hees geluidjies. Behalwe dat Abel se mond toe gebly het, nie so aanmekaar bly oopmaak het soos die tiertjie s'n nie. Sy't die ouman se skurwe seninghand probeer vashou vir troos, maar hy wou dit nie hê nie.

"Was oom se mense die Outeniekwas?" het sy sommer later gevra.

"Nee. Dis júlle wat hulle die naam kom gee het! Hulle was Inkwa-Hottentotte. Allerhande vreemdes kom maak van ons prente, sê ons is die laastes van die oues. Skryf ons in hulle boeke. Sê ons is die Outeniekwas. Ek sê vir

153

hulle ons is *Hout-Inkwas*, maar hulle hoor nie. Party Ink-was het agter die berg in die Langekloof gewoon. Party hier in die houtbosse, die Hout-Inkwas – ryk mense wat op osse deur die bos gery het op die olifante se paaie. Waar olifant kan loop, kan os loop."

"Was hulle houtkappers?"

"Nee. Hulle het vee op die ooptes en op die bosrand gehad, koeie vir die melk om van te leef. Genoeg dooi-hout gebreek om vuur te maak. Genoeg takke gevat vir skuiltes. Toe kom die houtsaers die bos binne en begin kap en saag en vertrap alles. Laai die hout op die waens, en gaan laai dit dertig dagreise ver af in die plek wat hulle die Kaap noem. Ses, sewe waens op 'n slag. Teen daardie tyd was ek self al mens; eers touleier en later drywer. Ek was arm en hulle ryk. Nou's hulle arm en die houtkopers ryk. Dis soos dit nou is."

"Hoeveel olifante was in die bos toe oom jonk was?"

"Baie. Olifante was ryk. Hulle het saam met die Hout-Inkwas in die bos gebly, bome omgestoot waar omgestoot moes word, paaie gemaak. Hout-Inkwa sou nie meer as een vang wanneer dit tyd was nie. En altyd 'n ou een."

"Vang?"

"Ja. Hulle het 'n vanggat skelm in sy pad gegraaf. As hy eers ingeval het, kon hy nie weer uit nie. Vir die vleis en die lewer en die vel vir wintertyd se skuiling. Toe word olifantpaaie menspaaie waarlangs die vreemdes kom loop om olifante te skiet en sy tande te verkoop. Houtsaers verkoop die hout. Alles is vir verkoop. Hout-Inkwas het hulleself verkoop vir die ryk mense se bran-dewyn. Alles kry sy tyd om te leef of te dood, Karoliena van Karel Kapp. Inkwa, olifant, Hout-Inkwa, houtkap-per. Kom nie agter hy't self gekies nie."

"Wat gekies?"

"Ryk of arm. Leef of dood."

"Hoe kan oom so sê? Houtkappers het nie sê nie, hulle word net al minder vir die hout betaal."

Ou Abel het 'n laggie gegee. "Jy verstaan nie. Dis die fynkyk wat die vanggat sien. Jy't nie die fynkyk nie, jy's nog te jonk."

"Hoe't ek die boomspook gesien?"

"Dis nie te weet nie."

14

Die volgende oggend staan ou Bothatjie met 'n opge-wondenheid op.

Dis die dag van die stinkhout, kondig hy met trots aan. Wanneer die nuwe stinkhoute oral in die bos op-staan, voeg hy by, sal daar nuwe konings wees en mis-terdokter sal vir hom, ou Bothatjie, 'n paleis op Jim Reid-se-draai laat bou! Jy sal sien, Karoliena, jy sal sien. 'n Paleis van klip! Ons moet teen halfdag in die pad val.

Daar is 'n plan in die ouman se kop – soos om wete te hê van waar 'n skat begrawe lê, maar dit nog nie wil ver-klap nie.

"Hier sal nuwe stinkhoute in hierdie bos kom staan wat oor 'n duisend jaar die trotsste reuse van die bos sal wees en hulle sal 'Bothatjie se stinkhoute' genoem word."

"Wie sal oor 'n duisend jaar nog weet dat oom hulle geplant het?"

"Hulle sal! Een sê vir die ander, jaar na jaar. Hier was gister twee manne – een had 'n streepsak oor die skouers. Ek verstaan hulle swaar, die een kon darem 'n bietjie Hollands. Hy sê die groot kalander agter die stasie by Ysterhoutrug moet in bewaring kom en nooit afgekap word nie. Hy sê die boom moes geplant gewees het toe die Here Jesus nog op die aarde was. Ek sê vir hom ek weet nie so mooi nie, dis bietjie lank gelede. Ek vra hom: Wat's in die sak? Hy sê 'n geraamte van 'n

155

ouvrou uit dieselfde tyd, hulle gaan haar oorsee weer op die voete laat staan."

Sy kan nie help om 'n bietjie vies te wees dat hulle van die boom agter die stasie kom notisie vat het nie. Háár boom – die een na Diepwalle se kant toe – is mooier. En die ouvrou se geraamte? Hulle weet nie eers dis Abel se ouma nie. Dom is dom.

Hulle is met Kom-se-pad die bos in. Sy dra die padkos, die helfte van die sakke en die byl; hy die ander helfte van die sakke, 'n graaf en die lantern. Kort voor Barnardseiland kry hulle Faan Mankvoet langs die pad op 'n klip sit. Sommer net sit. Hy het antwoord gehad van die magistraat; die man skryf die goewerment is onder geen plig om die houtkappers van kapbome te voorsien nie. Ouvrou Perkes by die stasie het vir hom die brief voorgelees.

Sy val agter ou Bothatjie in, maar loop met 'n onrus oor Faan. Hy moet by die kerkverpleegster kom. En ou Bothatjie vat kortpaaie deur die bos wat sy nie geweet het bestaan nie, soms wonder sy of hulle ooit weer in 'n voetpad of 'n sleeppad sal uitkom! Op plekke moet hulle skuinslyf draai om deur te kom, dan weer amper op die knieë . . .

"Oom gaan ons laat verdwaal!"

"Verdwaal nie in jou eie kooi nie."

Hulle kom op die kant van 'n sleeppad, die ouman gaan staan stil. Hy sê: "Karoliena, hier's nou vir jou goeie proef van die lewe – of dit nou binne of buite die bos is."

"Waar?" Toe sien sy dit. 'n Mooi kalander van omtrent 'n oslyf se dikte, is besig om deur 'n simpel bobbejaantou, die dikte van 'n kind se arm, doodgewurg te word. Dis nie die eerste keer dat sy sien hoe 'n bobbejaantou hom om 'n ander ding kan woel nie, maar om só 'n groot boom het sy nog nie tevore gesien nie. Om en

156

om die stam tot bo! Elke draai dieper en dieper inge-keep.

"Daai boom gaan doodwurg," sê ou Bothatjie. "Soos die houtkappers stadig in die bos doodgewurg word. Selfde ding. Bobbejaantou is nie baie nie, maar hy't hom stewig om die boom gedraai."

"Kon die boom hom nie afgeskud het toe hy nog klein was nie?"

"Boom kan nie weghardloop van gevaar af nie. Kom!"

"Vat die byl en kap die tou deur!"

"Boom is klaar benoud gewurg."

"Iemand sal moet kyk na Faan, voor hy ook dood-gewurg is van sukkel."

"Boswagter sê daar's groot dinge op pad vir die bos. Ek sê vir hom: Ja, die stinkhoute gaan herplant word. Hy lag. Ek sê: Lag maar, jy sal sien."

Die geheimsinnigheid van die ouman blink in sy ogies en sy laggie.

"Waarom wil oom juis by Lelievlei uitkom?"

"Om stinkhoutjies te gaan haal en by my in die kamp groot te maak vir die oorplant in die ooptes. Jy sal sien. Ek het 'n slimme plan. Wanneer gaan jy terug na Johan-nes toe?"

"Ek moet nog eers by oom bly en met die stinkhout-jies help."

"Dit sal goed wees, want jy sal moet help plant ook. Ons moet voor môre se ligdag klaar wees met plant."

"Dis reg so, oom. Lyk my nie mister Fourcade kom weer uit nie."

"Hy sal kom."

Bome, bome, voëls, rankgoed, onderbos, waterlopies, riviertjies, dikbos . . .

"Weet oom waar ons is?"

"In die bos. Kom!"

"Daar's iets wat ek nie verstaan nie, oom. Van die houtkappers sê hulle was vroeër baie beter af as nou."

"Agtertoe lyk altyd beter, dis vorentoe waar die pad lyk of hy wil opraak. Hulle onthou seker maar nie die dae nie toe ons met agtien waens Riversdal en Swellendam en Worcester toe gery het met hout uit die bos. Daardie jare kry ons £5 vir 'n twaalfvoet-stinkhoutplank. Vandag kry ons tussen 'n halfkroon en 5/-, want 'n houtkoper ken nie meer die verskil tussen eersteklas en second quality nie. Een wa het voorjare £50 ingebring, agtien waens het by die £900 beteken."

"Wat het hulle met die geld gemaak?"

"Dit kan ek jou nie sê nie."

"Het hulle grond gekoop?"

"Nee. Bosgrond was nie te koop nie. Behalwe vir die paar houtkopers wat elkeen 'n stuk bekom het – tot die wet dit stopgesit het."

"Het hulle huise gebou?"

"Nee."

"Het hulle daarvan vir die Kerk gegee?"

"Karoliena, jy vra nou aspris dinge. Ek het nie die antwoorde nie."

"Het hulle klere gekoop?"

" 'n Man benodig nie baie klere in die bos nie; as jy natreën, word die klere sommer aan jou lyf droog."

"Het hulle hulle kinders laat leer?"

"Jy klink nou nes die kerkverpleegster as sy die dag beduiweld is."

"Ek dink ek voel meer soos daardie kalander met die bobbejaantou om die lyf."

Onder in 'n bosklofie laat hy hulle 'n rukkie by die stroompie rus.

'n Uur later moet hy hulle laat omdraai en 'n ander pad soek: vier reuse-olifante versper die pad voor hulle.

"Ou ding van hulle as dit blomtyd vir die lelies is," sê hy. "Keer jou weg, hoop jy sal omdraai. Dis die olifant se blommetuin, het die oumense altyd gesê."

Een ding word al meer duidelik: hulle is in stinkhout-

158

land. Die ou stinkhoute moes kwaai gevrug het, want oral uit die bosvloer het klein stinkhoutjies opgestaan: van piepklein tot halflyfgroot wat tien jaar se groei beteken het. Groot stinkhoute, ou stinkhoute. Op baie van die oues se lywe is 'n kol bas afgekap en die wond met rooiverf geblerts. Vir afkap.

Ou Bothatjie skud sy kop. "Ek sê vir misterdokter, ek verstaan nie hoe julle koppe dink nie. Julle wil die houte bewaar, maar dan laat kap julle die mooistes uit! Wat help my moeite met die proef? Hy sê dit kan nie anders nie, die goewerment wil stinkhout hê. Ek sê: Goewerment verstaan nie van stinkhout nie. Dis 'n anderster boom."

"Hoe anderster?"

"Dis 'n toorboom. Los vir hom 'n goeie stomp as jy hom afkap, en hy gaan nie dood nie. Staan maar so ongemerk nes dood – en as jy weer sien, stoot die ou stam drie, vyf stomplote uit wat nuwe bome op die ou boom se voete word. Godswonderlik. Kompleet 'n lyk wat met nuwe lewe in die lende orent kom. Honderd jaar en stomploot is mooi en jy kan hom kap. Stinkhout uit 'n saad gaan minstens vierhonderd jaar neem. Dis 'n toorboom, sê ek jou."

Die volgende oomblik staan hulle op die bosrand by die vleitjie. Moddervleitjie oortrek met die mooiste rooi lelies; haar oë kyk, maar dis te veel om te sien! Die mooi is te skerp. Elke lelie is 'n rooiblaarbekertjie omring van die groenste dikbos. As dit regtig die olifante se tuin is, het hulle die slimste wegsteekplek daarvoor gekies. Dis 'n geheime tuin waar iets haar suutjies wil laat omdraai en wegsluip sodat geen olifant moet weet sy was ooit daar nie. Maar dis te laat. Oorkant die vleitjie, anderkant die lelies, op die bosrand, staan die grootste geeltand-olifantkoei wat sy ooit gesien het! Amper roerloos, net die ore wat effens flap-flap. Olifant wat hulle dophou. Aandagtig.

159

"Ek sal omdraai!" roep sy oor die lelies om die olifant gerus te stel.

"Hoe sê jy?" vra ou Bothatjie agter haar.

"Ons moet omdraai."

"Ja. Jy't nou gesien."

Hulle loop dieper in die bos na die westekant toe. Ver onder hulle, in die diep bosklowe, maak die Knysna-rivier swartblink poele. Knysna-rivier wat uiteindelik in die meer by die dorp uitloop en 'n ander lyf kry. 'n Ander gesig. Anderster soort water word wat die see tussen die Koppe ontmoet.

Dit begin skemer word.

"Wanneer begin oom die boompies uithaal?"

"Hulle is nog wakker."

Die slimme plan – die geheim – wat hy bedink het, is om die boompies by die lantern se lig uit te haal terwyl hulle "slaap". Om hulle voor die volgende môre, voordat hulle wakker word, by Jim Reid-se-draai geplant te hê. Omdat hulle in hulle slaap uitgehaal en geplant is, sal hulle net so voortgaan om in die kamp te groei. Jy sal sien, Karoliena. Dis my proef. Misterdokter sal sien. Almal sal sien.

Eers dink sy die sakke is om die boompies in te sit. Nee, help ou Bothatjie haar reg toe hy die twee sparre wat hy gekap het, begin afbas. "Ons gaan draagbaar maak van die sakke en die sparre; ons gaan hulle huis toe drá. Ek en jy. Sakke sal hulle kneus en seermaak."

Baie boompies. Wat hy met die grootste versigtigheid uithaal terwyl sy bly wonder hoe hulle hulle by die plant-kamp sal kry. Want dit is padlangs terug, nie napaaie langs nie. Nagbos. Bosvarke, uile, paddas. Sy voor, hy agter. Al wat sy in haar hart kan hoop, is dat die ouman se bome oor lank eendag regtig die konings van die bos sal wees. Vir al sy moeite.

Ligdag was hulle in rye in die plantkamp ingelê.

"Praat met hulle, Karoliena."

160

Iewers rondom halfdag begin die storm aan die plank-huis pluk om eerste vir háár wakker te maak. Ou Botha-tjie lê in 'n doodslaap op sy katel; ná hulle klaar was met die boompies, was hulle te moeg om eens te eet. Sy kan nie besluit of sy hom ook moet wakker skud nie. Om wat te maak?

Dis 'n bosstorm.

Altyd, toe sy 'n kind was en 'n storm het deur die bos kom trek, het sy onder die tafel ingekruip en haar ore toegedruk. Dan kom troos haar pa haar op sy knieë, sê die huis sal nie omwaai nie. Net van die bome in die bos. Nee, die bome sal nie op die huis omval nie.

Dit het gehelp vir die bang.

Wanneer die storm verby was, was die bos deurme-kaar en moeg van waai en waai en waai. Bome is omge-waai, die takke is afgeskeur. Voëlneste uitgeruk. Blare losgeskud en oral neergegooi. Dan sê haar pa die bos rus nou eers; dit was die sekelwind wat kom omwaai en afmaai het – alles wat die bos nie meer wou hê nie.

Asseblief, wind, sê sy toe sy deur die venstertjie in die agtermuur van ou Bothatjie se plankhuis kyk en die geskommel van die takke sien, wees die nuwe stink-houtjies genadig, die ouman het só hard gewerk om hulle in die grond te kry. Sy is honger. Die ouman sal ook honger wees as hy wakker word, maar sy kan nie waag om die vuur op te maak nie, die wind is te sterk. As die huis wegwaai, waai hy die vuur die bos in en dis droog. Die watertenk is amper leeg. As huiswater aangedra moes word . . .

Asseblief, wind, asseblief! Die bang wil haar nie los nie. Die gekraak van die bome, die stamme wat teen mekaar bly skuur maak die gevaarlikste geluide terwyl die takke wat nie meer kan vasklou nie, met die aaklig-ste skeurgeluide loskom.

Wind, asseblief!

En die ouman slaap.

161

En die deur ruk. Die venster ruk. Die sinkplate op die dak beur om los te kom uit die spykers uit . . .

As die twee ou ysterhoute agter die huis omwaai, is die huis inmekaar . . .

Die wind is van die bergkant af, nie op die voordeur nie. Maar toe die deur oopruk, is dit met 'n hewige klap. Sy sit onder die tafel op haar hurke; Ampie Stroebel van Gouna strompel binne, druk die deur met sy rug toe en bly daarteen aanleun totdat sy asem minder jaag.

"Dit waai." Asof hy moet seker maak sy weet.

Sy kruip onder die tafel uit. "Ampie?"

Sy mond beweeg, maar sy kan nie hoor wat hy sê nie. Die geraas is te veel. Hy sak op sy knieë af en kruip tot by haar. Die ouman het nie wakker geword nie. "Ek kom van die dorp af," sê Ampie. "Ek moes oor die takke en die bome klim wat oraloor die pad gewaai is, daar sal nie vandag 'n kar of 'n ding oor die pas kom nie. Is die ouman dood?"

"Nee. Hoekom het jy nie op die dorp geskuil nie?" Skreewoorde.

"Dominee sê ek moet karakterpapier hê." Meer skreewoorde. "Papier van een by wie ek in die bos gewerk het. Jy's geleerd, ek het lank gelede by jou pa help uitsleep . . . Jirre, ek weet nie of hierdie huis gaan hou nie!"

Hy móét! skree sy in haar hart. Die boompies ook. Die ouman het hom op sy rug gedraai en oopmond bo die rumoer uit begin snork. Sy is dors, sy kruip oor die vloer na die wateremmer toe en steek haar hand tot by 'n beker. Die water in die emmer bly skommel, daar's sand op die water, maar sy skep en drink. As dit 'n sekelstorm is, is hy besig om alles af te maai. Godweet of die kleine boompies in die plantkamp dit sal oorleef. Asseblief, wind, asseblief. Die ouman het so hard gewerk.

In die nanag het die wind begin afneem.

Ligdag het Ampie die koevert met die getuigskrif in

162

sy sak gesteek en in die pad geval terug dorp toe. Sy het vir hom plat op haar maag op die vloer by die stompkers iets uitgeskryf, hy was te angstig om tot later te wag.

"Die bos druk ons dood, Karoliena, ek moet weg-kom," het hy gepleit. "Goewerment gee armes kans om te gaan monkey-nuts plant, dominee sal my help om 'n treinkaartjie te kry tot daar." Dit was of die storm nuwe moed in hom ingeblaas het. "Ek moet wegkom!"

Kort na Ampie weg is, kom ou Bothatjie stadig orent. Hy bly sit op die kant van die katel terwyl sy skurwe vuil voete oor mekaar trap-trap. Sy lyf is slap, leweloos. Hy moet oor die pad na die kamp toe, maar dis of hy nie kan op nie. Te bang om te gaan kyk.

Toe kom dit uit dat dit die laaste proef is wat hy vir die misterdokter wou maak voor misterdokter weggaan. Weggaan? "Ja. Daar kom 'n ander Engelsman in sy plek, ek het nie met hom kontrak nie."

"Ek sal vir oom gaan praat."

"Nee, die stinkhoutjies moet vir my praat."

Daar was nie stinkhoutjies oor nie. Net kaalgat stokkies hier en daar. Dooie bontrokkiekuikens. Asof die storm met net een sekel kom maai het: Markus Josias Botha se proef, en sommer die res van die kamp ook.

'n Kind huil 'n kind se huil, 'n grootmens huil 'n grootmens se huil. 'n Stukkende ouman huil 'n droefenis se huil wat jou laat wegdraai van die verwoesting af en jou padlangs laat vlug om te gaan kyk of die kalander nog staan. Verby verflenterde boswerkers wat opsaag en uit die pad sleep. Jy groet nie. Jy loop net. Dis tot binne-in jou stukkend gewaai.

Kalander staan sonder kwelling. Bontrokkie kom op haar skouer sit. Op haar kop. Op die ander skouer. Sy wil nie speel nie.

'n Hele hoek van die stasiewinkel se dak staan skeef gewaai, manne op lere is besig om heel te maak. Ouvrou

163

Perkes blaas die huilsnot in 'n vuilgroen sakdoek en bêre dit in haar voorskootsak. Sy, Karoliena, hou verby.

Verby die storm se skade. Ou boekenhout oor die pad by Veldmanspad. Stinkhout se tak. Boswerkers wat die treinspoor oopsleep van takke. Ysterhout oor die pad. Stinkhoutboom . . . vlier . . . kershout . . .

En 'n netjies geklede Johannes wat die voordeur oopmaak.

"Karoliena!" Skok en blyheid tegelyk. "Kom binne!" Die volgende oomblik vlam die toorn van sy hart op tot vuur in sy oë. "Wat wil jy hê?"

"Niks." Die huis ruik na blink en deftig. "Net die parlementsman se adres."

"Ekskuus?"

"Die een wat die Sondag by mister Wilson geëet het." Hy vra haar nie om te sit nie. Bly binne die deur in die gang staan – by die stinkhouttafeltjie waarin sy die trougeld weggesteek het. "Meneer Werdt, wat gesê het dat daar 'n kommissie van ondersoek aangestel is om na die armes van die bos te kom kyk."

"Dis reg. Wat wil jy met sy adres maak?"

"Ek wil vir hom gaan vra hoe ver hulle is." Sy is te moeg om 'n lang praat te praat. "Ek wil vir hom gaan sê dis nou anderkant dringend."

"Meneer Werdt is 'n besige en vername man, mens gaan klop nie sommer aan sy deur nie!"

"Ek sal."

"Karoliena, wag!" Asof daar tog 'n druppeltjie besorgdheid deur hom wou breek. "Jy kan nie só by hom aankom nie. Waarom is jy so verflenter?"

"Dis die tweede rede hoekom ek hier is. Om te vra dat jy een van die rokke wat jy vir my laat maak het vir my sal leen sodat ek na hom toe kan gaan." Haar bene wil padgee onder haar, te voet dorp toe is 'n lang stap.

164

"Dis nie hoe 'n mens dit doen nie! Jy moet 'n afspraak hê."

Dis die vername Johannes wat praat. Sy draai om en steek haar hand na die groot koperdeurknop toe uit. "Ek sal vir mister Wilson gaan vra."

"Karoliena, wag!" keer hy weer. "Ek wil weet waarom jy so ellendig lyk!"

"Die storm het alles verniel."

"En ek het gesê ek sal nie tuis wees as jy die dag voor my kom kruip nie!" Die manier waarop hy dit sê, is soos om 'n kind aan beloofde straf te herinner.

"Ek het nie kom kruip nie. Ek het net kom vra waar ek die Werdt-man kan kry."

"Sy kantoor is op George." Asof hy haar daardeur wil afskrik.

"Wáár op George? Ek sal die groot trein vat."

"Met geld wat jy waar gaan kry?"

"Geld wat ek gesteel het!"

"Moenie ligsinnig wees nie. Luister na my!"

"Leen my 'n rok. Asseblief?" Mooi en verleë.

Dit laat die stroom vrae loskom: Hoe't jy hier gekom, Karoliena?

Geloop.

Hoekom lyk jy so allertreurigs?

Daar was 'n bosstorm – ou Bothatjie is heeltemal plat.

Is jy honger?

Nee.

Kom sit, ek roep die bediende om vir jou iets te maak.

Dankie.

Jy kan nie terugloop ook nie, dis donker.

Maak nie saak nie; ek moet by die huis kom.

Hierdie kon jou huis gewees het!

Ek weet, maar dit kan nie anders nie. Ek hoort in die bos.

Jy moet ophou om jou met die armblankes te bemoei!

Ek weet nie hoe nie.

165

Hoekom huil jy?

Van moeg.

Hier, gebruik my sakdoek. Jy slaap vannag hier, jy moet rus.

Asof die wêreld skielik omgedraai het en haar aan die hand wil kom vat.

Dis net dat sy nie die wêreld se hand kon bykom nie. Sy was te diep die bos in gewaai.

Sy het in die spaarkamer op die bruinerige lakens geslaap en iewers in die nag geweet hy staan voor die bed.

Die pad is oopgesleep van die takke en die bome. Kort voor sonop skeur sy by Veldmanspad van die omgewaaide stinkhout se takke af en maak dit 'n bondel om saam te dra. Sy weet nie presies hoekom nie. Sy wil net. Moet net. En loop en loop met die rok en die onderrok en die skoene in die sloop. Johannes se gesig is doodgevee, en die teleurstelling daarop toe sy vir hom gesê het sy móét terug bos toe.

Ant Martjie van oom Salie is voor die deur in die tuin besig om omgewaaide geel asters met repe lap aan sparre op te bind om hulle weer regop te kry. "Die storm het alles verwaai. Hoe's jy dan so vroeg op die voete, Karoliena?"

"Ek moet."

Ou Bothatjie sit verslae by die tafel.

"Die lewe is nie maklik nie, Karoliena. Nes mens dink jy't die plan gekry, kom waai alles aan flenters."

"Ja, oom."

Sy hang die mooie rok en onderrok aan die spyker agter die deur, sit die skoene in die hoek neer. Sy wil wegkom uit mensland en diep in die bos in loop totdat die lewe weer een, twee, drie word . . .

"Waar gaan jy heen, Karoliena?"

"Moenie my vra nie, oom."

166

Een tou bind sy om haar kop. Een tou onder haar arms langs om haar lyf. Tou om haar middellyf. Buite skeur sy takkies van die stinkhoutpluksels af en steek dit oral in die toue in totdat sy 'n blarelyf het en binne-in 'n boom staan. 'n Toorboom. 'n Stinkhoutboom. Met oë wat van diep af deur die blare kan sien. 'n Boom wat voetjie vir voetjie met die voetpad langs in Kom-se-bos inloop. Menswees toegevou in skuilte waar niks haar kan by-kom nie. Sy is alleen, vry. Die toorboom se nuwe gees waarin die vredigheid stadig begin opwel hoe dieper sy boomland binneloop. Waar die paddas nie stil word as sy naderkom nie. Die ander bome net verstom staan en kyk na die boom met die voete. 'n Bloubokrammetjie nie wegskrik nie, maar net fynvoet omdraai en aanhou wei. 'n Loerienes, slim verdoesel in oumansbaard uit 'n geel-hout of kalander gesteel, lê uit 'n rooi-els gewaai. 'n Leë nes. 'n Rooiborssuikerbekkie fladder met trillende vler-kies voor 'n wildegranaat se kelkieblom om die soet stroop daarbinne op te suig, kleinste voëltjie in die hele bos. Iewers bo haar kop roep 'n bosloerie nuuskierig uit die bosdak.

Werdt. Hulle sê 'n mens kan vir 5/- met die groot trein tot op George ry.

Sy wou net eers 'n bietjie in die bos rus. Voel hoe dit is om 'n boom te wees.

Voetjie vir voetjie. Terwyl haar boomlyf saggies ritsel van die blink donker blare en die geur van bos en grond saam in haar neus opstyg. Soos nuwe lyf.

Anderkant die blare-sluier oor haar gesig staan daar 'n ou skurflyfgeelhoutboom. Uit sy bas, so hoog soos die toorboom se oë, hang 'n lang trossie spierwit orgideë. Boom se tooisel so mooi, so mooi. Spitsblaarblommetjies uit kerswas gemaak en aan lang groen stingeltjies vas-gemaak. Minstens twintig blommetjies as mens sou tel. Mister Fourcade se slimnaamorgideetjies diep in die bos weggesteek vir 'n toorboom om te kry.

Sy wou nie weggaan van die orgideetjies af nie, maar sy moes.

Die voetpad begin swaai in die rigting van 'n ou sleeppad. Sleeppad in die rigting van die bosrand. Voetjie vir voetjie. Mensboom is deel van die bos, binne-in die bos. Mensboom-stinkhoutboom.

Sleeppad is hardepad toe sy haar weer kom kry – en in die pad staan 'n motorkar. Langs die motor, 'n tenger vroutjie in 'n swart rok en plat oprygskoene vol stof. Nie 'n bosvrou nie. 'n Vrou wat die mensboom met 'n klein skrik en 'n frons staan en aankyk. 'n Vreemde. Die man, aan die ander kant van die motor, is ook 'n vreemde. Ook 'n slim een. Man-slim. Hy staan openlik en skrik.

Die vroutjie gee ongesteurd 'n tree nader. "En wie, as ek mag vra, woon onder die takke?" vra sy. Wakker ogies.

Boom kan nie weghardloop nie. Boom wil nie antwoord nie. Boom wil doodstil staan en hoop hulle sal weggaan . . .

"Verskoon ons . . ." probeer die verskrikte man iets sê. Die vroutjie stuit hom met 'n klein beweging van haar hand.

"Is jy van die bos of van die aarde?" vra sy kalm. Sy het 'n ronde brilletjie op soos die soort wat mister Fourcade dra. "Ek wil baie graag weet."

"Ek's van albei."

"En wat, as ek mag weet, is jou naam?"

"Toorboom." Dis soos om 'n speletjie op te maak.

"En jou aardse naam?" Soos een wat verstaan van speel.

"Karoliena."

"Karoliena Kapp!" roep die man opgewonde uit. "Die meisie wat ons soek!"

Sy is vas. Betrap. Binne-in 'n strik waaruit sy haar nie kan wikkel nie. "Ek wil nie gekry wees nie. Nie vandag nie."

168

"En môre?" vra die vroutjie met 'n glimlag. Sy is soos 'n fyngeslypte byl . . .

"Miskien."

"Waar?"

"Jim Reid-se-draai, by die plankhuisie . . ."

"Ons was daar, die ouman lyk nie gelukkig nie, hy't gesê ons moet jou hier kom soek. My naam is Maria Rothmann. Ek kom van Swellendam af en is deel van die Carnegie-afvaardiging. Bly om te ontmoet."

"Bly om te ontmoet."

"Hierdie is dr. Murray van Gesondheid."

Dis die mense van die Carnegie! Die vrou is die een wat met die bosvroue moet kom praat! Die groot hoop wat opgedaag het! "Die bos wag al lank vir mevrou se aankoms."

"En ek om hier te kom. Met my eie oë te sien hoe mooi die bos werklik is. Intussen kan jy miskien vir my sê hoe dit is om 'n boom te wees."

"Anders as om mens te wees." Sy moet uit hierdie penarie kom voordat hulle dink sy's nie reg in die kop nie. Miskien dink hulle klaar so. Veral die man. Maar 'n boom kan nie sommer net omval nie; sy begin stadig die takke uit die tou om haar kop trek sodat haar gesig kan oop kom.

Maria Rothmann se oë begin al skerper na haar kyk. "Die kerkverpleegster het my van jou vertel."

"Kerkverpleegster het nie die regte verstaan vir bos-mense nie."

"Is dit 'n feit? Het jý die regte verstaan?"

"Soms." Sy begin die takke uit die tou onder haar arms deur uittrek.

"Ek begeer om in die tydjie wat ek in die bos is, met soveel bosvroue as moontlik te praat. Gister het ek die voorreg gehad om by Soutrivier, anderkant die dorp, met 'n paar vroue gesprek te voer en het gisteraand die nodige verslag daaroor geskryf."

169

Sy trek die takke uit die tou om haar lyf. Die man kan nie besluit of hy moet omdraai of wegkyk nie – sy oë bly net staar en staar. Miskien het hy gehoop die boom het nie 'n rok aan nie!

"Soutrivier se vroue is nie bosvroue nie. Hulle is waterdraers."

"Ekskuus?" Die man verstaan nie.

"Ekskuus?" Die vrou ook nie.

"Soutrivier behoort aan die Engelse Kerk. Dis net heuwels. 'n Heuwel kos 5/- per morg per jaar. Elke emmer huiswater moet onder uit die klooflopies aangedra word. Dis sware werk, heeldag, elke dag."

"Jy is goed ingelig, Karoliena." Die vrou is verbaas. "Ek het by Soutrivier 'n paar gevorderde gesinne gevind, maar weliswaar ook 'n groot agterlikheidsprobleem – onder wit sowel as bruin."

"Antie sal – ekskuus, mevrou sal dit oral deur die bos vind."

"Die kerkverpleegster sê jy het hoërskoolopleiding."

"Ja. Ek neem aan sy het meer as net dit gesê." Albei die vreemdes se gesigte beaam haar vermoede. Sy moet wegkom! "Ongelukkig kan ek nie nou langer gesels nie."

"Ek sou baie graag 'n deeglike gesprek met jou wou voer, Karoliena," keer die vrou angstig dat sy nie moet loop nie.

"Ek woon by ou Bothatjie by Jim Reid-se-draai."

"Kan ek jou daar kom spreek?"

"Wanneer?"

"Ek het 'n baie druk program, maar ek sal 'n plan maak."

"Ek het gehoop mevrou is in die bos om met die houtkappers se vroue te kom praat. Dit gaan met die meeste van hulle nie goed nie, hulle kry te swaar."

"Die kerkverpleegster sal dit vir my reël om met hulle te praat."

170

"Dit beteken sy sal die bestes uitsoek sodat mevrou nie die slegstes sien nie." Sy is nie meer 'n boom nie, net 'n bosmens wat aan die vies word is. "Ek sal nou regtig moet loop."

"Ons kan jou gaan aflaai!" bied die man haastig aan.

"Dis nie nodig nie. Ek loop kortpad." Die blyheid oor die aankoms van die Carnegie-vrou is skielik weg. Mensland verstaan nie boomland nie. Sy draai om en begin met die sleeppad langs terug die bos in loop. Sy kies nie die voetpad wat Jim Reid-se-draai toe gaan nie; hou net aan loop tot waar sy die voetpad kry wat boslangs na haar boom lei. Sy voel sleg omdat die Carnegie-mense haar só gekry het. Betrap het. Amelia Claassens sal nie die skade kan uitvee nie; Amelia sal ook nie verstaan nie.

Al wat sy wil doen, is om by haar boom te kom en hom te sê van die nare onrus in haar – onrus oor haarself, oor ou Bothatjie, oor haar ma, Hestertjie Vermaak, Maria Rothmann.

'n Hele ent voordat sy by haar boom kom, is die bontrokkie om haar kop. Spelend, vrolik; een oomblik in die lug, dan op haar kop, dan op haar skouer.

"Wat sê jy vir my, Bontrokkie? Ek verstaan jou nie."

Niks wil in rye gaan staan nie. Niks wil een, twee, drie word nie. Kort voor Boom se plek beur die voetpad deur 'n plaat onderbos waar sy twee keer moet omdraai om haar nie vas te loop nie, sy moet omdraai om weer die voetpad te soek. Met die derde omdraai struikel sy oor 'n boomwortel en slaan neer in die onderbos. 'n Oomblik bly sy net so lê en begin dan skielik lag uit verligting dat die Carnegie-mense nie daar is om dié spektakel te aanskou nie. Bontrokkie op haar kop. Bontrokkie op haar rug. Hulle sal nie verstaan nie.

Sy kom orent en bly net so in die onderbos sit. Lag vir die Carnegie-man se gesig toe hy haar uit die boom sien kom het. Vir die bontrokkie wat aanhou terugkom, al het

171

sy hom weggesjoe! Lag sommer soos een wat honger is vir lag. Die lekker om so diep verskuil ónder in die bos te sit soos in die bos se maag. As sy haar mond oopmaak, sal sy een van die skurwe groen onderbosblare kan afhap!

Sy lag vir mister Fourcade, wat ook soms kon speel. Nie dikwels nie, maar soms om háár te vermaak. Dan sê hy hekse woon waar onderbos dik onder die bosbome groei. Sy stry met hom, en sê daar's nie hekse in die bos nie; hulle kan nie met hulle besems deurkom nie, dis te dig. Hulle sal hulle disnis jaag teen die boomstamme. Dan stry hy terug, vra waarom onderbos se ander naam heksbosse is. Dan sê sy sy't nog nooit van so 'n bos gehoor nie. Hy sê dis omdat sy nog nie genoeg Engelse name ken nie. Onderbos se Engelse naam is witch hazel; hekse het hulle vliegbesems van onderbos gemaak omdat dit so lekker sterk was! Dan sê sy: Aaag, issie . . . Maar hy sê as mens lank genoeg doodstil sit, sal jy 'n heks op haar onderbos-besem sien vlieg.

Anderdag was hy weer opgepof van al die erns. Het hy haar geleer van die onderbos se belangrike taak in die bos: om al die klein boompies weg te steek totdat hulle sterk genoeg was om sonder skuilte klaar te kom. As hulle deur 'n plaat onderbos loop, trek hy hulle weg en wys haar waar die groot bome se kleintjies skelm wegkruip.

Sy moet by die huis kom, gaan kyk hoe dit met ou Bothatjie gaan . . .

Sy wil nie. Nog nie. Sy wil nog eers 'n rukkie in boomland sit. Die bontrokkie sit op haar arm en kam sy vere met sy bek. Voor haar staan 'n witpeer uitgedos in sy mooi blinkgroen blarerok; 'n witpeer stewig op sy vaalgrys, regop stam; 'n witpeer met sy takke swaar gelaai van rooi en groen en pikswart vruggies.

"En toe," vra sy vir die bontrokkie, "waarom vreet jy nie van witpeer se oorvloed nie?" Voëls sit selde 'n bek

172

aan witpeer se vruggies en niemand kan sê waarom nie; dis tog nie giftig nie. Dis maar net nog een van die bos se geheime.

Anderkant die witpeer staan nog een met sy takke verstrengel in 'n ysterhout soos vashou aan mekaar. Aan haar regterkant, diep in die bosskaduwees, kruip 'n kamassie weg. "Hulle gaan jou kom afkap!" skree sy vir hom. Daar is van die ou kappers wat sê hulle maak meer uit 'n goeie kamassie as uit 'n stinkhout. Al neukery is dat die boswagter jou net in Augustus 'n byl aan hom laat sit – dis te sê, as jy geluk had om een in 'n wêrrie te trek. Die houtkoper traak nie, hy betaal jou per gewig vir die hout en vra dat jy nog moet bring. Die fabrieke oor die see waar hulle lappe weef, is verleë oor dié seldsame hout wat so egalig slyt. Die spoele waaroor die weefdrade opgerol word, word daarvan gemaak. En skeepsbouers wil net kamassie vir hulle katrolle hê.

Die plan het stadig in haar in geval. Haar stadig laat opstaan, haar rok laat afskud, haar kortpad laat vat tot by die hardepad. Het haar al vinniger laat loop om by Diepwalle se bosboustasie te kom terwyl sy aan die plan bly vasklou het. Die Carnegie-mense sal nie oral die nood onder die mense in die bos kan raakvat nie. Nooit.

Die grootbaas van die bos, meneer Keet, sit agter sy lessenaar toe sy by sy kantoor instap. Agter haar wil die simpele klerk wat haar probeer keer het, stuipe kry.

"Ek het haar gesê sy kan nie sommer net deurstap nie, meneer!"

"Dis reg so, Vosloo."

"Middag, meneer Keet."

"Middag, Karoliena. Ek verstaan van een van my voormanne dat jy bo by Buffelsnek se plantasie las gegee het."

"Hoe oud moet 'n mens wees om ouderdomspensioen te kry?"

"Jy kwalifiseer beslis nog nie."

173

"Hoe oud?"

"Karoliena, ek weet nie wat werklik jou probleem is nie, ek weet net dat daar baie gerugte oor jou in omloop is."

"Die meeste is opmaaksels, meneer. Ou Bothatjie bo by Jim Reid-se-draai moet op pensioen gesit word, hy's te oud om verder te sukkel."

"Hy's deur dr. Phillips aangestel en sal binnekort onder meneer Laughton se toesig in die inheemse woud voortgaan met sy werk."

"Hoe oud moet hy wees vir pensioen?"

"Vyf-en-sestig. Waarvan natuurlik bewys gelewer moet word."

"En as hy nie bewys het nie?"

"Dan sal iemand aangestel word om 'n bepaling van sy ouderdom te maak. Daar is maniere."

"Dankie." Sy draai om om te loop.

"Nie so haastig nie!" keer hy haar. "Wat ís jou storie? Waarom bly jy, eerstens, nie by jou ouers in Langvleibos nie?"

"Ek hét blyplek."

"Waarom bemoei jy jou gedurig met sake wat jou nie aangaan nie?"

"Ek kyk om die hoeke waar niemand anders kyk nie." Dit was weer van die woorde wat self in haar kop in geval het.

"Die Carnegie-kommissie se afgevaardigdes het pas hulle opwagting in die distrik gemaak, ek vra jou om uit hulle pad te bly en nie te probeer inmeng nie. Die ondersoek is van uiterse belang vir die staat *en* die bos!"

"Hulle gaan sukkel om albei te verstaan."

"Hou jou neus uit hulle sake, Karoliena! Dis kundiges."

"Ja, meneer."

"Dan verstaan ons mekaar." Streng en dreigend.

"Ja, meneer." Meneer is baie dom.

"Daar het ook 'n ander saak onder my aandag ge-
kom. Ek verneem dat jy een van die boswagters se assis-
tente by Askoekheuwel in Kom-se-bos met 'n stok ge-
slaan het. Is dit waar?"

"Ek sou hom doodgemaak het as hy nie weggehard-
loop het nie." Met ander woorde: hulle kom oor elke
ding van haar by Keet skinder? "Hy't kans gesien om 'n
blerts te verf op 'n mooi jong kalander om afgekap te
word. Die verfkwasmanne wat die afkapbome in die
wêrries merk, word deur die houtkopers omgekoop."

"Oppas! Jy maak aantygings wat jou in die hof kan
laat beland."

"Die drie stinkhoute wat onder in Diepwallebos ge-
kap is, moes nooit gemerk gewees het nie."

"Is jy nou selfaangestelde boswagter ook?"

"Wat my oë sien, pas nie by wat my ore hoor nie. Ek
dink nie die Carnegie-mense gaan al die onheil in die
bos oopgekrap kry nie."

"Dis genoeg!" Hy is vies.

"Ja, meneer."

Ou Bothatjie is in die tuinkamp toe sy daar aankom, hy
haal die res van die bosstorm se slae met sy oë in.

"As God slaan, slaan hy hard, Karoliena. Daar was 'n
man en 'n vrou met 'n motorkar wat na jou kom soek
het."

"Hoe oud is oom?"

"Ek het vergeet."

"Ek gaan môre magistraat toe om vir oom te gaan
aansoek doen vir ouderdomspensioen."

Hy kom moeg en verwese van sy hurke af orent. Kom-
pleet asof hy nog net 'n loutetjie onder gister se asvuur is.
Sy hare en baard is wild, sy klere vuil en flenters.

"Ek het jou nie gevra om te gaan nie!" Koppig.

"Ek weet." Dalk is daar meer kole onder die as as wat
sy vermoed het . . .

"Al begeerte in my hart was dat ek dié dag as die engele my kom haal, sou kon omkyk en die bos vol nuwe stinkhoute sien staan. Stinkhoute wat mý twee hande geplant het. Maar God is 'n jaloerse God. Toe Hy sien hulle het meeste van die stinkhoute wat Hy geplant het, uitgekap, toe laat vee hy myne met sy storm plat! Misterdokter sal my darem seker nie uit die huis sit nie."

"Kom, ek gaan maak iets om te eet. Oom moet rus."

Sy het hom met moeite oor die pad gehelp en by die huis gekry. Sy maak die vuur op, hang kos oor – hoor die tak iewers agter die huis afskeur. Sy sien deur die houtskreef vier olifantbulle verbyloop tot waar die opdraandjie na die huis toe platter is, hoe hulle tydsaam afklim tot in die hardepad en in Kom-se-bos in verdwyn.

"Was dit die dikbene wat verby is?" vra die ouman van die kooi af.

"Ja. Vier van hulle."

"Sal nie my huis skaad nie, ons het kontrak."

"Wat is die oudste mensding in die bos wat oom kan onthou?"

"Soos wat?"

Sy moet iets kry om aan die magistraat te gaan voorlê. "Kan oom onthou toe hulle goud in die bos gesoek het?"

"Hulle het goud gekry ook. In die riviere. Maar daar was 'n verbod op die houtkappers gesit om byl neer te lê en te gaan goud soek."

"Wat kan oom nog onthou?"

"Niks."

"Dink, oom!"

"Ek wil nie meer dink nie."

"Asseblief, probeer." Sy kan nie verdra om hom so neergeslaan te sien nie. "Hoe groot was oom toe die Wêreldoorlog uitgebreek het?" Oumense onthou van oorloë.

"Oud. Oorlog kom altyd weer, baklei is nooit klaar

176

nie. Waarvoor jy vandag nie klaar baklei nie, moet jy môre weer voor baklei."

"Hoekom sê oom so?"

"Houtkappers het nie baklei nie. Voorjare, toe hier nog kantiene in die bos was, het hulle soms baklei, maar dominee Maclachlan het elke kantien uit die bos uit baklei. Sommer self sy baadjie uitgetrek as dit nie anders kon nie. Kantiene uit die bos uit baklei, buiteskole in die bos in baklei. Dáár was vir jou 'n godsman met kop."

"Oom, kom terug na die oorlog toe. Hulle het my op skool geleer dat die oorlog in 1914 uitgebreek het."

"In die bos het die oorlog die jaar daarvóór uitgebreek. Dit was toe die goewerment ons laat registreer het om te kon hout kap. Die houtkappers se name kom op 'n lys, lyste van die name word opgespyker om te wys wie mog kap en wie nie. By die bosboustasie is dit opgespyker, by die winkel, by die magistraat. Die eerste een wat bestudering van die lyste loop maak, was Saul Barnard – vandag is hy 'n ryk man uit die huisgoed wat in sy fabriek gemaak word."

"Ek ken hom. Hy en sy mooie vrou bly nie ver van miss Ann se losieshuis af op die dorp nie. 'n Pragtige plek met 'n mooie tuin."

"Kate is haar naam. Kom Saul met die tyding in die bos aan, sê hy die voorste name op die lys was nie dié van houtkappers nie, maar van winkeliers en houtkopers en allerhande vreemdes – nie een wat al ooit 'n byl in 'n hand had nie! Maar bosbewaarder het hulle name op die lys gesit. Saul is kwaai, hy jaag oor die vyftig van ons magistraat toe soos 'n trop beeste om ons praat te gaan praat. Hy sê as ons dit nie doen nie, vat die geregistreerde skelms die brood uit ons monde uit. Hy staan daardie dag, hy sien ons weet nie hoe om te praat nie, hy gaan staan reg voor die magistraat en hy maak 'n spiets wat van die manne water in die oë laat kry. Magistraat sê dit kan nie so bly nie, die name moet af."

"Watter jaar was dit?"

"Die jaar voor die oorlog uitgebreek het."

"Hoe oud was oom toe?"

"Hulle het uitgewerk op die papiere, en gesê ek was te oud vir oorlog toe gaan. Ons kap daardie jare geelhout vir dwarslêers. Daar waar die tuinkamp is, het ons twee reuse afgekap en uitgesleep."

"Hoe oud het die papiere gesê is oom toe?"

"Sestig."

"Dan moet oom nou oor die tagtig wees."

"Dan's ek eintlik al dood."

Sy lê die nag op die bed. Sy wil nie slaap nie, sy luister na die bosgeluide en die ouman se gesnork en trek in haar verbeelding weer haar stinkhoutblaarrok aan en stap terug die bos in. Sy voel gekul omdat sy nie die oggend klaar was toe die Carnegie-mense haar betrap het nie!

Sy loop met haar boomlyf tot bo in Loeriebos, deur die bosstroompies, deur die Rooi-elsrivier tot bo in Maraisbos . . .

Toe sy deur die rivier waad, is dit kompleet of Abel Slinger langs haar kom loop.

Eendag stuur haar pa vir Abel om twee osse in Eilandbos te gaan haal wat hy vir 'n uitsleper geleen het. Sy torring, sy wil saam. Haar pa gee in. Hulle kom by 'n rivier, sy dink dit was die Homtini. Die rivier is 'n bietjie sterk. Abel vat haar aan die hand, hy buk, skep van die water en sprinkel dit oor haar kop. "Jy maak my hare nat!" Hy maak of hy nie hoor nie. Hy skep van die riviermodder langs die kant en trek modderstrepe oor haar voorkop. "Jy maak my vuil!"

"Stil."

Toe sprinkel hy van die rivier se water oor sy eie kop en trek modderstrepe oor sy voorkop. Toe sê hy: "Rivier sê ons kan nou deur."

178

"Kan die rivier praat?"

"Ja. Jy moet sy permissie vra, jy kan nie sommer net deur nie."

Sy vra plegtig permissie toe sy die Rooi-els moet deur . . .

En iewers moes sy ingesluimer het, want sy word wakker van 'n motorkar wat onderkant die huis verbykom en by Kom-se-bos indraai. Sy spring op en kyk deur die agtervenstertjie, sy sien die motor se ligte. Dis vreemd, daar ry nie in die nag motorkarre in Kom-se-bos in nie. Mense is te bang vir die olifante in die nag. Motorkarre ry soms wel in die hardepad verby om oor die berg tot in die Langekloof te kom. Voordag ry die slypsteenlorrie.

Sy't ingesluimer, en weer wakker geword van die motorkar wat teruggekom het uit Kom-se-bos.

Sy sê dit die oggend vir ou Bothatjie, dat daar 'n kar in die bos in is en weer teruggekom het ook. Ou Bothatjie sê sy het gedroom.

Halfdag kom een van die boswagters verby en vra of hulle gehoor het. Faan Mankvoet het laas nag sy keel afgesny. Faan se vrou het Veldmanspad toe gehardloop en Wiljam Stander gestuur om die dokter te roep. Die dokter het van die dorp af gejaag om Faan te red, hom ingelaai en George toe met hom gejaag, maar Faan is langs die pad dood.

Dié middag kom Wiljam Stander vir die kis kollekteer. Ou Bothatjie gee die geelhoutplank wat agter die huis gelê het, en 'n klompie spykers. Die res van die planke is reeds op die kar se kap vasgemaak.

Die Sondagoggend het van die houtkappers die kis gaan maak en vieruur die middag het die boswagter die diens by Veldmanspad gehou. En sy, Karoliena, het nie oor Faan Mankvoet gehuil nie, maar oor Susanna wat sleepvoet en verslae agter die kis aangeloop het – die twee weeskinders weerskante en klouend aan haar rokspante.

179

Die boswagter sê die dokter het hom self gesê: ál kos wat in die stomme Faan se huis was, was 'n bakkie bosdruiwe en 'n paar patats.

Maandagoggend, toe sy wakker word, weet sy wat sy moet doen.

"Waarheen gaan jy so vroeg, Karoliena?" vra ou Bothatjie.

"Na Susanna van oorlede Faan toe."

"Gaan trek vir haar 'n paar wortels in die kamp uit."

"Later. As die vrou van die Carnegie dalk na my kom soek, sê haar ek het Susanna uit die hel gaan sleep."

"Karoliena?"

"Later, oom. Ek moet in die pad val."

Die bos is blink gedou. Elke druppel waarop die son 'n plekkie kry, skitter soos fyn glas. Elke boskrui se reuk hang in die lug; langsterttintinkie sit en skel, 'n swerm geelgat-tiptolle krap onder 'n witels in die bosvloerblare op soek na kos. Susanna kan nie tussen die bosvloerblare kom krap vir kos nie.

Susanna moet asseblief net nie teenstribbel nie!

Sy het nie.

"Ek is op gestribbel, Karoliena." Haar oë is dik geswel van huil. Oë sonder lewe – net verdriet.

'n Ent van die huis laat sy Susanna en die kinders met die bondels onder 'n geelhoutboom sit om te wag.

"Kom jy terug?" vra Willempie onrustig.

"Ja."

Haar ma is in die kombuis, besig om die vuur op te maak.

"Môre, Ma."

"As jy hierdie tyd van die dag met daardie gesig voor my kom staan, kan dit net nuwe moeilikheid beteken, Karoliena!"

180

"Ja, Ma."

"Is jy terug by Johannes?"

"Nee, Ma. Ek het kom vra dat Ma vir Susanna van oorlede Faan invat."

"Wat?"

"Die twee kinders ook. Hulle het nie heenkome nie." Sy bly kalm, talm voordat sy die troef gooi.

"Het jy koors op die harsings?"

"Asseblief, Ma."

"Ek is nie 'n losieshuis nie! Hoe kan jy vir my kom staan en vra? Ons het skaars genoeg om van te leef!"

"Ek sal Ma 'n pond 'n maand betaal," gooi sy die troef en sien die skrik in haar ma se oë flits. "Susanna kan Ma in die tuin en die huis help. Willempie kan ook al oulik spit. Die kinders sal natuurlik moet skool toe gaan."

"Pond 'n maand?"

"Ja."

"Wat jy waar kry?" Asof haar ma bang is om te gou te glo . . . "Die kerkverpleegster stuur ou Lewies met 'n briefie rond, 'n hoogvrou van die goewerment wil die bosvroue Saterdagoggend by Veldmanspad se skool aanspreek. Is dit sý wat jou stuur?"

"Nee, Ma."

"Martjie Salie sê hulle kom kyk hoekom ons so verarm is. Ek kan nie die vrou en haar kinders verniet invat nie. Hulle moet eet."

"Ek weet, Ma." Sy haal 'n pond uit haar roksak en hou dit na haar ma toe uit.

"En volgende maand?" vra haar ma toe sy die pond met angstige hande gryp.

"Dan bring ek weer vir ma 'n pond."

"Sy sal my met die wasgoed ook moet help!"

"Sy sal. Dankie, Ma."

Toe sy uit Langvleibos terug in die hardepad kom, is dit te laat om nog dorp toe te loop. Die onrus oor Susanna

181

is minder, maar 'n nuwe kwelling het in haar kom lê: geld. Sy't haar ma 'n pond 'n maand aangebied sonder om te weet hoe lank sy dit sal kan betaal – hoeveel daar nog van die trougeld oor is. Sy sal dringend moet tel. As sy rofweg in haar kop somme maak, behoort daar vir ongeveer ses maande genoeg te wees. En dan? Daar is nog Hestertjie se kind wat moet melk kry.

Die volgende oomblik vlam die wrewel in haar op! Sy is nie die Kerk of die staat of Carnegie nie!

Wat gaan sy maak as die trougeld op is?

Wie is dit wat die vroue by Veldmanspad wil toespreek? Die Rothmann-vrou? Toe te spreek oor wat? Of is daar dalk tog iewers 'n skrefie waardeur 'n bietjie lig op pad is?

15

Ou Bothatjie sit voor die deur op die stomp toe sy by die huis kom.

"Die predikant was hier, hy sê hy moet jou dringend sien. Die Rothmann-vrou was by hom."

"Sien waaroor?"

"Hulle het nie gesê nie."

"Ek het Susanna en die kinders by my ma gesit."

"Dis goed. Ek sê vir die predikant jy kyk op plekke net so goed en beter na die bosmense as die kerkverpleegster. Hy sê dis tyd dat jy uit die bos kom. Dominee Odendaal."

"As hulle weer kom, sê ek's nie hier nie."

"Ek kommer oor jou, Karoliena. Misterdokter het kom sê ek hoef nie verder te proef as die nuwe man oorvat nie. Hy sê die aanplantings wil nie sukses word nie. Ek vra vir hom: Wat van my blyplek? Hy sê al die houtkappers gaan uit die bos gehaal word. Ek vra: Wanneer? Hy sê sodra die ondersoek voltooi is. Ek vra watse ondersoek? Hy sê daar het vernames in die bos aangekom om te ondersoek."

"Dis dalk tog die uitkoms waarop almal hoop, oom."

"Wat gaan van jóú word, Karoliena?"

"Ek weet nie, oom." Sy het die trougeld getel; daar is £6 en 'n paar sjielings oor. Die suiker is op, die meel is op, ou Bothatjie se twak . . .

Sy is nie armsorg nie!

"Amper vergeet ek. Johannes het saam met die boswagter vir jou 'n boodskap gestuur om te sê die parlementsman eet Sondag by hom. Jy's ook genooi."

Werdt. Dis nie meer nodig dat sy hom sien nie. Die Carnegie-mense het gekom.

"Wie kom daar met die pad langs?" vra die ouman en spits sy oë in die rigting van Diepwalle.

"Lyk soos oom Gieljam Botha en oom Daantjie Zeelie van Gouna."

"Kyk weer. Hulle is nie manne wat sommer hierdie kant van die bos kom nie."

"Dit is hulle. Dalk het die grootman hulle weer laat roep om na die vreemde stinkhout te kom kyk."

"Watse vreemde stinkhout?"

"Los, dis sommer 'n ou grappie."

"Maak op die vuur vir koffiewater. Die koffie is laag, ons sal moet kry."

"Ja, oom."

Die twee houtkappers wat buite by ou Bothatjie gaan sit, klink nie soos die twee benoudes met wie sy die dag saam na Keet toe is nie. Sy was toe nog op Wittedrift in die skool.

Wittedrift. Kap die lewe vir 'n mens 'n pad oop wat jy móét loop – of loop jy sommer maar net en kap self oop? Of kap jy toe? Mens sal nie weet nie. Al wat sy weet, is dat daar vir haar ongeveer £6 oor was voor die pad vir haar toemaak. En dan?

Sy breek die stuk dunhout in haar hande met venyn deur, gooi dit in die vuur en sê in haar hart: As die geld op is, loop ek diepbos in en gaan kruip iewers langs die rooi-els onder 'n klipskeur in vir die res van my lewe!

Toe sy buite kom, sit die drie oumanne soos drie flenterkatte wat pas elkeen 'n muis gevang het. Pyprook hang blou om hulle koppe. "En as julle so omring sit van vreugde?"

"Karolienatjie, die son kom elke môre weer op! Mens hoef dit nie eers te glo nie. Gieljam en Daantjie het tyding gebring."

"Watse tyding?"

"Daar kom 'n groot fees, hulle is besig om die beste manne vir die maak van die waens uit te soek, en ons is die bestes."

"Sit julle nou en yl? Watse fees?"

"Voortrekkerfees. Volgende jaar," sê Gieljam Botha, vernaam.

Daantjie Zeelie is skynbaar bang sy verstaan nie en verduidelik verder. "Jy sien, Karoliena, soos Kersfees 'n fees is vir die Here se verjaar, so gaan dit 'n fees wees om die Voortrekkers wat die land in gevlug het om 'n beter heenkome te soek, te herdenk en te vereer."

"Ek hét skoolgegaan, oom. Hulle het nie gevlug nie, hulle het getrek."

"Maar baie dieselfde ding. Daar gaan met ossewaens van onder in die Kaap tot bo in Pretoria gery word, en vier van die waens gaan spesiaal hier uit die bos gemaak word vir Knysna. Jaap Jonker was eergister by my en Gieljam, hy soek die beste manne om die waens te maak. Stinkhoutwaens. Ek sê vir hom: die bestes sit voor jou – as ons ou Bothatjie by Jim Reid-se-draai kan kry om te help met die speke, het jy die heel bestes. Maar dan sal jy die bestelling moet tjap, want ons sal die stinkhout moet gaan kap en saag; 'n man wil minstens twee jaar hê om die hout te laat droog."

184

"Toe sê hy die hout lê klaar gedroog op sy werf," vat ou Gieljam oor. "Hy, Jonker, het verantwoording vir twee van die waens, ons kan maar solank begin om vir ons baarde te groei, almal moet soos Voortrekkers lyk vir die fees. Broeke van koordferweel, Johannes Stander sê die koordferweel is op pad met die skip saam. Ek sê: Gelukkig het ou Bothatjie klaar die baard. Vrouens moet in lang rokke wees . . ."

"Wie gaan vir die broeke se ferweel betaal?" vra sy.

"Jonker vir die helfte, Van Reenen onder in Suurvlakte se bos vir die ander helfte, want hy gaan die ander twee waens voorsien. Ryk man wat hy is."

"Wanneer begin julle met die waens?"

"Maandag, as dit die Here se wil is," sê oom Gieljam. "Dominee sê die fees sal nie die werk van die mens wees nie, maar die wil en die werk van die Almagtige om die Boerevolk wat so swaar kry, weer te laat hande vat."

"Wie gaan julle vir die werk betaal?" Sê nou sy kom nie reg met die pensioengeld vir die ouman nie . . .

"Jonker en Van Reenen."

"Wie betaal vir oom Bothatjie?"

"Jonker en Van Reenen. Gelukkig het ek nog 'n goeie klompie ysterhout, die aste moet van ysterhout wees."

Dit wás immers 'n skrefie lig.

En sy sal wel Johannes se uitnodiging aanneem en self by Werdt gaan hoor van die fees; gelukkig het sy nog die geleende rok en skoene gehad. Johannes sou hom nie hoef te skaam nie.

Maar eers moet sy Saterdagoggend Veldmanspad toe om te gaan hoor wat vir die bosvroue gesê word. Wie dit gaan kom sê.

Dit is die Rothmann-vrou wat teen tienuur se kant daar aankom. Toe sy, Karoliena, 'n uur of wat vroeër by die skool aangekom het, het net die bondel verskriktes nog

185

voor die deur gestaan. Haar ma en Susanna ook. Ant Martjie van oom Salie; Jan Koen se vrou. Fransina, skoondogter van Anna van Rooyen – rooi lint in die hare.

"Hoe gaan dit met jou skoonma, Fransina?"

"Kan nie meer op uit die kooi nie. Die bene val nou gate in."

Oral om die skool baljaar kinders – by die meeste se monde hang wit of blou goed skeef uit die kieste.

"Wat's in die kinders se monde?" vra sy vir ant Salie.

"Sommer van ongewoon – die goewerment het laat verniet tandeborsels uitdeel by die skool. Die kerkverpleegster het rapport dat die kinders se tande vrot is. Nou loop hulle met die goed in die monde. Ek vra: Waar's die tandeseep? Het jy gehoor van die kaas?"

"Wat van die kaas?"

"Hulle gaan mos nou kaas kry by die skool in plaas van melk. Honde het mooitjies al die kaas by Bracken Hill se stasie opgevreet wat saam met die houttreintjie hiernatoe moes kom. Waarvoor, dink jy, is hierdie vergaar waarvoor ons bymekaargemaak is?"

"Ek hoop maar dis uitkoms vir al die ellende."

"Jou ma is weer amper net so stywenek as die tyd toe jy met Johannes getrou het."

"Hoe meen antie?"

"Sy't mos nou 'n servant soos 'n ryke. Susanna van oorle' Faan. Betaal haar glo 'n pond 'n maand. Ek sê: Vir 'n pond 'n maand sou ek ook gaan servant het. Jy reken hier kan vandag uitkoms vir ons aankom?"

"Ja."

Die motor het stadig in die pad opgery van die dorp se kant af. Baie stof, dis droog. Dominee Odendaal bestuur, Maria Rothmann sit langs hom en klim eerste uit die motor. Swart rok, plat swart skoene. Fyngeslypte byl wat die bondel verskrikte bosvroue tydsaam groet met 'n glimlag en 'n kopknik links, 'n kopknik regs sodat 'n vreemde oomblik van waardigheid uit hulle vlam soos hitte uit 'n ou vuur. Dominee Odendaal kom agterna: hy bly sy hoed lig met sy linkerhand, skud met die ander hand die skurwe hande een ná die ander.

Hester Vermaak se ma is ook daar. Swart hoed op die kop, rooi boek onder die arm.

Die predikant kom stoeplangs tot by haar, Karoliena, om hand te skud. "Ek is besonder bly om jou hier te sien, Karoliena. Ek en mevrou Rothmann het vir jou goeie nuus."

Verby sy lyf, in die pad wat van Diepwalle se kant af kom, sien sy Elmina aankom met die "baba" in 'n kombers gedraai in haar arms. Samuel draf-draf agterna. "Ek dink ons moet die vroue in die skool bymekaarkry," sê sy haastig vir die predikant.

En gaan wag by die hekkie vir Elmina. Elmina met die bot oë, Elmina met die bang oë . . .

"Wie se begrafnis is dit?" vra sy.

"Dis nie 'n begrafnis nie, Elmina, dis die vrou van armsorg wat met die bosvroue kom praat. Kom jy nie ook luister nie?"

"Nee. Ek's op pad na die kerkverpleegster se kamers toe met die baby. Sy wil nie drink nie, wil nie die tet vat nie."

Hoe vee 'n mens 'n daad uit wat jy nie moes gepleeg het nie? Waar span jy die draad tussen reg en verkeerd?

Sy's by die agterste sydeur in die skoolkamer in. Maria Rothmann staan voor in die klas, die predikant sit reg voor haar in die eerste bank. Die stuk of twintig bosvroue in die ander banke – twintig bont spreeus met die beste wat hulle besit aan hulle lywe. Kopdoeke, strikke, slides in die hare . . .

Maria Rothmann het stilgebly sodat sy, Karoliena, in een van die agterste banke kon inskuif. Dit voel vreemd om in die dooie klaskamer te sit – dieselfde benouing wat haar altyd vasgedruk het toe sy nog in die skool

187

was. Sy kan nie onthou van 'n oggend dat sy nie gesoebat het om nie skool toe te gaan nie . . .

"Daar is gevind dat werklike welsyn binne die gesin op die skouers van die moeder rus," hervat Maria Rothmann. "Dit is die móéder van die huis wat die plek van die lede van die gesin in die gemeenskap bepaal. Uit die gedrag van die kinders kan ons die gedrag van die huis aflei – veral uit die gedrag van die dogters. Uit die toestand waarin die huis verkeer, kan ons die toestand van die moeder aflei – skoon en netjies, vuil of deurmekaar."

Maria Rothmann se woorde val tussen die bosvroue in soos druppels op 'n droë stofplek – druppels waarvan die meeste nie kan insink nie omdat dit te lank al droog is . . .

"Terselfdertyd durf ons nie vergeet dat armoede die grootste bederwer en vyand van ons sedes en selfrespek is nie. Ek reis deur hierdie land, oral vind ek dieselfde patrone onder die armes: onkunde en verbystering omdat behoorlike opvoedingsgeleenthede hulle ontbreek het. Uit 'n studie van die aantekeninge wat ek maak, kom daar twee hoofgroepe onder armes voor: verslegting as gevolg van persoonlike oorsake soos gebreke, en agteruitgang en verslegting weens invloede van buite.

" 'n Huis, 'n gesin funksioneer presies soos 'n organisasie, asof dit 'n sakeonderneming is wat bestuur word. Dit funksioneer gesond en normaal solank daar vaste reëls en orde onder die lede is. Waar daar verantwoordelikheid deur beide die moeder en die vader – maar veral die moeder – vasgestel is. Die vader voorsien die nodige bestaansmiddele – hoe karig ook al – die moeder is die uitdeler daarvan. As sy dit nie kundig laat geskied nie, lei die hele gesin skade."

Dit voel of die ou benoudheid van skool haar al meer wurg. Sy wil uit. Op die treinspoor gaan speel, vir die mense in die coach gaan waai . . . Maria Rothmann praat die regte woorde, maar sy weet nie dat honger spreeus net klein stukkies kos op 'n slag kan pik nie . . .

"Die heel eerste taak van die moeder is om die kinders die nodige huisopleiding te gee. Die dogters vir wie sy hierdie opleiding gee, is die moeders van die toekoms, wat op hulle beurt weer die opleiding aan húlle kinders gaan gee. Die eerste taak van die Carnegie-ondersoekspan is om te bepaal waar die opleiding in die arm gemeenskappe te kort skiet en te poog dat die nodige opleiding beskikbaar gestel word. As voorbeeld kan hier genoem word dat dogters uitstekende onderrig in die huishoudskool op Knysna ontvang. Seuns in die ambagskool buite die dorp. 'n Gemeenskap se rykdom lê in sy leiers, want sonder die regte leiers val enige gemeenskap uitmekaar. Uit die leiers binne 'n gemeenskap ontstaan die voorbeelde en die nodige leiding, omdat dit die plig van die leiers is om toe te sien dat kinders in die skool bly. Dis die plig van die leiers . . ."

Sy moet uitkom. Sy moet haar kans afkyk, opstaan en by die agterste sydeur uitglip voordat die byeenkoms van die vroue klaar is.

"Ek het gister die voorreg gehad om saam met die kerkverpleegster twee van die gevorderde gesinne hier by Veldmanspad te besoek. In beide huise was die moeders goeie, eenvoudige mense; die huise was skoon en netjies, van die kinders is in die dorpskool, van die seuns in die ambagskool . . ."

Eers toe sy onder haar boom op haar hurke gaan sit, laat sy haarself toe om die woorde hardop te sê. Soos om op te gooi. "Boom, die beste sal wees as ek 'n veilige wegkruipplek iewers in die bos kry en vir ewig daar kan bly. Ek wil 'n boom word sodat ek immers in vrede kan leef en doodgaan. Hierdie Carnegie-mense is goeie mense. Hulle ken die regte woorde, maar hulle sien nie hulle kap aan dooihoute nie – en ek wil nie 'n dooihout word nie!"

189

"Karoliena, praat jy met jouself? So op jou hurke hier?" Twee houtkappers en 'n uitsleper onder van Gouna se kant af.

"Nee, ek praat met die boom."

"En wat sê jy vir die boom?" Hulle lag en lê die bondel sakke neer. Een het twee lang stokke en 'n emmer in die hand.

"Ek sê vir die boom julle steek seker duifneste af vir die eiers." Die een met die emmer lig die sak sodat sy die klomp eiers in die emmer kan sien. "Goeie oes," sê sy.

"Goeie kos," sê hy trots en met 'n tikkie uitdaging – so asof hy verwag sy sal iets te sê hê daaroor.

Sy't een keer tevore gesien hoe hulle eiers uit die duifneste steel: Twee hou die aanmekaargewerkte sakke onder die tak vas, die ander een steek die lendelam stokkiesnes stukkend, die twee met die sakke vang die vallende eiers rats onder die boom.

Nee, sy het nie iets om te sê nie, 'n boom kan nie praat nie. Wil ook nie praat nie. Sy wil net by die huis kom om iets te ete te maak vir ou Bothatjie en die rok gaan uithang vir môre se ete by Johannes . . .

Iewers is 'n lamte in haar. Maria Rothmann het boekwoorde, die bos het boswoorde, die vroue het armwoorde – en al die woorde staan op verskillende papiere geskryf. Die een verstaan nie die ander nie en sy, Karoliena, kan nie dink hoe hulle ooit sal nie.

Sy is skaars terug in die hardepad toe die motorkar haar van agter af inhaal. Daar is nie tyd om in die onderbos in te spring en weg te kruip nie. Sy kan net langs die kant gaan staan en wag dat hulle stilhou en uitklim. Dominee Odendaal en Maria Rothmann. Hulle kom na haar toe aangestap met gesigte waarop die moedeloosheid nie heeltemal weggesteek is nie.

"Karoliena!" groet die predikant haar met iets soos blyheid. "Toe ons jou soek, is jy weg."

"Ons besluit toe om vir jou die goeie tyding bo by die

190

huis te gaan bring," sê Maria Rothmann. "Gelukkig het ons jou nou hier langs die pad gekry." Fyngeslyp, weet hoe om in te byl . . .

"Watse goeie tyding?" Iets waarsku haar dat dit nie goeie tyding sal wees nie.

"Dat daar vir jou 'n opening vir goeie werk is," sê die predikant.

"Selfs reëlings vir losies by 'n goeie Afrikaner-gesin," voeg Maria Rothmann by.

"Ek soek nie werk nie."

"Jy kan nie die res van jou lewe met onsekerheid in die bos leef nie, Karoliena." Die vrou het 'n mooi, sagte manier van praat. "Ons besef dat die lewe tot hiertoe nie vir jou maklik was nie, maar die Kerk én dominee gaan alles doen om dit vir jou in die toekoms beter te maak."

"Ek soek nie werk nie."

"Kom nou, Karoliena!" Die predikant het nie meer geduld oor nie. Hulle sê hy was eendag so op van sukkel met die houtkappers, hy't in Gouna-se-bos 'n hele nag saam met hulle onder 'n skerm gaan bly in 'n poging om hulle beter te verstaan. Toe loop hy hom die voordag amper in 'n olifant vas wat besig was om stilletjies patats onder die as uit te krap met sy slurp. Party sê hy't soos 'n bees gebulk van skrik, ander sê hulle moes hom rivier toe vat om homself te was . . . "Jy weet, 'n mens vergeet so maklik van jou seëninge en leef sommer booor; jy besef nie dat jy besig is om al meer afwaarts te leef nie!"

"Ek soek nie werk nie!"

"Wat soek jy, Karoliena?" Sag, bylskerp . . .

"Gerustheid. En hoop dat daar 'n plan met die houtkappers gemaak sal word."

"Dit is prioriteit, Karoliena. Maar intussen is dit van uiterste belang dat jy na jou eie toekoms begin kyk. Wat is die kans dat jy met jou man versoen kan raak?"

"Niks. Hy wil my nie weer hê nie."

191

"Waar, volgens jou, hoort jy?" vra Maria Rothmann met geduld en eerlike oë.

"In die bos."

Agter haar begin die predikant kriewel. "Kan jy onthou hoe jy teengestribbel het toe jy Wittedrift se skool toe moes gaan, Karoliena? Kan jy onthou hoeveel moeite daar vir jou gedoen is? Omdat jy 'n skrander skolier was."

"Ek het gegaan."

"Reg. Nou is daar weer vir jou moeite gedoen. Daar is vir jou werk in Port Elizabeth gereël."

"Watse werk?"

"Goeie werk in 'n lekkergoedfabriek."

"Ek werk in die bos. Ek's die spook wat sien wat julle nie sien nie." Woedewoorde wat self in haar kop in geval het. "Ek is 'n spook wat loop waar julle nie kan loop nie, 'n spook wat nie lekkergoed in papiere wil gaan toedraai nie."

"Dis genoeg!" Die predikant het skielik sy toga afgegooi en kwaad geword. "Jy kan nie deur die lewe gaan deur een ná die ander geleentheid te verwerp soos jy Johannes Stander verwerp het nie! Jy sal hierdie werksgeleentheid eenvoudig in dankbaarheid moet aangryp. Jy het nie 'n keuse nie. Daar is Woensdag vir jou geleentheid Baai toe gereël, ek sal self ook daar wees wanneer jy bo by Jim Reid-se-draai opgelaai word. Kyk dat jy vroeg die oggend netjies aangetrek en reg is."

Ek sal iewers gaan wegkruip, sê sy in haar hart toe sy wegstap. Ek gaan nie in Port Elizabeth werk nie.

Sy sal met meneer Werdt gaan praat.

Toe sy bo by die huis aankom, sit Hestertjie Vermaak se sustertjie op die stomp voor die deur. "Oom Wiljam wil nie melk gee nie, hy sê ons moet eers weer geld bring."

Dit kos haar 'n pond uit die laai vat en self Veldmanspad toe loop. Die kind agterna.

"Ma sê die hoogvrou van Swellendam het nie haar hand in die sak gesteek nie, net gesê ons moet die huise aan die kant maak. Ons besem het gebreek, mens kry besems te koop by die stasie se winkel, Ma sê as ons net 'n nuwe besem kan kry . . ."

"Julle kan gaan bossies pluk en 'n besem máák!"

"Moenie met my ongeskik wees nie, ek sê maar net wat Ma gesê het."

"Wat sê jou ma nog van die vergadering?"

"Ma sê sy sê ons moet die vleis beter opsny. Pa het darem 'n bosvark gevang. Ma sê sy sê almal moet geleerd kom. Dis van ongeleerd wat ons so ellendig is. Ma sê dis waar, kyk hoe geleerd is Karoliena."

Toe sy weer by die huis kom, is ou Bothatjie besig om 'n waspeek met 'n dissel uit te kap. "Mens moet raak vat as 'n ding na jou kant toe kom rol, Karoliena. Raak vat."

"Ja, oom."

"Gaan jy môre na Johannes toe?"

"Ja, oom."

Sy dra die rok en die onderrok oor haar arm. Die skoene in haar hand. In Dam-se-bos trek sy haar ou rok en skoene uit, en die ander aan. Sy kam haar hare, en steek die ou klere onder 'n bos weg. Loop verder, draai om en gaan trek weer die ou skoene aan, dra die nuwes in die hand. Toe loop sy beter.

Johannes maak die deur oop. Hy is bly om haar te sien, bly om haar beter aangetrek te sien. Waarom dan die ou skoene in haar hand? Natuurlik kan sy dit iewers wegsteek. Wat van voor die agterdeur?

Daar is twee bediendes in die kombuis besig om die kos voor te berei. Kos wat haar mond laat water. Regte kos . . .

Sy gaan by Johannes in die sitkamer sit. Sy keer nie

die rustigheid wat oor haar kom nie, asof sy vir 'n oomblik op die wonderlikste rusplek beland het.

Is Johannes die pad wat sy in haar domheid vir haarself toegekap het?

Miskien.

Mens huil nie oor gister se onweer nie . . .

Hy't vir haar 'n verrassing, sê hy. Wat? Daar is 'n raadsbesluit geneem om al die ou akkerbome langs Main Street uit te haal en ander te plant. Die bome is besig om al meer in die pad te kom van die oorhoofse drade wat nodig is. Hulle het hóm gevra om vas te stel watter boom uit die bos, inheems natuurlik, die beste gaan wees as verfraaiing van die dorp. Net nie geelhoutbome nie, dit sal 'n vlermuisplaag in die dorp beteken as hulle die dag begin vrug. Op die oomblik is die grootste probleem vir die dorp steeds die feit dat grondeienaars buite die dorp weier om hulle grond te verkoop. Dis pure halsstarrigheid wat direk in die pad van noodsaaklike uitbreiding staan! Watse bosboom sal sy aanbeveel? Wildekastaiing. Vertel my van die boom. Dis 'n baie mooi boom. Groot om lekker koelte te maak. En van Oktober tot Desember maak hy die mooiste pienk blomme wat altyd die pragtigste skoenlappers lok.

"Ek loer hulle langs die waterlope af as hulle gaan modder opslurp."

"Ek sal dit aan die raad voorlê. Wildekastaiing, sê jy?"

"Ja."

"Het jy opgemerk dat daar nog twee strate geteer is?"

"Ja."

'n Bediende in 'n spierwit gestyfde uniform bring die tee in. 'n Geel koek op 'n silwerstaander. Johannes sny self en skep op die bordjies. Silwervurkies . . .

"Is jy nog meneer Werdt vir ete te wagte?" Sy moet weet.

"Ja. En jy moet hom asseblief nie met onnodighede pla nie. Ek verneem die verteenwoordigers van die

194

Carnegie-ondersoekspan was die afgelope tyd heel bedrywig in die distrik."

"Ja, hulle het selfs vir my werk in 'n lekkergoedfabriek in Port Elizabeth gekry – geleentheid om daar te kom, losies, alles."

"Oorweeg jy dit om die werk te aanvaar?"

"Nee." Sy kry die gevoel dat sy kop nie heeltemal by sy mond is nie, hy bly heeltyd straatkant toe spied.

"Ek wou nog sê dat jy besonder fraai lyk, Karoliena – veral as ek dink aan die laaste keer wat jy hier was."

"Ek is bly jy het vir my die rok geleen."

"Jy kan dit maar hou."

"Dankie."

Kort daarna daag meneer Werdt op. Met nog 'n verrassing. Dinge is beslis besig om vir die houtkappers te roer. Hy, Werdt, is op pad na die parlement toe met 'n uitstekende voorstel: dat die Knysna-hawe vergroot en verdiep word sodat die houtkappers en bosarbeiders kan gaan visvang.

"Hulle weet net van palings vang in die bosriviere. Miskien moet hulle liefs Port Elizabeth toe gestuur word om in die lekkergoedfabriek te gaan werk." Sy sê dit aspris, maak of sy nie die skok en afkeer op Johannes se gesig sien nie – die manier waarop hy haar met sy oë probeer keer. Sy bly net liefies glimlag.

"Ek dink nie ons bosmense sal in 'n stad aard nie, mevrou Stander."

Johannes staan op en gooi vir hulle rooierige wyn in mooi patroontjie-glase. Vra nie of sy ook wil hê nie. Sê net dat hy verheug is oor die Animal Welfare Organisation wat pas op die dorp gestig is. Meneer Werdt stem saam. Sy vra of dit die welvaart van die bos-osse insluit? Niemand antwoord haar nie.

Kort daarna is dit tyd om aan die tafel te gaan sit. Vir kos wat wonderbaarlik heerlik is. Met servette wat wit

195

en kraakstyf gestyf is. Die tafeldoek ook. Terwyl die vername meneer Werdt voortskommel op die verkeerde wa, want hy dink duidelik sý's die huisvrou, die een wat alles bedink en beplan het . . .

"Ek neem aan dat u heelparty van die Carnegiemense ontmoet het, meneer Werdt?" vra sy terwyl hulle wag vir die nagereg.

"Ongelukkig nie, hulle tyd was beperk. Myne weer oorlaai met afsprake. Maar die inligting wat ek ontvang, is baie positief. Ek stem saam met die kommissie dat die blote uitdeel van gunste en gawes nie die oplossing van die armblanke se probleem gaan wees nie. Dat dit eerder afhanklikheid kan aanmoedig en die Afrikaner se wonderlike ondernemingsgees kan demp. Die goewerment se skemas, hulle planne om die armblanke paaie te laat maak, damme en kanale te laat graaf, plantasies te laat aanplant, getuig van die beste oordeel. Daar moet gekeer word dat die werkloses té afhanklik raak van staatswerkverskaffing."

"Weet u iets van 'n Voortrekkerfees wat vir aanstaande jaar beplan word?"

Johannes se wenkbroue lig, hy is moontlik verras dat sy daarvan weet. "O, ja!" antwoord die parlementsman opgewonde. "Ek dien in die herdenkingskomitee. Kommandant dominee Odendaal het juis met 'n uitstekende voorstel gekom dat jong meisies in tradisionele drag tydens die optog deur die dorp moet kollekteer vir die Vrouesendingbond en dat die geld aangewend moet word vir behoeftige vroue in die distrik."

"Die belangrikste, volgens my mening, is dat die Trek weer die Afrikaner sal verenig," las Johannes by, "wat weer trots in die harte sal bring om 'n Afrikaner te wees – onder een vlag. En ons mooi, nuwe volkslied deur almal aanvaar sal word. Ek verstaan daar word nou op 'n Engelse vertaling ook gewag. Dominee Odendaal vertel my dat die Trek na Pretoria volgens 'n fyn beplande roete sal geskied – dat dit 'n pelgrimstog sal wees wat by al die plekke sal aandoen waar Afrikaners geveg en gesterf het vir hierdie land."

Amper soos 'n preek.

En toe, ná die ete, het Johannes 'n snaakse syerige kamerjas aangetrek voordat hy en meneer Werdt in die sitkamer sigare gaan rook het. Vir haar, Karoliena, het hy stroperig gevra om te gaan toesig hou oor die wegpak van die silwer.

Sy gaan trek haar ou skoene voor die agterdeur aan en loop sonder om te groet. Sy loop sommer net. Omdat sy wil. Dit was 'n fout om te gekom het. Die afgrond tussen haar en Johannes – tussen die dorp en die bos, tussen armblanke en rykblanke – is dieper as wat sy gedink het.

In Dam-se-bos trek sy weer haar ou rok aan, wens vir 'n oomblik sy kan die deftige een onder 'n bos insteek en sommer net aanloop! Die skoene ook. Maar weet dat dit kinderagtig sal wees.

Voor sy by Diepwalle se stasie is, hou vier motorkarre by haar stil om te vra of hulle haar kan oplaai. Nee, dankie. Die vroue se hoede is met dun serpe om die koppe en onder die kenne vasgestrik. Deftige vroue met oë wat iewers bo haar kop vasgekyk het. Die derde motor se bestuurder vra of sy miskien een van die bosmense is. Ja. Is daar enige gevaar van olifante? Ja. Is daar moontlikheid dat 'n olifant 'n motor kan aanval? Sy weet nie; mense sê jy moet net nie agteruit ry nie. Toe sê die vrou langs hom hy moet liewers omdraai, maar hy ry voort.

By Diepwalle se stasie sit iemand langs die spoor, kop amper op die knieë. Kaalvoete op die spoor voor hom. Hy sit soos verlore. Dis Ampie Stroebel, maar dit kan nie Ampie wees nie – Ampie het iewers in die Magaliesberg gaan grondbone plant op 'n plotjie wat die goewerment gegee het!

Sy sê vir haarself: Maak of jy hom nie sien nie en hou aan met loop! Sy raas met haarself: Sy kan nie elkeen wat langs die pad omval wil optel nie!

197

"Ampie?" Toe hy opkyk, is sy oë rooi. Die snotstrepe aan sy baadjie se moue sê hy het klaar gehuil. "Ampie, hoekom sit jy hier?"

"Ek kon nie meer nie, ek het weggeloop." Soos openlik bieg en terselfdertyd om hulp te roep. "Ek het probeer, maar dit werk nie. Dis nie onse plek nie, Karoliena."

"Waar's Jakobus wat saam met jou is?"

"Hy probeer nog, maar hy soebat elke dag om teruggestuur te word. Ek kon nie meer soebat nie. Die welsynsman skryf jou soebat in 'n boek, hy sê jy moet net moed hou. Maar my moed was op. 'n Lorrie het my opgelaai tot op Oudtshoorn – daarvandaan kon ek darem terugloop bos toe."

"En nou?"

"Ek was by dominee. Hy sê ek's in groot moeilikheid, ek moet kyk dat ek terugkom daar bo, ek was op goewermentsorders daar."

"Waar's jou skoene?"

"Flenters geloop oor die berg."

"Nou sit jy hier op die spoor?"

"Dalk trap die trein my dood."

"Moenie simpel wees nie, Ampie! Mister Kennet sal briek voor hy jou raak."

"Die man met die lorrie het gesê ek kan weer met hom saam terugry. Karoliena. Maar daar's niks by die Magaliesbergplek nie, net rooie dooie grond sonder bos. Mens kry nie asem nie. Jakobus plant monkey-nuts, hulle wou nie vir my by die monkey-nuts sit nie. Hulle het my geleer om baddens se bome te lap en grammophones reg te maak. Toe loop ek weg."

"En nou?"

"As die lewe jou uitspoeg, laat hy jou lê waar jy val. Dominee sê ek moet terug na die man met die lorrie toe. Ek sal môre begin loop."

"Hoe gaan jy kaalvoet oor die berg kom?"

198

"Dalk kry ek geleentheid."

Toe die woorde in haar kop in val, weet sy sy sal haar mond nie kan keer om hulle ook te sê nie. "Ek sal jou môreoggend hier by die winkel kry, dalk kan ek vir jou skoene koop."

"Regtig? Waar gaan jy die geld kry?"

"Ek sal 'n plan maak."

As die trougeld op is, is sý kaalvoet in die pad!

Toe sy by die huis kom, kyk ou Bothatjie haar stip aan. Vra of sy toe by Johannes gaan eet het? Ja. Het hy haar gevra om terug te kom na hom toe? Nee. Hoekom lyk sy so bekommerd?

Sommer.

"Lyk my nie jy wil praat nie."

"Nee."

"Het jy gehoop hy vra jou om terug te kom?"

"Dalk."

Nee. Johannes is nou 'n syjas-man wat besig is om opper en opper in sy eie boom te klim. Sy wil nie agter hom aan klim nie, mens val te seer uit bome uit. Anderkant Johannes is die lekkergoedfabriek – anderkant die lekkergoedfabriek is die Rooi-els se kranse . . .

Ampie moet net eers skoene kry. Dit kan nie anders nie.

16

Sy steek £2 in haar sak vir die skoene. Toe is daar nog drie pond en ses sjielings van die trougeld oor.

Sy loop Diepwalle se stasie toe met die vreemdste begeerte om heelpad al op die kolle son langs te trap. Lang treë gee, op plekke lang spronge maak omdat die son nog aan't sukkel is om oor die bos te klim. Iewers wag 'n vanggat vir haar en vanggate skuil in skaduwees. Sy wil nie bang wees nie, maar sy is. Die lekkergoedfabriek is 'n vanggat.

Sy hoor die motor aankom, maar kyk nie op nie. Sy konsentreer net om die sonkolle raak te trap. Eers toe die motor langs haar stilhou, kyk sy op en sien dis Johannes met die hardste stroefheid oor sy gelaat wat haar verras, maar nie laat skrik nie.

"Môre, Karoliena." Stywe mond sonder lippe.

"Môre, Johannes."

"Ek bemerk dat jy nou selfs jou maniere in die bos verloor het. Nie eers die ordentlikheid gehad om te groet voor jy gister net verdwyn het nie!"

"Ek weet. Ampie Stroebel wag vir my by die stasie-winkel. Hy't weggeloop van die goewermentsplek af waar hy moes gaan grondbone plant, nou't hy nie skoene nie en hy moet terug Oudtshoorn toe. Gaan laai hom op, vat hom na jou winkel toe . . ."

"Het jy jou verstand ook verloor?"

"Seker." Hy het op een van haar sonkolle stilgehou, sy moes skuif. Toe klim hy uit die motor, loop om en kom staan reg voor haar.

"Karoliena," sê hy, "jy moet nou baie mooi vir my luis-ter. Ek is nie 'n man wat maklik omdraai nie. Ek is hier omdat ek laas nag diep en ernstig nagedink het, en besef het dat ek jou nie kan sien vergaan en net so los nie! My beginsels, my Christenplig laat dit nie toe nie. Ek is hier om jou nog 'n kans te gee. Jou te vra om saam met my om te draai en terug te kom na my toe. Ek is nog steeds jou wettige man. Dit is duidelik dat jy nie na jouself kan kyk in hierdie bos nie, dat jy nie vir jouself kan sorg nie en dat ek my plig as jou man opnuut sal moet opneem. Alles aan jou praat die taal van 'n armblanke, terwyl jy in werk-likheid 'n mooie meisiekind is wat beter verdien! Waarom doen jy dit aan jouself? Omdat jy te trots is om om te draai, en nou maar voortsukkel soos al die ander?"

200

"Nee, Johannes."

"Wat dan?"

"In die bos is ek wáár. By jou is ek 'n lieg."

"Jy verwar jou woorde, Karoliena. By my het jy die kans gehad om *waar*dig te leef."

"In Streepbos staan 'n stinkhoutboom wat duisend jaar oud is. Dís waardig."

"Ekskuus?"

"Die meeste bosmense – die armblankes – het opgegee, Johannes. Ek is een van hulle, maar ek het nog nie regtig opgegee nie, want ek het nog drie pond oor. 'n Mens gee net op as jy regtig niks meer oor het nie."

"Ek weet nie waarvan jy praat nie."

"As ek saam met jou omdraai, het ek niks oor nie."

"Moenie in raaisels praat nie, Karoliena!"

"Jy sal nie verstaan nie, ek verstaan self nie al die raaisels nie. Die Carnegie-vrou sê die agterlikes onder die bosvroue was nie behoorlik opgelei toe hulle kinders was nie." Sy is soos een wat 'n verkeerde voetpad gevat het en nie weet waar sy is nie. Sy moet net aanhou. "Ou Bothatjie sê goed word nie sleg nie, en sleg word nie goed nie. Ek is nie sleg nie, ek sukkel maar net om die regte voetpaaie deur die bos te vind sodat ek my nie vasloop nie."

"Waarheen is jy op pad, Karoliena?"

"Stasie toe, Ampie wag daar vir my."

"Dis nie wat ek bedoel nie, en jy weet dit!"

Sy weet. "Ampie wag in elk geval vir my."

"Klim in die motor en gaan saam met my huis toe."

"Ampie wag vir sy skoene."

Dít maak hom eers regtig kwaad. Hy gooi sy hande in die lug. "Wat die duiwel gaan aan met jou, Karoliena? Niks wat 'n mens vir jou probeer doen, help nie!"

"Seker nie."

"Jy gaan jouself só in hierdie bos tussen die armblankes verstrengel dat jy nooit weer hier sal uitkom nie!"

"Hoe gaan húlle hier uitkom?"

201

"Dis nie jou saak nie!"

"Wie se saak is dit dan?"

"Nie joune of myne nie! Los vir Ampie Stroebel – hy's 'n armlastige, 'n las op die staat en 'n sukkelaar! Kom saam met my huis toe en leer om jou waardigheid te herwin voordat dit te laat is!"

"Ek kan nie."

"*Hoekom nie*?" Dit lyk of hy haar met sy hande wil breek, dis net dat hy haar nie kan bykom nie . . .

Lank gelede het sy eendag op 'n bloubokkie afgekom wat pas in 'n strik beland het. Dit was die eerste keer dat sy 'n bloubokkiestrik gesien het. 'n Jong vlier is afgebuig, en 'n lus van tou tussen die blare vasgemaak. Die bokkie loop lekker wei-wei, sy kop beland in die lus, die vlier ruk op – en die bokkie hang bo in die vlier. Hy's nie dood nie, hy skop die tou net al vaster om sy nek. Hy blêr die vreeslikste benoude blêrre. Sy skree vir hom: Hang stil! Sy wou 'n leer by die huis gaan haal om hom by te kom. Dit was nie ver na die huis toe nie.

Sy sleep die leer, sy huil, daar's niemand om haar te help nie. Haar pa kap, haar ma het by een van die ander bosvroue gaan kuier. Sy sleep die leer. Sy skree: Hang stil, ek's op pad!

Toe sy by die bokkie kom, is hy morsdood.

"Hoekom nie, Karoliena?" vra hy weer. "Het jy dan werklik geen gevoel vir my in jou hart nie?"

"Ek's bang ek wurg dood in jou strik, Johannes."

Ampie se skoene het nege sjielings gekos. Die paar kouse 1/6.

Sy't meel en suiker en koffie en 'n sakkie twak ook gekoop en in die pad geval huis toe. Maar eers by haar boom langs geloop om beter te voel. Die bontrokkie op haar skouer laat sit, om haar kop laat vlieg . . .

Johannes het haar gevra om terug te kom na hom toe. Die helfte van haar skree: Haas jou na hom, Karoliena

202

Stander, en red jouself! Die ander helfte keer met 'n ou drif: Nee, gaan kruip weg in die bos en klou aan Karoliena Kapp waar jy hoort!

Niks wil haar laat beter voel nie. Behalwe toe sy haar kop teen die boom se baslyf aanleun en in hom in fluister: Ek's die deurmekaarste deurmekaar. Asseblief, help my. Ek weet nie watter kant toe nie. Kyk asseblief met die hardepad langs tot waar jy Ampie sien loop. Kyk dat die skoene nie sy voete vol blase druk nie, dat die kouse vir hulle 'n sagtigheid is.

Sy kon agterna nie onthou hoe lank sy daar gesit het voor die wonderwerk gebeur het nie. Dit wás 'n wonderwerk. Want al sou die boomspook op daardie oomblik weer uit die boom geklim het, kon dit nie 'n groter mirakel gewees het nie! Die son het skielik uit die lug begin val en die bos met 'n blinkheid kom slaan wat haar oë verblind het. Van die hardepad se kant af het 'n motor stadig met die sleeppad langs ingedraai . . .

CCO 10.

Mister Fourcade.

Soos toor.

Sy kan nie praat nie. Sy kan nie juig nie. Net stom in haar blyheid opstaan terwyl hy stilhou en uitklim en haar hart deur haar hele lyf begin doef-doef.

"Mister Fourcade?"

"Karoliena, dear child."

Moenie huil nie, moenie huil nie, sê sy vir haarself. Maar die huil wil nie hoor nie. Toe die ou bosbok met die menskop sy arm om haar skouers sit, begin die huil by haar oë uitrol, en sy kan sweer sy hoor die boomspook iewers hoog tussen die oumansbaard lag. Iewers lag 'n kakelaar, 'n loerie in die verte, en die seweweeksvarings anderkant die boom. Die hele bos! Die hele wêreld!

Eers het sy die voorkant van haar rok natgehuil, toe mister Fourcade se ordentlike wit sakdoek.

Hy't nie getraak nie. Op een van haar boom se anker-

203

wortels wat bo die grond uitgebult het, gesit en geluister na die stringe woorde wat by haar mond bly uitval het. Af en toe – soos toe sy vertel het hoe haar ma so gevloek het van die woede – met sy tong 'n klapgeluid gemaak. Soms sy hand 'n oomblik op hare laat rus. Soms die bontrokkie weggesjoe.

Hy het gelag vir die gesteelde trougeld. Gesê dit was *very clever*.

Nie eers opgehou met glimlag toe sy hom verwyt omdat hy nie eerder kom kyk het hoe dit met haar gaan nie!

Hy het haar laat praat en praat. Haar laat sê van Elmina se pop, die stinkhoutjies, Faan Mankvoet, Hestertjie se kind, Abel Slinger, die orgideetjies, die dag toe sy die stinkhoutboom was, die Carnegie-mense . . .

Hy het haar laat praat totdat dit binne-in haar leeg was, skoongespoel.

Tot al haar trane op was en net die kommer in haar oorgebly het.

"Daar is nog steeds nie uitkoms vir die houtkappers nie – meneer Werdt sê hulle moet gaan visvang."

Toe vertel hy vir haar 'n storie soos vir 'n kind.

Lank gelede, toe God die wêreld klaar gemaak had, het hy sy drie beste seuns daaroor aangestel. Die oudste seun se naam was Liefde, die tweede seun se naam was Fluks. Saam het hierdie twee seuns die aarde bewoon en mooigemaak; geplant en geoes en onder mekaar verdeel sodat almal genoeg had. Dit het goed met die aarde gegaan. Toe, op 'n dag, maak die derde seun van ver anderkant die hoogste berge af sy opwagting – 'n groot sterk man met die gelaatstrekke van 'n godskind en sy naam was Slim. Nie lank nie, toe sien Slim hoe ryk en gelukkig sy ander twee broers is. Hy sê: Dis nie reg nie. Hulle sê: Kom werk saam met ons en word saam met ons nog ryker. Ek is te slim, sê Slim, julle sal vir mý moet kom werk, want ek kan vir julle skatte maak waarvan julle nie eers kan droom nie! Watse skatte? Kiste vol

204

geld, masjiene, ongelooflike wapentuig wat julle ryker en sterker as ooit sal maak. Hulle glo hom. Hulle begin vir hom te werk, al harder en harder, en toe hulle opkyk, toe's hulle Slim se slawe en Slim word net ryker en sterker. Maar die tuine en die landerye begin al minder oorvloed lewer en oral begin mense kla dat hulle honger is. Slim skel en gaan tekere, hy slaan hulle om nog harder te werk. Die oudste seun, Liefde, kon dit later nie meer verduur nie en vlug die berge in waar hy vandag nog op 'n klip sit en wag dat die slegte tye moet verbygaan. Hy's die enigste een van die drie broers wat kan onthou hoe dit was toe dit nog goed was. Oraloor die aarde loop daar van sy boodskappers rond om in die mense se ore te fluister dat hulle nie moet opgee nie.

"Hoekom kom hy nie liewers self van die berg af nie?" wil sy weet.

"Die boodskappers werk nog aan die pad."

"Dis 'n mooi storie, maar simpel, want nêrens sê dit hoe die houtkappers uit die ellende moet kom nie!"

"Tog is daar helpers soos jy wat sien waar ander nie sien nie."

"Ek is niemand se oë nie! Ek kan nie eers sien waar ek self moet loop nie!"

"Jy sal deurkom."

"Hoe? Gaan lekkers toedraai?"

"Nee. Ek sal jou 'n manier wys."

"Wat?"

"Jy sal sien. Ek behoort oor 'n week terug te wees, ek sal jou bo by die huis kom oplaai."

"Moenie weggaan nie, jy sal vergeet om my te kom haal!"

"Ek sal nie."

Dit was die langste week.

Met dae soos tande wat van alle kante af aan haar kom hap het om te kyk of hulle haar kan opgevreet kry!

Eerste het die groot rooibruin motorkar onderkant die huis in die hardepad stilgehou. 'n Agtermekaar man klim uit, kyk om hom rond – na die huis se kant toe. Hy probeer diep die bos in tuur, loop om die motor en buk by elke wiel om te kyk.

Sy staan voor die deur met die beker koffie in haar hand wat sy agter die huis vir die ouman wou gaan gee. Die man kom na die huis toe aangeloop. Hy het 'n stofjas aan, hoed op die kop. 'n Streng gesig.

"Is jou pa by die huis?" Kortaf.

"My pa is dood." Sy sê dit aspris net so kortaf omdat die man haar staan en aanstaar asof hy wil seker maak hy sien reg. "Na wie soek meneer?"

"Na ou Bothatjie wat iewers hier by Jim-Reid-se-draai woon."

"Hy werk agter die huis."

Hy swaai sy lyf om, buk onder die olienhout se takke deur en loop na die agterkant van die huis toe. Sy agterna. Ou Bothatjie sit 'n speek en uitkap met die dissel, die hele wêreld om hom lê vol ysterhout-kloofsels, hy is al van ligdag af aan die uitkap.

"Meneer Botha?" groet die man. Sy's seker sy het sy gesig al iewers gesien. Op die dorp, miskien in die kerk . . .

"Dagsê." Ou Bothatjie het sy hoed afgehaal en begin daarmee van die kloofsels van sy broekspype afwaai. "Kan ek meneer tot hulp wees?"

"Ek is bestuurder by Jonker se houtfabriek op die dorp – dis ons wat van die feeswaens maak. Ek verstaan u is genader om van die speke te maak."

"Ja. Vellings ook."

Die bestuurder tree na die hoop speke wat eenkant in 'n netjiese hoop gepak is, en skop met sy voet daarteen soos teen 'n hond. "Voorskrifte vir die maak van die waens word op hoë vlak bepaal en moet van die begin af deeglik geskied. Ons reputasie is op die spel."

206

"Ek kan 'n speek in my slaap vir jou uitkap, meneer."

"Ek is besig om al die manne in die distrik te besoek wat besig is om vir ons wa-parte te maak, om toe te sien dat die werk na wense gedoen word. Die vertrek van die waens na Pretoria is uitgewerk en haarfyn beplan om aanstaande jaar in Augustus vanuit die Kaap te geskied. Dit gaan 'n lang en moeisame trek wees . . ."

"Waar gaan julle al die osse kry?"

"Dit word alles deur kundiges gereël."

"Jy kan nie mak osse en wilde osse deurmekaar inspan nie!" waarsku die ouman ewe vaderlik.

"Bepaal oom maar by die speke." Kompleet of hy die ouman se mond toedruk. "Die waens moet ten minste 'n maand voor die vertrektyd klaar wees; daar sal groot feestelikheid op die dorp plaasvind, die Jonkerbroers wil met trots die twee waens waarvoor hulle verantwoording geneem het in die optog sien. Ek vertrou oom besef hoeveel speke en vellings van oom verwag word?"

Die ouman antwoord hom met 'n ruk van sy skouers en 'n koudheid in die stem. "Een wa het vier wiele, twee waens het agt wiele – elke voorwiel het tien speke, agterwiele veertien . . ."

"Ja, toemaar, toemaar. Ek het vergeet dat 'n ouman wat nog vir só 'n mooi jong vrou kans sien genoeg in die kop *en* elders moet hê!" Hy lag met stomp vrot tandjies vir sy eie simpelheid. "Onder by Ouplaas is 'n houtkapper, hy sê hy kap sy speke met 'n regsbyl reg, hy sukkel nie soos oom met 'n dissel nie," sê hy beterweterig.

Sy staan met 'n gevoel van onrus agter die ouman. Die koffie in die beker is aan die koud word. Die houtfabriek-man staan nie 'n oomblik lank stil nie, hy is soos een met 'n kool vuur in die broek.

"'n Dom man kap speke met 'n regsbyl uit. Buitendien, as ek meneer se opinie wou gehad het, sou ek op 'n bliktrommel geslaan het."

"Oom moet maar versigtig slaan, jy slaan dalk jou

207

geluk raak." Hy sê dit met 'n laggie, maar dit klink eintlik na 'n dreigement.

"Die oom se prys is minstens halfkroon 'n speek." Sy moes dit *sê*. Sodat hy kan weet.

"Wag 'n bietjie, meisiekind!" keer die man vinnig. "Prysmaak is nie vroumenswerk nie."

"Dit is vandag." Sy gooi dit in sy waterblou ogies in en staan haar staan. Hy kyk weg, kyk terug, kyk weg. Op hierdie oomblik is hy vir haar elke houtkoper wat ooit die bos ingekom het; elke ongeskikte boswagter wat geluister het waar die byle diep in die bos kap sodat hy kan gaan spaai of daar liksens gekoop was, of dit 'n gemerkte boom is wat gekap word – of daar dalk iewers 'n strik gestel is vir 'n vleiskossie . . .

"Ek en die oom sal alleen regkom." Asof hy haar mond ook wil toedruk.

"Nee. Ek wil hoor hoe julle regkom. Ek wil by wees. Die boswerkers is plat genoeg getrap van Slimme en sy trawante."

"Waarvan praat jy nou?"

Skuldig, sonder twyfel.

Die aand sê ou Bothatjie sy was te kwaai met die man, maar hy is dankbaar vir die goeie prys wat hulle hom gaan betaal. Baie dankbaar. Die spensioen sal nie nodig wees nie.

Die tweede tand is die volgende middag voor die deur. Willempie van oorlede Faan, wat kom staan en kriewel aan sy hemp se soom. Sy vra vir hom wat dit is, hy sê dis weer die somme. Iets waarsku haar dis nie die waarheid nie. Sy vra of sy hom kan help met die somme. Nee, hy sal regkom. Sy sê: Willempie, dis nie hoekom jy hier is nie. Hy kyk op die grond vas, hy wurm 'n vinger deur 'n knoopsgat. Sy sê: Willempie, praat! Hy sê sy moenie vir haar ma sê hy was daar nie; hy was die dag voor gister ook daar, maar toe was sy, Karoliena, nie by die huis nie. Sy sê: Willempie, práát!

"Dis môre betaaldag, Karoliena. Ant Meliena sê die meel is op, die suiker is op – as jy nie geld bring nie, moet jy ons kom haal en terugvat Kom-se-bos toe. My ma is bang, sy sê ons kan nie daarheen terug nie."

"Ek sal môre die geld bring."

"Moenie sê ek was hier nie."

"Ek sal nie."

Ergste was die kommer in die kind se oë. Die tweede erg was die kommer in haar eie hart; oor die geld wat aan die opraak was, en die moontlikheid dat mister Fourcade nie sou terugkom nie. Die moontlikheid dat sy dit nie sou regkry om vir ou Bothatjie pensioen te kry nie, die speke se geld sou nie vir altyd hou nie.

Soos rotse wat van 'n berg af bly rol en rol.

Maar gelukkig is Meliena Kapp se huis in Langvlei-bos mis gerol, want die huis was skoon en aan die kant. Skoongewaste klere het oor die draadheining om die tuin gehang. Die tuin was omgespit, rye koolplantjies geplant, en patatranke ingelê . . .

"Môre, Karoliena."

"Môre, Ma. Waar's Susanna?"

"Gaan wasgoed was by een van die boswagters, bo by die bosstasie; die vrou het tweeling-kleintjies. Sy betaal haar vier sjielings in die maand."

"Dis te min."

"Sê wie?"

"Ek."

"Dan sê ek 'n pond 'n maand vir drie se losies is skreiend."

"Ek weet nie hoe lank ek dit nog sal kan betaal nie, Ma."

"Wat sê jy daar? Dink jy ek gaan hulle verniet op my nek laat lê?"

"Dit lyk beter in die huis, ek sien die tuin kom mooi aan . . ."

"Ek sê jou, Karoliena, hulle gaan nie verniet op my nek lê nie!"

"Ek hoor, Ma, dis nie nodig om so te skree nie."

Ná 'n lang gewag sê die klerk by die magistraatskantoor sy moet die ouman bring dat hulle self by hom kan uitvind hoe oud hy is.

Hy's te oud om dorp toe te loop.

Dis nie ons probleem nie.

Bliksem, vloek sy in haar hart. "Ek sal kyk of ek hom op die dorp kan kry," sê sy met haar mond.

Eers buite in die straat besef sy dis te laat om voor donker by die huis te kom. Dat sy eintlik te gedaan is om nog terug te loop. Sy sal moet slaapplek vra op die dorp – by die kerkverpleegster of by Johannes.

Nee, nie Johannes nie.

'n Verbaasde Amelia Claassens maak bly die deur oop. "Karoliena, wat 'n aangename verrassing!"

"Het jy asseblief vir my slaapplek vir die nag?"

"Natuurlik. Kom binne – waar's jou goed?"

"Ek is leëhand."

"Toemaar, ek leen jou sommer 'n nagrok."

'n Uur later voel dit of sy uit die bos in 'n ander land ingeloop het. Nee, uit bosland in mensland kom kuier het en dat sy besig is om te verdwaal omdat sy skielik besef dat sy twee verskillende koppe vir elkeen van die wêrelde nodig het. 'n Sagte kop vir die een, 'n harde vir die ander.

"Verbeel ek my, of is die dorp om een of ander rede opgetooi – al die vlae, die palmtakke."

"Ons is vereer met baie hoë besoekers, daar word vanaand vir hulle 'n bal in die stadsaal gehou. Familie van die koning van Engeland – die graaf en gravin van Claredon. Die graaf is deur die raad uitgenooi om 'n olifant in die bos te kom skiet, maar hulle tyd is ongelukkig beperk. Mister Wilson, ons burgemeester, sê my hulle het wel die wens uitgespreek om die *magic forest*

210

waarvan hulle gehoor het te sien, maar ongelukkig kon dit ook nie gereël word nie."

"Dalk is mister Wilson bang hulle loop van die bosmense raak."

"Kan 'n mens hom verkwalik?"

"Seker nie."

"Terloops, ek het verlede week Susanna gaan besoek by jou ma. Dit gaan goed met haar en die kinders, jou ma kyk goed na hulle. Sy's streng met die kinders, maar sy sê jy is besig om van haar te vervreem. Eintlik van alles en almal te vervreem. Sy reken ou Abel Slinger en sy vrou kon jou getoor het! Ek en jy weet dis nie waar nie, maar ons kan ook nie ander kwalik neem as hulle so begin dink nie. Ek meen, waar kry jy die geld om jou ma vir Susanna en die kinders te betaal?"

"Sal armsorg dit in die vervolg doen?"

"Armsorg sukkel om van dag tot dag die nodigste uit te deel. Jou ma sê Johannes betaal jou nie onderhoud nie; daar is mense wat sê ou Bothatjie het iewers goud gekry – daar was mos voorjare goud in die bos – dat hy jou dáármee onderhou."

"Dis nie waar nie." Sy is spyt dat sy by Amelia Claassens slaapplek gevra het.

"Ek glo jou, Karoliena. Maria Rothmann van die Carnegie-afvaardiging sê sy dink daar is 'n interessantheid, 'n duisterheid in jou wat ons nie verstaan nie. Dat sy baie graag langer met jou sou wou gepraat het."

"Sy ken nie my woorde nie."

"Hoe kan jy so iets sê? Dis 'n baie slim vrou, sy skryf boeke."

"Sy ken nie my woorde nie. Was Elmina toe hier met die kind wat nie wil drink nie?"

"Ek het nie geweet jy weet daarvan nie?" roep sy verras uit. "Waar op aarde kom sy aan die pop?"

"Wel, sy kon nie vir die res van haar lewe in die bed lê en wag het vir 'n kleintjie nie!"

211

"Het jy . . . Moenie vir my sê . . ."

"Ja, ek het die pop gekoop."

"Hoe kon jy so 'n dom ding doen? Besef jy die simpel vrou dink dis werklik 'n baba?"

"Ja."

"Hoe gaan jy die situasie weer omgedraai kry?"

"Hoekom sal ek dit wil omkeer? Laat haar speel met die pop."

"Dominee is besig om uit te vind van 'n inrigting waarheen sy miskien gestuur kan word."

"Sê vir dominee hy moet haar liewer met 'n stuk hout loop doodslaan. Dit sal meer genadig wees."

"Karoliena! Dis dringend nodig dat dominee jóú onder sy vlerk neem!"

"Nee. Dis tyd dat daar iets kom van hierdie kastige Carnegie-ondersoek. Hulle het die hele bos vol kom snuffel, maar mens hoor nie 'n woord van wat hulle werklik uitgesnuffel het nie!"

"Al die onderhoude wat gevoer is, is na 'n sentrale punt gestuur waar dit verwerk word. Die armblanke-kwessie is 'n groot een, landwyd. Gemeet aan die stede is die ellende van die bosmense maar 'n druppeltjie in die emmer."

"Werklik?" Soos om jou disnis te loop teen een van die rolklippe.

Die volgende tand wat bo by Jim Reid-se-draai aan haar kom knaag het, was 'n olifanttand.

Ou Bothatjie het agter die huis aan die speke gewerk; sy was besig om die huis aan die kant te maak. Toe sy buitetoe loop om die ouman se bokvelmatjie te gaan uitskud, kom die ongelooflikste mooi motorkar stadig in die hardepad verbygery; suutjies soos kousvoet loop sodat geen stoffie kan opslaan en aan sy lyf gaan sit nie. Sy sien hy draai nie met Kom-se-pad die dikbos in nie, hou verby Langekloof toe oor die berg.

212

Sy buk en begin onder die katels skoonmaak. Dink sommer aan Amelia Claassens wat haar openlik gewaarsku het dat sy Johannes finaal kan verloor as sy nie begin oppas nie. "Hy's 'n aantreklike man, Karoliena."

"Het *jy* vir hom sin?" Sy kon nie help om dit reguit te vra nie, die vrou het bly wegkyk soos een wat iets wou wegsteek. Iewers diep in haar kop weet sy, Karoliena, daar wag vorentoe 'n dag waarop Johannes 'n egskeiding sal kom vra . . .

Die volgende oomblik praat 'n sagte manstem benoud agter haar in die deur: *Excuse me* . . .

Sy is halflyf onder ou Bothatjie se katel in en tru vinnig uit.

'n Lang, donker man in 'n swart uniform met silwer knope. Pet op die kop van die soort wat die skeepskapteins gewoonlik dra.

"Kan ek help?" vra sy hom op Engels. Hy lyk nie net Engels nie, hy is halfdood geskrik ook. Sy vee vinnig die stof met die vloerlap van haar knieë af en vra weer: "Kan ek u help?"

Die ou storie, gewone storie.

Die mooie motorkar staan onderkant die huis in die hardepad, kopkant Langekloof se kant toe. Die mooiste silwer beeld op sy neus, twee mense agter in die motor. Die man is die motorbestuurder, sy passasiers is die graaf en gravin van Claredon. Of sy dalk vir die gravin 'n glasie suikerwater kan maak om te drink, want net toe hulle hier bo om die draai kom, lê die verskriklikste groot olifant die hele pad vol. Hy's nie dood nie, hy't sy slurp boontoe geroer.

'n Gewone dag kom draai om en word die vreemdste van dae. Sy maak die suikerwater aan en loop daarmee pad toe. Die twee deftigste mense wat sy in haar lewe gesien het, sit agter in die motor. Die fynste vrou. Die witste vrou. Van lewendige porselein soos die glaspop in miss Ann se glaskas. Nee, ek het nie 'n glasie om suikerwater in aan te maak nie, net die blikbeker. Die vrou wil nie aan die beker raak nie. Dis 'n skoon beker, sê sy vir haar, maak net die ruit groter oop. Die vrou vat die beker met albei hande – dun, wit vingers, die mooiste ringe, blinke naels. Sy maak haar oë toe, vat 'n slukkie, nog 'n slukkie . . .

Die man langs haar is meer rooiwit van aangesig, sproeterig. Sy hande ook. Hy vra of daar iemand is wat die *beast* kan gaan skiet. Nee. Hy vra die drywer om hom uit die motor te help, maar die vrou keer hom vinnig met haar hand. Die drywer gaan sluk die res van die suikerwater agter die motor weg. Hy vra of daar leeus ook in die bos is. Nee. Hy wil weet wat hulle te doen staan as die olifant storm? Niks, hy lê net in die son – julle sal maar moet wag totdat hy klaar gelê is. Die man sê hulle kan nie onbepaald wag nie; die gravin is baie fyn van gestel, al hulle bagasie is by Knysna op die trein gelaai wat hulle aan die ander kant van die berg moet oplaai. Daar is geen ander reëlings getref nie. Hierdie is 'n privaat ekskursie omdat die graaf begeer het om deur die woud te ry, hulle het nie geweet dit is só gevaarlik nie.

Sy staan langs die motor in die pad, sy weet nie mooi wat om volgende te doen nie. Sy vra later vir die drywer of die drie van hulle nie wil koffie drink nie. Nee, dankie. Sy raak moeg van die gestaan en sê vir die drywer hy moet probeer om die motor 'n entjie vorentoe te trek tot by Kom-se-bos se indraai sodat hy kan omdraai en terug dorp toe ry. Nee, die motor is te groot. Buitendien, daar is geen verdere reëlings op die dorp getref vir die graaf en gravin nie. Wil sy nie asseblief gaan kyk of die olifant al weg is nie? Sy sê sy sal gaan kyk, maar sy kan nie heeldag op en af nie.

Die olifant lê nog in die pad.

Sy sê: Laat die mense bietjie uitklim. Die drywer sê die vrou is te bang, hy vra of daar dan nie íets is wat gedoen kan word nie? Nee. Hy kom skynbaar nie agter dat sy, Karoliena, self net so gedaan is van rondstaan in die pad nie. Sy dink. Sy dink . . . loop weer 'n slag om die motor . . . sy dink. Sy loop na die deur aan die vrou se kant, sy maak die deur oop en bly die vrou in die oë kyk. Popoë. Bevreesde oë. Daar is 'n vreemde, wonderlike reuk in die motor. 'n Koningsmens se reuk – soos die heel boonste takke van 'n stinkhout in blomtyd moet ruik. Sy steek haar hand stadig uit en sit dit versigtig op die vrou se skoot; voel haar bewe deur die dikkerige blink lap. Die vrou is 'n boek wat deur die palm van haar hand opstyg, al haar woorde is gemaak van die kleinste bosblommetjies in die onderbos. Sy staan, sy bly die vrou se oë met hare vashou. Liggroen oë met bruin spikkeltjies in. Sy sê vir die oë, moenie bang wees nie. Die vrou is die muskeljaatkat se kleintjie; 'n kat wat met sy lang lyf en kort beentjies in die bome jag en sy enigste kleintjie in die hol boomstam weggesteek het en wat sy, Karoliena, dae lank loop uitlok het met stukkies vleis wat sy onder haar ma se oë uit bly steel het. Mens moes net geduld hê. Baie. Sy kom by die huis aan met die katjie in haar hande, haar pa se mond en oë val gelyktydig oop; hy sê loop sit neer die wilde ding, hy sal jou siektes gee! Toe loop sy en gaan sit die katjie terug in die boom. Die volgende dag was die katjie weg.

Die vrou is nie wild nie. Net bang. Mens moet net geduld hê . . .

Kom, sit jou voete uit . . . stadig . . . draai jou lyf . . . die ander voet ook . . . die mooiste spitspuntskoene van dieselfde lap as die rok, die mooiste kousbene . . . skuif vorentoe . . . stadig. Kom nou regop.

Sy kyk nie na die graaf of die drywer se kant toe nie, maar sy weet hulle hou háár die hele tyd dop.

Sy vat die vrou aan die hand. Liggies. Kom nou stadig saam met my – nee, die olifant slaap, hy sal nie in die pad af kom nie. Ek wil jou iets gaan wys – dis nie ver nie,

215

dis 'n blommetjie wat nes jy lyk. Toe praat die vrou vir die eerste keer, sy vra: *Are you an angel?* Ja. Die vrou vra: *Why are you so dirty then?* Sy sê: *I'm a dirty angel.* Toe lyk dit of die vrou wil glimlag. Die man het aan die ander kant uitgeklim en by die drywer gestaan.

Toe begin sy die vrou aan die hand lei. Versigtig. Sy het die katjie ook net so liggies vasgehou . . .

Die lengte van die motor. Nog 'n lengte. Die mooie skoene se hakke sak weg in die grond, maar die vrou bly moedig langs haar loop.

Sy het die vorige dag die bondeltjie pienk wildebalsem op die bosrand sien blom en op haar hurke by hulle gaan sit om hulle beter te bekyk. Helderder te sien. Te kyk hoe hulle in die bosluggie roer soos goedjies wat vir hulleself 'n dansie maak. So fyntjies en fraai, so kommerloos. Gewonder hoekom hulle dáár kom blom het, want hulle blom altyd dieper in die bos langs die waterlope. Sy't nie geweet hulle het kom blom omdat hulle hulle mensvrou sien aankom het nie . . .

Toe kom hulle by die blommetjies en die wêreld word vreemd. Die vrou los haar hand en buk oor die blommetjies en sy, Karoliena, weet dat as die gravin 'n blom was, sou sy só gelyk het. Die vrou hou haar hande bokant die blommetjies in die lug, die verwondering op haar gesig sê sy weet dit ook.

Die volgende oomblik sien sy die twee mans staan verstar in die middel van die pad. Ou Bothatjie is besig om van die huis se kant af nader te kom en die koningsman sê: *There's a wild man coming towards us.* Soos 'n dringende waarskuwing, maar met die waardigheid van 'n ou kalander wat hom teen die aanslag van die wind verweer.

Sy sê hom dis 'n bosman. Hy vra: Woon hy in die bome? Sy sê: Nee, in die huisie daar bo. Dis mister Botha.

Dit was die dag van die koningsmense.

216

Toe die ouman gaan kyk, was die olifant weg en die pad oop.

Die Saterdagoggend het die predikant gekom. Met 'n stramte van gemoed en haas in sy lyf. Ou Bothatjie het by die speke gaan inval. Nee, die predikant wil nie koffie hê nie. Sal sy omgee as hulle buite voor die deur sit? Voel vir hom daar's bergwind in die lug . . .

"Die kerkverpleegster sê jy't vroeër die week daar geslaap."

"Ja."

"Die kerkverpleegster sê dis jy wat vir Elmina die pop gegee het."

"Ja."

"Dit was 'n baie dwase ding om te doen. Jy het nie die nodige opleiding om jouself as maatskaplike werkster in hierdie deel van die bos aan te stel nie. Toe jy die kans gehad het om verder te studeer, het jy jou rug daarop gedraai! Besef jy hoeveel moeite daar van die Kerk se kant af vir jou gedoen is?"

"Ja."

"Hoekom het jy weggeloop van Johannes af?"

"Dominee hét my al gevra."

"Ek vra weer."

"Ek het gesê: Sommer."

"Dis nie 'n antwoord nie, Karoliena!"

"Dis al antwoord wat ek het."

Toe erg hy hom rooikwaad. "Jy's besig om verkeerde weë in te slaan, Karoliena! Gevaarlike weë. Die alleenheid in die bos saam met die ouman is besig om jou verstand aan te tas! Daar is moeite gedoen om vir jou werk in Port Elizabeth te kry, maar ook dáárop het jy jou rug gedraai. Soos op die goeie Johannes. Ek verneem jy woon nie eers Sondae die kerkdiens op Veldmanspad by nie. Wat gaan van jou word?"

"Wat gaan van die houtkappers word?"

217

"Dit is nie jou bekommernis nie!"

"Wie s'n is dit dan?"

"Alles moontlik vir hulle gedoen. Op die hoogste vlak. Maar jy wil jou inmeng met dinge wat niks met jou te doen het nie. Jy verheiden, jy dwaal deur die bos soos 'n verlore siel en klap elke hand weg wat na jou toe uitgereik word! Dit kan nie langer so aangaan nie!"

"Dominee is dom."

"Hoe durf jy so met my praat? Dr. Murray van die Carnegie-afvaardiging sê hulle het jou vol blare en takke in die bos raakgeloop, jy't nie geweet waar jy was nie – jy was besig met een of ander duiwelse ritueel."

"Dr. Murray is ook dom."

"Jy kan nie sulke uitlatings maak nie! Jy praat van 'n vername, opgeleide man wat 'n belangrike rol speel in die soeke na oplossings vir die houtkappers!"

"Julle soek op die verkeerde plekke, omdat julle te bang is vir die regte plekke." Sy sê dit aspris. Om sommer almal terug te kry. "Die houtkopers wat die winste maak, traak nie oor die houtkappers wat die verliese ly nie. Die oplossing sou meer geld vir die houtkapper se hout gewees het, geld wat hy eerlik verdien het. Maar ek dink dis nou 'n bietjie laat: die bos is aan't opraak, en die meeste houtkappers is klaar op. Intussen weier die houtkopers om 'n sny van hulle brood af te staan omdat hulle te slim is!"

"Jy praat onsin. Die houtkappers bekom 'n eerlike prys vir hulle hout vandat die houtveilings ingestel is en hulle nie net op die houtkopers aangewys is nie! Ek vra liewers wat hulle met die geld maak!"

"Betaal die winkelskuld by die houtkopers se winkels. En dominee moet tog moeite doen om een van hierdie nuwerwetse houtveilings te kom bywoon."

"Ek het reeds verneem dat jy daar belet is." Hoogkop, met 'n tikkie hoon soos een wat wil sê dat hy eintlik alles omtrent haar ingelig is.

218

"Dis reg. Een van die boswagters het kom sê ek moenie weer by 'n veiling kom rondstaan nie."

"Omdat dit nie jou plek is nie!"

"Die houtkappers sleep hulle stompe en blokke en mote uit tot by die depot, daar kry al die hout nommers. Die houtkopers gaan maak 'n deeglike deurloop voor die veiling, praat sonder om hulle lippe te roer, sê vir mekaar waarop elkeen wil bie, kom ooreen om nie op mekaar se houte te bie nie. Houtkappers sit eenkant, te gedaan om te keer; 'n os wat te swaar werk, kry later nie asem nie. Die hout, dominee, is dae voor die veiling klaar onder die houtkopers verdeel. Houtkopers betaal wat hulle wil, houtkappers kry dikwels nie eers die liksensgeld se waarde vir die hout nie. Houtkopers is slim, en slim laat hom van niks keer nie."

"Geen wonder jy's belet nie."

Maar hy is te dom om die skrik weg te steek dat sy hom pas iets gesê het wat hy nie geweet het nie . . .

En die hele tyd is die bergwind besig om die lug al dikker te druk en ou kriewels in haar te laat ophoop. Sê nou – sê nou – sê nou dis die dag wat die boomspook besluit om uit te kom?

"Dominee is seker haastig?"

"Ja."

Toe hy weg is, het sy kos gemaak en vir die ouman geneem.

"Wat wou die gesalfde hê?"

"Niks. Ek gaan 'n entjie loop."

"Draai voor dit donker is, die weer steek op."

"Ek sal."

Oral bo die bos, waar 'n mens die lug kan sien, is die donderweer spierwit wolkbolle teen die blou. Hoog. En al die bos se spoke is diep in die bome weggekruip waar niemand hulle kan sien nie.

Moenie so dink nie!

Die saadjie wat die predikant by haar kop kom ingooi het, bly groei in haar. Is daar dalk iets met haar verkeerd wat sy nie weet nie? Hoe's 'n mens as jy verheiden? Sy dink nie sy is aan't verheiden nie, net so min as wat sy probeer om maatskaplike werkster te speel. Dis net dat mens nie altyd kan verbyloop as jy moet buk en help optel nie! Sy kon nie Ampie op die treinspoor gelos het nie; Hestertjie se baba laat doodgaan het nie; Susanna en die kinders in Kom-se-bos gelos het nie . . .

Vir wat het Maria Rothmann loop sê daar's duisterheid in haar? Daar is nie, sy wou maar net weet hoe dit voel om 'n boom te wees. Die enigste ding wat sy nie verstaan nie, is hoekom haar hand die vorige dag die gravin se woorde so duidelik gevoel het. Nie heeltemal woorde nie, meer soos wanneer 'n mens jou hand in 'n voëlnes wil insteek en skielik weet jy moet oppas, daar's 'n slang in. Dan krap jy met 'n stok in die nes, en 'n slang peul uit! Daar was nie 'n slang in die gravin-vrou nie. Net spikkeltjies bang wat soos woorde in háár handpalm kom opstyg het asof haar hand 'n rukkie lank oë was.

"Middag, Boom." Sy sit haar hand teen sy lyf en wag. Hy't nie woorde nie – net snaakse gorrels. "Mister Fourcade het nog nie weer gekom nie. Ek dink die predikant is kwaad vir my. Dit voel my ek raak al dieper in die moeilikheid, ek weet nie watse moeilikheid nie. Ek is bang. Bang ek vind uit ek is eintlik sleg, en ek wil nie sleg wees nie. Ek bly honger, maar ek weet nie waarvoor ek honger is nie." Sy wou dit nie vir die boom gesê het nie.

Lank gelede, toe sy nog op Wittedrift in die skool was, kom sy een vakansie by die huis. Haar ma is kwaad omdat sy nie wil eet nie. Sy sê sy is honger, maar sy weet nie waarvoor nie. Sy loop die bos in, die eerste olienhout sit vol ryp vruggies van wilde olywe. Sy pluk 'n hand vol en eet. Dit neem die ergste honger weg. 'n Ent verder krioel dit in 'n notsung van die voëls wat besig was om die soet bessies te vreet; sy sjoe vir haar 'n beurt oop en oes vir haar ook 'n hand vol wat haar mond só vrank maak dat sy by die naaste waterstroom op haar maag moes gaan lê om te drink. En haar simpel skrik vir Bella van ou Abel Slinger wat haar mooitjies in die onderbos staan en beloer het! Sy kekkellag soos 'n kakelaar, en sê dit kom daarvan as 'n meisiekind notsung uit die voëls se bekke steel! Sy sê vir ou Bella: Moenie simpel wees nie, ek's honger. Gee hulle jou nie kos daar by die Witte-drift se plek nie? Ja, maar dis slegte kos. Ou Bella lag, sê mens kan nie van slegte kos gelukkig raak nie. Net van lekker kos. Boskos. As sy, Karoliena, die vuurmaakhout dra, gaan maak sy wat Bella is vir haar 'n lekker bos-kossie. Watse kos? Jy sal sien. Kom, tel op die hout, my arms is moeg, my bene ook, mens moet ver loop vir 'n bietjie droë hout in hierdie bos. Ek sien jy word nou regte witmens, mooie gekoopte skoene aan die voete, jou ma sê jy raak nou geleerd. Vir wat, vra ek? Die bos het genoeg geleerdheid in hom. Kom, jy raak agter.

Sy dra die sware drag hout, hulle kom by Bella en ou Abel se kleihuisie, daar hang die helfte van 'n wildevark onder 'n sak uit die dak. Bella sê Abel is seegrotte toe om krale te soek. Die dokter op die dorp koop dit van hom. Bella maak 'n vuur op 'n groot plat klip wat buite langs die huis lê. Hulle wag dat die klip moet reg warm word. Bella vra of sy nog lank by Wittedrift moet skoolgaan, of sy 'n kêrel het, of sy baie klere het, of haar ma nog te-vrede is met ou Cornelius Kapp . . .

Vra, vra, vra. Sy lê lekker op haar sy in die koelte. Die vuur brand. Sy stuur haar om 'n handvol gras te gaan pluk en bondel te maak. Toe die klip sy regte warmte het, krap Bella die kole weg en vee die as met die gras-bondel af. Sy gaan sny 'n stuk vleis van die wildevark af en kom gooi dit op die klip dat dit knetter en spat. Sy sleep 'n ander plat klip nader, sit dit bo-oor die vleis op die eerste klip en maak 'n nuwe vuur oor die tweede klip. Gaan lê weer op haar sy en wag.

Toe die boonste klip ook sy warmte het, krap sy die vuur weg, maak die twee klippe uitmekaar, en sny vir haar, Karoliena, 'n stuk wildevark af. Sy eet, dis lekker. Al wat gekort het, was 'n bietjie sout. Maar Bella traak nie oor sout nie, sy eet dat die vet weerskante van haar ken afloop.

Toe sy by die huis kom, is sy nie meer honger nie. Sy sê vir haar ma klipkos is lekkerder as stoofkos. Haar ma sê ons is nie hottentotsmense nie.

"Ek weet nie watse mens ek is nie, boom. Dit voel my ek word oral uitgeskop. Ek loop deur die dorp, die mense kyk my aan en stamp aan mekaar; ek loop en ek loop, ek sê vir myself: Hulle weet tog nie van boomspoke nie! Ek ry op die treintjie, die vreemdes kyk my nog erger aan. Ek kom by jou, die boomspook wil nie weer uit jou klim nie en die trougeld is amper op, ek weet nie wat ek gaan maak nie! En jy staan net."

Die Maandag, amper donker, sit sy en ou Bothatjie voor die deur. Hulle hoor die motorkar ver aankom van die dorp se kant af. Hy kom in die hardepad op, dit lyk of hy twee groot, ronde oë het. Hy ry al stadiger – CCO 10! Dis mister Fourcade! Die blyste bly gemeng met die bitterste teleurstelling, want wat kom hy só laat in die dag daar maak?

Sy hardloop pad toe, sy vra hom. Hy glimlag net en groet; begin die goed uit die motor laai: lantern, twee komberse, piekniekmandjie, 'n netsak aan 'n stok soos dié waarmee vreemdes soms kom skoenlappers soek en selde vang. Hulle vlieg te hoog, en die vreemdes weet nie waar die skoenlappers modder vreet nie. Sy vra mister Fourcade waar hy dink hy hierdie tyd van die dag gaan skoenlappers kry om te vang? Hy sê hy't nie kom skoenlappers vang nie.

Hy en ou Bothatjie groet mekaar soos ou verlore vriende, sit voor die deur en praat en los haar eenkant soos 'n lastigheid. Hulle sê sy moet iets warms gaan aantrek, dis koud in die bos. Wat wil hulle in die nag in die bos gaan maak? Iets gaan soek. Asof sy 'n kind is! Sy gaan trek haar trui aan en kam haar hare, sy hoor ou Bothatjie beduie hom waar hy in Kom-se-bos moet stilhou en watter voetpad hy moet vat . . .

Sy gaan terug buitetoe. Dis al sterk donker. Mister Fourcade het die piekniekmandjie oopgemaak, en gee vir elkeen 'n bord aan. Hy deel die lekkerste broodjies en stukkies kaas en tamatie en frikkadelletjies tussen die borde; gee vir elkeen 'n gestyfde servet. Hy kyk op sy horlosie, en sê hulle het minstens 'n halfuur om te eet.

Ou Bothatjie staan op, gaan haal die huislantern en kom steek dit op. Hy sê hy wil behoorlik sien wat hy eet, sy sien hy weet nie wat om met die servet te maak nie. Sy sê vir hom dis om sy mond mee af te vee. Hy sê sy mond is nie vuil nie. Hy gaan sit, hy skud sy kop, en hy sê: Mister Fourcade, jy kom my vanaand op my ou-dag van 'n ding vertel waarvan ek nog nooit gehoor het nie.

"Ek is bly."

"Jy sê hulle bly binne-in die boom se bas?" Met die ongeloof van 'n kind.

"Ja," sê mister Fourcade.

"Wys jou, ek het gedink ek weet alles wat in hierdie bos aangaan."

"Ons weet eintlik niks van die bos nie, mister Botha."

"Dis 'n aardigheid, en ek's al amper aan die dood-raak."

"Moenie praat of ek nie hier is nie!" sê sy verontwaardig. "Waarmee sit julle in die koppe waarvan ek nie weet nie?"

"Toemaar," troos ou Bothatjie, "jy sal sien en sommer vir my ook kom wys. Gelukkig is daar 'n goeie maan,

223

julle moet net die regte voetpad vat, en in hom bly tot by die eerste waterloop. Daar behoort julle hom al te ruik, hy sal in blom staan."

"Wat ruik? Wie ruik?"

"Geduld, Karoliena, geduld," maan mister Fourcade en tik haar op die arm. "Ek hoop om vanaand vir jou iets besonders te wys wat jou op jou voete kan hou totdat jy gereed is om terug te gaan na Johannes toe."

Soos 'n dwarsklap oor die rug! "Ek wil nie teruggaan na Johannes toe nie!" Sy skree dit uit en spring op. As sy tiernaels had, sou sy hom flenters krap, want sy kan nie glo dat hý ook teen haar gedraai het nie. Dis verraai. "Ek bly in die bos!"

"Wat word van jou as ek iets oorkom?" vra ou Botha-tjie besorg en vee sommer sy hele gesig met die servet af. Sê vir mister Fourcade: "Ek glo nie ek het al in my lewe só 'n lekker kossie op 'n bord gehad nie. Karoliena, moe-nie die bord laat val nie; dis breekgoed, nie blikgoed nie!"

"Oom kan my kos ook kry, ek wil nie meer eet nie." Sy kan nie verder eet nie, die kos wil nie afsluk nie.

"Gee, ons kan dit nie mors nie. Ek weet nie wat's jy skielik so beneuk nie."

Mister Fourcade kyk weer op sy horlosie. "Ons kan maar begin."

"Begin waarmee?" hou sy haar dom.

"Om in die bos te kom."

"Ek gaan nie saam nie." Sy is te kwaad. Kwaad om-dat ander vir haar wil asemhaal! Kwaad omdat mister Fourcade skielik so grootmensrig is. "Ek gaan nie in die nag bos toe nie."

"Dit sou dom wees, Karoliena. Kom." Toe hy opstaan, weet sy sy moet saam.

Hulle ry sonder om te praat.

Toe hulle by Kom-se-bos se pad indraai, het sy moeite om kwaad te bly, want die mooiste maanblink bos is besig om om hulle op te staan.

"Maak reg jou gemoed, Karoliena."

Nee, sê sy in haar hart.

Nie ver die bos in nie hou hy stil en skakel die motor af. Hy klim uit, steek die lantern op, vat die skoenlappernet en die klein kissie. Gee vir haar die twee komberse om te dra en val toe voor haar in om die voetpad se uitdraai te soek. As hy haar gevra het, sou sy dit vir hom gekry het.

Toe loop hulle deur paddabos, uilbos, kriekbos, maanbos, verdwaalbos, bangbos, toorbos.

Totdat sy dit nie langer kan hou nie. "Moenie my terugjaag na Johannes toe nie, ek is nie lief vir hom nie. Ek is vir niemand lief nie, nie eers meer vir mister Fourcade nie!" Hy moet dit weet.

"Lief het nie altyd dieselfde gesig nie."

Sy antwoord hom nie.

Hulle loop. Die soet reuk van 'n keurboom se blomme hang effens in die lug. Hulle kom by die stroompie, die keurboom se reuk hang al dikker om hulle.

"Ruik jy dit, Karoliena?"

"Ja, dis 'n keurboom wat blom."

"Dis die boom wat ons soek."

"Hoekom het mister Fourcade nie gesê nie, dis 'n ou simpel slaptak boom. Ek kon met toe-oë tot by hulle geloop het!" Daar't altyd drie keurbome anderkant die watertjie gestaan, maar oorlede Faan Mankvoet het een jaar die grootste een afgekap en in 'n berg heiningpaaltjies opgewerk; 'n man van Oudtshoorn het dit kom uitsleep en op sy wa gelaai om volstruiskampe van te gaan maak. Susanna het van die geld 'n paar skoene gekry, die kinders s'n het Faan self gemaak. Haar ma se tweede man, Freek van Rooyen, het weer geglo jy moet 'n jong keurboom afbuig om 'n bloubokkiestrik in te span. Nie 'n vlier nie. Hy't baie bloubokkies gevang; die boswagters het altyd gesê hy's een van die grootste uitroeiers van die bokkies, maar kon hom nie betrap kry nie.

Toe trap die olifant hom.

225

Spookbos. Waar mister Fourcade begin het om met die lantern al om die twee keurbome deur die onderbos in die donker te sukkel. "Wat soek mister Fourcade?"

"Sjuut! Die bos het ore."

Toe wag sy maar eenkant. En boomland se vrede kruip stilletjies saam met haar asem in haar lyf in en laat die kommer uit haar val oor die houtkappers en Johannes en ou Bothatjie se spensioen en Susanna en die kinders se losiesgeld en die vraag of Ampie weggekom het met die lorrie saam.

Totdat sy net suutjies wil omkantel om aan die slaap te raak.

Maar toe kom haal mister Fourcade die twee komberse en gaan gooi hulle reg onder die grootste van die twee bome oop, sit die skoenlappernet en die kissie ook daar neer en roep haar.

"Eers moet ons werk."

"Werk?"

"Ja. En jy moet deeglik aandag gee."

Toe sy op die kombers gaan sit, is al die ou lekkerte van saam met hom in die bos te werk terug. Die vreugde. Kompleet asof die broer Liefde skielik van die berg afgeklim het. "Nou's ek weer lief vir mister Fourcade." Jy's weer my pa.

"En ek vir jou, Karoliena."

"Maar ek's nie lief vir Johannes nie."

"Lief is 'n lang leer met baie sporte. Moeilik om te klim, want ons trap dikwels mis en val gereeld 'n paar sporte terug. Ander kere is ons te lui om hoër te klim en vermuf op die sport waar ons is. Daarom kry jy hoë liefde en lae liefde."

"Ek dog mister Fourcade sê ons gaan werk. Nou preek mister Fourcade."

"Preek is soms nodig, Karoliena."

"Nou klink mister Fourcade soos die predikant."

Toe sien sy in die lig van die lantern dat hy weer die

226

vriendelike ou bosbok met die menskop geword het. Hy
haal sy horlosie uit en kyk hoe laat dit is.

"Hulle sal nou enige oomblik begin uitkom."

"Wat? Wie?"

"Die motte."

Dit het die nag van die motte geword.

Oral, so halflyfhoog, om die boom se skurwe stam is
klein wit kolletjies so groot soos 'n vingernael. Party 'n
bietjie hoër, party 'n bietjie laer.

Mister Fourcade sê sy moet die kolletjies mooi dop-
hou, dis dekseltjies wat van sy geweef is oor die tonnels
van die motte se papies. Dan kyk hy eers weer 'n slag op
sy horlosie. Sy vra hom of die goed onder die dekseltjies
ook horlosies het. Hy sê: Ja. En 'n almanak ook.

Ek glo dit nie.

Hoe anders weet hulle wanneer dit Februarie of
Maart of April is sodat hulle kan uitkom?

En die horlosies?

Hulle kom nie voor halfsewe en nie later as halfelf in
die aand uit nie – hulle moet weet hoe laat dit is.

Sy't nie gestry nie, sy't geweet dis 'n bietjie speel.

Hou dop, jy sal nou sien.

Ek sien niks.

Toe tel hy die lantern op en hou dit nader aan die
boom. Dit lyk of daar 'n roering onder een van die dek-
seltjies kom, die volgende oomblik breek die dekseltjie
oop en die aakligste, dik, bruinbont wurmding begin
hom uit die boombas wikkel-wikkel. Hy val nie af toe hy
uit is nie, maar klou aan die boom vas. Die wurmding
breek stadig oop en word die ongelooflikste vlerkding –
nie 'n skoenlapper nie, nie eers 'n mot nie, want geen
mot kan só groot wees nie. Groter, kan sy sweer, as selfs
die kleinvoël van die bos, die rooiborssuikerbekkie – die
vreemdste, mooiste ding.

"Wat's dit?" Haar stem kan skaars uitkom.

"*Leto venus*. Spookmot."

"'n Mot?"

"Ja."

"Dit kan nie wees nie."

"Dit is. Hou dop, daar gaan 'n volgende een uitkom."

'n Entjie om die boom het nog 'n dekseltjie oopge-gaan . . . 'n Entjie ondertoe ook . . .

Die eerste mot het 'n ent teen die stam begin opkruip, daar gaan vasklou sodat hy sy vlerke wyer kan oopvou en hy mooier is as selfs die bottergeel skoenlapper van die bos met die sterte aan die vlerke!

Nog 'n dekseltjie het begin oopskeur – sy het te min oë om orals dop te hou.

Motte só mooi?

"Is mister Fourcade seker dis motte? Is dit nie dalk nagskoenlappers nie?"

Vier vlerke aan die oranje lyf, die onderste twee vlerke lig oranje, die boonste twee vlerke het die mooiste silwer blokkies oraloor . . .

"Dít, Karoliena, is een van die bos se baie geheime. Een wat jy nooit mag verklap nie."

"Ek sal nie."

"Jy moet my jou woord daarvoor gee."

"Ek gee my woord."

Toe vat mister Fourcade die skoenlappernet en vang die eerste mot teen die boom en sit hom in die kissie.

"Moenie, hy sal doodgaan!" pleit sy. "Laat hom weg-vlieg!"

"Hy kan nie wegvlieg nie, hy leef op die boom. Hoe-veel geld het jy nodig?"

"Sit hom terug teen die boom!"

"Hierdie is jou redding, Karoliena. Mister Ferndale by die apteek op die dorp soek dringend van die motte, maar hy weet nie waar om hulle te kry nie. Hy bied jou 'n pond 'n mot aan, en ek sal môre die eerste keer saam met jou na hom toe gaan."

"Dis verskriklik. Dis moord."

"Dis oorleef. Hoeveel pond het jy nodig?"

Sy kon nie anders nie, sy moes die byl lig en haar eerste boom kap. "Vier pond."

En sy huil tot by die huis.

17

Die tweede keer het sy alleen die motte gaan vang. Later het sy geleer om vroegmiddag al op te hou sleg voel omdat sy hulle moes gaan vang. 'n Handvol bosdruiwe by die ou keurboom se voete gaan neerlê vir 'n dankiesê. Wat anders? Sodat dit immers minder soos steel kon voel.

Totdat sy die motte selfs ratser as mister Fourcade kon vang. Sy het geleer dat die mannetjiemot veertjies soos klein oranje volstruisveertjies al op die rante van die onderste twee vlerke langs het. En altyd gesorg dat sy ewe veel mannetjies as wyfies vang. Sy't ook geleer om mister Ferndale met dom woorde te antwoord as hy bly kerm dat sy hom moet saamneem as sy die motte gaan vang.

Die motte se geld word haar oorlewing. Die druppels wat help waar die droogte te droog is. Anna van Rooyen se kombers. Breiwol en penne vir Fransina, haar blydskap oor die sjielings vir die truitjies se brei. Sy het netjies gebrei. Nog wol, nog truitjies.

Eendag, toe sy weer truitjies vir mevrou Stopforth by Suurvlakte se skool neem, is daar groot onstigtelikheid aan die gang. Kinders, hoenders, varke, al drie verskrikte onderwysers is saam in die malle geswaai van arms, stokke, hoede, besems en grawe en skoffels – enige bangmaakding!

Drie reuse-olifante is besig om groente- en blomme-tuine tydsaam te plunder – kwaaddoeners sonder erg of vrees. Drie bulle wat die oggend uit die onderpunt van Gounabos net bokant Suurvlakte gekom het.

"In jare nie hierdie kant van die bos uitgekom nie! Bliksems. G'n respekte nie!"

"Daar's nog van die kinders in die skool! Hulle gaan die skool kom plat trap!"

"Waar's die boswagter? Gaan roep mister Monk, sê hy moet kom skiet!" Ou Jan Plan roep dit hees-benoud uit; die vodde wat aan sy ou seninglyf hang, kan lank nie meer *klere* genoem word nie. Hulle sê hy was voor-jare een van die beste houtkappers in Gouna-se-bos, tot hy te oud en te swak geword het om 'n byl te lig en Suurvlakte toe getrek het waar die son hom beter kan bykom. Hy bly onder 'n sinkskerm agter iemand se klei-huis. Hulle sê hy kry ouderdomspensioen . . .

Sy't nog nie hoop opgegee vir ou Bothatjie se pen-sioen nie. Sy't hom op die dorp by die magistraatskan-toor gekry met Wiljam Stander saam. 'n Halfdag gewag voordat die klerk by die uitpluis van sy ouderdom kon kom, die papiere ingevul en beloof het hy sal Diepwalle toe skryf as die tyding kom dat pensioen aan die ouman toegestaan is.

Dit was amper 'n jaar gelede.

Intussen het die bondels speke agter die huis bly groei – so ook die onrus in die ouman dat hulle sal ver-geet om die goed te kom haal en hom daarvoor te betaal.

"Dan dra ek die speke self dorp toe, oom, en gaan wurg die geld uit hulle uit!"

"Stadig, Karoliena. 'n Verleë man moet versigtig skop. Hulle het gesê hulle sal dit kom haal."

"Dis van versigtig skop dat julle niks raak geskop kry nie!"

"Stadig, Karoliena."

Geluk is op 'n dag die meevaller wat vir háár by

Diepwalle se winkel-poskantoor wag toe sy gaan verneem of daar dalk pos vir die ouman is.

"Nee, maar hier lê nou amper twee weke lank 'n yslike parcel vir jou, Karoliena," sê ouvrou Perkes.

Vir háár? Dit kan nie wees nie, sy ken niemand wat vir haar 'n parcel sal stuur nie.

Nie 'n parcel nie. 'n Houtkis vol goed wat twee man vir haar Jim Reid-se-draai toe moet dra. 'n Ver kis wat met een van die skepies saamgekom het tot by die dorp en daarvandaan met die houttreintjie tot by Diepwalle. Die kis toegebind met draad én tou, die adres met verfletters opgeskryf: *Carolina, protégé of Mr Boutha at Deep Walls, Knysna Forest. South Africa.*

Sy vra vir ouvrou Perkes wat die woord beteken. Die ouvrou sê dis soos optelkind.

En in die kis is die ongelooflikste klomp klere en skoene van die gravin af. Plus ses dik patroontjieglase, en almal is heel. Die skoene is te klein. Die klere te deftig, maar Susanna van oorlede Faan het losgetorring en aanmekaar gelas en wondere verrig vir haarself en die kinders, vir Hestertjie Vermaak, en een van die sussies.

En ou Bothatjie het dae lank gejuig oor die draad en die kis.

Die drie olifante wei tydsaam.

"Bid dat hulle nie die sak koring kry wat nog buite voor die deur lê nie!" het een van die bosvroue benoud uit die bondel geskree. "Daar was nie tyd om dit in te sleep nie, kos my 'n volle pond, dis ses weke se kos!"

Die hoofonderwyseres, mevrou Stopforth, kom vasberade om die skooltjie. "Karoliena!" roep sy verbaas uit en probeer wegbreek van die klompie verskrikte boskinders om haar. "Asof ons nie genoeg probleme het nie, moet dít ons ook vanmôre kom tref!"

"Ek sien." Hoe't mister Fourcade nou weer gesê? Geluk is dat daar helpers deur die bos is wat sien waar

231

ander nie sien nie. Mevrou Stopforth was vir meer as twintig jaar al Suurvlakte se raaksien-oë. En vasvathande. As sy vandag 'n behoorlike geweer gehad het, sou sy die olifante sonder 'n oomblik se hink platgeskiet het. "Ek het weer 'n paar truitjies gebring, deel dit onder die koudstes uit, die vrou by Veldmanspad sal nog brei."

"Dankie, jy weet nie hóé nodig dit is nie."

Suurvlakte. Amper twee uur se stap van die dorp af na die westekant toe. Parlementsgrond wat baie jare gelede in erwe opgedeel en aan geregistreerde houtkappers toegeken is. Klein lappies, groot lappies – wit, bruin en baster deurmekaar.

Sy wonder of mister Werdt al op Suurvlakte was, ver- al na die gesprek wat hy daardie Sondag lank gelede met Johannes aan die tafel gevoer het. Vernaam – bo-oor haar asof sy nie teenwoordig is nie – sleep 'n kat aan die stert oor die tafel rond. Johannes hang aan sy lippe. Werdt sê hy's met nog 'n voorstel op pad parlement toe: Daar moet dringend 'n wet afgekondig word teen gemengde huwelike omdat dit 'n bedreiging vir ons Afrikaner-gevoel en ons status as vrye volk is. Sy sê vir hom daar is twee bosmeisiekinders by Suurvlakte wat met bruines getroud is. Hy sê gelukkig kom gemengde huwelike net in lae klasse voor. Sy sê van die basterkindertjies is die slimste in Suurvlakte se skool en dat die Prinsloo-jong wat met die een wit meisiekind getroud is, die netjiesste huis op Suurvlakte het. Toe skop Johannes haar onder die tafel teen die skeen.

Suurvlakte. Karige huisies, karige mense onderkant Gouna se digte bosrand waar die mans soggens gaan kap, party uitgaan om plantasie te plant; armoede so ver jy kyk, 'n mistroostigheid oor alles . . .

Met die skooltjie in die middel wat soos 'n moedige baken daar staan: regop skouers, durf in die oë; netjies

232

omhein, blomme aan weerskante van die uitgepakte klippaadjie. 'n Groot groentetuin agter die skool.

Daar is iets soos sewentig boskinders in die skool, party kom van so ver as Millwood af; twee uur se stap, twee maal per dag.

"Wat gaan word, Karoliena?" het mevrou Stopforth langs haar gevra.

"Ek weet nie."

"Maria Rothmann van die Carnegie was hier, sy't 'n dag lank die mense besoek en gesprekke met die vroue gevoer. Haar hooftaak, agterna, was om verslag te skryf oor wat sy waargeneem het. Sy't my beloof om aan te beveel dat die skool 'n wasplek vir die kinders kry en boeke om te lees. Ek wys vir haar die kinders se sakkies met hulle skoolkos in wat buite aan die spykers hang. Die goeie vrou kyk met besorgdheid die sakkies deur, sy vra waarom die brood so swak gebak is, die oondkoeke so swaar op haar hand lê, waarom daar net twee bottel- tjies melk in die sakkies is. Die ander het net koue swart koffie. Ek sê die moeders is onkundig oor die voorberei- ding van kos; sy sê daar sal opleiding gegee moet word. Ek stem met haar saam en hoop daagliks dat die wonder- werk sal opdaag, maar tot op hierdie dag is al wonder- werk die truitjies wat jy bring. Ek weet nie hoe kry jy dit reg nie. Die wol, die penne."

"Dis 'n ander wonderwerk."

"Hierdie Carnegie-mense – as hulle net meer saam- werk. Nie dat ek wil fout vind nie. Maar een dag kom die een wat na gesondheid moet kyk, drie weke later die een vir finansies – dan kom die Rothmann-vrou. Voel soos osse wat elkeen in 'n ander rigting beur."

"Die kerkverpleegster sê jy gee vir die kinders wat heeltemal sonder kos skool toe kom, iets om te eet."

"Ek het nie aldag om te gee nie. 'n Honger kind is 'n moedige kind, Karoliena. 'n Mens kry ekstra seer vir hulle."

233

Sy haal die pond uit haar sak waarmee sy op die dorp nog wol vir Fransina en winkelgoed wou gaan koop het. Gelukkig is daar nog 'n bietjie geld by die huis, die motte se tyd om uit die bas te kom, was verby vir die jaar.

Maar immers is die olifante op pad terug bos toe . . .

En sy op pad huis toe. Nie dorplangs soos haar plan was nie, huis toe met die kortpad Meulbos deur – ás sy nog die pad kan kry. Haar pa het altyd gesê die wêreld kan die hele bos kom vat, hulle moes net Millwood se bos vir hom los. Dan sê haar ma: Nee, dankie; dit spook te veel van al die voortyd se goudsoekers wat daar begrawe lê. Dan sê haar pa: Moet vreeslik wees om so ver van jou land en jou mense te kom doodlê; hulle het mos van oorsee gekom om te kom goud graaf. Plaas hulle meer in die berg gaan soek het, sê haar ma. Die enigste man wat met goud uit die bos is, is Saul Barnard. En kyk waar staan hy vandag. Dan sê haar pa die verskil is dat Saul die bos en die waterplekke geken het; die vreemdes het net kom kap en vertrap en nou moet bos-bou die skade toeplant met plantasie.

Sy's kort agter die olifante die bos in. Vinnig. Wakker. Haar ore heeltyd gespits om te hoor waar die loeries skinder om die olifante te sê sy's op pad. Niks. Af en toe 'n gewone kok-kok-kok, maar eintlik is dit stil. Hier en daar 'n muis se geskarrel; die rats, vinnige wirr van 'n lawaaimaker se vlerke, die geluidlose verbyflits van 'n rooiborsvalkie op soek na kos. En die paddas . . .

Sy kry die kortpad maklik. Die eerste olifantmis kry sy eers onder op die draai by Krisjan-se-nek. Dis dag-oud. Beslis nie die drie s'n wat by Suurvlakte gaan kwaad doen het nie.

Sy begin agterkom dat daar al meer skoenlappers is; die wildekastaiings is aan die blom, die bome uitgedos in pienk frilletjiesrokke om die mooiste skoenlappers iewers vandaan te lok! Sy sou wat wou gee om vir die

gravin net een van die takke en een van die kastaiing-
boom-skoenlappers te stuur. 'n Briefie daarby in te sit
om te sê dat mister Fourcade sê die skoenlappers gaan
nié middae sandmodder langs die stroompies eet nie,
hulle gaan steek hulle tonge in die modder om water te
drink. Koningswaelsterte is hulle naam. Omdat hulle die
koningskoenlappers van die bos is, die grootste in die
hele land en baie dankie vir die kis vol klere.

Simpel Johannes. Simpel dorpsraad wat die wette
maak!

Sy't hom uitdruklik gesê die raad moet kastaiings
langs Main Street aanplant.

Sy sê dit vir ou Bothatjie, hy stuur haar om van die
groot skurwe kastaiingsade te gaan optel in die bos. Hy
skud die pitte uit, lê hulle in die lou water en plant hulle
in die kissies langs die huis. Hulle groei. Sy dra 'n kissie
dorp toe en gaan gee dit vir Johannes, hy sê hy dink nie
die raad het nou tyd vir onbenullighede nie, die akker-
bome sal maar eers langs die straat moet bly staan. Daar
is te veel ander probleme op die dorp. Al die moeite wat
gedoen is om die kantiene Saterdagmiddae te sluit sodat
die saagmeulwerkers en ander nie reguit daarheen kan
gaan met hulle wekelikse loon nie, is onsuksesvol omdat
daar oral agents aan die opstaan is wat vroegtydig die
drank gaan koop en weer herverkoop aan die arme
drommels! Daar sal polisie aangestel moet word om die
euwel te keer, die agents was besig om totaal buiten-
sporige winste te maak!

Sy het die boompies teruggedra Diepwalle toe. Ou
Bothatjie het haar sukkel-sukkel gaan wys waar om hulle
oral uit te plant.

Dalk, eendag, wanneer hulle blom, sal die mense sê:
Sien julle daardie kastaiings? Dis Karoliena-kastaiings . . .

'n Kind se huil ruk haar uit die droom en laat haar
vinniger loop. Sy kry die boshuisie van plank-en-sink in
die ooptetjie en langs die gehuggie staan 'n vuil, halfkaal

dogtertjie. 'n Seuntjie, ewe miserabel, is besig om haar stukkies droë brood te voer.

"Waar's julle ma?" Mooi kinders, as mens hulle sou skoonmaak en aantrek.

"Dorp toe." Die dorp is minstens vier uur ver, sy kan tog nie die kinders . . .

"Wie kyk na julle?"

"Ons kyk self."

Die kinders is alléén by die huis gelos? Hulle kan nie ouer as drie of vier wees nie. Langs die huis is 'n klein groentetuintjie; kool wat aan saadskiet is, wortels en mielies. Iemand het probeer . . .

"Wanneer is sy weg?"

"Toe dit nog oggend was." Miskien is die seuntjie nader aan vyf, hy praat goed.

"Wat het sy op die dorp gaan maak?" Dalk bly die ouma daar.

"Perskes verkoop."

Toe sien sy die drie opslaanperskeboompies langs die huis. Moedige boompies, soos die moedigheid in die kind wat haar die ander soort seer waarvan mevrou Stopforth gepraat het, in haar binneste laat voel het.

"Waar's julle pa?" Dis netjies om die huisie.

"Hy werk in die plantasie."

"Wat's sy naam?"

"Willem."

"En jou sussie se naam?"

"Sussie."

Sy kom amper donker by die huis waar die arme ou Bothatjie buite op die stomp vir haar sit en wag. "Ek was groot verkommer oor jou, Karoliena. Hier was mense van ver af, hulle het kom vra waar die young girl is wat mense die bos gaan wys." Daar is iets verkeerd met die ouman, sy oë bly wegkyk.

Sy sê nie vir hom sy het nuwe kommer in haar hart

236

saamgebring nie – die kinders so alleen daar in die bos. Sy gaan maak die vuur op om vir hom koffie te maak, patats te kook, die laaste brood te breek. Maar haar gedagtes bly terugloop Millwood se bos toe!

Sy't die vrou in Witplekbos in die sleeppad gekry, haar ver sien aankom. Maer vrou, skoene in die hand, sak in die ander hand; rok wat eens 'n mooierige rok moes gewees het en moontlik uit 'n kerkpakkie gekom het.

Goeie gesig, intelligente oë. Skrik toe sy opkyk en haar, Karoliena, sien staan. "Is jy Willem en Sussie se ma?" Die doodskrik slaan die vrou in die gesig. "Daar's niks verkeerd nie," het sy vinnig bygevoeg, "ek is maar net by julle huis verby."

Die volgende oomblik vat die moeg en die verligting die vrou se bene onder haar uit en laat haar stadig op 'n windval langs die sleeppad neersak soos een wat nie verder kan nie. Nie 'n woord nie. Net die groot blou oë waaruit lank se swaarkry staar.

Sy was dorp toe om die perskes te gaan verkoop. Sy't darem 'n bietjie suiker en meel en koffie daarvoor gekry. Nee, die winkel by Diepwalle wil nie perskes vat nie. Ook nie mister Stander se winkel op die dorp nie, net mister Smit se winkel. Kan sy haar miskien sê of daar vorentoe olifante is? Nee, daar is nie. Naastes was in Gouna-se-bos.

Ergste was dat sy niks had om vir die vrou te gee nie.

Toe ou Bothatjie aan die tafel kom sit om te eet, sê hy die vreemdes wat daar aangekom het terwyl sy weg was, sê daar het 'n kar buite die dorp van die brug af oor die Knysna-rivier geval. Die drywer kon nie uit, hy het morsdood verdrink. Glo 'n Van Huysteen. "Verskriklike ding, Karoliena. Ons het gedink die brug is 'n wonderwerk ná die drif waar almal altyd met hoogwater moes wag om te kan deur. Nou lyk dit al meer of motorkarre 'n groot gevaar in hulle het. Die boswagter sê daar gaan wet vir die goed gemaak word, hulle is te gevaarlik."

237

Hy eet, hy praat, hy eet. Hy bly met sy hande oor sy baard vee . . .

"Wat pla, oom?"

"Daar kom 'n dag, Karoliena. Daar kom 'n dag vir ons almal waarop die brug onder ons padgee."

"Watse brug?"

"Klompie jare gelede hou 'n vreemde kar onder in die pad stil; die snaaksste bebaarde man klim uit en kom hier na my huis toe. Ek sê vir hom, jy's amper net so lelik soos ek. Hy vra my iets, ek verstaan hom nie, hy's Engels. Hy begin wragtig sy klere uittrek, skuur met sy kale gat al teen die takke met dou op en lag soos 'n kind van die lekkerte. Ek sê hom jy's nie vas van kop nie, wat makeer jou? Hy lag. Hy loop later terug na sy kar toe, gaan haal 'n boek en skryf op een van die blaaie, skeur dit uit en gee dit vir my. Ek sê, help niks, ek kan nie lees nie. Hy maak weer 'n draai deur die onderbos, krap sy rug hier agter die huis teen die kwar nes 'n olifant; trek sy klere aan, klim in sy kar en ry vort. Vra nie eers of hy my geleentheid kan gee nie.

"Volgende dag kom misterdokter hier. Ek vertel hom van die spektakel, hy kyk na die brief, en hy sê ek moet dit bewaar. Die man is 'n boekskrywer van oor die see af. Mooitjies 'n maand of twee gelede ongeluk in die distrik gemaak met sy kar en sy been gebreek. Ses weke lank in die kooi gelê vir die aangroei. Seker hom hier by my kom kaalgat gedra van bly omdat hy weer op die been was. Die brief lê nog altyd daar in my kas, bêre dit maar. Mens weet nooit wanneer hy weer kom nie."

Toe staan hy op, gaan krap in sy kas en bring die klein gevoude stuk geelbruin papier tafel toe.

"Misterdokter sê dis bietjie hoë woorde, ek moenie hom vra wat die vent geskryf het nie."

Al wat op die papier staan, is: *To the wild old man of the forest, from another wild old man. Bernard Shaw.*

"Ek is bevrees misterdokter het vir oom gelieg, hier staan maar net oom is die wilde ouman van die bos."

"O." Ná nog 'n mond vol kos sê hy wat hy vermoedelik van die begin af wou gesê het. "Karoliena, moenie skrik nie. Die nuwe man in misterdokter se plek het die boswagter gestuur om te sê ek moet uit. Hy gaan self die bos laat oorplant. Ek sê bos laat hom nie sommer oorplant nie. Die boswagter sê die man sê ek moet die huis leegmaak. Bosbou sal dit self laat afbreek."

Sy het van die tafel af opgestaan en buitetoe geloop om eenkant te gaan skrik. Donkerbos. Uilbos, paddas. Die aarde begin stadig sywaarts kantel vir omval en sy staan met afgekapte hande en 'n toegebinde mond langs die huis. Hoe keer jy sonder hande? Hoe skree jy sonder mond? Al wat jy kon doen, was om te begin hardloop solank jy nog voete het!

Broer Liefde op die berg, het jy dan nie oë nie?

Toe sy die dag van Johannes af weggehardloop het, was haar plan om iewers te gaan wegkruip terwyl die wêreld van haar vergeet. Toe word ou Bothatjie die skuilte teen die storm binne-in haar, die wegkruipplek totdat haar hande weer kon begin groei. Iewers in haar kop het die hoop kom woon dat sy eendag, as ou Bothatjie doodgaan, alleen in die plankhuisie sal kan agterbly; self die groente in die tuinkamp plant, oog hou oor sy boekenhoutjies, rooi-elsies en ysterhoutjies. En teen die bosrand gaan staan sodat die vreemdes van haar 'n kiekie kan neem om te sê hulle het bewys van die *wild woman of the forest* . . .

Nou is dit skielik of 'n rots bo in die berg losgekom het en skuif-skuif begin afgly het om haar en ou Bothatjie te kom platvee! Daar is nie ander koesplek in die bos vir hulle nie. Veral nie vir haar nie.

Al wat sy môre kan doen, is om met haar voete dorp toe te hardloop om weer te gaan hoor van die ouman se pensioen.

Die eerste andersheid by die magistraatskantoor is dat hulle haar skaars laat wag voordat hulle die regte klerk gaan roep om met haar te kom praat. Of ouderdoms-pensioen aan Markus Josias Botha toegestaan is? Daar is al meer as 'n week gelede Diepwalle toe geskryf om hom van die sukses van sy aansoek te verwittig.

Ekskuus?

Ja, daar is 'n ouderdomspensioen aan hom toege-staan.

Hoeveel?

Pensioen van £25 per jaar.

Van wanneer af?

Einde van die maand – £2.5 elke maand.

Is u seker?

Sy moet sukkel om stil te staan, om nie om te spring en terug bos toe te hardloop om vir die ouman te gaan sê nie! Tong uit te steek vir die rots nie! Sy sal haar ma 'n pond 'n maand aanbied om die ouman in te vat; oom Cornelius kan vir hom blyplek agter die huis aantim-mer . . .

Oor heenkome vir haarself sal sy later kommer.

Oor die water in die tenk agter die huis wat aan die opraak is ook. Elke aand as ou Bothatjie die kers dood-blaas, sê hy dit moet kom reën, dis droog. Dan troos sy en sê toemaar, die reën sal kom.

Maar droogte loop met stadige voete die bos binne – teen die tyd dat jy besef hy's daar, is hy lankal daar. Jou oë sien hom net al helderder; die kloofstroompies begin al stadiger loop, die riviere begin klippe uitsteek wat nie tevore daar was nie. Wolke steek op, die wind draai wes vir reën, maar dit reën nie. Jy gooi jou ore bos-in om te hoor waar die vleiloerie roep om te sê die reën is op pad, maar hy roep nie. Jy sien hom per ongeluk op 'n tak sit en warm bak in die vroegmôreson, jy vra hom: Waar's die reën? Hy's stom. In die nag spits jy jou ore vir die reënpadda se tjilp tussen die ander paddas se lawaai.

240

Niks. Ou Bothatjie klop-klop elke dag teen die tenk om te hoor waar die water lê, skud sy kop en sê: Dis droog, Karoliena. Die olifante kom al meer gereeld verby. Ou Bothatjie sê: Jy moet wakker loop, die droogte jaag hulle bosrand toe. By Veldmanspad vreet die olifante een nag al die groetetuine op en keer 'n arme vrou naglank in die kleinhuisie vas.

By Diepwalle se winkel-poskantoor gee ouvrou Perkes vir haar die bruin koevert en sê: Dit lyk soos 'n goewermentsbrief. Is ou Bothatjie in die moeilikheid?

Nee.

Dis die tyding van die pensioen.

Waarmee sy huis toe loop en die ouman voor die deur op die stomp kry. "Hulle het die speke kom laai," sê hy.

"Het hulle die geld gegee?"

"Ja. Ek het dit op die tafel gesit, jy moet maar tel of dit reg is. Die man wou weet waar die meisiekind is. Die kwaai een."

Kompleet of reën oor hulle koppe kom uitsak het: die speke se geld, die tyding van die pensioen.

"Oom kry van die einde van die maand af ouderdomspensioen. £2.5 elke maand." Sy moet dit 'n paar keer sê voordat hy dit glo.

"Goewerment gaan my spensioen gee?"

"Ja, oom."

"En my huis?"

"Daar's niks in die brief van die huis nie."

"Wat gaan van ons word?"

"Ek sal 'n plan maak."

Dit was voor sy geweet het broer Slim se planne word regtig iewers in duisternis gemaak. Teen die tyd dat dit voor jou deur kom staan, is dit lankal te laat om die deur te probeer toeskop.

Die water in die tenk het tot een Vrydagoggend gehou. Die middag moet sy twee emmers vat en die half-myl na die naaste lopende water, 'n syspruit van die Gounarivier, loop.

"Draai regs as jy by die onderpunt van die sleeppad kom, daar staan 'n vlier en 'n kwar bymekaar. Vat dan die voetpad, jy sal sien daar's goeie skepplek onder by die water," het ou Bothatjie handewringend langs die huis beduie toe sy loop. "Dis sware werk wat jy op jou neem, Karoliena. Ek weet, ek moes dit voorjare self doen as die droogte gekom het."

"Nou doen ék dit, oom. Gaan sit in die huis."

Droogbos is anderster bos. Dis uithou-bos. Jy onthou dis 'n vlakbos. Al die wortels wat nie 'n watertjie kan by-kom wanneer dit droogte is nie, moet dors staan.

Ergste is die boomvarings onder langs die sleeppad wat nie meer die trotse, donkergroen staangoed is waar-aan die vreemdes hulle altyd kom verkyk nie. Die droogte was besig om die blare op te frommel en die groen uit hulle te bleik.

Mister Ferndale wat die motte by haar koop, kerm gereeld dat sy tog asseblief vir hom moet uitkyk vir een van die buitengewone dwergverkleurmannetjies wat iewers in die bos bly. Hy sal koop soveel sy in die hande kan kry, en haar goed daarvoor betaal. Sy vra mister Fourcade na die goedjies, hy sê hy het nog net 'n enkele keer die voorreg gehad om een op 'n wildegranaat se tak te sien. Sy vra ou Bothatjie, hy sê hulle maak snags kooi in die middel van die boomvarings se toppe. Sy vat die lantern die nag en gaan kyk in die boomvaring wat 'n ent agter die huis groei. Sy druk die blare weg, soek en soek, gaan haal 'n paraffienkissie om op te staan om beter te kan sien. Kry die slimme dingetjie netjies op-gerol in 'n spierwit bolletjie diep onder een van die varings se boonste blare. Sy steek haar hand uit om hom te vat, maar is te jammer om hom wakker te maak.

242

Toe mister Ferndale haar weer vir een vra, sê sy hulle slaap te lekker. Toe sê hy dis nie 'n wonder die bosmense sê sy's nie lekker in die kop nie.

Droogbos is swaarkrybos.

Kort voor sy by die spruit kom, loop die voetpad deur 'n laagtetjie seweweeksvarings wat soos papier om haar bene ritsel van droogte. Die sterkste, mooiste varings in die bos, maar net 'n liegnaam wat aan hulle gegee is! Die mooi groen blare leef nie sewe weke nie, hulle leef gewoonlik twee jaar lank. Hulle moet tweejaarsvarings heet. Of steelvaring. Omdat dit die varings is wat die vreemdes wat na die bos kom kyk die graagste uitgraaf om saam te neem. En hulle vervies as sy keer en sê die goed sal te ongelukkig buite die bos wees.

Die spruit het genadiglik nog 'n goeie watertjie vir die emmers. Halfpad terug huis toe moet sy egter die een emmer langs die voetpad los omdat dit te swaar is en die draadhingsel die binnekant van haar hand te seer maak.

Sy's skaars met die een emmer in die sleeppad, toe sy die man teen die bosrand sien staan. Sy skrik. Dis Johannes. Dit kan nie hy wees nie, maar dit is. Hy staan met sy hande in sy sakke soos een wat besig is om diep die bosvloer voor hom in te staar.

"Johannes?"

"Middag, Karoliena. Ek het sommer 'n entjie sleeppadlangs kom loop, ou Bothatjie het gesê ek behoort jou hier te kry."

Daar is 'n vreemdheid aan sy gesig. Hy's meer grys ook. "Is daar iets verkeerd, Johannes?" Sy't vergeet hoe 'n mooi man hy eintlik is.

"Nee."

"Hoekom is jy dan hier?"

"Omdat ek dringend met jou moet praat." Dit is nie 'n vreemdheid aan hom nie, dis 'n diepe onrus.

243

"Praat waaroor, Johannes?" Sy wil haar hand uitsteek en hom aanraak om hom te troos, maar sy keer haarself.

"Daar is dinge wat ek voel jy moet weet, al is jy nie nou al veronderstel om daarvan te weet nie." Asof hy die onrus met sy woorde in háár wil instop.

"Watse dinge?"

"Daar gaan oorlog uitbreek, Karoliena."

Hy kon netsowel gesê het die son gaan omdraai en terugloop ooste toe. "Watse oorlog?"

"'n Groot oorlog. Gee, ek dra vir jou die water."

"Daar's nog 'n emmer 'n entjie laer af. Twee was te swaar om gelyk te dra. Watse oorlog?"

"Miskien het ek gepraat voordat ek gedink het. Daar's ander belangriker dinge wat jy moet weet."

'n Vreemde Johannes. 'n Deftige, belangrike Johannes in mensgewaad wat uit die lug in die bos in kom val het waar hy nie pas nie. Net so min as 'n olifant in die dorp sal pas.

Sy moet iets sê. "Is dit by julle ook droog?"

"Ja. Van die oumense reken dis van die droogste wat hulle al gesien het. As dit nie gou reën nie, sal daar waterbeperkings ingestel moet word."

"As dit nie gou reën nie, sal ek heelwat verder moet water aandra."

Toe tree hy skielik tot reg voor haar. "Karoliena," sê hy dringend, "jou tyd in die bos is verby!" Soos 'n dringende waarskuwing. Sy skrik omdat dit amper dieselfde woorde is wat sy gedurig voor haar moet wegskop vandat hulle ou Bothatjie laat weet het dat hy uit sy huis moet padgee.

"Is dít wat jy vir my kom sê, Johannes?"

"Jy's nie dom nie, Karoliena, maar daar's dinge waarvan jy geen benul het nie. Landsake, wêreldsake. Dinge gebeur nie per ongeluk nie, dit word fyn beplan terwyl ons rustig met toe oë leef!"

"Wie't die droogte beplan?"

244

"Moenie ligsinnig wees nie! Ons betree ernstige tye wat ons lewens vir altyd gaan verander. Wat ek nou vir jou gaan sê, is uiters vertroulik en mag met geen bosmens bespreek word nie. Hoor jy my, Karoliena?"

"Ja, Johannes." Hy't die sterkste mangesig . . .

"Daar is dinge wat jou nie onvoorbereid moet tref nie."

"Hoekom nie?"

"Uit menslikheid! Almal gaan uit die bos gehaal word. Jy ook. Die goewerment het besluit dat al die oorblywende houtkappers op 'n staatspensioen geplaas gaan word."

Sy skrik. Aan die een kant rol die rots die houtkappers mis, aan die ander kant bly dit na haar kant toe rol! "Pensioen! Van wanneer af?" Dit is ongelooflike nuus, nie iets om van te skrik nie. Uitkoms. "Van wanneer af?"

"Dit sal op die regte tyd aangekondig word."

"Ou Bothatjie kry wonderbaarlik ook nou oumenspensioen. Wanneer is die regte tyd vir die houtkappers?"

"Wanneer die nodige voorsorg getref is."

"Watse voorsorg?"

"Meneer Werdt en Paul Sauer, die parlementslid vir Humansdorp, het daarin geslaag om 'n Departement van Volkswelsyn deurgevoer te kry. Hulle het albei gisteraand by my aan huis geëet en my daaroor ingelig. Een van die eerste take wat Volkswelsyn op die skouers gaan neem, is om 'n dorpie vir die ou en liggaamlik ongeskikte houtkappers aan te lê. Vir hulle huise te bou. Om die waarheid te sê, daar is reeds met die aanleg van die dorpie begin. Die rede waarom dit my plig is om jou te kom sê, is omdat ou Bothatjie vermoedelik een van die eerste sal wees om daarheen verskuif te word en jy dus nie langer by hom sal kan bly nie."

Rots wat rol en rol . . .

Het Johannes dalk gedink dit sal haar na hóm toe laat terugtrek? Is dit een van die fyn beplande dinge terwyl jy toe-oë voortleef?

245

"Gelukkig dat ek nog voete het om mee weg te hard-loop." Hy moet dit weet.

"Jy besef nie die erns van die saak nie, Karoliena!"

"'n Dorpie, sê jy? Waar?" In haar hart hoop sy hy gaan sê by Diepwalle of Veldmanspad ...

"By Elandskraal."

"Ek het nog nooit van so 'n plek in die bos gehoor nie."

"Dis omtrent 'n dagstap van Knysna na die weste-kant toe en sal bekend staan as Karatara."

Karatara is die rivier waar hulle voorjare die goud-klont opgetel het wat die wêreld met 'n koue vuur aan die brand gesteek het. Wat meer is: 'n Dagstap van Knysna af vir oues en sieklikes maak geen sin nie, dit klink eerder na tyding dat die nodige weggooiplek iewers vir hulle ingerig word. Om haar kwaad te maak. Omdat sy nie 'n geluid kon uitkry nie. Omdat haar mond toegebind is, haar oë uitgekrap is terwyl die planne gemaak is ...

"Volkswelsyn sal ongeveer vyftig huisies as staats-eksperiment bou en terselfdertyd toesig oor die dorpie behou," gaan Johannes voort. "Alle houtkappers en bos-werkers wat nog gesond genoeg is om te werk, sal ty-delike werk in die staatsplantasies kry. Baie sal sekere maande van die jaar vir bosbou in die inheemse bos werk, hulle ondervinding is steeds baie nodig. Van die wer-kendes sal teen nominale huur die huisies bewoon. Meneer Werdt sê die hele vlaktetjie by Elandskraal be-staan uit besonder geil grond vir tuinmaak, en daar sal so gou as moontlik met die bou van 'n kerk begin word ..."

Sy wil niks verder hoor nie. "Ek moet die ander emmer water gaan haal."

"Ek sal saamstap en die emmer vir jou dra."

"Dis nie nodig nie."

"Ek wil, Karoliena. Moenie elke keer die hand wat ek na jou uitsteek, wegstoot nie."

"Jammer. Ek is besig om kwaad te word, 'n dagstap ver is ver!"

246

"Ek weet, maar dinge is nie altyd so donker as wat dit klink nie."

"Nee. Die houtkappers is gelukkig aan donkerte gewoond!"

"Moenie ou spoke oproep nie, Karoliena. Dis tyd dat jy aan jouself begin dink."

"Ja, Johannes." Ek dink nie jy's regtig oor my besorg nie. Jy't my nog nooit vergewe nie. "Van watse oorlog het jy gepraat?" Hulle is amper by die eerste emmer water. Sy wil by die huis kom om te gaan dink, om bly te word oor die pensioene, en bly te word vir die bos se onthalwe omdat hy immers nie verder uitgekap gaan word nie.

"Die oorlog sal ver hiervandaan in ander lande gebeur, Karoliena. Meneer Sauer sê Suid-Afrika sal alles doen om uit die oorlog te bly, ons moet veg dat niemand opgekommandeer word nie."

"Solank die oorlog uit die bos bly."

"Dit sal."

Toe tel hy die emmer op en dra dit vir haar tot by die huis.

Voor alles, voor die pensioene, voor Elandskraal, moet dit asseblief net eers reën. En sy moet dringend by Abel Slinger kom om te gaan verneem wanneer hy die reën te wagte is.

Sy vra die aand vir ou Bothatjie of hy van 'n plek met die naam Elandskraal weet. Ja, sê hy, dis onderkant Kleinhans-se-nek anderkant oorle' ou Barrington se plek. Hy't voorjare daar gaan help vuur doodslaan.

"Een van die onnoseles van die aarde het mooitjies met 'n noordwestewind bye uit 'n kalander probeer rook en die hele wêreld aan die brand gesteek. Sewentig van ons het agt dae lank gesukkel om die vuur dood te slaan en te keer dat dit nie hierdie kant toe trek nie. Hoekom vra jy waar Elandskraal is?"

"Ek vra sommer, oom."

"Lank gelede kom hier eendag 'n geleerde vrou met 'n kar aan. Eerste keer in my lewe dat ek sien 'n vroumens dryf 'n kar. Sy kom vra of daar 'n pad na die boloop van die Karatara-rivier toe is. Ek sê: Nie heeltemal tot bo nie, maar daar is 'n pad. Sy vra of ek sal saamry, sy begeer om 'n oktoberlelie te vind, sy's die versekering gegee dat sy dit daar sal kry. Ek sê: Kom ons ry. Dis Oktober, kort anderkant Elandskraal staan die lelies geil langs die pad."

"Hoe lyk 'n oktoberlelie?"

"Sommer 'n slapperige groen-en-wit plant vol ritse groen-en-wit blomme teen die stam op. Van die orgideesoort. Die vrou is in die hemel. Ons kom Elandskraal deur op pad terug, ek sê vir haar: Jy moet die kar in die pad hou, Elandskraal se modder is nie speletjies nie. Dis hierdie kant toe, dis daardie kant toe, maar sy hou hom op die wiele en kom laai my ongeskonde by die huis af."

"Sal oom sê Elandskraal is 'n mensplek?"

"Nee, eerder 'n beesplek."

"Ek wil vroeg opstaan, ek wil na Abel Slinger toe om te gaan hoor wanneer hy die reën te wagte is."

"Hy sal weet."

Maar toe sy gaan lê, kom lê Johannes se woorde saam met haar kop op die kussing. *Jou tyd in die bos is verby, Karoliena.* Amper asof sy haarself uit die bos begin jaag omdat sy weet dis waar. 'n Kastaiingsaad wat begin oopbars om sy pitte uit te gooi, dis net dat sy nie weet waar sy sal val nie. Mister Fourcade het eendag gesê daar's vir alles 'n regte tyd om te kom en te gaan. Die geheim is om nie te gou te kom of te gaan nie.

As Johannes net kom sê het van die pensioene en Elandskraal, sou sy nie so deurmekaar gewees het nie. Dis vir Welsyn se planne waarvan mens nie weet nie, wat sy bang is. Ook vir die planne van die oorlog.

Miskien is die houtkappers se pensioene die eerste gevolg van die Carnegie-mense se planne. Miskien is Elandskraal nie so 'n slegte plek nie. Miskien is dit net háár oë wat nie wil oopgaan nie? Iemand sal tog seker-lik daar 'n winkel gaan oopmaak. Dis net dat sy nie vir ou Bothatjie sommerso kan laat weggooi nie . . .

Sy moet by Abel kom. Sy moet by die kerkverpleeg-ster op die dorp kom, dalk weet dié meer van die nuwe dorpie en die pensioene.

"Ek het besluit om die treintjie in dorp toe te vat, oom," sê sy vir die ouman toe hulle die volgende oggend opstaan. "Dalk slaap ek vanaand by Amelia Claassens, ek wil môre Langvleibos en Dirk-se-eiland toe gaan."

"Wat pla jou, Karoliena?" vra hy.

"Dit voel my die wêreld begin kantel om ons almal na verskillende kante toe af te gooi, oom."

"Dis nie die wêreld wat my gaan afgooi nie, dis bos-bou wat my uit my huis gaan gooi! Meeste kommer ek oor watter kant toe jy gaan val."

"Ek sal na myself kyk, oom."

"Dis my troos. Jy's nie van die soort wat sal gaan lê waar jy val nie."

In haar hart sê sy: Ouman, ek hoop jy's reg.

Toe sy by Diepwalle kom om die treintjie te haal, lyk dit of die wêreld klaar gaan platlê het onder die droogte. Dis Woensdag, maar die coach is nie aangehaak nie – dis net 'n houttrein. Ouvrou Perkes sê die coach het die laaste twee weke leeg geloop, die vreemdes sê reguit hulle wil die bos op sy beste sien. As hy klam en groen is, nie so dof en droog soos nou nie.

Mister Kennet sien haar en kom groet, maar selfs sý blydskap is dun. Hy sê hy het die oggend met die uit-kom van die dorp af vir die eerste keer in byna dertig jaar op niks na nie 'n olifant gestamp wat halflyf oor die spoor gestaan het. Die droogte het die goed uit die bos gejaag, hulle kom befoeter alles op die bosrand, dis tyd dat die goewerment hulle laat skiet. Hy weet nie hoe die trein vandag gaan terugkom op die dorp nie; dit sukkel met die water langs die pad, die fonteine is flou.

Tussen Knysna en Diepwalle se stasie moet die hout-treintjie gewoonlik drie of vier keer water inneem; by elke waterpunt word die tenks met geutjies uit fonteine volgemaak. Volgens mister Kennet was die tenk ander-kant Veldmanspad nie die oggend vol nie; as daar met die afgaan nie genoeg water bygekom het nie, weet hy nie so mooi nie. Goed, hulle gebruik nie so baie water met die afgaan nie, maar hulle is met nommer 4 in die bos en hy suip baie water . . .

Sy gaan sit op een van die oop trokke op die hout. Moeë hout, moeë trok. Al die trokke se houtkante lyk oud en dor, dis 'n wonder dat die goed nog die helse vragte boomstompe kan dra.

As die houtkappers nie meer kap nie, sal daar nie meer hout wees vir die treintjie om te kom haal nie. As die treintjie nie meer loop nie . . .

Die guard, mister Botha, kom groet haar. "Ek kan nie onthou dat dit al so droog was in die bos nie, Karoliena. Dominee oorweeg 'n biduur vir reën. Elke holte in die paaie en die strate is nou stofgate, die hele dorp is onder stof. Mister Wilson sê my gister daar't hoeveel mense van oorsee af hulle vooruitgeboekte blyplekke vir Desember- en Januariemaand gekanselleer. Nie oor die droogte nie, oor die gerugte van die oorlog wat gaan uitbreek."

"Watse oorlog?" Johannes se praat.

"Donker wolke is besig om oor ons koppe en ons toekoms saam te pak, Karoliena. Mister Wilson sê die maak van paaie sal gestaak moet word as die oorlog los-bars. Dit sal baie skade vir die dorp beteken, al meer toeriste kom vandag padlangs om na ons mooie distrik te kom kyk. Jou ma was laas week saam in dorp toe met die trein, ek sien sy en Cornelius raak ook nou oud."

"Ja, mister Botha."

Asof die wêreld van alle kante af wil kantel.

Toe nommer 4 die swaargelaaide trokke uit Diepwalle se stasie begin sleep, wil sy haar oë toemaak en ekskuus sê vir al die gate wat iewers in die bos gelos is. Vir die dooie spoke.

As die droogte net eers wil breek.

Abel sal weet wanneer.

Kort anderkant Veldmanspad voel sy die treintjie begin al stadiger loop, sy weet dis om by die watertenk stil te hou. Sy sien die sandstrooier afspring om die seilslang bo uit die tenk onder in die enjin se tenk te gooi. Sy sien mister Kennet uitklim en kopskuddend met die sandstrooier gaan praat. Mister Botha kom spoorlangs van agter af om te hoor wat aan die gang is. Toe hy terugkom, sê hy: Ons loop kort aan water, daar's niks in die tenk nie.

"En nou?" vra sy.

"Skep," sê hy. "Droogte kom nou alles by, tot die trein ook."

Toe die trokke weer begin beweeg, weet sy waarheen hulle op pad is. Na die gronddam 'n ent vorentoe in die bos. Daar waar sy as kind belet was om te speel, maar waarheen sy gereeld gegaan het in die hoop dat sy een van die waterskilpaaie wat in die dam bly, sal sien. Soms, as sy so stilletjies as moontlik tot daar geloop het, het sy een langs die kant betrap. Maar dan skrik die skilpad so groot, jy sien net 'n blerts! en hy's weg onder die water in om op die bodem te gaan skuil soos 'n geheim.

Sy vra eendag vir meneer Heunis in die skool of hy dink daar is waterskilpaaie in die bos. Hy sê nee, hy verseker haar daar is nie. Toe weet sy sy's slimmer as meneer Heunis.

Daar is vier man wat vir die trein kan gaan water skep: Mister Kennet, mister Botha, die stoker en die

251

sandstrooier. Gelukkig is die dam nie ver van die spoor af nie. Die sandstrooier gaan staan op die enjin se tenk. Mister Botha loop met die twee groot ysteremmers na die water toe om te skep en aan te gee vir mister Kennet, mister Kennet vir die stoker, die stoker vir die sandstrooier wat moet ingooi.

Sy klim af en gaan sit 'n ent voor hulle op die spoor.

Met ander woorde, bosbou sal ou Bothatjie in sy huis laat bly tot die huise by Elandskraal klaar gebou is ...

Met ander woorde, sy sal by ou Bothatjie kan aanbly tot daar Elandskraal toe getrek moet word ...

Met ander woorde, die Kerk sal vir die kerkverpleegster 'n motorkar moet gee as Elandskraal ook besoek moet word. Of 'n perd ...

Darem seker nie 'n os nie. Bella van ou Abel spog graag daarmee dat haar mense se mense voortyd ryk mense was wat op osse deur die bos gery het. Vername bos-hottentotte het altyd 'n ekstra hottentot laat saamdraf om te buk as daar moes afgeklim word – dan trap die vername een op die rug van die saamdrawwer om gemaklik af te klim.

As 'n mens fyn kyk, sien jy die lewe se patroon is oral van dieselfde lap gemaak. Party ry op osse, ander buk om op getrap te word.

Die waterskeppers steun al harder. Die sandstrooier kry al moeiliker die sware emmers gelig om hulle in die enjin se tenk uit te keer. Die grond om die eerste skepper se voete word al modderiger. Die klere aan al vier se lywe slaan in sweetkolle uit.

Seker dertig emmers water voordat halt geroep word en sy en mister Botha op dieselfde oop trok op die hout gaan klim toe die trein weer begin beweeg.

"Ons het nie volgemaak nie, ons sal Bracken Hill haal met wat ons het, en daar maar weer water vat. Die water het in elk geval te modderig begin raak van al die skep. Dis donker voor ons vandag op die dorp kom, Karoliena. Dan moet die skepwater eers uitloop en al die pype met skoon water uitgespoel word, anders sukkel ons môre of anderdag met vuiligheid in die injektors en skel mister Wilson ons weer 'n volle dag lank."

18

Dis sterk skemer toe sy uiteindelik in Amelia Claassens se straat afdraai, en Johannes se motor voor haar deur sien staan! Die vreemdste skrik laat haar hart doef-doef. Sy verstaan dit nie, sy weet net sy moet omdraai en vinnig wegkom. Sy wil nie meer gaan aanklop en vir slaapplek vra nie, sy wil nie Johannes by 'n ander vrou sien nie – al is hulle lankal niks meer van mekaar nie!

Net iewers op 'n kerkboek ingeskryf as man en vrou.

Soos 'n ou nagmerrie.

Sy kan nie terugloop bos toe nie, die olifante is te gevaarlik. Waar gaan slaap 'n mens as jy nie slaapplek het nie, as jou man by die enigste slaapplek . . .

Nee.

Sy het nie 'n man nie.

Amelia Claassens ook nie . . .

Nee!

Sy kan nie terug bos toe nie.

Sy loop in Main Street af, oral om haar is die dorp besig om reg te maak vir gaan slaap. In die bladsak oor haar skouer is 'n nagrok, 'n waslap, 'n kam, haar tandeborsel en 'n skoon broek. Daar is net een plek waaraan sy kan dink om te loop, en dit is die klein stasie waar daar immers 'n bank is om op te sit.

Johannes en Amelia Claassens?

Nee.

Hulle is nog besig om die modderwater uit die enjin

253

se tenk te spoel toe sy by die stasie kom. Gedaantes met lanterns. Die naaste straatlig staan te ver om genoeg lig te gooi. Mensland waar sy in die bosse anderkant die spoorlyn gaan skuil totdat die lanterns wegraak na die dorp se kant toe, en die alleenste gevoel om haar kom lê soos iets wat vir haar kom tong uitsteek. Vir wat? Sy is tog nie jaloers op Johannes nie!

Een van Diepwalle se boswagters het eenmaal 'n paar aande agtermekaar by ou Bothatjie se huis kom aanklop. Jan Gerts. Nie onaansienlik nie. Die derde aand vra hy of sy nie lus het om 'n entjie te gaan stap nie, dis so 'n mooie maanligaand. Ou Bothatjie maak 'n vreemde snork-geluid. Ná 'n rukkie vra die man weer. Ou Bothatjie sê: Kry jou loop, Karoliena is 'n getroude vrou.

Sy't nooit aan haarself as 'n getroude vrou gedink nie. Sy is maar net iemand wat eendag per ongeluk voor die kansel langs 'n man gestaan het.

Die volgende oggend het ou Bothatjie met haar ge-raas, gesê hy soek nie vryery in sy huis nie.

Sy kom uit haar skuilte oorkant die spoorlyn en gaan sit op die bank onder die afdak voor die stasiegeboutjie. Die alleenheid kom langs haar sit. Die gedruis van die see wat iewers agter die stasie deur die Koppe breek, spoel om haar voete. Eendag, lank gelede, was sy en haar ma op Ouplaas net buite die dorp by 'n niggie van haar ma. Armmensplotte teen 5/- 'n maand se huur en jy moet jou eie huis maak. Sy torring aan haar ma dat hulle na die meer toe moet loop, sy wou 'n skip sien. Later gee haar ma in. Daar lê die mooiste houtskip vol maste teen die kaai. Haar ma sê: Ons moet wegkom, die matroosgoed kyk jou glad te skaamteloos aan. Die vol-gende oomblik gaan daar die verskriklikste skoot af: honde tjank, voëls vlieg verskrik in die lug op, haar ma gryp haar aan die hand en begin met haar dorp se kant toe hardloop. Nog 'n skoot, nog een, nog een . . . Daar kom 'n man, haar ma skree vir hom hy moet omdraai,

daar't oorlog by die water uitgebreek. Die man lag. Hy
sê: Moenie laf wees nie, dit was sommer kanonskote vir
koningin Victoria se verjaardag, dis Engeland se skip
wat in die hawe lê. Haar ma sê: Moenie onnooslik wees
nie, die koningin is lankal dood.

Haar ma was soms slim. As sy geleerd was, sou sy
regtig slim gewees het. Sy vra vir haar ma: Hoe weet Ma
sy's dood? Haar ma sê: Ek het dit eendag in 'n koerant
gesien waarin winkelgoed toegedraai was.

Mensland se naggeluide is ook paddas en krieke, maar
hulle klink anders as die bosnag s'n. Platter. As sy 'n
lantern had, het sy huis toe geloop.

Daar is nie plek vir haar op die dorp nie. Daar is nie
meer plek vir haar in die bos nie. Miskien is daar nie eers
plek vir haar op die hele aarde nie . . .

Het Johannes by Amelia Claassens oornag?

Moenie!

Sy het vir haar 'n kussing van haar arm gemaak en
iewers in die nanag ingesluimer. Toe sy wakker word, is
die voëls aan die babbel en die dag gebreek.

"Karoliena?" 'n Verbaasde mister Kennet het liggies
aan haar voet geraak. "Het jy heelnag hier geslaap?"

"Ja. Ek moet huis toe."

"Gaan klim in die coach, ons vat vyf uitlanders saam
uit bos toe. Drie is fotograwe, hulle wil graag 'n olifant
gaan afneem."

Sy loop oor die spoorlyn na die kleinhuisie toe, gaan
was haar gesig by die kraan, kam haar hare, trek haar
skoene aan. Gaan klim op een van die oop trokke omdat
sy nie lus het vir vreemdes nie.

Sy bly op die trok tot by Diepwalle se stasie en loop
deur die bopunt van Langvleibos 'n kortpad Dirk-se-
eiland toe met 'n haas om by Abel Slinger te kom. Nadat
die vreemdes by Diepwalle uit die coach gebondel het,
het Salman Fransen haar van agter af ingedraf en kom

vra of sy nie asseblief sal omdraai en die manne op die olifante se spoor kan kom help nie. Daar's twee koeie die oggend vlak by die stasie verby die bos in; hy's seker hulle soek drinkwater – as sy die manne net kon help om op die spoor te kom. Sy't hom reguit gesê dis gevaarlik om 'n dors olifant te volg; as hy jou reuk kry, tráp hy jou uit sy pad. Fransen was egter verleë, hy't nog 'n ent bly saamdraf om te pleit: Asseblief, Karoliena? Dis nie kiekies wat hulle wil neem nie, hulle is professionele fotograwe en wil bitter graag die eerste behoorlike foto in die wêreld van 'n Knysna-olifant neem!

"Mister Fourcade sê dis die gevaarlikste olifante in die wêreld!"

Toe het hy gelukkig omgedraai.

En Abel se sinkplaatdeur staan oop, hy sit kruisbeen in die skemer huisie toe sy liggies aanklop. Bella is nie by die huis nie, hy sê sy't gaan water skep.

"Hoekom is dit so droog, oom Abel?"

"Groot droogte, groot reën, elkeen kry sy beurt."

"Wanneer is dit weer reën se beurt?"

"Nog nie."

"Ek moes self ook begin huiswater aandra."

"Sal nog 'n rukkie moet dra."

Dis bedompig in die huisie. "Watse stukke swart goed hang daar uit die dak?" Sy het dit lank tevore ook gesien toe sy daar was.

"Olifantskoene."

"Om wat mee te maak?"

"Wat mens met skoene maak. My voor-oupa het dit gedra as hy oor klippe moes loop."

"Leen dit vir my. Asseblief."

"Jy het skoene."

"Net vir 'n rukkie, asseblief." Die gedagte het skielik in haar kop in geval: Sal mens weet hoe dit voel om 'n olifant te wees as jy olifantvoete het? Soos toe sy die keer vir haar 'n stinkhoutboomlyf gemaak het om te weet hoe

256

dit voel om 'n boom te wees. "Asseblief, ek sal dit weer terugbring."

Die ouman maak of hy haar nie hoor nie; gooi net sy kop agteroor, kyk dak toe en vra: "Hoe gaan dit met ou Bothatjie? Mens kry hom nooit meer langs die pad nie."

"Hy's te oud om nog ver te loop."

"Daar's 'n tyd vir jonk en 'n tyd vir oud. Jonk traak nie meer oor oud nie, oud traak nie meer oor jonk nie. Dis hoe dit is."

"Hoe's olifante?"

"Soos olifante. Ek sien jou kop is weer goed deurmekaar."

"Ek dink Johannes het 'n ander vrou gevat."

"Man moet 'n vrou hê, vrou moet 'n man hê. Vat die olifantskoene en pas hulle op. Lê hulle oornag in die water om hulle safter te kry."

Toe sy loop, is daar niks waarin sy die skoene kan toedraai nie. Kort duskant haar ma se huis steek sy hulle onder 'n wildegranaatbos vol oranje pypieblomme weg en loop net met die bladsak oor haar skouer na die huis toe.

Haar ma staan by die tuindraad, Susanna is besig om kool in die stofgrond te plant.

"Môre, Ma."

"Karoliena? Waarlik, ek weet nie wat dit met my is nie, maar elke keer as jy voor my deur kom staan, is ek slegte tyding te wagte. Wat's in die bladsak?"

"Ek het op die dorp geslaap."

"By Johannes?" Hoopvol.

"Nee, Ma. Ek kom hoor maar net hoe dit gaan. Hoekom plant julle so in die droogte?"

"Ons dra water onder uit die kloofloop aan. Gelukkig kan die kinders middae help. Here weet wat gaan word, die plantasiewerk is besig om Cornelius dood te maak. Ou Jan Zeelie het sommer daar bo in die berg waar hulle

257

plant, omgeval en bly lê. Ek hoor ou Bothatjie gaan nou ouderdomspensioen kry. As Cornelius net geweet het hoe oud hy is."

"Alles sal regkom, Ma."

"Hóé?" Sy gooi dit soos 'n klip na haar.

"Ek weet nie, ek weet net daar's lig op pad."

"Nee, Karoliena, ek sien net donkerte. Die wêreld het van die bos vergeet soos jy van jouselwers, dit lyk kompleet of jy in die bos geslaap het! Om te dink jy kon vandag 'n ryk vrou gewees het!"

"Nee, Ma, ek sou 'n arm vrou gewees het. Maar Ma sal nie verstaan nie."

"Jy's reg. Dominee was hier, die Kerk wil hê Willempie van oorle' Faan moet aanstaande jaar Wittedrift toe. Susanna sê dis reg so. Ek sê los die kind, die kerkverpleegster sê die goewerment stoot honderde van die armes spoorweë toe. Ek sê: Laat Willempie ook gaan en iets begin verdien. Dis volgende week einde van die maand, jy moenie vergeet om te kom betaal nie."

"Ek sal nie." Daar's nog vir twee maande losiesgeld oor in die laai, maar die speke se geld en ou Bothatjie se pensioen help intussen. Tot die motte weer begin uitkom.

"Dominee sê Cornelius moet laat baard groei vir die Fees, Susanna moet 'n Voortrekkerrok kry vir die optog deur die strate. Ek vra: Wat van my? Hy sê ek's te oud. Ek sê dominee is self nie meer so jonk nie. Toe erg hy hom. Hy sê die Fees gaan maak dat mense in hierdie land weer hande vat. Die kerkverpleegster sê sy sal moontlik vir Susanna 'n rok te leen kry, almal moet deur die strate gaan loop. Daar gaan kollekte gehou word vir die arm vroue van die distrik. Ek sê: Dan gaan loop ek voor, al is dit met 'n kierie."

"Ja, Ma."

"Die kerkverpleegster wil weet of jy en Johannes gaan skeiding kry."

"Ek moet by die huis kom."

Sy gaan haal die olifantskoene onder die granaatbos uit en staan daarmee in haar hande. Dit voel snaaks. Dis nie eintlik skoene nie, net twee plat stukke harde olifantvel wat aan die kante opkrul, met droë vasmaakriempies soos veters deur gaatjies. Dik, growwe olifanthare aan die buitekante. Hoekom voel dit so aardig? Hoekom maak dit die ou wens in haar los om iewers diep in die bos te gaan wegkruip en nooit weer uit te kom nie!

Sy moet by haar boom kom. Sy moet Johannes en Amelia uit haar kop kry!

"Asseblief," sê sy toe sy teen die ou kalander se lyf gaan sit, "jy moet vandag al my woorde hoor. Ek is bang. Bang vir die droogte, vir Elandskraal, vir alles. Ek het olifantskoene by Abel gekry. Ek is bang om hulle aan te trek en die bos in te loop, want ek is bang ek draai nie weer om nie. Almal gaan uit die bos uit gesit word. Ek ook. Dit voel my ek gaan omval en soos 'n windval bly lê. Hoe sal jy voel as jy omval? Mister Fourcade sê jy's honderde jare oud, maar immers sal jy nie omgekap word as die houtkappers uit die bos gesit word nie. Ek het die ergste bang dat Johannes vir Amelia Claassens gaan vat. Hoekom?"

Boom gee nie antwoord nie. Staan net. Die bontrokkie is ook weg. Oral is net die droogte en die verskriklike alleenheid.

En die predikant wat langs ou Bothatjie op die stomp voor die deur sit toe sy by die huis kom. 'n Gul, vriendelike predikant.

"Karoliena, ek het amper nie langer vir jou gewag nie! Hoe gaan dit?"

"Goed, dankie. En met dominee?" Ek gaan nie in 'n fabriek werk nie.

"Uitstekend. Daar is tydens 'n vergadering besluit dat jy een van die kollekteerders op die hoofdag van die Fees moet wees. Die dorpsraad het spesiaal verlof toegestaan aan die Vroue-Sendingbond om daardie dag geld in te samel vir behoeftige vroue in die distrik. Ons reken jou mooie gelaat sal mense maklik laat hand in die sak steek. Jy sal natuurlik 'n Voortrekkerrok gegee word om aan te trek. Wat staan jy so verskrik, watse swart goeters het jy daar in jou hand?"

"Olifantskoene."

"Om wat op aarde mee te maak?"

" 'n Olifant van te maak." Sy kon nie die woorde keer nie, dit was soos kap na 'n stuk hout terwyl sy weet sy sal hom nie raak gekap kry nie! Net sy geskokte oë wat na haar staar.

"Karoliena," sê hy met erns, "jy moet dringend uit die bos kom, daar's rede tot groot kommer oor jou!"

"Is dit waar dat die houtkappers pensioen gaan kry en Elandskraal toe geskuif word?"

"Wie vertel jou sulke leuens?" Sy oë sê dis hý wat lieg. "Ek kom om vir jou die goeie tyding te bring dat die Kerk sal sorg dat jy die regte klere kry om aan te trek, jou 'n hand te reik om jou op te help, jou deelname aan die Fees te kom bied. Maar dis duidelik dat jy nie gehelp wil wees nie!"

"Dominee . . ." Ou Bothatjie wil iets probeer sê, dit lyk of die ouman aan die rittel gaan van ontsteltenis. "Karoliena is 'n goeie kind, ek sal kyk dat sy maak soos dominee sê."

"Ek sal bly wees, oom Bothatjie. My geduld met haar is op."

Sy het die olifantskoene onder haar katel gaan sit en nie buitetoe gegaan om te groet toe die predikant loop nie. Sy het die vuur opgemaak om patats oor te hang. Gemaak of sy nie ou Bothatjie sien inkom nie.

"Jy kan nie so met dominee praat nie, Karoliena! Ek skaam my vir jou. Dominee sê hulle span volgende Saterdag die eerste twee waens in, jou klere vir die optog deur die strate sal by die kerkverpleegster vir jou gelos word. Ek vra jou mooi, Karoliena, wees inskiklik. Die boswagter was hier, hy sê die droogte is die ergste wat hy al gesien het. Twee olifantkoeie het gister amper 'n uitlander bokant die stasie by Diepwalle doodgetrap; die man wou die diere kiek, toe skraap hulle hom. Gelukkig het hy per ongeluk die kamera laat val. Terwyl hulle die ding fyngetrap het, kon die man darem vlug. Ek sê vir die wagter dis die droogte wat die olifante so beneuk maak en jy kom sê wragtag jy wil 'n olifant maak! Wat moet die man dink? Watse liegtery is dit van Elandskraal?"

"Vergeet daarvan, oom. Sommer 'n storie wat ek gehoor het."

"Was jy by Abel Slinger?"

"Ja, oom. Dis sy skoene."

"Loop gooi die goed in die bos!"

"Nee, oom."

"Karoliena!"

"Los my, oom. Ek dink."

"Wat dink jy?"

"Hoe ver 'n mens val voor jy onder kom."

"Jirre!"

Sy het die olifantskoene die Dinsdagnag in die water laat lê. Die Woensdagoggend was hulle sag. Sy het die huis aan die kant gemaak en 'n kans afgewag om weg te kom.

"Wat's jy so rusteloos, Karoliena?"

"As ek iets oorkom, moet oom die geld in die laai vir my ma gee."

"Moenie simpel praat nie! Jy gaan niks oorkom nie, jy gaan sorg dat jy Saterdag in die Fees loop soos dominee beveel het en die klere by die kerkverpleegster haal."

"Ja, oom."

"As ek my kragte had, was ek self Saterdag op die dorp om die speke te gaan kyk. Gieljam sê Jonker se twee waens is die beste-mooiste wat hy al gesien het. Pronkwaens. Gieljam is nou self ook dik gebaard, ek het hom amper nie herken toe hy saam met dominee hier aangekom het nie. Net voor jy gekom het. Hy sê Freek Stander is aangestel oor die osse. Wat is jy so op en af, Karoliena?"

"Daar's nog genoeg water tot môre toe."

"Dis nie wat ek jou gevra het nie."

"Ek wil bos toe." Probleem is om die olifantskoene verby hom te kry . . .

"Ek kyk jou, ek sien jy's nie op die aarde nie."

"Ek wil bos toe."

"Om wat te gaan maak?"

"Ek weet self nie heeltemal nie."

"Karoliena!"

"Moenie my keer nie, oom."

Sy het die skoene in die bladsak gesit.

En die voetpad uit Kom-se-bos gevat wat noord-waarts na Velbroeksdraai se kant toe draai omdat dit vir haar voel soos die naaste voetpad vêrbos toe. Omdat die eerste loeries daardie kant toe gekok het. Omdat die olifante lief is om soms anderkant Velbroeksdraai in die hardepad uit te loop. Omdat die ou mense altyd gesê het die dikbene het hulle slimste pad deur Peerbos, bokant Velbroeksdraai, gemaak. Omdat een van die Gouna-rivier se sylope deur Peerbos kom en daar nog water moet wees.

Nee, sê haar verstand, jy's nie hier om 'n olifant te sóék nie, maar om 'n olifant te wórd! Hoekom? Om te voel hoe voel 'n olifant. Hoekom? Sodat ek die weet kan saamvat as ek dalk nie meer in die bos kan bly nie.

Diep in haar binneste is sy besig om voetjie vir voetjie uit die bos te begin loop. Sy weet dit. Sy weet nog net nie waarheen sy loop nie.

Iewers moet sy die skoene aantrek, dis net dat sy be-sig is om bang te word en nie weet waarvoor nie. 'n

Ander soort bang as die bang waarvoor 'n mens kan weghardloop; meer soos die bang as jy te hoog in 'n boom in opgeklim het en nie weet hoe om weer af te kom nie.

As mens in die bos grootgeword het, leer jy amper met jou eerste asem dat jy nooit – nóóit – met 'n olifant speletjies maak nie.

Sy wil nie met die olifante kom speletjies maak nie. Sy sweer. Sy wil net voel hoe dit voel om 'n olifant te wees. Sy is selfs bereid om dit te ruil vir haar groot wens: om net een keer weer die boomspook te sien.

Mister Fourcade sê 'n mens moet 'n wens hardop sê. "Asseblief, bos, vat my en maak van my 'n olifant in ruil vir die boomspook."

Dikbos. Mooibos. Nie 'n loerie wat sis en gorrel om 'n olifant te verraai nie. Sy gaan sit in 'n laagtetjie waar die droogte nog nie heeltemal oorgeneem het nie, waar die varings nog moedig groei en 'n wildekastaiing oortrek staan van die blomme. 'n Blinkblou naaldekoker kom sit vir 'n oomblik by haar voete; die koningskoenlappers kom speel iewers vandaan om die kastaiing . . .

Toe trek sy die skoene aan. Sy draai die rieme een keer om haar voete en knoop hulle vas. Die oomblik toe sy orent kom, voel sy dit: die vreemdheid. Dit laat haar skrik. Sy sê vir haarself, dis my verbeel. Sy gee 'n tree vorentoe, dit voel of die aarde deur die olifantskoene in haar voete in begin opstyg. Elke klippie, stokkie, droë blaar. Elke boomsaad, elke boomwortel. Dit voel asof die aarde saam met haar asemhaal. Asof sy voetjie vir voetjie begin loop op 'n pad wat haar oë nie sien nie, maar wat sy met haar hele lyf kan voel.

Stadig begin die vreemdste ding met haar gebeur. Al die bange van haar lewe begin bo by haar kop uitstyg. Die bang, toe sy klein was, dat die nagadder in die huis sal inkom; die muskeljaatkat haar kleintjie gaan kom soek; bang vir haar pa en haar ma as sy verbrou het; vir

263

die blitse wat uit die lug kom val om iemand dood te slaan. Al die bang van skoolgaan, vir armblankes, vir Wittedrift; vir miss Ann, die saagmeule se geskree wat bome opvreet; bang vir Johannes en die Carnegie-mense, die boswagters, die predikant, plantasieplekke . . .

Een vir een styg hulle by haar kop uit. Soos om van binne af skoongewas te word. Vry te word, mens te word terwyl sy met die olifantskoene aan deur die ruie onderbos loop. Tussen die bome deur, teen 'n opdraand-jie uit, en elke tree kry 'n ander reuk: iewers het 'n wildekatjiepiering geblom; iewers het witelsheuning uit 'n bynes gedrup. Iewers het 'n rooikat geslaap. 'n Wilde-vark, 'n bosbok. 'n Muis is besig om onder 'n blarenes kleintjies te kry. 'n Kruisbessie staan in blom. Padda-stoele ruik na ou brood. Weer 'n kastaiing. Skoenlappers ruik na grond. Iewers het 'n kanferfoelie geblom en die klein blou skoenlappertjies wat om hom speel, ruik soos melk.

In elke boom kruip 'n boomspook weg. Olifantmens weet dit, al kan sy dit nie sien nie.

Toorbos waar leef 'n droom is, al is jy wakker.

'n Loerie sis en gorrel ergerlik bo in 'n kwar – sy skrik haarself terug na die aarde toe sy amper op die groot olifantspoor in die sandplekkie trap. Dis 'n vars spoor, en 'n entjie verder lê die kleiner spoor. 'n Koei en 'n kalf? Sy tel haar een voet op en sit dit in die middel van die kleiner spoor en weet onmiddellik sy trap in 'n koei se spoor. Dat dit 'n bul en koei was wat saam verbygeloop het.

Die loerie gorrel diep en ergerlik in sy keel.

Sy loop tot by die water, die olifantspore gaan deur die water; sy steek vas, sy weet sy moenie agterna nie, net doodstil op die koei se voet bly staan en die wonderlike bangloosheid vir ewig binne-in haar bêre. Om te voel hoe veilig leef kan wees as 'n bul voor jou uitloop om die pad oop te stoot. Die bos sy takke om jou toevou.

Pietjiekanarie vra luidkeels: Wie's-jy, wie's-jy?

Sy antwoord: Karoliena Kapp. Olifantkoei. Wat nooit weer bang gaan wees nie. Vir niks.

Toe gaan sit sy op 'n klip en begin die skoene aan haar voete losmaak.

19

Die ouman kyk haar vraend aan toe sy die olifantskoene langs die huis neersit om droog te word.

"Karoliena?"

"Moenie met my praat nie, ek's nog in die bos." Ek's nog 'n olifant.

"Dan praat ek maar met myself. Die kerkverpleegster was hier. Sy't die rok gebring wat jy Saterdag moet aanhê vir die kollekteer, dit lê oor jou kooi. Sy's Barnardseiland toe, dominee het plek vir Elmina in 'n inrigting gekry, sy moet glo voorbereiding gegee word. Kerkverpleegster was haastig. Sy sê die optog en die uittrek van die waens begin stiptelik tienuur Saterdagoggend, die kollekteerders moet nege-uur bymekaarkom, hulle gaan nie vir jou wag nie."

"Ek sal die vuur gaan opmaak."

"Karoliena, het jy gehoor wat ek sê?"

"Ja. Ek hoor baie fyn."

"Ek het nurse belowe ek sal kyk dat jy op die dorp kom, al moet ek jou met my manke lyf self uit die bos uit sleep!"

"Dit sal nie nodig wees nie, oom."

"Ek is bly. Nurse sê dis 'n inrigting op 'n plek met die naam van Karatara. Dis seker iewers bo in die land."

"En Samuel?"

265

"Ek was bang om te vra. Die stomme man."

"Ja."

'n Lang pienk rok met pofmoue en 'n wit kantomboorde nekdoek lê op haar bed. 'n Wit tuitkappie ook. Wit kouse. Swart oprygskoene op die vloer. Immers het die Voortrekkers beter klere as die houtkappers gedra.

Nee, sy sal nie stribbel nie. Sy sal die klere aantrek en gaan maak soos hulle sê. Agterna sal sy suutjies iewers vir haar gaan plek soek om te bly as hulle ou Bothatjie ook kom wegvat Karatara toe.

Die kloppie aan die deur, skemeragtermiddag, is dié van Willempie. Boek en 'n potlood in die hand.

"Karoliena, my en jou se ma's sê jy sal weet, jy's slim. Ek moet môre 'n opstel ingee by die skool, maar ek kry nie die regte woorde om neer te skryf nie. Asseblief, help my."

"Kom in. Kom sit by die tafel. Waaroor moet die opstel gaan?"

"Dis net vir die standerdsesse. Ons moet skryf waarom die Voortrekkerfees gehou word, maar eintlik weet nie een van ons nie. Meneer sê dit is ter nagedagtenis aan die Voortrekkers."

"Sit. Hoe gaan dit met jou ma?"

"Sy huil in die nag, ek dink dis oor my pa sy eie keel afgesny het."

"Skryf. Daar word 'n groot fees in ons land gehou om die brawe Voortrekkers te herdenk. Hulle het in 1838 begin wegtrek omdat hulle nie van die goewerment gehou het nie."

"Stadig!"

"Hulle het nuwe blyplek gaan soek waar hulle vry en gelukkig kon wees, maar hulle is oral langs die pad doodgemaak deur die mense wat klaar daar gewoon het. Gevolglik het hulle nooit by die beloofde land uitgekom nie."

266

"Is jy nie bietjie deurmekaar met die Bybelstorie nie?"

"Stories het 'n manier om hulleself oor en oor te maak. Skryf. Daar is vier stinkhoutwaens op Knysna gemaak wat deel gaan wees van die optog van waens vanaf die Kaap tot bo in Pretoria . . ."

"My ma gaan ook aan die fees deelneem, sy gaan 'n lang rok aanhê."

"Skryf. Al die stinkhout vir die Knysna-waens kom uit Knysna se bos. Die Voortrekkers is almal lankal dood. Die bome ook, maar hulle kon nog geleef het as die houtkappers hulle nie afgekap het nie, want bome leef baie langer as mense."

"Ek kan mos nie dít skryf nie."

"Dan weet ek nie wat jy moet skryf nie."

"Jy's nie snaaks nie!"

Sy't vroeg begin loop om betyds op die dorp te wees. Ou Bothatjie sê die kollekteerders moet eers by die kerk saamkom, hulle sal blikkies kry om in te kollekteer.

Sy sal nie teenstribbel nie.

By die kerk kyk Amelia Claassens haar verbaas aan. "Dominee het getwyfel of jy regtig sou kom, Karoliena."

Sy antwoord nie, vat net die blikkie met die papier om die lyf waarop daar in groot swart letters staan: ARMSORG.

Daar is baie mense al langs die straat af tot in die middel van die dorp. Baie vroue is aangetrek soos kamma-Voortrekkervroue in lang rokke met kappies op die koppe en 'n heiligheid op die gesigte. Baie mans het baarde soos kamma-Voortrekkermans; hulle gesigte is verberg – dis moeilik om hulle uit te ken. Hier en daar is 'n paar bosmense in regte bosklere: eenkant, nuuskierig en verflenterd.

Met gewone mense tussenin. Oë wat 'n tweede keer kyk om seker te maak dis sy. "Aarde, maar is jy nie Karoliena nie?"

Pennies, tiekies en sikspense val hol in die blikkie.

Soms 'n sjieling. Susanna van oorle' Faan met rooi wange en 'n geel rok wat in die grond sleep; sy skud, skud die blikkie in haar hand.

Die gejuig wat opklink laat almal omkyk na die klomp perde met ruiters wat die straat af kom. Op die voorste perd is dominee Odendaal met 'n pronkerigheid aan die lyf wat opvallend is; baard, veer in die hoed, broek van riffelferweel en blou nekdoek.

Sy wil huis toe gaan . . .

Kort ná die perde verby is, is daar weer 'n roering onder die mense. Sy hoor die sweep klap en kyk om. Uit die Jonker-broers se jaart aan die bokant van die straat kom die eerste ossewa soos 'n reuse-slang geseil. Statig. Die mooiste span blinkvet, pikswart osse met wit weg-staanhorings trek die wa. Die splinternuwe wa met ou Bothatjie se speke in die wiele wat om en om draai. 'n Trotse Freek Stander dryf: sy sweep piets hier, en piets daar. 'n Houtkapperseun, een van Gouna se kinders, lei die osse met 'n kop wat al meer ondertoe hang. Agter op die wa sit die vier manne van die orkes met bene wat oor die kante swaai: Willem en Koos van Huysteen, elkeen met 'n konsertina; Martiens van Rooyen, die seun van Anna van Rooyen, en ou Salie van Huysteen, elkeen met 'n kitaar. Baarde, en broeke van riffelferweel. Martiens se vuil tone steek voor by sy skoene uit. Regoor die Standard Bank begin hulle te speel en 'n ongekende vrolik-heid sak oor alles uit.

Mense klap hande, die geldblikkies klingel, passies word spontaan in die stof getrap.

Dit word 'n feestelikheid.

Toe kom die tweede wa uit die jaart. Met ou Daantjie Zeelie as drywer vir die veertien rooibont osse; gebaard en reg gebroek. Piets, piets. Die touleier is een van Veld-manspad se seuns. Die hele wa sit vol vroue in Voor-trekkerrokke en -kappies en swaai hulle arms in die lug soos vir juig.

Sy, Karoliena, staan onder een van die akkerbome langs die straat, sy soek iemand om haar kollekteerblikkie voor te gee. Sy wil huis toe gaan. Susanna van oorle' Faan kom verby, sy gee vir haar die blikkie en loop saam met haar straataf.

"Is dit nie 'n wonderlike gebeurtenis nie?" vra Susanna. "Ek het nie geweet daar gaan só baie mense wees nie."

Toe is hulle voor miss Ann se losieshuis en miss Ann sit op die stoep.

"Loop jy maar solank, Susanna. Ek wil graag daardie vrou gaan groet."

"Ek dink sy's Engels," waarsku Susanna skrikkerig.

"Ek ken haar."

"O."

Sy klim die trappies na die stoep toe op. "Miss Ann?"

Herkenning, verbasing, selfs blyheid, kom in haar oë. "Karoliena, is dit jy?"

"Ja." Miss Ann het oud geword. Nog kleiner. "Hoe gaan dit met miss Ann?"

"Goed. Ek is bly om jou weer te sien. Jy lyk fraai in die kostuum. Kom sit 'n oomblik hier by my."

"Dankie." Nog dieselfde waardige miss Ann, net bietjie kortasem. "Ek is ook bly om miss Ann weer te sien. Ek moes kom deelneem aan die optog."

"Dis 'n belangrike gebeurtenis – vir julle Afrikaanders." Skielik die ou miss Ann, die een met die tikkie hoogheid wat sy nooit kon verbloem nie. "En goed dat jy 'n bietjie uit die bos kom. Is die spanne osse nie pragtig nie? Mens kan nie dink dat sulke goed versorgde diere uit die bos kom nie. Seker iewers geleen."

"Bosmense kyk gewoonlik goed na hulle osse."

"Net jammer hulle weet nie hoe om na hulleself ook te kyk nie." Met nog 'n tikkie hoogmoed en die skuinsgooi van haar kop. "Party is darem ordentlik aangetrek, maar die meeste bly maar scarecrows. Hoe gaan dit met jou in die bos?"

"Goed."

"Ek verneem jy't by 'n ouman ingetrek. Is dit waar?"

"Ja."

"Hoe jammer. Jy was eintlik 'n dierbare kind, dis net dat ons nooit die wildheid uit jou kon kry nie. Ek dink Johannes treur baie dae nog oor jou."

Miss Ann maak 'n fout. "Het miss Ann nog loseerders?"

"Nee. Mens word nie jonger nie. En ek is regtig verras om jou te sien."

"Kan ek nie vir miss Ann 'n bietjie tee gaan maak nie?" Nog dieselfde skoene, dieselfde rok.

"'n Potjie tee sal lekker wees, ons kan hier op die stoep drink. Gebruik die koppies met die goue randjies." Nog dieselfde manier om van bo uit die boom met jou te praat.

Alles in die huis is ook nog dieselfde. Asof sy in 'n ou droom in terugloop om net 'n oomblik lank weer te kyk. Maar dan sien sy ook die agteruitgang. Die stof. Die afdroogdoeke wat lank nie gewas is nie, die vuil kombuisvloer, die muwwerige reuk.

Ander stukkies van die droom kry sy net in haar kop: die bobbeltjie-matjie in die stoepkamer voor die bed. Die spieël op pote waarin sy eendag 'n bruid was en geweet het sy gaan uit die spieël klim en wegloop.

'n Gevoel van verlossing omdat sy nie eendag soos miss Ann op die stoep gaan sit sonder om te weet hoe dit voel om 'n boom te wees nie. Of 'n olifant.

"Miss Ann," vra sy toe hulle die tee drink, "is daar iemand wat jou darem in die huis help?"

"Ou Maria kom Vrydae. Maar sy's ook nou oud en sieklik. Johannes kom selde hier. Nadat jy weg is, het hy nogal gereeld hier gekom. Sien jy hom ooit?"

"Af en toe. Hy kom nie eintlik in boomland nie, en ek nie in mensland nie."

"Waarvan praat jy, kind?"

270

"Ek praat sommer. Wat kan ek nog vir miss Ann doen? Behalwe om die koppies te gaan was."

"Niks, dankie. Jy weet, Karoliena, jy het werklik potensiaal gehad. Net jammer ons kon nie die bos uit jou kry nie. As ons harder probeer het, kon jy vandag 'n deftige vrou gewees het. Maar nou ja, mens is ongelukkig wat jy is, nè?"

"Dis waar, miss Ann."

"Seker daarom dat ek julle Afrikaanders vandag so jammer kry. Julle vier fees oor die verlede terwyl julle weet daar's nie vir julle 'n toekoms nie."

"Seker omdat die toekoms maar vir almal weggesteek is. Die verlede is darem bekend. Ek sal die koppies gaan was."

"Gaan jy by Johannes ook langs?"

"Nee." Sy wil huis toe gaan. Die donderweer is aan die opsteek, die eerste gerammel het al in die verte begin rol. "Die weer steek op, dalk reën dit."

"Ja. Dan's al die stof weer modder. Mens weet nie meer wat's die ergste nie."

Sy's al in die hardepad onderkant Veldmanspad toe die eerste groot donderweerdruppels begin val en klein stofwolkies laat opspat kompleet of die aarde van die wonder skrik. Harder en harder. Oor haar kop, oor die kappie wat aan die bande agter haar rug afhang, oor haar lyf. Die blitse slaan oor die bos, die donder rammel al meer in die lug.

Die pienk Voortrekkerrok se soom sleep deur die stof wat besig is om modder te word, die oprygskoene aan haar voete flop-flop omdat hulle te groot is.

Water. Water uit die hemel wat elke blaar van droogte kom afwas. *Reën.* Wat die wonderlikste klank oor die bos word soos al die druppels saam 'n suising word. Eers hoog, dan al laer soos die blare aan die bome geutjies word vir die afvoer sodat die takke nie te swaar word van die water nie. Nie 'n voël se roep nie, nie 'n gorrel of 'n kok nie, nie 'n kwêvoel se lag nie. Nie 'n padda nie. Alles is eers stil van die vreugde.

Anderkant Diepwalle se stasie vat sy die voetpad wat na die westekant toe wegdraai deur die natblaarbos en sê in haar hart vir die reën: Moenie ophou val voordat alles nie 'n mond vol gekry het om te drink nie. Voordat die bosvloer nie deurweek is nie. Sy loop, sy loop – sy's besig om blaarvoete te kry van die bosvloer se dooie blare wat aan haar skoene vassit en saamloop.

Dan gaan staan sy botstil. Sy sien dit deur die reën, deur die water wat oor haar gesig afloop: Die bondel stingels wat uit die geelhout se bas voor haar hang, die lang groen spitspuntblare aan elke stingel, die klein wit blommetjies elkeen aan sy eie stingel tussen die blare. Klein wit kappies met dun wit bandjies wat wegstaan van die lyfies af. Orgideetjies; party nog toegevou aan die einde van die stingels, ander oop soos glimlaggies . . .

Eers dink sy dis die roering van die reëndruppels wat hulle aanraak, eers dink sy dis die reën in haar oë. Sy vee die reën met die agterkant van haar hand uit haar oë . . . sy hou haar asem op, sy knip haar oë. Weer en weer.

Uit die orgideë, helder en fyn, styg daar klein wit blomspokies in die lug bó die wasagtige blommetjies en bly daar hang. Voetjies 'n oomblik aan die blommetjies vas, sak in die blommetjies af, en styg weer op. Klein spierwit spokiesgoed wat guitig uitkom om in die reën te kom speel. Sy hou op met skrik, sy kyk en kyk. Sodra een terugsak in 'n orgidee in, begin hy al weer uitkom. Raak nie weg nie. Sy kan kyk soveel sy wil terwyl dit in haar kop sê: Moenie roer nie. Sy kan nie roer nie. Sy wil nie roer nie. Die spokies is van dieselfde wasagtigheid as die blomme gemaak. Net dunner, meer deurskynend. En vol vrolikheid, asof hulle wil hê sy moet deeglik kyk sodat sy sal weet dit is nie verbeel nie.

Toorgoed, raaisels, wonderwerkies . . .

Die volgende oomblik trompetter die olifant skielik tussen haar en die pad. Hard. Soos blits sluk die orgideë die spokies met een slurp in, kompleet asof hulle vir die olifant geskrik het.

Sy wag. Hulle kom nie weer uit nie. Sy wag.

'n Loerie begin iewers te sis en te gorrel. Sy weet dis die olifant wat gewaarsku word dat sy daar is. Dit traak haar nie. Die spokies was helder. Sy het haar nie verbeel nie. Sy het nie gedroom nie.

Dit is nie net die kalander wat 'n boomspook in hom wegsteek nie.

Sy bly staan waar sy is, papnat en verstom. Maar sy kan nie haar lyf roer nie.

Dis nie verbeel nie.

Dis nie droom nie.

En mister Fourcade was nie daar om dit te sien nie, hy was Kaap toe.

Ou Bothatjie sit haar by die tafel en inwag. Die vreugde oor die reën lê huisvol.

"Die tenk loop al oor. Maak jou droog, Karoliena, dis 'n geleende rok. Waar het jy die reën gekry?"

"Kort ná die stasie."

"Hoekom het jy nie gaan skuil nie?"

"Ek wou by die huis kom."

"Hoe was die fees?"

"Baie mense. Mooi waens, mooi osse, oom se speke is netjies op die plek."

"Het jy toe gekollekteer?"

"Ja. Ek het die blikkie vir Susanna van oorlede Faan gegee."

"Het jy dominee gesien?"

"Op 'n perd."

Haar mond praat soos dit moet. Maar haar kop is vol van orgideespokies wat nie wil weggaan nie.

Sy is vir niks meer bang nie.

273

Olifante is nie bang nie.

Maar diep in haar weet sy sy't omgedraai. Sonder om te weet waar. Of wanneer. Of waarheen.

20

Amper 'n jaar later, toe hou die plantasielorrie onder in die pad stil om ou Bothatjie en sy paar stukkies goed te kom laai.

"Moenie so huil nie, Karoliena."

"Ek huil nie, oom. Dis die trane wat vanself uit my oë loop, ek kry hulle nie gekeer nie."

Daar is nie baie plek vir ou Bothatjie en sy goed agter op die lorrie nie. Haar ma, oom Cornelius en hulle huisgoed was klaar gelaai. Die eintlike huil is vir húlle – vir die twee verskrikte oumense agter op die lorrie wat iewers doodgeraak het sonder dat iemand dit agtergekom het.

Nee, sy's nie jammer omdat sy die predikant met die stuk ysterhout gegooi het toe hy die dag kom sê het haar ma-hulle moet ook Karatara toe skuif nie. Dis welsynswet.

"Hoekom?"

"Om vir pensioen te kwalifiseer, soos jy lankal weet. Die goewerment gaan die bos sluit, Karoliena. Houtkapper en boswerker se tyd is verby."

"Julle bliksems!" Sy kon dit nie keer nie, sy was te kwaad.

Hy't die dag voor die deur gestaan, hy't ou Bothatjie kom aflaai ná die nagmaaldiens by die skool. Witgebef, met sy swart pak aan. Hy kom spesiaal om haar te sê dat haar ma-hulle geskuif gaan word. Sy tel die stuk hout op en tref hom skrams teen die kop. Hy skree: Is jy mal? Sy sien die bloed deur die yl grys haartjies sypel, sy sê niks.

Die week daarna het sy dit op Langvleibos gaan sê. Hulle het nog van niks geweet nie.

Karatara? Wat waar is? Enigste Karatara in die bos is 'n blessitse rivier, moet ons nou versuip word?

Nee, Ma.

Die kerkverpleegster het kort daarna vir ou Bothatjie kom sê. Dat hy nou wel nie een van die welsynshuisies gaan kry om te bewoon nie – daar was te veel mense wat moes huis kry – maar dat daar vir hom plek gemaak word in die ouetehuis wat in aanbou is op Karatara. Hy moet net sy eie bed voorsien, en 'n kas vir sy klere. Nee, nie gereedskap nie. Nee, nie eers sy dissel nie.

Toe Amelia Claassens loop, het sy saam tot by die perdekar gestap.

"Moenie opkrop nie, Karoliena. Dis dinge wat moet gebeur omdat dit nie langer so kan voortgaan nie. Die bosmense is té agteruit."

"Ek krop nie op nie. Ek is net kwaad vir die beplanners. Lank terug het ek eendag vir ou Bothatjie gesê dit voel of die aarde begin kantel. Noudat hy regtig aan die kantel is, kantel mens maar net saam en sorg dat jy op jou voete bly."

"Ek vind dit in elk geval vreemd dat jy na ál die tyd nog steeds in die bos oorleef."

"Ek glo jou." Sy kyk die vrou reguit in die gesig en sê sonder 'n woord vir haar: Jy probeer seker hard om Johannes te kry. Die vrou hoor haar.

"Wat gaan jy maak as ou Bothatjie trek?"

"Ek moet nog besluit." Ek dink jy hoop ek sal wegraak. Jy's besig om grys te word – nes Johannes.

"Jy besef natuurlik dat jy nie saam met ou Bothatjie Karatara toe kan trek nie."

"Ek is nie so dom as wat jy hoop nie, Amelia."

Toe slaan die ergerlikheid in rooi kolle teen die vrou se nek op.

Die volgende keer toe sy ou Bothatjie kom besoek, het sy met 'n motorkar gery. Met bak elmboë klou sy aan die stuurwiel vas. 'n Welsynsmotor.

"Weet jy, Amelia, ek wonder nog altyd hoeveel daar toe tydens die fees vir armsorg ingesamel is," sê sy. Aspris. Daar is nooit weer 'n woord oor die kollekteergeld gesê nie.

"As jy die moeite gedoen het om in die kerk te kom sou jy geweet het, want dit is afgekondig: £43."

"Wie het die geld gekry?"

"Vra vir dominee."

"Dominee praat nie meer met my nie."

"Neem jy hom kwalik?"

"Nee."

"Dan't jou kop darem al begin rigting kry."

Die dag ná die fees het mister Fourcade van die Kaap af teruggekom. Hy het van die modderdag – want dit het nog steeds gereën – 'n blye dag kom maak.

Dit het vier dae lank gereën.

Eers die volgende keer, toe dit nie meer so nat was nie, het sy vir hom die orgideë aan die geelhout gaan wys en gehoop dat die spokies weer sou uitkom sodat hy dit ook kon sien. En haar kon glo.

Die slapstingelplant het nog meer geil uit die geelhout se lyf gehang, oortrek van orgideë, maar niks spokies nie. Net mister Fourcade se verwondering en vreugde om die blomme te sien. Hy het hulle liggies met sy vingers aangeraak, die plant se slimnaam vir haar probeer leer. En opgegee.

"Jy't nie werklik die orgideë vir my kom wys nie, Karoliena."

"Ek het. En ek wou sommer mister Fourcade uit die huis kry omdat ou Bothatjie so aanhou praat het."

Hy't stip na haar gekyk. "Jy's anders, Karoliena."

"Ja, ek is."

276

"Hoekom?" Met vrae in sy oë.

"Ek dink ek het grootgeword – al klink dit 'n bietjie simpel." Daar is dinge wat sy ineens geweet het sy nie eers vir mister Fourcade kan sê nie. Nie van die dag van die stinkhoutboom nie, nie van die dag van die olifant nie, nie van die dag van die blomspokies nie. Sommige raaisels lê te diep in jou hart, hulle wil net gewéét wees.

"Wat gaan van jou word as mister Botha uit sy huis moet uit, Karoliena?"

"Ek wil nog nie daaraan dink nie. Alhoewel dit vir my voel of die bos my klaar begin uitstoot."

"Dan hét jy grootgeword."

"Ja."

"Sal jy nou teruggaan na Johannes toe – as ek mag vra?"

"Johannes wil my nie terughê nie."

"Mister Ferndale sê jy't vanjaar taamlik motte gebring, maar dat hy graag meer wil hê."

"Dis reg, maar hy wil nie meer betaal nie." Nie dat dit haar veel gepla het nie. Ou Bothatjie se pensioen het baie gehelp om die huis aan die gang te hou. Bosbou het opgehou om hom te betaal, al het die wagters nog gereeld by hom kom raad vra. Die nuwe proef-man, mister Laughton, se aanplantings in die bos het bly vrek.

"Belowe my een ding, Karoliena," sê mister Fourcade. "Beloof my jy sal altyd bly soos jy is, maak nie saak waar jy gaan nie."

"Hoe's ek?"

"Vreemd, ek weet nie regtig nie, Karoliena."

"Ek wil mister Fourcade 'n geheim vertel."

"Wat?"

"Beloof eers mister Fourcade sal nie lag nie."

"Ek belowe."

"Mister Fourcade is al vir jare my pa."

"Ek weet."

Dit is die laaste wat sy mister Fourcade gesien het.

Die grootste skok toe sy vroeg in Februarie daardie jaar die eerste motte wou gaan vang, was om albei die keurbome afgekap te kry. Net houtsplinters en vertrapping waar hulle eers gestaan het en 'n nuwe gat in die bosdak.

Sy kom by die huis, maar ou Bothatjie sê sy moenie haarself so ontstel nie. Daar's nog baie keurbome in die bos. By Velbroeksdraai staan 'n ou grote teenaan die hardepad, sy hoef nie eers in die bos agter hom aan te loop nie.

Sy gaan soek die boom. Iemand het hóm ook afgekap.

Die een in Kruisbos ook.

Sy gaan vra by die bosboustasie vir een van die wagters hoekom die keurbome skielik so afgekap word. Hy sê: Moenie laat dit jou pla nie, daar kom genoeg nuwes op, die boere soek keurboomsparre en die houtkappers is maar te bly om hulle te voorsien.

Die Sondag gaan kyk sy hoe dit met Hestertjie Vermaak se kind gaan, sy't gehoor hy't kinkhoes. Sy kom daar en die werf is meer deurmekaar as ooit, die ouvrou het 'n nuwe swart hoed op, ou Anneries lê op sy rug in die koelte. Daar's kos oorgehang onder die kookskerm. Bondels vasgeriemde sparre lê langs die huis.

"En dié?" vra sy. Sy sien dis keurhout.

Die ouvrou gee antwoord: "Geluk kom val soms op die armes ook – nie net op jou nie. 'n Man van Oudtshoorn betaal Anneries drie sjielings 'n vrag."

"Hoeveel in 'n vrag?"

"So tweeduisend," antwoord die ouman. "Gelukkig draai bosbou rug as 'n man keurboom kap."

Eers aan die begin van Maart kry sy kort duskant Barnardseiland weer 'n behoorlike motboom. 'n Mooi uitgegroeide een vol motdekseltjies.

Sy gaan roep vir Samuel van Elmina en sê vir hom: Sien jy hierdie keur? Ja. Nou luister mooi: Dis mý boom, die een wat 'n byl aan hom sit, is dood. Hy staan bot-

oog, hy vra: Wie's jy? Sy sê: Karoliena. Pas die boom vir my op en ek bring vir jou sweets as ek weer dorp toe gaan. Sy oë word helder, hy sê: Sugar-sticks, van dié met die strepies om die lyf.

Sy kom by mister Ferndale met die eerste vier motte, hy sê hy moet dringend nog hê vir 'n man oor die see wat wil bewys dat die naaste familie van die spookmot van die Knysna Forest in Australië woon. Wanneer kan sy weer bring?

Sy gaan koop Samuel se sugar-sticks en kry hom laatmiddag onder die keurboom lê en slaap. Hy spring wild op toe sy hom wakker maak, skree ewe wild sy moet anderpad loop, die boom is klaar verkoop! Sy gee hom die kardoes met die sugar-sticks en kalmeer hom. Eers staan hy net, maar 'n skrefie verstand begin deurbreek toe hy van die lekkers in sy mond stop.

"Dankie dat jy die boom opgepas het, Samuel. Jy kan nou maar huis toe gaan."

Omdat dit nog 'n rukkie sou wees voordat die motte begin uitkom, besluit sy om saam met hom te stap. Eintlik uit nuuskierigheid om te gaan kyk hoe dit met Elmina en die "baba" gaan, of dit waar is wat die mense sê: Die pop meer klere het as menige boskind en Elmina was en trek haar 'n paar keer op 'n dag aan.

Volgens Amelia en die predikant was Elmina en Samuel van die eerstes wat Karatara toe verskuif gaan word sodra die houtkappers se pensioene in werking kom.

"En die pop?" het sy opsetlik die dag vir Amelia gevra.

"Dít, Karoliena, is jou sotheid. Dit sal seker moet saam."

Samuel loop voor haar by die deur in. Alles is vuil en verwaarloos. Elmina is besig om die "baba" in die kamer te bad. Die pop se verf is lankal afgewas, 'n bleek pop sonder ooghare en mond, maar die besorgdheid waarmee die simpel vrou die dooie ding staan en was, is meer tragies as snaaks.

279

"Hoe gaan dit, Elmina?"

"Goed. Ons trek weg."

"Waarheen, Elmina?"

"Weet nie. Hulle sal ons kom haal. Baie speelplek vir die kind, die ander nurse sê so."

Dis donker toe sy die lantern opsteek en die voetpad na die keurboom toe vat om die motte te gaan vang. Twee mannetjies en twee wyfies.

Die volgende dag het sy die motte te voet dorp toe geneem.

"Slaap jy vannag op die dorp?" vra ou Bothatjie toe sy die oggend loop.

"Nee. Ek wil met die terugkom by Abel langs loop om die olifantskoene terug te gee."

"Dis 'n goeie ding dat die goed van die werf af kom, mens weet nooit wanneer ruik die ander dit en kom loop my huis plat nie."

"Ek dog oom sê bosbou gaan die huis kom platslaan."

"Moenie spot nie, Karoliena. Die dikbene is terug in die bos van dit gereën het. Hulle het lanklaas in die pad gelê en die karre voorgekeer. Hoekom vat jy nie maar die treintjie van Diepwalle af nie?"

"Nee." Dan kom sy te laat op die dorp en sy wou nie weer by Amelia Claassens gaan slaapplek vra nie. Nooit weer nie. Want sy wil nooit weer Johannes se motorkar voor haar deur sien staan nie. Omdat daar 'n ander raaisel is waarvoor sy nie 'n antwoord vind nie: Waarom wil Johannes nie uit haar kop wyk nie.

Sy gaan gee die motte, mister Ferndale vra of daar dan nog nie 'n kans is vir 'n dwergverkleurmannetjie nie. Nee.

By die molhuis wag ou Bella haar in.

"Abel het gesê hy sien jou kom. Gister al. Hy's in die kooi, hy sê hy kyk sy kyke."

Die kooi is 'n sloop met kooigoedbos gestop. Die ouman wat in die hoek lê is 'n rimpelgesig met min lyf oor.

"Ek hoor die houtkappers gaan spensioen kry."

"Ja, oom."

"Witmens was altyd beter as hottentotmens. Binne die bos, buite die bos."

"Ja, oom." Wat sê 'n mens? Behalwe as jy sy eie woorde kon leen om te sê: Dis soos dit is, soos dit altyd was. Al verstaan jy dit nie. Toe vra sy maar: "Is daar iets wat ek vir oom Abel kan doen?"

"Nie regtig nie. Susanna van jou ma belowe sy sal na Bella kyk as die engele my kom vat."

"Ek is bly."

"Die kerkverpleegster was hier, sy sê die houtkappers word Elandskraal toe gevat, daar's nie plek vir my en Bella nie. Ek sê haar: Dink jy ons wil dáár gaan bly? Ons mog bruin wees, maar ons is nie onnooslik nie. Bella vang darem nog af en toe 'n bokkie in 'n strik, jou ma stuur Susanna met beestekos."

"Watse beestekos?"

"Groentekos. Soms 'n paar patats. Ek sien jy loop weg uit die bos."

"Ou Bothatjie moet uit sy huis. Sien oom miskien watter kant toe ek loop?"

"Nee. Mens loop waar jy moet loop, help nie jy probeer anderpad loop nie. Jy word maar net weer teruggeboender tot op jou pad."

"Ek moet groet."

"Ja."

Die week daarna het die boswagter kom sê ou Abel Slinger het in sy slaap afgesterf.

Sy loop na Bella toe, die ouvrou sit luiters langs die huis. Sê die boswagter het twee man gebring om Abel te kom ingraaf. Ek keer hulle, ek sê: Nie daar by witolienbos nie, lê hom daar by die blinkblaar neer en lê hom diep, die Engelsman moenie die plek kom kry en sy kopbeen uitgraaf nie. Jou ma was hier met 'n paar blomme, ek sê vir haar: Ek eet nie blomme nie. Wat's in die sak in jou hand?

Sommer 'n stukkie vleis en 'n paar roosterkoeke vir jou.

Dit maak bly. Koop tog vir my 'n blik meel as jy weer by die winkel kom.

Ek sal, Bella.

Jy's mos ryk. Sommer 'n bietjie vet by die slaghuis ook.

Ek sal, Bella.

En 'n bietjie suiker en 'n bietjie koffie . . .

Sy was al 'n ent weg toe Bella nog steeds winkelgoed agterna bly skree.

Sy kom by die huis, ou Bothatjie sit hoogkop van trots. Die boswagter was daar. Hy sê daar't tyding gekom: Die ossewaens is veilig in die Kaap, nog ander ossewaens ook. Daar was duisende mense om hulle af te sien, baie gebede en nou's hulle op pad noorde toe. Ek sê jou, dit gaan 'n lang trek wees, Karoliena. Maar Jonker se waens gaan nie agter raak nie. Die wiele loop met mý speke in hulle.

Ja, oom.

Die volgende maand het die plantasielorrie hom en sy goed kom laai.

Dis was twee dae voordat die eerste pensioene aan die houtkappers uitbetaal is.

Sy lê die eerste nag alleen in die plankhuis, dit voel soos 'n sterfhuis. Soos 'n einde. Van iets. Van alles. Van 'n stuk van haar lewe wat begin het toe sy van Johannes af weggeloop het. Vóór daardie dag was sy 'n ander Karoliena Kapp. Ná daardie dag het sy 'n ander een geword, en

282

nou moet sy gaan plek soek om wéér 'n ander een te word.

As sy een begeerte toegelaat kan word, sal dit wees dat bosbou haar 'n jaar se genade gee om eers in die huisie aan te bly . . .

Die klop wat haar wakker maak, is aan die agterdeur. Toe haar oë oopgaan, sien sy dis al lig. Toe sy die deur oopmaak, staan Hestertjie se oudste sustertjie daar. Lank nie meer 'n kind nie, eerder 'n verdwaalde meisiekind met onrus in die oë wat te oud is vir haar lyf.

"Wat is dit?" Sy kan immers nie kom geld vra vir melk nie, Hestertjie se kind was lankal gespeen van die bottel. Die meisiekind staan net. "Wat's dit?"

"Ma kry die floutes. Sy val."

"Van wanneer af kry sy die floutes?"

"Van gister af. Die boswagter het laat weet die lorrie kom ons vandag haal om ons Elandskraal toe te vat. Ma sê sy wil nie daar gaan bly nie, die kerkverpleegster het moeite gedoen, ons kan almal saamgaan. Nou kry Ma die floutes. Hestertjie sê jy moet kom help, Pa het al voordag begin aanstap Elandskraal toe. Hy kry nou pensioen."

"Gaan sê vir Hestertjie ek kan nie nou kom nie. Ek moet Veldmanspad toe."

"Jy kan ons nie in die steek laat nie, Karoliena. Ma bly val."

"Jy't laas gesê die kerkverpleegster gaan vir jou werk kry op die dorp. Het sy?"

"Ja. Maar Ma sê dis nie nodig dat ek vir die rykes gaan werk nie, ons kry nou pensioen."

"Gaan sê vir jou ma sy moet ophou val, die lorrie gaan haar nie optel nie en ook nie vir haar wag nie."

"Jy's ongeskik."

"Nee. Dis my jammerte wat aan die opraak is."

Sy moet uitkom uit die bos. Sy weet.

Sy loop Veldmanspad toe en gaan vra vir Wiljam Stan-

283

der hoeveel hy haar sal vra om haar Elandskraal toe te vat met sy motor.

"Dis ver, petrol is duur."

"Hoeveel?"

"Vir wat loop sit hulle die mense só ver? Ek hoor die plek heet nou Karatara."

"Hoeveel?"

"Die pad is sleg."

"Hoeveel?"

"Ek kan jou nie vir onder tien sjielings vat nie."

"Dan loop ek."

"Wag nou, miskien kan ons vir vyf sjielings ooreenkoms maak. Tye is swaar."

"Dan maak ons so."

Elandskraal of Karatara, sy weet net sy moet daar kom om te sien hoe dit met ou Bothatjie gaan. Met haar ma en oom Cornelius ook.

Die laaste wat sy met dominee gepraat het, was die Sondag ná die laaste buitediens wat hy op Veldmanspad kom hou het. Net voor hulle ou Bothatjie kom laai en Karatara toe gevat het.

Sy't vroeg die oggend vir ou Bothatjie gesê sy gaan kerk toe. Die ouman staar haar verbaas aan. Hy vra: Hoekom? Sy sê: Ek wil met dominee gaan praat oor die pensioene van die houtkappers. Die ouman skrik weer. Hy sê: Karoliena, moenie 'n kool vuur gaan optel en kom kla as jy jou hand verbrand nie!

"Ek wil hom net na die waarheid gaan vra, oom."

"Karoliena, ek ken jou as jy vol moeilikheid is! Los vir dominee, hy's gesalf."

"Mens moet verstaan wat jy nie verstaan nie, oom."

"Jy moet glo soos 'n kind, Karoliena!"

"Ek's nie 'n kind nie."

Sy gaan wag die predikant ná die diens by sy motorkar in. Eers wil hy net inklim en wegry, maak of hy haar

284

nie sien nie. Sy klop langs hom aan die kar se venster. Hy klim uit, hy dink sy sien nie hy's kwaad nie.

"Ja, Karoliena? Ek was bly om jou 'n slag in die kerk te sien."

"Dominee is die maklikste een om oor die waarheid van die houtkappers se pensioene te kom vra."

"Asseblief, nie vandag nie, Karoliena."

Daar was nog steeds 'n merk onder sy hare op die plek waar die stuk hout hom getref het. Mens kon dit sien. "Ek wil net die waarheid weet, dominee."

"Watse waarheid?" Hy was vies, maar moes homself gaaf en geduldig voordoen omdat van die kerkmense hulle nuuskierig gestaan en dophou het.

"Die waarheid omtrent hoe die houtkappers se pensioene gaan werk. Aan ou Bothatjie is 'n oumenspensioen toegestaan, watse pensioen gaan die houtkappers kry?"

"Dieselfde in geldwaarde – £25 'n jaar. Van die eerste April af. Van daardie dag af ís daar nie meer houtkappers in die bos nie. Hoor dit, en onthou dit. Alle houtkappers is dan gederegistreer."

"Volgens een van die boswagters by Diepwalle is daar op die oomblik tweehonderd-en-veertig houtkappers oor in die bos, maar net vyf-en-twintig van hulle is op pensioen gesit. Wat van al die ander?"

"As jy vir die boswagter gaan vra het, hoekom kom vra jy dan vir my? En dit op 'n Sondag."

"Dis hoekom ek kerk toe gekom het. Om vir dominee te kom vra."

"Ek het gedink dis te goed om te glo – om jóú in die kerk te sien."

"Wat van al die ander?"

"Het jy kom vra, of kom moeilikheid soek?"

"Ek moet weet."

"Die eerste vyf-en-twintig is die verswaktes van liggaam en verstand, hulle sal 'n goedheidspensioen ont-

vang – as mens dit so wil noem. Die ander is almal bo
vyf-en-sestig en sal ouderdomspensioen ontvang. Almal
wat egter nog die vermoë het om te werk, tree in diens
van bosbou as plantasiemanne, dagwerkers en arbeiders.
Hulle word arbeiders van die staat en sal bo en behalwe
die pensioen vergoeding vir hulle arbeid ontvang."

"Van wie?"

"Van die staat. Want van hier af behoort álle hout aan
die staat."

"Hoeveel is die vergoeding?"

"Sjieling per dag – voormanne tot sjieling en 'n siks-
pens per dag. Dis ekstra verdienste."

"Hulle word dus nou slawe van die staat in plaas van
slawe van die houtkopers."

"Het jy kom moeilikheid soek?"

Ek moes jou harder gegooi het. "Nee, dominee."

"Goed. Belowe my dan sommer jy sal so ver as moont-
lik van Karatara af wegbly."

Sy moes geluister het.

As Wiljam Stander haar nie 'n paar keer onderweg
daarheen verseker het dat hulle daar sal kom nie, sou sy
gesweer het hulle kom nooit daar uit nie. Eers ry hulle
tot by Gouna, toe Witplek-se-hoogte af, onder die hoogte
deur die drif om deur die rivier te kom. Al in 'n kloof op
en op, en uiteindelik tot bo langs die Knysna-rivier waar
dit al begin om die meer te word. Toe deur die lang drif.

Sy vra vir Wiljam of hy seker is dis die regte pad. Ja.
Hou vas, die Phantom Pass lê voor.

"Iets kom nie bymekaar in my kop nie, oom! Volgens
Johannes is dit 'n dagstap ver van Karatara tot op Knysna.
Soos wat oom ry, is dit drie dae se stap!"

"Daar's napad van Karatara af, maar dis net vir voete,
nie vir karre nie."

Opdraand op, opdraand af. Skuins teen 'n boshang
af. Bang. Ysterbrug oor die Homtini . . .

Toe kom hulle uiteindelik daar.

Op die groot, leë vlakte aan die voet van 'n hoë berg waar die klompie huisies in 'n wye kring staan soos verdwaalde kindertjies wat hande vashou teen die vertwyfeling. Witgepleisterde sinkdakhuisies wat soos vierkantige paddastoele uit die swart grond opskiet. 'n Groot vierkantige gebou in die middel waar 'n dik, onvriendelike vrou die deur oopmaak. Grys gange, grys mense. Dit ruik na pie. Ou Bothatjie in een van die grys kamers soos 'n lewende spook op sy houtkateltjie met 'n grys kombers oor hom gegooi en 'n noodkreet wat uit sy hele wese skree toe hy haar herken. Hy gryp na haar arm met 'n dooimenshand.

"Karolienatjie, jy't geweet jy moet my kom haal. Ek moet huis toe." Die gesukkel van die ou lyf om orent te kom.

'n Boom wat afgekap is. Al kry jy hom regop, sal hy nooit weer groei nie.

Sy wil dit nie sien nie, sy wil omdraai.

Sy loop verby die kamer langsaan, Samuel sit op 'n stoel. Hoed op die kop. Elmina sit op die bed met die pop in 'n kombers.

Dit was te laat om die pop te laat doodraak.

Sy moet wegkom . . .

Twee kamers laer af in die gang lê Anna van Rooyen op die ysterkateltjie, bobbellap-matjie op die vloer voor die bed, amper ál bewys dat die vrou op die kateltjie ook eens geleef het.

Olifante het immers 'n geheimplek om te gaan doodraak. Hulle word nie op 'n ashoop deur ander olifante gegooi nie.

Sy moet wegkom.

Oom Cornelius staan aan die westekant van die kring huisies voor een van die sinkdakplekkies. Hy sê hy reken dis goeie tuinmaakgrond, hy kyk sommer waar hy sal begin spit en plant dat dit nie so kaal bly nie. Die man

287

van die kantoor sê daar sal draad om elke huis gespan word, die bokke kom uit die bos en kan baie lastig wees. Ja, haar ma is in die huis.

Meliena Kapp sit op die bank in die voorvertrekkie, daar's nog nie gordyne voor die houtraamvenstertjie nie.

"Karoliena?" Soos een wat onverwags uitkoms voor haar sien staan. "Karoliena, my kind, my enigste hoop wat oor is op die aarde!"

"Ek het oom Wiljam gehuur om my te bring."

"Jy moet ons saam terugvat. Plankhuis het asem, hierdie baksteenmure het nie asem nie, ons versmoor. Sien jy waar hulle ons kom weggooi het? God sal hulle swaar straf. Iemand is met 'n perd weg om Salie van Huysteen te gaan soek, hy't aangeloop, sê hy bly nie hier nie. Martjie was netnou hier, sy's van haar verstand af van onrus. Jy moet laat Wiljam ons in die kar laai."

Sy weet sy moenie omkyk nie; nie met haar oë nie, nie met haar kop nie. Net by Wiljam Stander in die motor gaan klim en wegkom voordat die aarde haar ook van haar voete af kantel.

Hulle is skaars op pad terug toe Wiljam moet uitswaai om vir die plantasielorrie plek te maak om verby te kom. Hestertjie Vermaak en haar ma skud-skud voor langs die drywer. Die twee sustertjies agterop met die kind. Ou Anneries ook. Hulle moes hom langs die pad gekry het.

Hulle is in Kom-se-pad en amper by die huis toe Wiljam sê: "Karoliena, jy't nog nie 'n woord gepraat nie. Daar's dan wragtag niks. Net die huisies. Nie 'n heining nie, net so op die kaalte. G'n wonder hulle het groot plek vir 'n begraafplek gemaak nie, dáár gaan hulle vinnig doodraak."

"Dis soos 'n plek waar die pad ophou." Sy wil nie praat nie, net by die huis kom en op haar voete bly.

Sy sal van die motgeld winkelgoed koop en vir haar ma vat, gaan help om die huisie bietjie mooi te maak . . .

288

21

Mens skrik seker net een skrik in jou lewe soos die skrik as jy opkyk en sien jou huis is weg – hy staan nie waar hy gestaan het toe jy die oggend geloop het nie.

Wiljam Stander skrik saam met haar. "En dít, Karoliena?" vra hy toe hy die motorkar skuins in die pad by Jim Reid-se-draai tot stilstand bring. Waar ou Bothatjie se huis gestaan het, is net 'n kaal kol teen die bosrand. Haar kooi, die tafel en die stoele, die kas en die breekgoed, die klein kassie wat altyd in die kombuis gestaan het, die waskom en die wateremmers staan teen die pad. Haar klere, die komberse en die kussings is in 'n bondel op die tafel gesit.

Mens skrik jou nie dood nie. Jou kop en jou lyf sterf net 'n oomblik, dan begin jy weer leef en stadig uit die kar klim en na die goed toe aanstap. Die woorde in jou kop kom koggel jou en sê: Uiteindelik stoot die bos jou nie uit nie, Karoliena Kapp. Hy skóp jou uit.

Dis nie droom nie.

Dis regtig.

Net die aardigste verlatenheid waar ou Bothatjie eenmaal sy blyplek had en haar ook eendag ingenooi het.

"Godsgenade, Karoliena, wat gaan hier aan?" vra Wiljam agter haar.

"Bosbou het gesê hulle gaan die huis kom afbreek."

"Hoekom vandag? Wat gaan jy nou maak? Hoe gaan jy die goed wegkry?"

"Los. Gaan huis toe, ek moet dink."

"Ek kan jou nie net so los nie, dis 'n droewe besigheid. Kyk hoe staan die goed. Ek kan jou iets vir die losgoed gee, twee sjielings vir die wateremmers en die

289

waskom. Miskien kan ek die kooi en die tafel en die stoele ook by jou oorkoop."

"Los. Ons kan môre praat."

"Jy sal moet kophou, Karoliena, dis net so goed jy's in die middel van die pad gelos. Wat nou?"

"Ek weet nie, ek moet dink."

Toe hy wegry, gaan sit sy op die kaal matras van die kooi. Sy's dors, maar die watertenk is ook weg. Dankie, sê sy in haar hart, dankie dat ou Bothatjie dit nie sien nie. Net sy. Dat net sy die boaardse stilte om haar hoor. Nie 'n voël nie. Nie 'n luggie deur die bos nie. Nie 'n padda nie. Dalk het die bos nie almal gehaat nie – party selfs jammer gekry. Ou Bothatjie het niemand ooit gehinder nie.

Toe die trane oor haar gesig loop, vee sy dit aan haar rok af en laat die verlatenheid toe om in en om haar neer te daal. Sy weet sy't 'n harde val geval, sy wil net eers 'n rukkie bly lê om klaar te skrik.

Oorkant die hardepad sweef 'n loerie geruisloos af om op 'n tak te land vir gaan slaap.

Dis te laat vir haar om nog dorp toe te loop.

Hoekom dorp toe?

Waarheen anders?

Om waar te gaan slaap en blyplek te soek?

Nee.

Maar in haar weet sy waar, dis net haar kop wat dit nog nie wil weet nie. Al wat haar kop wil weet, is hoe lank 'n mens bly lê voordat die skrik weggaan.

Haar kop sê sy moenie op die kooi omkantel en aan die slaap raak nie, want dan lê sy reg in die olifante se pad. Beste sal wees as sy die matras tussen die onderbos insleep, 'n kombers en 'n kussing vat.

Iewers in die nag skrik sy helder wakker en weet waarheen sy moet omdraai.

Na Johannes toe.

Waarheen anders?

Hoekom? Om iemand te hê om aan vas te hou totdat sy die brug oor is en werk iewers in die dorp gekry het.

Nee, dit was meer. Ou Abel het gesê jou pad is jou pad. As jy van hom afwyk, word jy teruggeboender tot jy weer op hom is . . .

Was Johannes al die jare haar pad? Moes sy eers van hom afwyk om haar ou pad klaar te leef?

Asseblief, Here – ás daar iewers 'n Here is – kyk tog net dat hy my nie wegjaag nie . . .

Sy't hulle nie hoor kom nie. Net die gerommel van 'n olifant se maag gehoor en geweet hulle is daar. Iewers tussen haar en die kaal kol waar die huis gestaan het. Olifante wat in hulle eie pad verbygekom het na Kom-se-bos toe. Hulle sou nie op haar trap nie.

22

'n Mens voel anders as jy 'n nuwe rok aantrek. 'n Dorp ook.

Sy't nie dadelik agtergekom waarom die dorp so anders voel nie. Net gewens dat sy nog die ou kerkkoffer had sodat sy nie soos 'n padloper met 'n bondel voor Johannes se deur hoef aan te kom nie.

Die dorp is nog aan die wakker word.

Sy, om al banger te word.

Vir mensland. Sy weet hierdie keer sal sy moet leer om regtig dorpsmens te word. Jare tevore het sy dit nie reggekry nie. Toe het sy weggeloop omdat dit nie sý was wat in die spieël in miss Ann se stoepkamer gestaan het nie. Sy't eers in ou Bothatjie se boshuisie weer binne-in haarself gaan bly . . .

Sy sien die eerste plakkaat wat teen die akkerboom

langs die straat opgespyker is: *Don't miss the greatest adventure of all time!* sê die groot swart letters. Niemand het skynbaar agtergekom dat die boom se lyf seerkry van die spykers nie. Teen die volgende boom sê die plakkaat: *Your country needs volunteers!* Die volgende plakkaat is teen 'n straatlamp: *World outraged – Germany on side of Soviet.*

Iets vreemds is aan die gang. Die dorp voel anders.

Een oomblik loop sy vinnig, dan weer al stadiger. Wat maak sy as Johannes haar wegjaag?

Sy's amper by miss Ann se losieshuis toe sy die ouvrou op die stoep gewaar, sy vee en vee met stadige hale. As sy vinnig omdraai . . .

Maar die ouvrou het haar klaar gesien.

"Aarde, Karoliena, wat maak jy so vroeg op die dorp?"

"Môre, miss Ann. Ek is vroeg uit die bos uit." Nooi my in. Asseblief.

"En die bondel goed in jou hand?"

"Sommer goed." Nooi my in sodat ek Johannes nog 'n rukkie kan uitstel. "Hoe gaan dit met miss Ann?"

"Goed, dankie."

"Staan daardie mooi groot spieël op die pote nog in die stoepkamer?"

"Ja. Hoekom vra jy?"

"Ek wonder sommer."

"Is daar iets verkeerd, Karoliena?"

"Nee." Wiljam Stander het my £3 vir al die losgoed gegee, hy het dit seker al begin aanry Veldmanspad toe. Ek is sonder heenkome. "Sal miss Ann omgee as ek net een keer weer na die spieël kyk?"

"Ek is laas maand £5 aangebied daarvoor, die raam is van geel- en stinkhout."

Nooi my in. "Gaan miss Ann dit verkoop?"

"Nee," sê sy verontwaardig, "maar jy's welkom om na die spieël te kyk, ek het pas die stoepkamer oopgesluit. Dit kan nie meer oopstaan soos vroeër nie, mense begin al meer te steel."

Die oomblik toe sy voor die spieël staan, voel sy asof sy voor 'n ou afgrond is. Sy weet dis hoog; as sy val, gaan sy seer val. Miskien is daar nagmerries wat nooit weggaan omdat hulle nie klaar gedroom is nie?

Die volgende oomblik sien sy dit: dis sý wat in die spieël staan. Helder. Dis haar eie lyf, al is dit in ou klere. Sy weet ook dat sy op die brug tussen boomland en mensland staan en dat daar brûe is waaroor 'n mens nie kan hardloop nie.

Dat sy nie vashouplek het nie.

"Karoliena, is jy seker daar's nie iets verkeerd nie?" vra miss Ann agterdogtig in die deur.

"Dis vreemd om weer voor hierdie spieël te staan."

"Dit kan ek glo. Jy was so 'n mooi bruid . . ."

Toe sien sy die bobbeltjie-mat voor die bed op die vloer en sê vir haarself: Moenie huil nie. Maar al wat sy gekeer kry, is die trane. Sy huil in haar binneste vir Anna van Rooyen, vir haarself, vir almal in Elandskraal se huisies, en die meeste vir ou Bothatjie.

"Waarom bly staar jy so na die spieël, Karoliena?"

"Sommer."

"Jy was altyd 'n vreemde een. Jammer dat jy nie destyds hier kon aanpas nie. Jy was 'n mooi kind, nou nog mooier as toe – al is jy so verwaarloos. Ons het gedoen wat ons kon. Johannes het gedoen wat hy kon, hy't nie besef 'n mens is wat jy is nie."

"Dis waar." Sy sal hom nie kwalik neem as hy haar nie weer wil hê nie.

"Tye het verander, Karoliena. Die wêreld staan voor donker tye. Ek neem aan selfs julle bosmense het verneem dat oorlog uitgebreek het?"

"Watse plakkate is langs die straat opgespyker?"

"Dis óórlog, Karoliena."

"Oorlog oor wat? Die een plakkaat sê dis 'n great adventure – van wanneer af is oorlog 'n adventure?"

293

"Jy sal nie verstaan nie. Ek twyfel of jy weet wat die woord *adventure* beteken."

"'n Interessante gebeurtenis."

"'n Mens kan dit seker so stel, ja. Smuts is 'n slim man. Hy sê ons het nie 'n keuse nie, ons moet aan Engeland se kant teen die Duitsers en die Italianers gaan veg – anders neem hulle ons ook in. Hitler is 'n gevaarlike man. Maar Hertzog wil nie hoor nie. Hy sien kans dat ons neutraal moet bly, wat beteken ons los vir Hitler 'n deur oop om ons ook te kan bykom."

"Iewers staan altyd deure oop, miss Ann. Die bos is nou gesluit. Maar die goewerment het vir baie jare gesorg dat daardie deur oop staan deur niks te doen om die houtkappers te help dat die houtkopers hulle nie so uitbuit nie. Die deur moes oop bly sodat die geld daaruit in die staatskis kon rol!"

"Ek twyfel of jou feite korrek is, Karoliena. Kom, ek gaan skink vir jou 'n bietjie koffie, dit lyk of jy dit nodig het."

"Dankie." Oppas, ek's 'n olifant en olifante ken hulle feite.

Die vuur brand reeds in die stoof, stoom trek by die koffieketel se tuit uit.

"Ek verneem daar is uiteindelik 'n plan gevind om die houtkappers uit die bos te kry. Dat hulle nou 'n staatspensioen gegee word," sê miss Ann.

"Ja."

"Ek is bly vir hulle part. Dalk sal hulle nou ophou kla."

"Miss Ann ken nie die feite nie."

"Jy sal my niks van hulle vertel nie, Karoliena. Ek het hulle lewenslank voor my deur sien verbykom met hulle waens hout uit die bos. Soos hulle sestig jaar gelede gelyk het, lyk hulle vandag nog. Geen teken van vooruitgang nie! Soos ek gesê het, mens is wat jy is – maak nie saak in watter spieël jy kyk nie."

"Miss Ann sal nie verstaan nie."

"Kry vir jou koffie."

"Dankie."

"En sê my wat jy eintlik op die dorp kom maak."

Sal sy haar die waarheid sê? "Ek kom hoor of Johannes my sal terugvat."

Die ongeloof sprei soos 'n blos oor die ouvrou se gesig. "Hoe kan jy dit van hom verwag? Ná al die jare!" roep sy uit.

"Ek het nie ander heenkome nie."

"As jy bereid is om vir kos en blyplek te werk . . ."

"Ek is nie."

Die eerste klop is te sag, want niemand kom maak oop nie. Haar hart het al in die straat begin doef-doef. Die tweede keer klop sy harder.

Johannes kom maak self die deur oop – handdoek om die skouers en skeerseep aan sy gesig. 'n Trek van ongeduld in sy oë wat wegraak die oomblik toe hy haar sien en skrik. "Karoliena?"

"Moenie vra hoekom ek hier is nie, nooi my net in. Miss Ann staan amper in die middel van die straat om te kyk of jy my gaan wegjaag of nie."

"Karoliena?" Die tweede skrik. Met 'n plooi tussen sy oë wat al dieper keep. Hande wat die handdoek vat om vinnig oor sy gesig te vee. "Skort daar iets?"

"Bosbou het ou Bothatjie se huis afgebreek, ek het nie plek om te bly nie."

Die nuwe skrik. Verbasing wat oor sy gesig kom lê en dan iets soos blyheid word. "Kom. Kom binne." Woorde wat haar aan die hand vat en die huis binnetrek. Wat hom die deur vinnig agter haar laat toemaak.

"Verskoon die bondel. Ek kon net vat wat ek kon dra. Kombers, en 'n paar stukkies klere." Sy sien hoe die trek om sy mond harder word soos een wat op sy tande byt. "Moenie my wegjaag nie. Asseblief."

"Mens jaag nie 'n wonderwerk weg nie." Hy sê dit soos een wat skaamteloos platgeslaan is.

"As jy 'n ander vrou gekry het, sal ek verstaan."

"Jý is my vrou." Toorwoorde, genadewoorde. Uitkoms. Maar iets aan hom is anders. Hy is verward; sy sien dit aan die manier waarop hy hierdie kant toe trap, daardie kant toe loop, die bediende roep om die bondel by haar te kom vat en die vrou aansê om 'n ekstra plek aan die ontbyttafel te dek. Dat hy net gou eers die winkel moet gaan oopsluit, net eers klaar moet skeer.

"Kom, sit solank in die sitkamer." Soos om te sê: Moenie wegraak nie, ek het nog nie klaar geskrik nie. Terwyl die verligting soos 'n lamte deur haar trek . . .

Die huis is nog dieselfde. Die stinkhouttafeltjie waarin sy die trougeld weggesteek het, staan nog op dieselfde plek in die gang. Sy loop by die sitkamer in. In die hoek staan nou 'n draadloos soos 'n eenoog-blinde. Sy hoor Johannes terugkom.

"Ek sien jy't nou 'n draadloos. Hulle het een by die bosboustasie ook."

"Mens moet in hierdie tye weet wat in die wêreld aangaan. Waarom staan jy so? Sit."

"Ek is bang om te sit." Moenie begin huil nie. "Ek is bang ek moet weer opstaan."

"Nie as jy belowe om nie weer weg te loop nie." Nie 'n verwyt nie. Dis 'n dringende, versigtige soeke na belofte.

"Daar is nêrens waarheen ek kan wegloop nie, behalwe om onder die Rooi-els se kransklippe te gaan inkruip."

"Moenie so praat nie. Ek het nooit ophou glo dat jy eendag tot jou sinne sal kom nie, Karoliena."

"Ek weet nie of ek tot my sinne gekom het nie, ek weet net jy's al uitkoms wat daar vir my is." Moenie nader kom nie, moenie aan my kom raak nie – ek wil nie voor jou omval nie.

"Jy bring uitkoms waar ek geen uitkoms gesien het nie. As ek verduidelik, sal jy verstaan."

"Moenie nou verduidelik nie. As jy vir my iets het om te eet, sal ek bly wees. Ek kan nie onthou wanneer ek laas geëet het nie." Die andersheid aan hom voel soos die onrus wat die dag in hom was toe hy vir haar die wateremmer in die bos gedra het. Net baie dieper. En dit ís 'n ander Johannes. Anders as die een wat haar die dag by miss Ann afgelaai het.

Sy wag totdat hulle aan die ontbyttafel sit voor sy hom vra: "Waaroor is jy so bekommerd, Johannes?"

Eers tik-tik hy die dop van die gekookte eier in die porseleinkelkie met 'n silwerlepeltjie stukkend. Gestyfde wit servet . . .

"Die oorlog, Karoliena, gaan ons almal se lewens verander!"

Die onrus waarmee hy dit sê, is 'n damwal wat dreig om tot breek te kom. 'n Dam wat sy nie ken nie. Johannes. Sy't nie regtig vergeet hoe aantreklik hy is nie.

"Miss Ann het iets gesê van oorlog."

"Ek sal moet aansluit, Karoliena!"

"Aansluit?" Jy't klaar aangesluit.

"Ja. Ek kan nie langer my steun aan Werdt . . . onthou jy hom?"

"Baie goed."

"Ek durf hom nie steun in sy eis dat 'n volkstemming gehou moet word oor toetrede tot die oorlog nie. Dat ons Hertzog moet steun in sy beleid vir neutraliteit vir Suid-Afrika nie. Werdt is 'n sot. Ek steun Smuts."

Ek weet nie waarvan jy praat nie. "Jou kos word koud." Wors, spek en gebraaide tamaties. Regte brood. Kos.

"As ons nie vir ons vryheid veg nie, sal ons verlaag word tot slawe van 'n boosaard soos Hitler, en van Rusland! 'n Werwingskantoor maak moontlik volgende week hier op die dorp oop. Oraloor die land staan vrywillige

297

soldate tou om aan te sluit. As ons nie toetree tot die oorlog nie, sal ons nooit weer vry wees nie."

Moenie jou so opwerk nie. Hy hoor haar nie.

"My ma-hulle is nou ook Karatara toe verskuif."

"Ons hoop dat heelwat van die jonger bosmense sal aansluit. Die gewone soldate kry vyf sjielings 'n dag en hulle sal Oudtshoorn toe gaan vir militêre opleiding. Verstaan jy as ek sê dat ek nie 'n ander keuse het as om ook aan te sluit nie?"

"Ek probeer om te verstaan." Die bos het my grootgemaak; dis 'n plek van vrede, nie van oorlog nie . . .

"As daar nie gekeer word nie, gaan dinge skeef loop vir die land. Vir die hele wêreld!"

"Gelukkig is die bos gesluit en veilig."

"Die bos het 'n belangrike rol om te speel. Knysna is afhanklik van sy hout, van die saagmeule en die meubelfabrieke!"

"Waar gaan die houtkopers hout kry? Die houtkappers se tyd is verby."

"Gelukkig het die owerheid ver vooruit gekyk. Bosbou is besig om sterk op die been te kom, hulle kap en verkoop nou self; die nywerhede word goed van hout voorsien. Alex Wilson sê die houttreintjie het nog nooit so baie hout vervoer soos nou nie."

"Ek ken 'n storie van drie broers. Die een se naam is Slim, hy is die een wat al die planne in duisternis maak."

"Die tyd vir storietjies is verby, Karoliena. Ons moet na *werklikhede* kyk!" Asof hy dit in haar kop in wil práát.

Moenie my probeer bangmaak nie. Ek's 'n olifant, en olifante is nie bang nie.

Ná ontbyt gaan knoop sy haar bondel in die spaarkamer op die bed uitmekaar. Pak haar goed in die kas. Maak of sy hom nie kort-kort in die deur sien staan nie. Sonder 'n woord. Soos een wat wil seker maak dat sy regtig is.

Toe bring 'n ander bediende vir haar 'n groot handdoek en sê dat haar badwater gereed is. Warm water. Mensland se lekkerste wonder. Hy kom sê by die deur dat haar klere in die kas in die hoofslaapkamer is.

Sy wil dit nie weer sien nie. Ook nie aantrek nie.

Sy loop deur die huis, draal oor die werf, rus die dag om – amper soos slaap terwyl jy wakker is.

Sy maak of sy nie die teleurstelling op sy gesig sien toe sy vir aandete in haar ou rok aan die tafel gaan sit nie.

Maar dit is tog 'n bietjie van die ou Johannes wat oorkant haar aan die tafel sit.

"Hoe pas die mense op Karatara aan? Jou ma, veral."

"Soos weggegooides."

"Is dit nie 'n bietjie kras nie?"

"Nee."

"Toe hulle moes hout kap, het hulle gekla. Noudat die staat vir hulle voorsiening gemaak het, wil hulle nog steeds kla."

"Ons sien nie in ander se harte nie."

"Ek begeer om in jóú hart te sien, Karoliena."

"Wat te sien?"

"Hoe jy regtig voel. Wat jy regtig dink. Of jy werklik na my toe teruggekom het."

"Ek het. Maar ek is nog nie regtig hier nie, ek staan nog iewers op 'n brug tussen die bos en die dorp."

"Die vorige keer wou jy nie op die dorp aanpas nie."

"Ek kon nie. Ek moes eers teruggaan om te gaan klaar leef in die bos. Ek moes leer hoe dit is om 'n boom te wees. Of 'n olifant. Ek moes die bos se geheime sien."

"Hoekom sal jy hierdie keer aangepas kry?"

"Die bos het my uitgestoot. Ek moet kom leer om buite die bos te leef."

Hy is nie gerus nie. "Jy het dit nie destyds reggekry nie."

"Toe was ek in mensland ingestamp. Moenie dit weer aan my doen nie, want dan moet ek weer wegloop en daar's nie 'n bad met heerlike warm water onder die Rooi-els se kranse nie."

Dit bring darem 'n glimlag om sy mond.

Die volgende oomblik is hy weer weg uit sy lyf. Vol erns. "Ek kan nie anders as om die hand van God in jou terugkeer te sien nie, Karoliena. Alles waarvoor ek gewerk het, my winkel, my huis, al my belange op die dorp is in gevaar as gevolg van die oorlog. Jy is die een mens wat ek daarmee sal kan vertrou, as jy my sal toelaat om jou te leer om na alles te kyk as ek moet oorlog toe . . ."

"Ek het van die trougeld gesteel." Hy hoor haar nie.

"Ek sal jou ook leer om my motor te bestuur sodat jy soms op 'n Sondag Karatara toe kan gaan."

"Dit sal goed wees." Soos om te leer vlieg. "En ek sal bly wees as jy my toelaat om in die spaarkamer te slaap."

"Hoekom?" Reguit. Amper uitdagend.

"Omdat vreemdes nie in een bed slaap nie." Hy hoor haar.

Toe sy die volgende môre op die stoep uitloop, kom die wa van die westekant af die dorp binne. Sy sien dis van Suurvlakte se mense. Nols Zeelie se wa en osse, sy broer Koos agter by die briek. Die ding wat haar straat toe jaag en agter by Koos laat inval, is die vreemde vrag hout op die wa. Hout wat nie waar moet wees nie.

"Watse hout is op die wa, oom Koos?"

"Ons het geluk gekry, Karoliena. Die houtfabriek soek kastaiing om geweerkolwe van te maak. Dis mos nou oorlog. My oorle' pa het altyd gesê kastaiing is die taaiste hout in die bos en nou skrik die houtmanne wakker. Dominee het ou Jan Plan ook Karatara toe gevat en in die oumenshuis gaan sit. Hy's dieselfde nag nog dood. Ek hoor jou ma en ou Cornelius het ook daarheen getrek. Leef hulle darem nog?"

300

"Ja, oom Koos."

"Ek sê jou, solank mens nog nie dood van die honger nie, het jy veel om voor dankbaar te wees."

"Ja, oom Koos."

Toe sy omdraai, staan Johannes buite die winkel op die stoep. Sy oë kyk met 'n sagtheid na haar toe sy die trappie opklim na hom toe.

Hy's binne-in sy lyf. Die oorlog het 'n oomblik saam met die wa verbygehou.

"Jy lyk ontsteld, Karoliena. Jy sal moet leer om verby die houtwaens te kyk."

"Ek wil omstap na miss Ann toe." Gewere skiet mense dood. Dit moet vreeslik wees om met 'n kastaiing-geweer doodgeskiet te word.

"Vra sommer vir haar wie jy kan vra om vir jou nuwe klere te maak."

"Ek sal ant Martjie van Huysteen op Karatara vra."

"Sal sy dit deftig genoeg kan maak?"

"Ja. En jy kan môre begin om my in die winkel te leer."

Toe begin die lewe haar suutjies optel.

Die brug voel al stewiger onder haar, al is daar dae wat sy wil omspring en terughardloop bos toe. Maar dan is Johannes daar om haar te keer.

Soos die dag toe die eerste soldate in Main Street af marsjeer en die werklikheid van oorlog haar tref. Nie dat dit die eerste keer was dat sy Johannes in sy uniform gesien het nie, sy't daaraan gewoond geraak dat hy na-weke Oudtshoorn toe moet gaan vir militêre opleiding. Sy't gewoond geraak om toesig te hou oor die afborsel en gereed maak van sy klere. 'n Vreemde trots in haar te voel opkom wanneer hy in sy volle militêre uitrusting uit die kamer kom.

Oorlogman.

Nie geweet dat liefde by 'n mens se oë kom inklim en

301

iewers in jou hart skuil tot jy die dag daarvoor gereed is nie. Al wat sy weet, is dat 'n ontevredenheid besig is om in haar los te woel. 'n Hatigheid. 'n Magteloosheid oor die oorlog wat soos vloedwater deur die dorp kom spoel.

Die see en die wind het dit kom sê, maar niemand het gehoor nie. Net verstom langs die waterkant saamgedrom nadat die storm uit die suidweste laatmiddag die see deur die Koppe begin waai het. Later het paaie om die meer onder die water toegespoel gelê en selfs gedreig om die treinbrug oor die meer ook weg te spoel. Die oumense het bang geword, gesê hulle het nog nooit so iets gesien nie.

Die volgende dag het dieselfde skare oopmond langs Main Street gestaan om hulle te verwonder aan die stuk of tweehonderd jong soldate wat van die stadsaal in die straat af gemarsjeer het. Tussen hulle was baie wat eers boskinders was en wie sy vaagweg aan die gesigte geken het. Gewere oor die skouers. Flink. Deftig in pas van maande se oefennaweke by die militêre kamp op Oudtshoorn. Johannes tussen hulle. Vernaam.

"Die land kan trots wees op daardie jong manne," sê hy die aand. "Dit was 'n roerende ervaring."

Sy't nie gesê dat sy huis toe gehardloop en in haar kamer gaan wegkruip het nie. Soos sy saans in haar kamer gaan skuil wanneer van die dorpsmanne in die sitkamer om die draadloos kom vergader. Vir die spookskynsel om deur die maas te begin skyn sodat die dooiding die oorlogsnuus kan begin uitkras. Hoeveel skepe gesink is. Rusland se verraad wat die hele wêreld geskok het. Duitsland wat hom by Rusland skaar.

"Dinge lyk sleg, Karoliena." Hy sê dit elke oggend, en elke oggend hoor sy dit nie. Trek net haar skoene aan om nog 'n tree oor die brug te gee. In die middel van die dag vir miss Ann 'n bietjie sop weg te bring.

"Jy's gelukkig dat hy jou teruggevat het, Karoliena." Selde 'n dag dat miss Ann haar nie verwyt nie.

302

"Ja, miss Ann."

"En ek het nie gevra dat jy my moet kom voer nie!"

"Ek weet." Die ouvrou is besig om vinnig agteruit te gaan.

"Ek het nie gesê jy moet die huis uitvee nie!"

"Dis vuil."

"Dis die karre wat so verbyjaag en stof opskop. Ek sien jy dryf nou glad al Johannes se kar ook."

"Ja. Hy't my geleer."

"Jy sal vir jou beter klere moet laat maak. Die bos bly kleef aan jou."

"Ja, miss Ann." Jy leer om bo-oor party van die gate in die brug te loop. Soms óm hulle te loop.

Soos Johannes se ontevredenheid omdat sy Maandae saam met die nuwe kerkverpleegster die plotbewoners op Ouplaas buite die dorp besoek. Lappies grond wat hulle by Stroebel huur teen vyf sjielings per morg per maand. Goed-arm, sleg-arm deurmekaar. Ou houtkappers, ou boswerkers uit die noordekant van die bos. Plantasiewerkers.

"Die kerkverpleegster is jonk, Johannes. Sy verstaan beter as ek haar help."

"Jy hoort nie daar nie, dis 'n nes van armblankes!"

"Party maak 'n redelike bestaan uit hulle tuine en die kinders se verdienste in die houtfabrieke of saagmeule. Van die vrouens neem wasgoed in. Van die dogters is in huisdiens by die rykes."

"My vrou hoort nie daar nie!"

Dan sê sy in haar hart: Jou vrou weet nog nie waar sy hoort nie. Snags verlang sy bos toe. Bedags leer Johannes haar die geheime van winkelsake. Hoe om pryse uit te werk. Voorraad te ontvang, seker te maak dat elke item aangekom het. Die geldlaai leeg te maak, elke pennie neer te skryf. Die inbetalings vir die bank gereed te kry. Sy sien Johannes se verwondering omdat sy slim is en vinnig leer. Lang rye syfers kan optel sonder om 'n fout te maak ...

Sê mister Ferndale vir die hoeveelste keer dat sy nie meer motte vang nie. Nee, sy sal hom nie gaan wys uit watter boom se bas hulle kom nie. Nee, sy wil nie meer geld aangebied wees nie.

Skemeraande kom Alex Wilson dikwels by Johannes oor dorpsake kla. En hy hou daarvan dat sy hom vra om vir aandete te bly. Noem gereeld dat sy 'n aanwins vir die gemeenskap is, dat dit *wonderful* is om haar terug by Johannes te sien – dat sy vrou gesê het hy moet uitvind wie haar *pretty clothes* vir haar maak. Mevrou van Huysteen op Karatara. Werklik? Hy't nie besef daar woon sulkes ook nie. Hy't wel verneem dat daar binnekort met die bou van 'n kerk begin word. Dis net Knysna wat bly sukkel om sy grense uit te brei omdat die grondeienaars om die dorp nog steeds nie van hulle grond wil afverkoop nie! Kopers moet gedurig weggewys word.

Ou storie.

"Ek sien die Royal Hotel is amper klaar. As 'n mens na die stroom karre deur die dorp kyk, sal jy nooit sê dis oorlog nie."

"Ja, almal wat te gou bang geraak het en hulle vakansieplek gekanselleer het, bespreek nou weer elke beskikbare gaatjie. Die toeloop na ons distrik is ongelooflik. Die handel in petrol en olie neem net toe. Maar ons groot probleem bly steeds of ons die hoofpad deur die dorp moet laat loop of nie."

Nog 'n muwwe storie.

Karatara.

Waar sy nie durf waag om voor haar ma en oom Cornelius se huis stil te hou nie omdat haar ma eenvoudig sal inklim om saam terug te kom dorp toe.

Waar die draadkampies om die huisies al meer begin word. Vrugteboompies, groentetuine, skaaplammers, hoenders. Iemand wat gereeld vir oom Salie moet gaan soek as hy wegloop. Gelukkig vat hy altyd dieselfde pad: Veldmanspad toe.

Ou Bothatjie. Omgewaaide boom. Wat 'n alleenland in gevlug het waar nie eens sy kan agterna nie. Elmina met die dooikind in haar arms; die kind het mos een nag net afgesterwe – is jy dan nie Meliena Kapp se meisiekind nie? Hoe's jy dan nou so mooi? Bly jý ook nou hier?

Blomme om in die konfytpot op Anna van Rooyen se graf te gaan sit.

Hestertjie Vermaak. Weer in die andertyd. Hulle sê sy't nou 'n bruin jong. Help nie Anneries, haar pa, verwilder hom nie.

"Waarom is jy so bedruk as jy van Karatara af kom, Karoliena?" vra Johannes.

"Ek probeer 'n oorlog veg wat ek nie kan wen nie, al hang ek mooi gordyne in my ma se huis, al is daar begin met die bou van 'n winkel buite die dorpie. Al laai ek almal langs die pad op wat die vier-en-twintig myl dorp toe stap."

"Miskien moet jy 'n rukkie daar wegbly."

"Ek kan nie my rug op hulle keer nie."

Die enigste plek waarheen sy haarself nie vertrou het om te gaan nie, is Diepwalle toe. Jim Reid-se-draai toe. Na haar boom toe. Omdat sy bang is die brug gee onder haar pad. Dis ook die enigste plek waarheen Johannes nie wil hê sy moet met sy motorkar ry nie. Die pad is te gevaarlik, die moontlikheid van olifante te groot.

Sy't nie geweet dit sal die draadloos wees wat uiteindelik die brug onder haar laat swik nie.

Sy was besig om vir die mans wat met stroewe gesigte om die simpel ding vergader gesit het tee en koek te bedien, toe die nuus oorkom. Oorlognuus, soos gewoonlik, waarna sy geleer het om nie te luister nie. Maar daardie aand hoor sy dit: Dat daar in een middag honderdduisend mense in Rotterdam dood is in bomaanvalle deur die Duitsers. *Honderdduisend mense.* Dit laat haar in die deur vassteek. Dit val deur die dak. Dit val in haar kop in, val deur haar lyf. Sy loop by die agterdeur uit, sy sê vir haarself: Staan stil, jy doen dit nie weer nie. Sy weet waar die winkel se sleutels is, daar's genoeg geld in die geldlaai. Sy sê vir haarself: Jy doen dit nie weer nie, klou aan die brug!

Sy klou tot die volgende oggend toe. Tot Johannes die winkel gaan oopsluit.

Toe trek sy die motor uit en ry Diepwalle toe.

Voetjie vir voetjie.

Tot by die boom.

Hoeveel bome is honderdduisend?

Hoeveel mense is honderdduisend mense?

Sy vra dit vir die boomspook, sy weet hy's daar. Hoeveel jaar het die houtkappers aan honderdduisend bome gekap? Nou is dit net één middag vir honderdduisend mense. Sy sê dit. Sy vra dit. Sy sê dit vir die spook in die boom terwyl sy haar teen sy lyf leeg huil en die oorlog in haar uitwoed. 'n Loerie begin kok en sis naby haar. Sy weet daar is iewers 'n olifant in die ruigte.

Sy sal versigtig moet loop om op die brug te bly.

23

Maar die oorlog is uit haar uit toe die son begin sak en sy terugry dorp toe.

By die huis maak sy of sy Johannes se verligting nie sien nie, sy verwyte nie hoor nie. Begin net rustig om die aandkos te maak.

"Karoliena, praat met my!"

"My praat is op."

"Waar was jy die hele dag? Ek was amper uit my verstand van kommer!"

"In die bos."

"Jy kon gesê het."

"Jy sou my nie kon keer nie."

"Jy weet ek wil nie hê jy moet bos toe gaan nie!"

"Dit maak nie meer saak nie. Ek is klaar met die bos. En met die oorlog." Ek is die brug amper oor. Ek weet. Ek soek nog net 'n stuk ysterhout om die draadloos mee dood te slaan.

Dit was iewers vroeg in Junie.

Nie lank daarna nie sit Johannes en die dorpsmans weer die sitkamer vol om na Smuts se toespraak te luister. Sy hoor, maar sy hoor nie. Dat Italië sedert middernag die vorige nag teen Frankryk en Engeland in oorlog gewikkel is en dat Suid-Afrika kalm en vasberade teen Italië sal moet veg.

Sy's nie onnosel nie, sy weet die oorlog sal nie weggaan as sy die draadloos doodslaan nie.

Toe sy dit wel een nag in stukkies kap en in die asdrom gaan gooi, is dit soos die laaste tree om anderkant te kom.

Dit was nadat die oorlog Johannes en die ander jong manne op die groot trein by die groot stasie kom laai het om in die Noorde te gaan veg. Die warboel van betraandes en vinnige, vurige omhelsings. Johannes wat na bang ruik. Die woorde in haar kop: Asseblief, moet hom net nie met 'n kastaiing-geweer doodskiet nie.

Sy't nie gehuil nie.

Eers by die leë huis, toe sy die draadloos begin stukkend kap met die handbyltjie wat sy by die agterdeur gaan haal het. Met elke hou wat sy kap, het die splinters haat uit haar gebreek. Het sy gehuil.

Vir elke haastige troue wat die laaste paar maande

307

voltrek moes word vir ingeval die bruidegom moet oorlog toe. Sy't hulle sien klou aan mekaar voor die kansel. Die bang. Die weet van party. Die wonder hoeveel honderde duisende daar nog oor was vir die oorlog om af te maai.

Die laaste kappe het sy vir Johannes gekap. Haar mooie, trotse Johannes wat na vrees geruik het toe die groot trein met sy groot oog die stasie instoom en hy haar teen hom vasgedruk het.

Iewers in die nanag het sy die sitkamer aan die kant gemaak, elke flenter opgevee en in die drom gaan gooi.

Toe het sy gaan slaap.

En die volgende oggend opgestaan en die winkel gaan oopsluit. Haar oog oor alles gehou. Na miss Ann gaan kyk en haar versorg.

"Jy's gelukkig dat hy jou weer gevat het."

"Ja, miss Ann."

"Ek het nie gesê jy moet my was nie!"

"Miss Ann sê dit elke dag."

"Jy's anders van Johannes weg is. Ek hoop dis jou gewete."

"Bosmense het nie gewetens nie."

"Ek hoor Smuts is by ons troepe in die Noorde."

"Ek was Sondag met die bostreintjie uit Diepwalle toe. Hulle haak nou Sondae ook die coach aan om almal wat wil bos toe daar te kry. Die dorp is vol vrolikheid."

"Wat 'n skande! Besef hulle dan nie dis oorlog nie!"

Miss Ann het tot diep in Augustus geleef. Toe net een Vrydagoggend haar oë toegemaak. Sy, Karoliena, was alleen by haar. Dit was soos om die laaste bladsy van 'n boek te lees. 'n Vreemde boek. Miss Ann met die sagte hart wat nooit 'n arme verstoot het nie, maar nie 'n bosmens verstaan het nie.

Die aand ná miss Ann se begrafnis gaan slaap sy die

eerste keer in Johannes se bed en ruik hom in die bed-degoed. En verlang na hom.

Here, asseblief net nie met 'n kastaiing-geweer nie . . .

Nee, sy het nie gedink Johannes sal terugkom nie. Nie ná sy eerste brief nie, nie ná sy tweede brief nie. Vreemde woorde met vreemde ink geskryf. Afgekampte woorde.

Die oorlog het nog voor hy weg is, te diep in hom in getrek. Haar onrustig gemaak wanneer hy soms hardop gedroom het: "Ons woon in 'n ongelooflike land met ongelooflike mense, Karoliena! Elke soldaat wat bereid is om sy lewe vir hierdie land te gee, is 'n vrywillige!"

Dan het hy kwaad geword as sy vir hom sê ou Botha-tjie het altyd gesê as die engele jou wil vat, vat hulle jou. As hulle jou nie wil vat nie, loop hulle verby, al yl jy al van die koors.

"Dis bospraatjies, Karoliena! Kom uit die bos uit!"

Nee, sy't nie gedink hy sal terugkom nie. Een ná die ander telegraaf het die dorp binnegekom om aan te kondig watter een vermis is. Paar dae later dat hy ge-sneuwel het.

Here, asseblief, net nie met 'n kastaiing-geweer nie.

Die tweede telegraaf. Die derde een. Die vroue in die winkel wat haar al fyner dophou.

Maar die engele het hom nie gaan vat nie.

Hom net een oggend vroeg voor die deur kom aflaai. 'n Stukkende Johannes.

'n Mens skrik net een keer die skrik wat jy skrik as 'n man voor jou staan en een van sy uniform se moue hang slap langs sy lyf. Sonder arm daarin.

Die winkelklerke sê sy hét flou geval. Hulle wou haar optel, maar sy het self teen die toonbank opgestaan. Wit soos 'n laken.

Nee, die engele het hom nie gevat nie.

'n Leë Johannes, sonder oorlog in hom. Dooiboom sonder spook. Wat nie wil praat nie. Nie na die draadloos vra nie. Na die winkel se boeke kyk en sien hoe goed dit gegaan het, maar niks sê nie. Ja, hy het haar briewe gekry. Ja, sy het van miss Ann se afsterwe geskryf. Nee, hy wil nie gaan stap nie. Nee, hy wil nie kerk toe gaan nie. Nee, sy moenie mense oornooi vir ete nie. Hy wil alleen wees.

Toe kom sê hy dit een oggend in haar kamer.

"Neem my bos toe."

Nie dat hy net daar *afgelaai* wil wees nie.

Dít besef sy eers toe hulle bo by Diepwalle kom en hy sê sy moet daar by die hardepad omdraai. Klim sonder 'n woord uit, mompel net dat hy self sal terugkom by die huis.

Hy het net omgedraai en aangeloop.

Sy moet alleen in die leë huis leef, daar's niemand vir wie sy kan gaan sê sy vermoed haar man het weggeloop nie. Niemand om te stuur om hom te gaan soek nie. As die bos jou vat, sorg hy dat niemand jou weer kry nie.

Sy gaan sluit soggens die winkel oop. Sorg dat haar gesig nie die onrus in haar hart verraai nie.

Vier dae.

Toe knak sy.

Sy ry uit Diepwalle toe om by die boom te kom en te vra dat die boomspook asseblief net ver oor die bos moet uitkyk of Johannes veilig is. Sodat sy nie self doodraak van kommer nie. Johannes sal nie weet hoe om in die bos te oorleef nie, hy sal nie weet dat die bosdruiwe en kruisbessies hom kan deurhelp as hy genoeg water drink nie . . .

Hy sal nie weet hoe om 'n olifant te flous nie.

Toe sy by die boom stilhou, sien sy die man ver onder in die sleeppad van Gouna se kant af kom. Sy kyk weg. Sy kyk weer. Dit is hy.

"Ek het geweet jy sal kom," sê hy toe hy by haar kom.

310

Asof dit niks is nie. Die ou Johannes in sy nuwe Johannes-lyf. "Daar is 'n wilde voëltjie wat al om my bly vlieg het."

Eers die aand, nadat hy gebad en geëet het, sê hy: "Ek is by die huis, Karoliena. Ek moes eers met myself gaan vrede maak. Ek sal kan leer om met my linkerhand te skryf, ek het met 'n stok op die bosvloer geoefen. As jy nie kans sien om by my te bly nie, sal ek daarmee ook moet leer vrede maak. Dit sal die swaarste vrede wees."

Toe weet sy hy's 'n nuwe Johannes.

Sy wag totdat hy gaan lê het. Toe trek sy haar nagrok uit, loop sagvoet deur die donker huis en gaan klim by hom in die hemelbed. Maak sy mooie koue lyf met hare warm en voel hoe die lewe deur hom stroom.

"Karoliena . . ."

"Moenie kommer nie, Johannes. Ek is jou ander arm."

ERKENNINGS

Ek sou nie *Toorbos* kon geskryf het sonder die hulp en kennis van 'n paar spesiale manne nie. Adam Stander was die eerste een wat vir my die ou bostreintjie van Knysna af tot bo by Diepwalle in die bos, terug op sy spoor gesit het. Jan Westraad, wat destyds stoker op die treintjie was, het hom herhaalde kere vir my met 'n swaar vrag hout uit die bos terug dorp toe "gedryf". Johan Baard, hoof-bosboukundige, wat vir my die eerste spookmot – *Leto venus* – gewys het en met die skok daarvan verras het. Uit die kennis van die voormalige boswagter van Diepwalle, Willie Cooper, het ek diep geput.

Weens sy begrip van die armblanke in die Knysnabos, het ek by oud-staatspresident P.W. Botha waardevolle inligting gekry.

In die J.S. Gericke-biblioteek op Stellenbosch het ek dae lank gedelf in die verslae van die Carnegie-ondersoekspan, veral dié van M.E.R.

My dank gaan ook aan John Ulyate wat nie bang was om dikwels moeilike bospaaie te ry om my op plekke te kry nie; ook vir sy insig oor geldsake en die Tweede Wêreldoorlog.

Sonder *The Four faces of Fourcade* deur Clare Storrar kon ek nie mister Fourcade met die nodige eer gebruik het nie. Ook aan Trevor Ankiewicz is ek baie dank verskuldig.